David McGerran

Insane

In den Fängen des Wahnsinns

Thriller

David McGerran

Insane

In den Fängen des Wahnsinns

Thriller

Bibliografische Information der Deutschen Nationalbibliothek:
Die Deutsche Nationalbibliothek verzeichnet diese Publikation in der Deutschen Nationalbibliografie; detaillierte bibliografische Daten sind im Internet über http://dnb.dnb.de abrufbar.

Mitwirkende: Martina J. und Michaela G.

Herstellung und Verlag: BoD – Books on Demand, Norderstedt

ISBN: 978-3- 752-61128-1

Kapitel 1

Lea erwachte. Gleich einer Kuppel aus blau gefärbtem Glas breitete sich der Himmel über ihr aus. Träge schob der leichte Wind die grauweißen Wolken vor sich her und ließ dabei immer wieder neue Figuren und Formen entstehen.

Ein Vogelschwarm stieg in die Höhe und huschte wie ein abstraktes Gebilde durch das Blau, um sich von dem Aufwind davontreiben zu lassen. Lea beobachtete dieses Szenario so lange, bis sich die Konturen der Vögel nach und nach vor dem Hintergrund der Glaskuppel auflösten.

Sie schloss die Augen und genoss den Geruch des frischen Grases, der sich mit dem der unzähligen Blumen vermischte und ihre Seele auf wundersame Weise beruhigte. Sie öffnete die Hände und spürte das Kribbeln der Grashalme an den Innenflächen. Es war genau diese Berührung, die sie mehr und mehr in die Realität zurückholte.

Sie richtete sich auf und streckte die Arme gähnend von sich. Beim Blick auf die Uhr erschrak sie. Sie hatte schon lang genug herumgetrödelt und sollte sich langsam auf den Weg machen. Ihre Mutter wäre alles andere als begeistert, wenn sie zu spät käme.

Lea verzog das Gesicht. Jede Woche, stets am selben Tag und zur selben Uhrzeit musste sie eine Stunde lang diesen Alptraum durchleben. Immer und immer wieder musste sie Herrn Dr. Kellermann aufs Neue von ihren früheren Erlebnissen erzählen und jedes Mal biss er sich, wie ein tollwütiger Kampfhund, an dem Erzählten fest, um auch noch das kleinste Detail aus ihr herauszuquetschen.

Dr. Kellermann war ihr Psychiater.

Ihre Mutter kannte und schätzte ihn schon lange und war der Meinung, dass Lea ihre Erinnerungen mit professioneller Hilfe verarbeiten sollte.

Geholfen hatte es bisher nicht. Oft hatte sie das Gefühl, sie würde als ein bedeutungsloser Komparse in einem drittklassigen Film mitwirken. Sie leierte ihre Geschichte herunter, woraufhin der Psychiater sie mit seinen Ratschlägen traktierte und dabei mit seinem umfassenden Wissen auftrumpfte.

Vor jeder Sitzung hoffte Lea innigst, dass Dr. Kellermann endlich das Ende der Behandlung ankündigte, aber das passierte nie.

„Wir sehen uns dann nächste Woche", lautete jener Satz, der wahre Abscheu in ihr hervorrief. Sie wusste nicht, wie lange sie dieses ständige Durchleiden ihrer Vergangenheit noch ertragen konnte.

Sie stand auf und ging los. Nach einer Viertelstunde erreichte sie ein großes, abgelegenes Anwesen, das mitten im Wald lag und an ein altes Herrenhaus erinnerte. Viele kleine Fenster bildeten mit ihrer abblätternden Farbe einen starken Kontrast zu der schneeweißen Fassade. Das Gemäuer erstreckte sich über zwei Etagen und aus dem dunkelgrauen Dach stachen zwei Türme, wie kleine Raketen, in den Himmel.

Auf der anderen Straßenseite stand ein zusammengezimmertes Holzhäuschen, das eine Bushaltestelle darstellen sollte. Hier draußen war es die einzige Verbindung zur Außenwelt. Wie oft hatte sie schon dort gesessen und auf den Bus gewartet, der sie endlich aus diesem Alptraum wegbrachte.

Als Lea die Hand auf den gusseisernen Knauf legte und das Tor zum Anwesen aufzog, zerriss das grelle Quietschen der Angeln die Stille. Das Geräusch, des hinter ihr zufallenden Tores, ließ sie erschrocken zusammenfahren. Sie durchschritt den Vorgarten so langsam, als könne sie die nächste Stunde weiter vor sich herschieben.

Der mit weißem Kies ausgelegte Weg wand sich, wie eine riesige Schlange, durch das Grün des Grases. Immer wuchtiger baute sich das Anwesen vor ihr auf. Es strahlte eine düstere Atmosphäre aus, die in jedem einzelnen Stein dieses Gemäuers innezuwohnen schien. Eine bedrückende Stille lag über diesem Ort und legte sich schwer auf Lea nieder.

Als sie die massiven Steintreppen überwunden hatte und vor dem Eingang stand, hob sie den schweren Türklopfer an, um ihn gegen das Holz fallen zu lassen. Es erklang ein dumpfer Donnerschlag, der durch den Hall der Eingangshalle vervielfältigt wurde.

Kurz darauf hörte Lea, wie sich jemand mit schleppenden Schritten näherte und mit einem Ächzen die Tür öffnete. Sofort stieg Lea dieser muffige, mit billigem Rasierwasser vermischte Geruch in die Nase. Dann sah sie in das hagere, blasse Gesicht von Paul, dem Diener des Hauses.

Lea mochte diesen Kerl nicht. Noch nie hatte sie es erlebt, dass er lächelte und auch jetzt schaute er sie an, als würde sie ihm kostbare Zeit stehlen.

„Ich habe einen Termin", sagte Lea in einem leicht gereizten Tonfall und gab sich Mühe, eine ebenso unfreundliche Miene aufzusetzen.

Der Mann schaute sie so unbewegt an, als hätte er kein Wort verstanden. Sein spärliches Haar hing in störrischen Strähnen nach allen Seiten herunter und verlieh ihm etwas Wirres. Er fuhr sich mit der Zunge nervös über die Lippen, als suche er nach den richtigen Worten. Ein unaufhörliches Schmatzen drang zwischen seinen schmalen, blutleeren Lippen hervor und verursachte bei Lea einen Ekelschauer. Seine Gesichtsfarbe war so weiß, wie die Bodenfliesen der Eingangshalle. Seine Augen dagegen waren unnatürlich dunkel und lagen tief versteckt in den Höhlen. Seine Haut war knittrig und eingefallen und spannte sich, wie dünnes Pergamentpapier, über die hart hervorstechenden Wangenknochen. Ohne ein Wort trat er beiseite und ließ sie eintreten.

Lea schritt in die große Vorhalle und schlang unwillkürlich ihre Arme um den Oberkörper. In diesem Gemäuer herrschte eine unnatürliche Kälte. Eine Kälte, die sich wie ein leises Gift in den Körper schlich und ihm von innen die Wärme stahl. Das ein ums andere Mal musste Lea feststellen, dass sie dieses Haus nicht mochte. Sie mochte auch den Doktor nicht, sie mochte eigentlich überhaupt nichts an diesem Ort.

Warum kann dieses Gemäuer nicht einfach abbrennen oder in sich zusammenstürzen? Jedes Mal habe ich das Gefühl, als würden mich tausende Augen beobachten und bei jeden meiner Schritte begleiten, das ist doch nicht normal. Dieser Ort ist unheimlich.

Den Blick starr auf den Boden gerichtet, ging sie zielstrebig auf das Wartezimmer zu. Sie drückte die Tür auf und betrat das Zimmer, das an eine kleine Bibliothek erinnerte. Buchrücken pressten sich an Buchrücken und bildeten miteinander viele bunte Reihen, die sich bis fast unter die Decke stapelten. Alte und unangenehm faulig riechende Möbel gaben diesem Raum den düsteren Flair eines verlassenen Antiquitätengeschäfts.

Zum Glück dauerte es nicht lange, bis sie dieses Zimmer wieder verlassen durfte. Der Diener erschien an der Tür, nickte ihr kurz zu und verschwand, gewohnt wortlos, im Gang. Lea verzog das Gesicht und schickte ihm leise Verwünschungen hinterher.

Doch dann folgte sie ihm durch den Saal zu einer dicken Eichentür. Der Diener klopfte kurz an.

„Ja, bitte?", fragte die wohlbekannte Stimme durch die Tür. Paul öffnete sie.

„Lea Wagner ist da."

Er verbeugte sich kurz und verschwand.

Als Lea den Raum betrat, sprang der Doktor von seinem Stuhl auf, um ihr einen enthusiastischen Empfang zu bereiten.

„Lea, mein Kind, wie schön dich zu sehen", rief er und

streckte ihr die Hand freudig entgegen. Als seine nasse, verschwitzte Hand die ihre berührte, zuckte Lea innerlich zusammen. Er deutete mit dem Finger auf eine Couch, auf der sie folgsam Platz nahm. Er setzte sich ihr gegenüber und schaute ihr tief in die Augen. Schon lange hegte sie den Verdacht, dass er dem selbstgefälligen Glauben verfallen war, Gott selbst habe ihm diese übermenschliche Gabe verliehen, mit der er in das Innerste einer Seele schauen konnte.

Aber Lea hatte schon oft genug hier gesessen, so oft, dass sie wusste, was er hören wollte. Als sie von sich sprach, versuchte sie ihren Zustand so harmlos wie möglich erscheinen zu lassen und richtete den Blick dabei fest auf das Blümchenmuster der Tapete. Keine in den Augen lesbare Emotion, keine Unsicherheit im Mienenspiel und kein Stocken beim Reden sollten sie verraten.

Aus dem Augenwinkel beobachtete sie, wie er stellenweise mit dem Kopf nickte und Notizen auf seinen Block schrieb. Dann waren da noch diese anderen Blicke, die taxierend über ihr Gesicht wanderten und sie beim Reden aus dem Konzept brachten. Das waren genau diese Momente, in denen in ihr eine ungute Ahnung aufkam. Es war eine Warnung aus ihrem Inneren, die ihr sagte, dass ihm nicht zu trauen sei und sie auf der Hut sein müsse, da diesem Menschen etwas abgrundtief Böses innewohnte.

Äußerlich ruhig fuhr sie fort und versuchte, so gut es ging, seine Blicke zu ignorieren.

Nachdem sie für diese Woche genug erzählt hatte, drehte sie ihren Kopf und schaute Dr. Kellermann an. Er war immer noch in ihrem Anblick versunken und als sie ihn direkt ansprach, schreckte er aus seinen Tagträumen auf.

Er schüttelte kurz den Kopf, als müsse er sich sammeln.

„Ich finde", sagte er gedehnt, „du machst wirklich gute Fortschritte. Du hast viel erlitten. Du wurdest von deinem eigenen Vater fast totgeschlagen. Es bedarf einer langen Zeit, so etwas zu verarbeiten."

Er machte eine kurze Pause und kritzelte wieder etwas auf seinen Block.

„Aber du darfst nicht vergessen", ergänzte er, „dass er zu einer langen Haftstrafe verurteilt wurde und dir nun nichts mehr anhaben kann."

Er rutschte so nah an sie heran, wie es sein Therapeutensessel zuließ und legte die Hand auf ihren Arm.

„Aber wir beide kriegen das hin, nicht wahr, Lea?", fragte er in einem Ton, der fröhlich klingen sollte, aber seine Augen verengten sich dabei zu schmalen Schlitzen. In diesem Moment glich er einer hinterlistigen Schlange, die nur auf eine passende Gelegenheit wartete, um vorzuschnellen und den Giftzahn in ihr Opfer zu versenken.

Angewidert zog Lea den Arm weg. Er blickte etwas irritiert auf, schlug sich auf die Oberschenkel und erhob sich.

„Gut, dann war es das. Bis nächste Woche."

Obwohl sie noch vor ihm stand, drehte er sich auf der Achse um und verschwand wieder hinter seinem Schreibtisch, ohne ein weiteres Wort zu verlieren.

Lea strich sich über das Gesicht, dabei merkte sie, wie sehr sie zitterte.

Sie verließ das Zimmer und erst als die Tür hinter ihr zufiel, konnte sie wieder durchatmen. Um so schnell wie möglich zum Ausgang zu gelangen, durchquerte sie die Eingangshalle und passierte das Wartezimmer. Als sie daran vorbeigegangen war, stoppte sie jedoch und ging wieder ein paar Schritte zurück. Sie schaute durch den Türspalt und erblickte ein junges Mädchen, das etwa in ihrem Alter war. Sie saß auf einem der muffigen Polstermöbel und blätterte unruhig in einer Zeitschrift herum. Lea hatte sie bisher noch nie hier gesehen. Wenn sie an diesem Ort überhaupt einmal anderen Patienten begegnet war, hatte es sich immer um alte Menschen gehandelt. Im nächsten Moment vergaß sie das Mädchen wieder und verließ das Anwesen. Kurz darauf saß sie in dem kleinen Holzhäuschen und wartete auf den Bus.

Nach und nach fiel die Anspannung von ihr ab. Wieder einmal hatte sie es geschafft, die Sitzung hinter sich zu bringen. Für eine ganze Woche konnte sie diesem unheimlichen Ort fernbleiben.

Nach einer guten Stunde erreichte sie ihr Zuhause. Ihre Mutter war, wie eigentlich fast immer, noch nicht da. Seitdem ihr Vater im Gefängnis war, arbeitete sie noch mehr als früher und kam meistens erst mitten in der Nacht nach Hause. Das Einzige, was sie von ihrer Mutter in dieser Zeit mitbekam, waren die üblichen Geräusche, die diese machte, wenn sie an den arbeitsfreien Tagen den Haushalt erledigte. Lea saß dann in ihrem Zimmer und lauschte. Es war seltsam, aber genau das Klappern des Geschirrs oder das monotone Brummen des Staubsaugers vermittelten ihr ein Gefühl von Geborgenheit und Sicherheit, mehr als jeder direkte Kontakt.

Sie war mit ihren achtzehn Jahren eigentlich alt genug, um ihre Lebenssituation zu begreifen, aber dennoch fand sie es ungerecht so leben zu müssen und sie hasste es. Während ihre Freundinnen ein normales Leben führen durften und mit ihren Eltern schöne Dinge unternahmen, saß sie mutterseelenallein zuhause und erledigte die Hausaufgaben.

Das war nicht immer so. Auch sie hatte ein normales Leben geführt, aber dann änderte sich plötzlich alles. Ihre Eltern stritten sich immer öfter und das Resultat war jedes Mal dasselbe, tagelang, manchmal sogar über Wochen ignorierten sie sich und sprachen kein Wort miteinander. In jener Zeit fühlte sich Lea wie eine Fremde, die von ihren Eltern nur als unerwünschter Gast akzeptiert wurde. Niemand sprach mit ihr oder fragte, wie es ihr ging. Man schaute einfach durch sie hindurch und strafte sie mit Missachtung, der schlimmsten Strafe, die man einem Kind antun kann.

Eines Nachts wachte Lea durch lautes Geschrei auf. Sie warf die Bettdecke beiseite, schlich zur Tür und öffnete sie ganz langsam. Wieder einmal stritten sich ihre Eltern und wie so oft ging es um das gleiche Thema.

„Du hast mich hintergangen und bist bewusst schwanger geworden, gib es endlich zu!", schleuderte ihr Vater seiner Frau ins Gesicht.

„Das würde ich niemals tun, es war ein Unfall, ich schwöre es dir", verteidigte sich ihre Mutter.

„Ich wollte nie ein Kind haben, das musst du mir glauben."

„Marie, ich soll dir etwas glauben?", fragte der Vater sarkastisch.

„Du lügst doch, wenn du den Mund aufmachst. Du hast das absichtlich gemacht, nur um mich an dich zu binden. Mit dieser verdammten Göre hast du mein Leben versaut. Ich sollte euch beide davonjagen."

„Dann tu es doch. Alles ist besser, als hier bei dir zu bleiben", entgegnete Marie und funkelte ihn böse an.

Die beiden wurden immer lauter. Drohend baute sich ihr Vater vor seiner Frau auf und als diese an ihm vorbeigehen wollte, passierte es. Er schlug hinterrücks zu und sie sank bewusstlos zu Boden.

Lea presste erschrocken die Hände vor den Mund. Sie wollte gerade vorsichtig die Tür schließen, da blickte ihr Vater plötzlich auf und entdeckte sie. Er starrte sie an.

Lea hatte ihn schon öfter in verschiedenen Phasen des Zorns erlebt, aber diesmal war es anders. Er wirkte wie ein Wahnsinniger. Seine Pupillen waren kaum noch zu erkennen und sein ganzer Körper zitterte wie unter Stromschlägen. Er öffnete den Mund und verzog das Gesicht zu einer böse lächelnden Fratze. Er hob seine blutverschmierte Hand und zeigte mit dem Finger auf sie.

„Du bist die nächste", zischte er.

Dann drehte er sich um und verschwand.

Lea schlich zu ihrer Mutter und kniete sich hin. Sie atmete schwer, aber außer einer dicken Prellung und einer blutenden Nase schien sie unverletzt. Nach einigen Minuten wachte sie wieder auf und blickte sich orientierungslos um. Als sie Lea erkannte, griff sie nach der Hand ihrer Tochter, zog sie an sich und fing an zu weinen.

Lea entzog ihr die Hand und schaute kalt an ihr vorbei. Sie hatte schon oft genug mitbekommen, wie ihre Mutter über sie dachte. Zu oft, als dass sie jetzt Mitleid zeigen konnte. Dort lag ihre Mutter, ihr eigen Fleisch und Blut, aber sie fühlte sich jedem fremden Menschen verbundener als dieser Frau, die sich wünschte, dass Lea nie geboren worden wäre.

Sie ging zurück in ihr Zimmer und verkroch sich unter die Bettdecke, als könnte sie sich dieser Welt dadurch entziehen. Irgendwann schlief sie wieder ein, aber sie konnte den Traum, der ihr für ein paar wenige Stunden Trost spenden würde, einfach nicht finden.

In der folgenden Zeit wurde es von Tag zu Tag schlimmer. Nicht selten wurde auch sie Opfer der Gewaltausbrüche ihres Vaters. Sie mied kurze Kleidung, niemand sollte ihre Wunden und Blutergüsse sehen, aber alle konnte sie nicht verbergen. Immer öfter erntete sie fragende Blicke der Lehrer, wenn sie zum wiederholten Male mit Verletzungen zur Schule kam. Der beginnende Verdacht, dass sie zuhause Prügel bekam, wurde leise hinter vorgehaltener Hand geäußert. Wenn Lea den Schulgang entlanglief, hatte sie das Gefühl, als wären alle Augen auf sie gerichtet und jeder Einzelne wüsste Bescheid.

Hin und wieder wurde sie von ihren Lehrern zur Direktorin geschickt, der sie dann so überzeugend wie möglich beteuerte, dass all ihre Verletzungen nur auf ihre ungeschickte Art zurückzuführen seien.

Trotzdem wurde irgendwann das Jugendamt benachrichtigt, dessen Vertreter einige Male bei ihr zu Hause auftauchten und ihre Eltern eingehend verhörten. Sie machten ihre Arbeit wirklich gut und versuchten auf jedes Indiz zu achten, aber ihre Eltern konnten sich ziemlich gut verstellen und auf diese Weise eine Mauer zwischen ihren Familienproblemen und der eingedrungenen Außenwelt errichten.

Auch Lea wurde mehrere Male in Vier-Augen-Gesprächen befragt, ob sie misshandelt würde, doch sie konnte sich ebenso gut verstellen und beschützte ihren Vater, indem sie log. Warum sie das tat, wusste sie selbst nicht genau. Vielleicht schlummerte tief in ihr doch noch die leise Hoffnung, dass sie irgendwann wieder eine richtige Familie würden. Sich zu offenbaren, hieße diese Hoffnung aufzugeben und das wollte sie um keinen Preis. Dagegen war das Jugendamt machtlos. Schließlich gaben sie irgendwann auf und ließen ihre Familie in Ruhe.

So blieb Lea ihrem Schicksal ausgeliefert und im Laufe der Zeit merkte sie, dass selbst ihre engsten Freundinnen sie immer stärker mieden. In diesem Alter wollten sie sich nicht mit den Problemen ihrer Mitmenschen auseinandersetzen und schon gar nicht, wenn es sich dabei um solch gravierende handelte. Alles, was ihnen derzeit erstrebenswert erschien, war feiern und Spaß haben, da waren Schicksalsschläge anderer nur störend.

Von nun an nahm das Unheil mehr und mehr Besitz über ihr Leben. Die schwarzen Schatten der Hoffnungslosigkeit wurden ihre ständigen Begleiter, mit ihnen teilte sie jede Sekunde ihres traurigen Alltags. Sie wusste nicht mehr weiter. Sie lebte nur noch für Träume, die niemals wahr werden würden und lebte in einer Welt, die für sie zu einem Alptraum wurde.

Sie dachte öfter daran abzuhauen, einfach nur weg von diesem Leben, diesen furchtbaren Menschen. Aber wohin sollte sie gehen?

Dann kam der Tag, der ihrem Leben einen erneuten Tiefschlag verpasste. Wieder war der Auslöser ein Streit zwischen ihren Eltern und wieder musste sich Lea anhören, sie sei schuld an allem und dass es das Beste wäre, wenn sie einfach verschwände.

Als sie weinend wegrennen wollte, packte der Vater sie an den Haaren und schlug zu. Immer wieder drosch er mit Faustschlägen und Tritten auf sie ein. In diesem Moment war Lea sich sicher, dass sie das nicht überleben würde.

Sie hob flehend die Arme, weinte und bettelte sogar, dass er endlich aufhören solle, aber sie bewirkte damit nur das Gegenteil.

Als wäre ihre Wehrlosigkeit neuer Zündstoff für seine Wut, schlug er immer härter zu. Er benahm sich wie ein tollwütiges Tier, das erst aufhören konnte, wenn sein Opfer tot am Boden lag.

Seltsamerweise spürte Lea ab einem bestimmten Punkt keine Schmerzen mehr. Sie spürte zwar die Erschütterungen, wenn seine Fäuste und Tritte auf sie niederprasselten, aber der Schmerz war wie ausgeschaltet. Dem folgte irgendwann auch ihr Bewusstsein. War dies schon der gnadenvolle Tod, der auf sie wartete?

Sie lag blutend auf dem Boden und hob flehend den Kopf, da trat ihr Vater ein letztes Mal zu. Die Ohnmacht erlöste sie von ihrer Qual.

Als sie wieder zu Bewusstsein kam, sah sie verschwommen, wie ihr Vater von der Polizei weggeführt wurde. Fremde Menschen umringten sie und ihre mitfühlenden Blicke ließen das Schlimmste erahnen.

„Hallo, können Sie mich hören?"

Die Worte hallten so laut in ihren Ohren, als würde sie in einem Tunnel stehen.

„Wo haben Sie Schmerzen?"

Das grelle Licht einer kleinen Taschenlampe fraß sich wie Säure in ihre Augen.

„Sie hat vermutlich innere Verletzungen. Legt sie auf die Bahre, sie muss schnellstens ..."

Die letzten Worte hörte Lea nicht mehr, sie wurde wieder ohnmächtig.

Die nächsten Wochen verbrachte Lea im Krankenhaus. Die Ärzte kümmerten sich um ihre körperlichen Verletzungen, aber die schlimmsten saßen tief in ihrer Seele.

Oft ertappte sie sich dabei, wie sie sich selbst die Schuld an dem Unglück gab. Hatte sie vielleicht zu viel falsch gemacht? War sie vielleicht der wahre Grund für diese Katastrophe? Sie wusste es nicht.

Die Zeit schlich heuchlerisch voran und versuchte, den Schleier des Vergessens über das Geschehene auszubreiten, aber die seelischen Narben blieben.

Tagsüber lenkte sich Lea mit allem Möglichen ab, aber spät in der Nacht war sie den Erinnerungen ausgeliefert, die sie wachhielten und nicht zur Ruhe kommen ließen.

Es kam zum Prozess gegen ihren Vater. Das Gericht verurteilte ihn wegen des versuchten Totschlags und weiterer Vergehen in seiner Vergangenheit zu einer langen Haftstrafe.

Zu Hause kehrte endlich Ruhe ein. Ihre Mutter suchte sich einen zweiten Job und bemühte sich um einen besseren Umgang mit ihrer Tochter. Aber Lea wich vor jeder Berührung und jedem liebevollen Blick zurück. Sie war nicht dazu in der Lage, jemanden an sich heranzulassen.

In Absprache mit dem Jugendamt entschied ihre Mutter, dass Lea sich in psychiatrische Behandlung begeben sollte. Man versprach ihr, dass es nur für ein paar Sitzungen wäre, schließlich sei sie eine starke Persönlichkeit und könne das Geschehene schnell verarbeiten. Aber aus den paar anberaumten Sitzungen wurde eine dauerhafte Einrichtung, die sich über Wochen und schließlich Monate erstreckte.

Lea beschlich das Gefühl, dass Dr. Kellermann immer wieder neue Argumente fand, um sie weiterhin zu seinen Sitzungen kommen zu lassen. Aber vielleicht war es auch nur ihr tiefes Misstrauen. Nach den schlimmen Erlebnissen tat sie sich schwer, wieder Vertrauen in Menschen zu fassen.

Kapitel 2

„Adora quod incendisti, quod adorasti"

Bete an, was du verbrannt hast, verbrenne, was du angebetet hast …

Zärtlich, fast schon liebevoll, so, als würde er über die Wange einer Geliebten streichen, glitten seine Fingerkuppen über diese Stelle in seinem Buch. Er liebte die lateinische Sprache. Sie war die Ausdrucksweise der Gelehrten, der Dichter und Denker und zweifelsohne war er einer von ihnen. Jedes einzelne Wort strahlte etwas Würdevolles und Mächtiges aus, als wären in diesen Sätzen unzählige Geheimnisse verborgen.

Natürlich ließ er keinen Anlass aus, mit der Kenntnis dieser Sprache zu glänzen. Seine Gesprächspartner waren jedes Mal überfordert, wenn er alles bis ins kleinste Detail beschrieb und dabei mit den Fachbegriffen um sich warf. Die beeindruckten, ja schon fast eingeschüchterten Blicke seiner Zuhörer waren für ihn der schönste Lohn. Mit weit ausholenden und verschnörkelten Sätzen schmückte er seine Ausführungen aus und genoss es, wenn sein Gegenüber nicht verstand, was er meinte. Denn dann fühlte er sich wieder einmal in seiner Berufung bestätigt, die minderbegabte Menschheit mit seiner außerordentlichen Klugheit zu erleuchten.

Dr. Kellermann schloss die Augen und lauschte der leisen Musik, die ihn mit himmlischen Klängen erfüllte. Er liebte die gregorianischen Gesänge. Er hatte das Gefühl, dass diese geistlichen, in Kirchenlatein vorgetragenen Choräle direkt aus dem Himmel kamen und ihn vollkommen in ihren Bann zogen.

Bedächtig hob er beide Arme und bewegte sie wie ein Dirigent. Er stellte sich vor, er würde vor einem fasziniert lauschenden Millionenpublikum stehen. Wenn er eine Passage ganz besonders virtuos dirigierte, huschte ein verzücktes Lächeln über sein Gesicht. Als das Lied dann verstummte, wurde sein Blick wieder klarer. Er schaute sich um und sah die vielen begeisterten Menschen, die von ihren Sitzen aufsprangen und frenetisch applaudierten. Galant deutete er eine Verbeugung an und versuchte, die jubelnde Menge zu beruhigen, indem er ihr lächelnd zuwinkte. Sie verehrten ihn wie einen Heiligen und er kostete dieses Szenario mit jeder Faser seines Körpers aus.

Doch dann presste er seine Hände so fest zusammen, dass die Knochen knackten. Die Bühne seiner traumhaften Vorstellung zu verlassen, kostete ihn Überwindung. Ein überlegenes Lächeln umspielte seine Gesichtszüge. Würde einer seiner Patienten mit solch ausgeprägten und ständig wiederholenden Tagträumen zu ihm kommen, würde seine Diagnose vermutlich „schwere narzisstische Persönlichkeitsstörung in Verbindung mit einem unheilbaren Gottmensch-Komplex" lauten. Aber in seinem Fall war das natürlich völlig harmlos und einfach nur das Ausleben seines wahren Ichs. Im Grunde gehörte er auf die große Bühne vor ein Millionenpublikum und nicht in dieses alte Gemäuer. Aber vielleicht würde sich dieser Wunsch schon bald erfüllen.

Sein Blick glitt über die vielen Auszeichnungen, die in recht schmucklosen Rahmen an der Wand hingen. Es waren bewusst schlicht gewählte Rahmen, um seine Auszeichnungen besonders hervorzuheben. Keine Schnörkel oder Zierleisten sollten von seinen außerordentlichen Lebensleistungen ablenken. Er nickte sich selbst anerkennend zu, während er die lange Reihe an der Wand betrachtete. Er hatte es weit gebracht.

Ansonsten befanden sich in seinem Büro weder Bilder noch Fotos. Er verzichtete bewusst auf so etwas. Erinnerungen an frühere Zeiten waren für ihn nur störender Ballast und zielten einzig und allein darauf ab, das Hier und Jetzt komplizierter zu machen. Diese alten Gedanken glichen einem lästigen Rucksack, den man mit sich herumschleppte, der von Tag zu Tag schwerer wurde und jeden Schritt zur Qual werden ließ.

Er hatte es oft genug mit Menschen zu tun, die sich mit solch einer Last herumschlugen. So hatte er im Laufe der Zeit alle Bilder entfernt, schließlich wollte er seinen Patienten als leuchtendes Beispiel vorangehen.

Als er an seine Patienten dachte, schoss ihm sofort der Gedanke an Lea in den Kopf. Genau wegen solchen Menschen übte er diesen Beruf überhaupt noch aus, anstatt sich seiner eigentlichen Bestimmung hinzugeben. Besonders dieses Mädchen hatte es ihm angetan. Während er die meisten Patienten an einen seiner Kollegen überwies, war es für ihn ein besonderes Vergnügen, sich mit ihr zu beschäftigen.

Obwohl sie stets Distanz wahrte und ihm eine gewisse Kälte entgegenbrachte, fühlte er sich stark von ihr angezogen. Er war der festen Überzeugung, dass sie eigentlich nur seine Aufmerksamkeit erregen wollte und sich deshalb so abweisend verhielt - und das war ihr allemal gelungen. Wenn sie sein Büro betrat, bekam er immer das Gefühl, die Sonne würde am Firmament aufgehen. Sie strahlte etwas ganz Besonderes aus und der gesamte Raum wurde mit ihrer einzigartigen Aura durchflutet.

Es war aber eine rein väterliche Zuneigung, die ihn zu ihr hinzog. Natürlich hatte er ihre Schönheit bemerkt, aber solch primitiven Neigungen würde er sich niemals hingeben. Das zwischen ihnen war etwas Besonderes, etwas Höheres.

Leicht wehmütig blickte er auf seinen digitalen Kalender, der ihm gleichgültig mitteilte, dass er sich noch einige Tage gedulden musste, bis er sie wiedersehen würde. Er konnte es kaum erwarten, wieder mit ihr zu reden und ihr kompliziertes Leben in die richtigen Bahnen zu lenken. Nur er hatte das Wissen und vor allem den richtigen Zugang zu ihr, um das zu bewerkstelligen. Aber es war noch ein weiter Weg.

Und wieder machte sich dieses überlegene Lächeln auf seinem Gesicht breit ... *und manchmal ist der Weg endlos*.

Kapitel 3

Die nächsten Tage strichen dahin, geprägt von dem Alltagsleben eines Teenagers. Lea ging zur Schule, hing danach mit Bekannten ab oder erledigte zuhause diverse Arbeiten. Viel zu schnell kam jedoch wieder der Tag, an dem sie in dem Bus saß, der sie zum Anwesen des Doktors brachte. Lea stieg aus und als sich die Türen hinter ihr zischend schlossen, der Motor ansprang und grauweißer Qualm aus dem Auspuff stieg, wirkte dies wie ein endgültiger Abschied aus der normalen Welt.

Wenige Minuten später saß sie im Wartezimmer. Es graute ihr schon jetzt davor, gleich wieder in das unheimliche Antlitz des Doktors zu sehen. Sie bemerkte einen Schatten an der Türöffnung und blickte auf. Das junge Mädchen von letzter Woche kam ins Zimmer und lächelte sie herzlich an.

„Hey, na, alles klar?", fragte sie so selbstverständlich, als würden sie sich schon seit Ewigkeiten kennen. Lea bemühte sich ein Lächeln hervorzubringen, erwiderte aber nichts, sondern nickte ihr nur kurz zu.

Das Mädchen stellte sich vor, Gina war ihr Name. Sie hatte lange, braune Haare, die zu zwei frechen Zöpfen gebunden waren. Ihre lebhaften und neugierigen Augen strahlten und schienen unentwegt auf der Suche nach neuen Abenteuern zu sein. Ganz selbstverständlich nahm sie neben Lea Platz.

„Na, zwingt man dich auch zu Doktor Ekel zu gehen?"

Lea schaute sie fragend an.

„Doktor Ekel?"

Gina lachte herzlich.

„Ja, der Typ ist absolut eklig. Der hat so eine unheimliche Art und dann noch seine seltsamen Blicke."

Gina schüttelte sich.

„Das kenne ich nur zu gut", gab Lea zurück.

„Ja, ich muss auch zu dem. Mein Vater hat mich früher ver-prügelt und nun soll ich das mit ihm verarbeiten."

„Bei mir ist es genau das Gleiche", erwiderte Gina und winkte lässig ab, als wären solche Geschichten das Normalste der Welt.

„Aber dann bin ich abgehauen und lebe nun in einem Heim. Wollen wir uns nach der Sitzung noch treffen und ein wenig abhängen?", änderte Gina so unverhofft das Thema, dass Lea lachen musste.

„Klar gerne, ich warte dann draußen auf dich", sagte sie spontan zu.

Dann erschien der Diener an der Tür und forderte Lea mit einer Armbewegung auf, ihm zu folgen.

In Dr. Kellermanns Zimmer begann der gewohnte Ablauf und wieder beteuerte Lea, dass alles durch die Gespräche bes-ser würde. Doch zu ihrem Glück hatte es Dr. Kellermann heute etwas eilig und nach nur etwa einer knappen Stunde stand Lea wieder vor dem Anwesen und wartete auf ihre neue Freundin.

Als diese die Treppe herunterkam, war von ihrer lebhaften Art nichts mehr zu spüren. Gina klemmte sich eine Zigarette zwischen die Lippen und zündete sie an. Lea fiel auf, wie sehr ihre Hand dabei zitterte. Während Gina den blauen Rauch so gierig einsog, als wäre es ihr allerletzter Atemzug, deutete sie mit einer hektischen Armbewegung in eine bestimmte Rich-tung.

„Komm, lass uns schnell von hier verschwinden. Wir gehen zu der kleinen Lichtung."

Sie führte Lea zu einem kleinen Trampelpfad hinter dem Haus.

„Wieso kennst du dich hier so gut aus?", fragte Lea.

Gina schaute sich zu ihr um, legte den Kopf schräg und bedachte sie mit einem fragenden Blick.

„Geht Doktor Ekel nie mit dir zu der Lichtung?"

Lea war ein wenig überrascht und schüttelte den Kopf.

„Hm, komisch. Mit mir geht er sehr oft dorthin. Der Doktor sagt dann immer, dass man in dieser einzigartigen Natur viel freier reden und sich komplett gehen lassen kann … von wegen Natur, der will nur mit mir alleine sein."

Unmittelbar hinter dem Haus begann der Wald, in den der Trampelpfad direkt hineinführte. Schon nach wenigen Minuten erreichten sie die Lichtung. Lea spürte sofort, dass dieser Ort eine eigenartige Ausstrahlung besaß. Um sie herum wuchsen die Bäume nahe beieinander, ragten viele Meter in die Höhe und bildeten miteinander ein dichtes Blätterdach. Aber auf der Stelle, auf der sie standen, wuchs kein einziger Baum, noch nicht einmal ein kleiner Schössling. Das Sonnenlicht fiel ungehindert auf Moosflechten und Gras. Es wirkte fast so, als ob sie diesen Platz mieden.

Die beiden setzten sich und während sich Gina erneut eine Zigarette anzündete, musterte sie ihre Freundin.

„Was hältst du von unserem tollen Psychiater, Lea?"

Die verzog das Gesicht und hob verächtlich die Augenbrauen.

„Ich traue diesem Typen nicht. Irgendetwas stimmt mit dem nicht. Ich kann es schlecht beschreiben, es ist so ..."

Gina unterbrach sie mitten im Satz.

„So, als wäre in ihm noch eine ganze andere Person versteckt? Eine Person, die hinterlistig und böse ist, während er den fürsorglichen Menschen spielt?"

„Genau das Gefühl habe ich", rief Lea aufgeregt und war heilfroh jemanden gefunden zu haben, der den gleichen Eindruck hatte.

Die beiden sprachen noch eine ganze Weile miteinander und erst als sich der frühe Abend ankündigte, verließen sie die Lichtung, um zur Bushaltestelle zu gehen. Als sie dort warteten, erkannte Lea, dass sich die Gardine am Fenster von Dr. Kellermanns Büro bewegte.

„Der beobachtet uns", flüsterte Gina ihr zu, die die Bewegung ebenfalls gesehen hatte.

„Der sollte mal besser in Behandlung gehen und nicht wir", flüsterte Lea zurück.

Da Ginas Zuhause in der entgegengesetzten Richtung lag, nahm sie einen anderen Bus und fuhr davon. Zehn Minuten später kam auch Leas Bus und sie stieg ein. Sie setzte sich auf einen Platz und dachte über ihr Gespräch mit Gina nach. Sie war glücklich jemanden kennengelernt zu haben, mit dem sie nun all ihre Gedanken und Gefühle besprechen konnte. In ihrem derzeitigen Freundeskreis hatte sie niemanden, der sie hätte verstehen können. Zum ersten Mal freute sie sich sogar auf den nächsten Termin bei Dr. Ekel.

Die Tage bis dahin flogen schnell vorbei. Als sie wieder auf der Couch saß und den bohrenden Blick des Psychiaters ertragen musste, drehte sich das Gespräch plötzlich in eine völlig unerwartete Richtung.

„Hast du Gina kennengelernt?", fragte Dr. Kellermann und tat so, als hätte er sie nicht durch das Fenster beobachtet.

Lea nickte nur kurz.

„Ach, sie ist so ein liebes Mädchen und etwas ganz Besonderes. Aber ...", er machte eine kleine Pause und sog die Luft scharf in die Nase, „sie hat auch eine blühende Fantasie und man sollte nicht jedes Wort für wahr nehmen. Sie hat, wie du, Schlimmes erlebt und muss hart an sich arbeiten, um das Erlebte zu bewältigen."

Er beugte sich zu ihr herüber und kam so nah, dass Lea seinen Atem im Gesicht spürte. Er legte seine Hand auf ihre und seine Fingerkuppen gruben sich in ihren Handrücken.

„Hat sie irgendetwas über mich erzählt?", fragte er leise und verstärkte dabei den Druck seiner Finger.

Leas Instinkt befahl wegzurennen und sämtliche Muskeln ihres Körpers spannten sich an. Sofort war ihr klar, dass sie ihre nächsten Worte ganz genau überdenken musste. Sie durfte Gina nicht in Gefahr bringen. Sie ließ sich ihre Angst nicht anmerken und antwortete so ruhig und gelassen wie nur möglich.

„Nein, wir haben nur über Musik und die Schule geredet und sie hat mir erzählt, wie schlecht ihre Noten sind. Das Übliche halt."

Lea blickte gelangweilt an ihm vorbei und versuchte seinen schmerzenden Griff zu ignorieren, sie durfte sich jetzt nicht verraten.

„Na dann ist es ja gut."

Beruhigend strich er über ihren Handrücken und erhob sich.

„Wie gesagt, sie ist ein wenig verwirrt und ich glaube nicht, dass es gut für sie ist, wenn sie mit jemanden zu tun hat, der Ähnliches erlebt hat. Das könnte den Therapieerfolg gefährden. Deswegen bitte ich dich, solche Treffen zu unterlassen."

„Also, mit wem ich mich treffe, müssen Sie schon mir überlassen", entgegnete Lea leicht aufgebracht. Lange genug hatte
sie seine überhebliche Art und seine Bevormundung hinge-
nommen. Dass er ihr jetzt auch noch vorschreiben wollte, mit
wem sie sich traf, das ging eindeutig zu weit.

Der Doktor setzte sich an seinen Schreibtisch und gab vor,
Leas Einwand nicht gehört zu haben.

„Ich wiederhole mich nicht noch einmal", zischte er so leise,
dass Lea es gerade noch verstehen konnte.

„Dann bis nächste Woche", warf er ihr zum Abschied noch
hinterher und verschwand, ohne eine Antwort abzuwarten,
hinter einem dicken Buch.

Lea wollte die Tür zuziehen, als sie innehielt, weil er unver-
mittelt wieder zu sprechen begann.

„Ich habe eben an deiner aggressiven Art erkannt, dass du
das Trauma noch lange nicht verarbeitet hast. Ach, und noch
etwas, Gina hat keine miserablen Noten, sie ist die Jahrgangs-
beste und hat einen Notendurchschnitt von 1,3."

Lea erschrak zutiefst und drehte sich zu Dr. Kellermann
um. Das gelbliche Licht seiner Schreibtischlampe warf kleine
Schattenmuster auf sein Gesicht, was ihm ein dämonisches
Aussehen gab. Sein eiskalter Blick fixierte sie scharf und
schnitt wie ein Dolch durch ihren Verstand. Er hatte sie bei
einer Lüge ertappt. Dann senkte er den Blick wieder in sein
Buch. Lea schloss die Tür und verließ das Haus.

Ungeachtet des Verbots traf sie sich mit Gina an der kleinen
Lichtung. Sie erzählten sich von ihren Sitzungen, dabei verschwieg Lea jedoch den unangenehmen Zwischenfall. Sie
kannte Gina gut genug, sie würde ihn früher oder später darauf ansprechen. So hielt sie es für ratsamer, es erst einmal für
sich zu behalten.

So ging es Woche um Woche und immer, wenn der unangenehme Teil vorbei war, genossen die beiden ihre gemeinsamen Stunden und vergaßen alles um sich herum. Schon längst verband sie eine enge Freundschaft, eine Freundschaft, die weit über der einer normalen hinausging. Vielleicht waren es gerade die schlimmen Ereignisse, die sie beide durchlitten hatten, die solch ein starkes Band knüpften.

Dann kam eine Zeit, in der Gina auffallend ruhiger wurde. Als Lea sie an der Lichtung darauf ansprach, entgegnete ihre Freundin, dass sich Dr. Kellermann immer seltsamer verhielte. Besonders in den letzten Wochen bestände er regelrecht darauf, bestimmte Themen immer und immer wieder durchzukauen. Wenn sie Einwand erhob, sagte er, dass dies ein Teil seiner Behandlung sei und falls sie weiter gegen seine Maßnahmen rebellieren sollte, müsse er die Therapie verlängern. Während des Redens blickte Gina angewidert vor sich hin.

„Ich habe schreckliche Angst vor ihm", schluchzte sie und Tränen liefen an ihrem Gesicht herunter.

„Von Mal zu Mal benimmt er sich immer merkwürdiger. Oft schaut er mich so lange an, als würde er sich genau ausmalen, auf welche Weise er mir das Leben so schwer wie möglich machen könnte. Ich habe schon versucht mit meiner Betreuerin zu reden, aber jedes Mal wurde es als nicht ernst zu nehmendes Gerede einer pubertierenden Jugendlichen abgetan.

Ich kann es schlecht beschreiben, aber alles in mir warnt mich davor, weiter zu den Sitzungen zu gehen. Ich habe das Gefühl, dass dieser Mensch nur auf den richtigen Moment wartet, um ..."

„Um was zu tun?", unterbrach sie eine tiefe Stimme. Es war Dr. Kellermann.

Er stand zwischen zwei, sehr nah beieinanderstehenden Bäumen und schaute sie böse an. Sein Gesicht war rot vor Zorn und dicke, aufgepumpte Adern zogen sich über seine gesamte Stirn. Seine riesigen Hände öffneten und schlossen sich, als könne er seine Wut kaum noch unter Kontrolle halten.

Gina und Lea zuckten erschrocken zusammen und schauten sich entgeistert an.

Hatte er alles gehört?

Noch immer war sein stierender Blick auf sie gerichtet und in seinen Augen loderte schwer kontrollierte Raserei.

Als beide kein Wort über die Lippen brachten und nur stocksteif dasaßen, trat er aus dem Schatten der Bäume zu ihnen auf die Lichtung und wiederholte seine Frage, aber wieder erhielt er keine Antwort.

Mit einem Mal verschwand der zornige Ausdruck und ein hinterhältiges Grinsen vertrieb den irren Blick.

„Bis nächste Woche, ich freue mich schon auf euch."

Er drehte sich um und ging wieder in den Wald. Ein paar Äste, die ihm unglücklicherweise den Weg versperrten, wurden mit aggressiven Schlägen so hart bearbeitete, als wären sie der Grund für seine Wut. Erst als das Rascheln seiner Schritte nicht mehr zu hören war, atmeten die beiden erleichtert auf.

„Verdammt, wir müssen vorsichtiger sein, das wäre jetzt beinah ins Auge gegangen", flüsterte Gina und man sah noch immer den Schrecken in ihrem Gesicht.

„Aber zum Glück hat er wohl nicht alles mitbekommen" sagte Lea ebenso leise.

Sie traten den Heimweg an und liefen zur Haltestelle.

Die gesamte folgende Woche über hatte Lea ein mulmiges Gefühl, wenn sie an ihre nächste Sitzung dachte. Wie würde sich Dr. Kellermann ihr gegenüber verhalten? Hatte er doch mehr mitbekommen, als sie vermutet hatte? Diese Gedanken machten ihr regelrecht Bauchschmerzen.

Auch Gina schien es nicht anders zu ergehen. Jeden Tag sprachen sie am Telefon über ihre Gefühle und Lea hörte die wachsende Angst in der Stimme ihrer Freundin. Sie ahnte, dass Gina ihr etwas verschwieg. Aber wenn sie ihre Freundin direkt darauf ansprach, wechselte Gina sofort geschickt das Thema.

Die nächsten Tage schlichen so träge dahin, als wolle die Zeit ihre Nerven zusätzlich strapazieren. Aber selbst die Zeit musste sich irgendwann dem Fortlauf der Dinge beugen und so kam der Tag, an dem sie zusammen zu Dr. Kellermann gingen und Lea, wie immer, als Erste hereingerufen wurde.

Zu ihrer Überraschung war der Doktor guter Dinge und erwähnte die Situation auf der Lichtung mit keinem Wort.

Was ist denn mit dem los? Der benimmt sich heute ja ganz normal, so kenne ich ihn gar nicht. Der macht unentwegt Späße und ist so offen und freundlich. Auffällig freundlich, vielleicht steckt etwas anderes dahinter.

Ach Quatsch, jetzt spinne ich mir wieder etwas zurecht. Ich lasse aber auch wirklich kein gutes Haar an ihm. Vielleicht sollte ich ihm gegenüber nicht immer so verbohrt sein.

Als sie nach der Sitzung an dem Wartezimmer vorbeilief, deutete sie mit einem hochgestreckten Daumen an, dass alles reibungslos gelaufen war. Das Gesicht ihrer Freundin zeigte keine Reaktion, es blieb völlig ausdruckslos. Was war in der letzten Zeit bloß mit ihr los?

Solange Gina in der Sitzung war, wartete Lea auf dem Vorplatz des Herrenhauses. Sie lehnte sich an die uralte Natursteinmauer, die einen Teil des Anwesens umgab. Auf einmal öffnete sich das Fenster des Büros und Dr. Kellermann schaute nach draußen.

„Lea", rief er ihr zu, dabei klang seine Stimme sehr herzlich, aber auch ein wenig aufgeregt, „du brauchst heute nicht zu warten. Gina und ich brauchen etwas länger, du kannst ruhig schon nach Hause fahren."

Lea wollte gerade etwas entgegnen, da winkte ihr der Doktor noch einmal zu und schloss das Fenster.

Lea beschlich ein ungutes Gefühl. Bestimmt bekam Gina jetzt eine ordentliche Standpauke. Sie hatte wohl nicht so ein Glück.

Sie kramte ihr Handy heraus und schrieb ihrer Freundin eine Nachricht. Kurz darauf bekam sie eine Antwort, alles sei in Ordnung und sie solle ruhig fahren. Sie würde sich melden, sobald sie wieder zuhause sei.

Lea fuhr nach Hause und setzte sich auf die Couch. Verdammt nochmal, warum war sie nur so beunruhigt? Wenn etwas nicht in Ordnung gewesen wäre, hätte Gina ihr das bestimmt getextet. Sie legte ihr Handy neben sich und wandte den Blick nicht mehr davon ab. Immer wieder rechnete sie im Kopf nach, wie lange die Sitzung und der Rückweg dauern könnten. Lea fluchte, es könnte natürlich auch sein, dass Gina länger auf den Bus warten musste, was ihre gesamte Rechnung wieder durcheinanderwarf.

Nach über zwei Stunden hielt sie es nicht mehr aus. Es wurde schon dunkel und noch immer hatte sich Gina nicht gemeldet. Mit klopfendem Herzen wählte sie die Nummer ihrer Freundin. Es erklang eine monotone, weibliche Stimme, die ihr freundlich, aber kalt erklärte, dass diese Person im Moment nicht erreichbar sei.

Jetzt bekam Lea langsam aber sicher Panik. Es wäre schon ein komischer Zufall, wenn gerade jetzt Ginas Akku leer wäre. Immer und immer wieder huschten ihre Finger über das leuchtende Display, aber auch der zehnte Versuch blieb erfolglos, das Handy war aus.

Diese totale Stille um sie herum wurde plötzlich entsetzlich laut. Irgendetwas stimmte nicht, dessen war sie sich absolut sicher. In ihrem Kopf spielten sich die schlimmsten Szenarien ab.

Sie wollte sich gerade die Jacke anziehen, als ihre Mutter die Tür aufschloss. Marie bemerkte sofort, dass ihre Tochter sehr aufgebracht war und schaute fragend.

Aufgeregt erzählte Lea, was geschehen war. Doch sie hatte kaum zu Ende erzählt, als ihre Mutter sie unterbrach und am Arm schüttelte.

„Bist du des Wahnsinns? Schau mal nach draußen. Es ist stockdunkel, du gehst mit Sicherheit nirgendwo hin. Außerdem fährt auch kein Bus mehr, willst du etwa zu Fuß dorthin gehen?"

Lea stand ratlos da und schaute ihre Mutter an. Das hatte sie in ihrer Aufregung nicht bedacht. Aber das war jetzt auch nicht wichtig, besann sie sich, vielleicht nahm sie einfach das Fahrrad.

Marie legte beruhigend einen Arm um sie und redete beschwichtigend auf sie ein.

„Du warst doch auch schon öfter unterwegs und dein Akku war leer. Das eine Mal hattest du es sogar verloren, also beruhige dich wieder."

„Aber Dr. Kellermann ist - er ist immer seltsamer geworden und wer weiß ...", stammelte Lea.

„Lea, ich bitte dich", fuhr die Mutter ärgerlich dazwischen. „Ich kenne Henry, also Dr. Kellermann schon eine lange Zeit, zieh ihn jetzt bitte nicht in den Dreck. Und dass er sich an dem Tag komisch verhalten hat ist doch normal, nachdem was ihr euch geleistet habt. Ich habe genug von dir und deinen ewigen Geschichten. Jetzt geh in dein Zimmer, ich will nichts mehr von dir hören."

Lea warf verärgert ihre Jacke in die Ecke und rannte ins Zimmer. Sie schmiss sich auf das Bett und presste ihr Gesicht in das Kopfkissen. Hatte sie wirklich darauf gehofft, dass die Mutter ihr glauben würde?

Den ganzen Abend versuchte sie weiterhin ihre Freundin zu erreichen, hatte jedoch keinen Erfolg.

Am nächsten Tag schwänzte Lea die Schule und fuhr stattdessen zum Anwesen. Vorsichtig schlich sie durch den Wald, niemand sollte sie sehen. Als sie an der Lichtung ankam, suchte sie alles genau ab, vielleicht hatte Gina das Handy hier verloren. Nach einiger Zeit gab sie resigniert auf. Nicht das kleinste Indiz bewies, dass ihre Freundin hier war. Die Sorge machte sie wahnsinnig. Obwohl sich alles in ihr dagegen wehrte, ging sie zum Haus und fragte beim Diener nach, wann Gina gestern gegangen sei. Sie erfuhr, dass sie eine halbe Stunde nach ihr das Haus verließ. Von da an habe man nichts mehr von ihr gesehen oder gehört. Die schwere Eingangstür fiel wieder ins Schloss und ließ Lea mit ihren schlimmsten Vorahnungen und Ängsten allein. Apathisch stand sie da und starrte auf das dunkle Holz. Was sollte sie nun machen? Sie reflektierte den Ablauf der gestrigen Geschehnisse und zog jede noch so winzige Kleinigkeit in Betracht.

„Wo bist du nach der Sitzung nur hin?", flüsterte sie und hoffte auf eine Eingebung.

Als Lea hörte, wie sich der Bus näherte, rannte sie über den Schotterweg und stieg ein. In diesem Moment war es ihr vollkommen gleich, ob sie überreagierte, sie musste etwas unternehmen. Als der Bus die Stadt erreichte und an einer Haltestelle stehen blieb, sprang sie auf den Gehweg und rannte die Straße herunter. Ihr Ziel war die kleine Polizeiwache, die etwas versteckt in einer schmalen Seitenstraße lag. Als sie vor der Leuchttafel mit der Aufschrift „Polizei" stand, wurde ihr klar, wie extrem ihre Angst um Gina geworden war.

Ein hagerer Polizist saß hinter dem Schreibtisch und blickte konzentriert auf den Monitor. Sein glattgebügeltes, blaues Hemd und die präzise gewickelte Krawatte erweckten den Anschein, dass er alles was er machte sehr genau nahm.

Er nippte gerade an seinem Kaffee, als Lea die Tür aufriss. Er zuckte erschrocken zusammen und der Kaffee schwappte über die Tastatur seines Computers. Ungehalten über diese unerwartete Störung wischte er mit einem Taschentuch über die Tastatur.

„Guten Tag, ich möchte eine vermisste Person melden. Es ist meine Freundin Gina und sie ist seit gestern Abend verschwunden."

Lea versuchte ihren Sätzen so viel Dramatik wie möglich zu verleihen, der Mann sollte sofort merken, wie ernst die Lage war. Er aber blickte nur kurz zu ihr auf und wischte weiterhin über die Tastatur. Dann endlich schmiss er das Taschentuch in den Papierkorb und schaute sie an.

„Guten Tag. Nun setzen Sie sich erst einmal und fangen am besten von vorne an. Wo haben sie ihre Freundin das letzte Mal gesehen und seit wann genau ist sie verschwunden?"

„Wir haben uns bei unserem Therapeuten getroffen, aber sie brauchte etwas länger und da bin ich schon nach Hause gefahren. Seitdem ist ihr Telefon aus. Das ist doch nicht normal. Da muss etwas passiert sein."

„Also, wenn ich das richtig verstanden habe, ist sie erst seit gestern Abend nicht mehr erreichbar. Das sind etwa", er blickte auf die riesige Uhr über der Eingangstür,

„gerade einmal fünfzehn Stunden. Vielleicht ist sie zu einer anderen Freundin oder zu Verwandten gegangen. Verstehen Sie mich bitte nicht falsch, aber bei achtundneunzig von hundert Fällen verhält es sich genauso und die Person taucht dann einfach wieder auf. An Ihrer Stelle würde ich mir nicht den Kopf zerbrechen."

„Aber Gina ist nicht so, es muss etwas passiert sein. Ich ...", sie wusste, dass sie sich mit dem nächsten Satz lächerlich machte, aber das war ihr in diesem Moment herzlich egal.

„Ich spüre, dass etwas nicht stimmt."

„Glauben Sie mir, so geht es auch den anderen Menschen, die hier ihre Vermisstenanzeigen aufgeben."

Der Mann deutete ein Lächeln an.

„Aber trotzdem nehme ich das alles auf und werde mich darum kümmern. Ich melde mich sofort, falls ich etwas in Erfahrung bringen sollte."

Lea schaute ihn fassungslos an. War das jetzt wirklich alles? Sie wusste, dass er sonst nichts mehr tun konnte, dennoch wollte sie es nicht verstehen. Sekundenlang saß sie da und hoffte darauf, dass der Polizist ihr einen besseren Plan offenbaren würde. Als das nicht passierte, stand sie auf und verließ die Wache.

Sie lief betrübt die Gasse entlang. Die eisernen Laternen blickten, mit ihren tief nach unten gebogenen Armen, wie traurige Gestalten auf sie hinab. Sie fühlte sich wie in eine fremde und beängstigende Welt hinausgeschleudert, in der die Verzweiflung mit mächtigen Hieben auf sie einschlug. Sie war hilflos, so verdammt hilflos.

Kapitel 4

Im Schneckentempo zogen die Tage an Lea vorbei. Sekunden um Sekunden quälten sich träge voran, als versuchten sie mit allen Mitteln, sich der nächsten Minute entgegenzustemmen. Lea glich einer unruhigen und rastlosen Scheingestalt, deren einziger Sinn es war, das Handy im Blick zu behalten. Aber auch in den nächsten Tagen kam kein Lebenszeichen von Gina und etliche erneute Anrufe bei der Polizei, die mittlerweile eine Suchfahndung gestartet hatte, blieben ergebnislos. Gina blieb verschwunden.

Zu der nächsten Sitzung mit Dr. Kellermann erschien Lea nicht. Sie hatte in ihrer derzeitigen Verfassung keine Lust und vor allem keine Kraft, wieder und wieder über ihre Vergangenheit zu sprechen. Die Sorge um Gina machte ihr genug zu schaffen. Ihre beste Freundin war weg, verstand das denn niemand?

Ihre Vorahnungen und Befürchtungen überfluteten sie wie eine tosende Welle und zerfetzten jeden Hoffnungsschimmer. Jeder Augenblick wurde für sie zu einer einzigen Qual.

Als sie am darauffolgenden Tag nach Hause kam, brannte Licht in der Wohnung. Sie wunderte sich, sonst war ihre Mutter um diese Uhrzeit nie daheim.

Sie schloss die Tür auf, schob ihren Kopf durch den Spalt und horchte. Sie hörte die Stimme ihrer Mutter, die angeregt mit jemandem sprach. Lea wunderte sich, normalerweise brachte sie nie jemanden mit. Sie betrat die Küche, um sie zu begrüßen. Als sie erkannte, wer der Gast war, erstarrte sie schlagartig. Am Tisch saß jemand, den sie als Letzten erwartet hätte. Mit einem breiten Lächeln blickte Dr. Kellermann ihr entgegen.

„Wie schön, dich zu sehen, Lea. Ich habe mir Sorgen gemacht, weil du nicht zu unserer letzten Sitzung gekommen bist. Und da ich Marie schon lange nicht mehr gesehen habe, dachte ich mir, ich hole sie einfach von der Arbeit ab und wir unterhalten uns etwas."

Lea stand wie vom Blitz getroffen da und spürte eiskalte Finger, die ihr über den Rücken krochen. Ihr Blick wanderte zu dem strengen Gesicht ihrer Mutter, das ohne Zweifel Ärger ankündigte. Doch als sie dann sprach, wurden ihre Züge weicher.

„Henry hat mich überrascht und ich muss zugeben, es war eine sehr schöne Überraschung", sagte sie und ihre Wangen nahmen eine rosa Färbung an. Verlegen strich sie sich ein paar Haarsträhnen hinter das Ohr. Dann wandte sie sich an ihn.

„Ich wusste nicht, dass Lea die Sitzungen schwänzt, sonst hätte ich ihr etwas dazu gesagt."

Sie bedachte ihre Tochter mit einem vernichtenden Blick.

„Halb so wild, in dem Alter ist das doch normal", sagte Henry beschwichtigend.

„Aber ich habe auch schon eine Idee, wie wir das aus der Welt schaffen können. Wenn du mit mir essen gehst, vergesse ich alles. Lea hat in der letzten Zeit genug mitgemacht. Die Polizei war bei mir und hat mir berichtet, dass Gina verschwunden ist und die Chance, dass man sie lebend findet, ist wohl inzwischen sehr gering. Schade, sie war solch ein liebes Mädchen."

„Sie lebt noch", stieß Lea trotzig hervor.

Ihre Mutter schüttelte den Kopf, als wäre dies nur wieder einer von Leas ständigen albernen Wutausbrüchen. Verlegen lächelnd schaute sie zu Henry.

„Ich nehme die Einladung sehr gerne an und freue mich schon auf den Abend."

Lea konnte es nicht fassen, die beiden taten so, als gäbe es nichts Wichtigeres als diese verdammte Verabredung. War es ihnen eigentlich egal, dass ihre beste Freundin seit Tagen verschwunden war?

Ohne ein weiteres Wort verschwand sie in ihrem Zimmer. Sie legte sich auf das Bett und drehte die Musik auf. Sie konnte die Stimmen und das ständige Lachen der beiden einfach nicht ertragen.

Die darauffolgenden Tage verbrachte Lea die meiste Zeit zuhause. Noch immer gab es kein Lebenszeichen von Gina und auch die Suchaktion der Polizei blieb erfolglos.

Zu allem Überdruss besuchte Henry ihre Mutter immer öfter. Zum Glück verschwanden die beiden recht schnell und blieben die ganze Nacht weg. Aber dann gab es noch die Tage, die Lea an einen kitschigen Groschenroman erinnerten. Ihre Mutter und Henry blieben zuhause, spielten etwas, kochten oder schauten Fernsehen. Sie taten so, als wären sie eine kleine glückliche Familie. Eine Familie, in der Lea aber nur eine Statistenrolle zukam. Sie saß zwar öfter bei ihnen und machte gute Miene zum bösen Spiel, aber trotzdem war sie nur eine unscheinbare Figur ohne wirkliche Bedeutung.

Wenn Henry sich angeregt mit ihrer Mutter unterhielt, beobachtete Lea ihn ganz genau. Sie versuchte, aus seinem Verhalten etwas zu deuten und seine Mimik zu lesen. Könnte dieser Mensch etwas mit dem Verschwinden ihrer Freundin zu tun haben oder sie sogar umgebracht haben? Sie erschrak selbst bei diesem Gedanken, das ging wohl eindeutig zu weit.

Sie war sich zwar sicher, dass er mehr wusste als er zugab, aber sie hatte keinerlei Beweise. Aber je länger sie ihn beobachtete, verhärtete sich ihr Verdacht, dass etwas mit diesem Menschen nicht stimmte.

Lea wusste, dass sie vorsichtig sein musste, sie war ganz allein. Die Einzige, die ihr noch nahestand war ihre Mutter. Sie wartete eine günstige Gelegenheit ab und warf alles auf eine Waagschale. Sie erzählte von ihrem Verdacht, Henry könnte etwas mit dem Verschwinden von Gina zu tun haben. Aber wie sie es schon erwartet hatte, glaubte Marie ihr nicht. Sie ließ sie nicht einmal ausreden und fing direkt an, auf Gegenangriff zu gehen. Sie warf Lea vor, dass sie es ihr nicht gönnen würde, auch mal glücklich zu sein. Am Ende drohte sie sogar damit, Henry alles zu erzählen. Lea fühlte sich verraten, nicht einmal ihre eigene Mutter glaubte ihr.

Seitdem Gina verschwunden war, ging sie fast jeden Tag zu der Lichtung. Sie wusste, dass es verrückt war, aber insgeheim hoffte sie noch immer darauf, dass ihre Freundin irgendwann dort einfach erscheinen würde.

Jeder Baum, jeder Strauch, einfach alles rief in ihr die Erinnerungen zurück. Manchmal wenn sie dort saß, meinte sie sogar, das heitere Lachen ihrer Freundin zu hören, was sich am Ende aber nur als Hirngespinst herausstellte. Trotzdem tat es ihr unheimlich gut dort zu sein, denn es ließ die Vergangenheit für einen winzigen Moment zur Gegenwart werden.

Auch dieses Mal war nichts von ihrer Freundin zu sehen. Sie wollte gerade wieder gehen, als ihr plötzlich etwas auffiel. Unter einer breiten Tanne, die ihre fächerartigen Zweige in die Lichtung streckte, war der Boden frisch aufgewühlt. Lea kniete sich hin und betrachtete die Stelle genauer. Natürlich gab es Tiere, die den Boden aufwühlten, aber diese Erde war so locker, als hätte hier jemand vor Kurzem gegraben.

Plötzlich wurde Lea übel. Sie musste sich an einem Stamm abstützen, um nicht umzufallen. Ihr wurde schwarz vor Augen und die riesigen Bäume um sie herum vermischten sich zu einem grün-braunen Farbenbrei. Eine schreckliche Vorahnung machte sich in ihrem Verstand breit. Hatte der Doktor Gina ermordet und hier vergraben? Die Szenen, die sich vor ihrem geistigen Auge abspielten, ängstigten sie und sie versuchte sich einzureden, dass dieser Gedanke einzig und allein ihrer Fantasie entsprang. Schnell stand sie auf und rannte zur Bushaltestelle. Sie wollte, nein, sie musste es riskieren und ihrem Instinkt vertrauen.

Die Busfahrt zurück konnte nicht schnell genug gehen. Unermüdlich ging sie den Gang auf und ab, sie musste ihre Aufregung einfach herauslassen.

Als sie endlich an ihrer Bushaltestelle ankam, rannte sie nach Hause und wie so oft in letzter Zeit, war ihre Mutter schon da. Lea wusste, dass sie ein verdammt großes Risiko einging. Ihre Mutter hatte ihr schon einmal nicht geglaubt, aber diesmal hatte sie ein handfestes Indiz.

Marie war gerade in der Küche und stellte das saubere Geschirr in die Schränke, als ihre Tochter mit panisch geweiteten Augen hereinstürmte. Ein Teller rutschte ihr vor Schreck aus der Hand und zerbrach in viele kleine Teile.

Lea sammelte sich ein paar Sekunden und stützte sich am Türrahmen ab. Dann fing sie an zu erzählen. Sie musste immer wieder eine Pause einlegen, als würde ihr jedes einzelne

Wort die Luft rauben. Sie erzählte von dem frischen Erdhaufen auf der Lichtung. Dann ging sie einen Schritt weiter und bezeichnete es sogar als Grab.

Sie atmete schwer und versuchte, den Gesichtsausdruck ihrer Mutter zu deuten. Diese starrte ihre Tochter fassungslos an. Ihre Hände kneteten das Geschirrhandtuch, als könne sie die Sätze ihrer Tochter so besser verarbeiten. Sie sagte kein Wort, sie blickte sie einfach nur an, als hoffte sie, dass Lea sich nur einen dummen Scherz erlaubt hatte.

Plötzlich vernahm Lea ein Klicken an der Wohnungstür, jemand schloss die Tür auf. Auch die Mutter zuckte erschrocken zusammen, als wäre sie gerade aus einer tiefen Trance erwacht. Es war Henry.

Lea sprang einen Schritt vor und hauchte ihrer Mutter ins Ohr:

„Erzähl ihm bitte nichts. Wir reden später weiter."

Marie schaute durch sie hindurch, als wäre sie ein Geist. Sie blickte erst wieder auf, als Henrys Absätze hart auf den Fliesen klapperten und er die Küche betrat. Er bemerkte sofort, dass etwas nicht stimmte. Er schaute sie fragend an und ging zu Marie, um ihr einen Kuss auf die Wange zu hauchen. Dann glitt sein Blick zu Lea, als würde er erwarten, dass sie ihn endlich aufklärte.

Ihre Mutter legte das Tuch aus der Hand und wischte sich ein paar Haarsträhnen aus dem Gesicht.

„Lea vermutet, nein, sie ist sich sicher", sie hielt kurz fassungslos inne, „dass du Gina umgebracht und sie dann auf irgendeiner Lichtung verscharrt hast."

Sie drehte sich zu ihrer Tochter, die sie mit großen Augen anstarrte.

„Tut mir leid, Lea, aber ich kann deine ewigen Hirngespinste nicht weiter hinnehmen. Wir klären das sofort, damit du dich nicht weiter mit solch einem Unsinn belastest."

Lea hatte das Gefühl, dass sich die Wände der Küche immer weiter auf sie zubewegten und sie zu zerquetschen drohten. Wie eine Marionette, deren Fäden man durchgeschnitten hatte, stand sie da und war unfähig sich zu bewegen oder etwas zu sagen. Das konnte doch nicht sein, dass ihre eigene Mutter sie so verriet und ins Messer laufen ließ. Ihr wurde abwechselnd heiß und kalt und ihr Körper bebte.

Doch Henry blieb trotz dieser ungeheuerlichen Anschuldigung erstaunt gelassen.

„Ach Lea, wie kommst du denn darauf?", fragte er und schüttelte dabei mehrmals den Kopf.

Lea blickte ihn an. Er spielte die Rolle des Unschuldigen wirklich gut.

„Warum sollte ich denn so etwas tun? Ich bin Psychiater und will Menschen helfen und sie nicht töten. Ich bin wirklich enttäuscht, dass du mir so etwas zutraust."

Er schaute zu Marie, die entschuldigend die Schultern hochzog.

„Und was ist mit dem frischen Erdhaufen im Wald? Die Lichtung gehört zu deinem Grundstück und du hast mit Gina dort immer deine Sitzungen abgehalten", ging Lea nun in die Offensive. Sie spürte, dass dies ihre letzte Möglichkeit war, die Initiative zu ergreifen.

„Wenn du nichts getan hast, können wir doch dahinfahren und nachschauen."

Deutlich sah Lea, wie Henry bei ihrem letzten Satz zusammenzuckte. Das war ihre Chance, sie durfte jetzt nicht lockerlassen. Er wurde merklich unsicherer und hatte mit einem

Mal den Ausdruck eines verschüchterten kleinen Jungen, den man gerade auf frischer Tat ertappt hatte. Verdammt nochmal, warum fiel ihrer Mutter sein Verhalten nicht auf?

Erneut wiederholte Lea ihre Forderung und ballte dabei die Fäuste. Jeder sollte sehen, wie ernst sie es meinte. Aber plötzlich mischte sich Marie ein.

„Lea", sagte sie laut und hob drohend die flache Hand, „es reicht jetzt endgültig. Henry wollte dir immer helfen und ich musste für deine Sitzungen noch nicht einmal bezahlen. Und jetzt entschuldigst du dich, sonst kannst du was erleben."

Lea schaute zu Henry, der seinen Blick noch immer starr zu Boden richtete. Hatte er Angst sie anzuschauen und sich mit seinem unsicheren Blick zu verraten? Wie tiefe Gräben zogen sich die Falten über seine Stirn, er schien unter der Situation sehr zu leiden. Täuschte sie sich oder erkannte sie sogar ein leichtes Zittern seiner Lider? Er hatte etwas zu verbergen, dessen war sie sich absolut sicher.

„Wenn ich Unrecht habe und er nichts zu verheimlichen hat, können wir ja nachschauen", wiederholte Lea ihre Forderung.

Ihre Mutter sah ein, dass es keinen Sinn hatte, weiter mit ihrer Tochter zu streiten, ließ die Hand sinken und schaute Henry hilfesuchend an.

„Wenn es Lea hilft, mit ihren Vermutungen und Beschuldigungen abzuschließen", stammelte er nervös, "dann sollten wir das machen."

„Gut, dann lasst uns fahren, bevor es dunkel wird", ordnete Lea an und marschierte aus dem Zimmer. Dabei sah sie noch im Augenwinkel, wie Henry entgeistert aufblickte. In diesem Moment wusste sie nicht, wer oder was sie lenkte, aber sie wollte der Sache auf den Grund gehen und er durfte nicht die Gelegenheit bekommen, die Spuren zu beseitigen.

Sie rannte in den Keller und suchte nach einer Schaufel. Sie wusste, dass sie sich auf ein lebensgefährliches Spiel einließ. Wenn sie mit ihrer Vermutung richtig lag, würde Henry sicher nicht tatenlos danebenstehen und zuschauen, wie sein Geheimnis aufgedeckt wurde.

In einem Regal unter dem Fenster, neben unzähligen Farbdosen und Pinseln, stand ein Pfefferspray. Ihre Mutter hatte es damals immer mit zur Arbeit genommen, aber irgendwann hatte sie nicht mehr daran gedacht und es war hier gelandet. Lea nahm das Spray und drehte es in ihrer Hand hin und her. Es war nicht gerade der beste Schutz, aber es war besser als nichts. Sie sollte dennoch auf der Hut sein und Henry keinen Moment aus den Augen lassen.

Sie packte das Spray in die Jacke und mit der Schaufel in der Hand rannte sie wieder die Treppe nach oben. Die beiden standen noch immer in der Küche und hofften wohl darauf, dass Lea gleich loslachen und alles nur als einen gewaltigen Bluff hinstellen würde. Aber sie hofften vergebens.

„Ich bin fertig, wir können starten", verkündete sie entschlossen und umfasste die Schaufel fester.

Nun erwachte Henry aus seiner Lethargie.

„Wir sollten besser morgen fahren, es wird gleich dunkel. Es ist dann viel zu gefährlich, durch den Wald zu laufen."

Lea lächelte zynisch. War klar, dass er es so drehen wollte. Bis dahin könnte er alles verschwinden lassen.

„Wenn wir jetzt endlich losfahren, sollten wir noch genug Zeit haben. Du willst doch auch dabei helfen, meine", sie zeichnete mit den Fingern Gänsefüßchen in die Luft, „Hirngespinste, aus der Welt zu schaffen oder etwa nicht?"

Henry wandte sich ab und ging ohne ein Wort nach draußen, Lea und ihre Mutter folgten ihm. Kurz darauf stiegen sie in sein Auto und fuhren zum Anwesen. Seine Nervosität wurde immer offensichtlicher und fiel nun auch ihrer Mutter auf. Dreimal würgte er den Motor ab. Er schlug vor Frust mit der Faust auf die Konsole, sodass sie bedrohlich knirschte.

Nach etwa zwanzig Minuten bog der Wagen zum Anwesen ab. Der Motor verstummte und Lea wurde aus ihren Gedanken gerissen. Sie stiegen aus und umrundeten das riesige Gebäude. Lea ging vor und nahm den Trampelpfad zur Lichtung. Sie mussten sich beeilen, die Dunkelheit brach herein und hüllte den Wald in dämmriges Licht.

An der Lichtung angekommen, rannte sie zu der Tanne und deutete hektisch zum aufgewühlten Boden. Henry reagierte nicht. Wie versteinert stand er mitten auf der Lichtung und starrte sie an. Marie stand neben ihm und wirkte mindestens genauso unfähig, etwas zu sagen oder zu tun.

Lea schnappte sich den Spaten und stieß ihn in die Erde. Während sie schaufelte, blickte sie sich immer wieder zu Henry um. Sie durfte ihn nun keine Sekunde aus den Augen verlieren. Immer wieder griff sie an ihre Jackentasche und wenn sie die Ausbeulung des Pfeffersprays fühlte, grub sie weiter.

Eine Eule schickte ihren schaurigen Ruf durch den Wald und über ihnen raschelte es im Blätterdach. Mit seinen unheimlichen Geräuschen wurde der Wald selbst zur Hintergrundkulisse für dieses gruselige Szenario, das an einen uralten Horrorstreifen erinnerte.

Immer wieder trieb sie den Spaten in den Boden. Die Erde war so locker, dass schon nach kurzer Zeit ein ansehnlicher

Hügel entstanden war. Aber bisher hatte sie noch nichts gefunden.

Plötzlich stieß der Spaten gegen etwas Weiches. Sie schob die restliche Erde beiseite und erkannte eine stabile, blaue Plane, in die etwas eingewickelt war. Sie schielte kurz zu Henry. Noch immer stand er da und beobachtete sie mit unbewegter Miene. Der Mond war inzwischen aufgegangen und sein Licht ließ Henrys Gesicht unnatürlich hell und eingefallen wirken.

Lea stieg ein leicht süßlicher Geruch in die Nase und verursachte in ihr eine Mischung aus Übelkeit und Aufregung. Sie musste sich zusammenreißen, um weiter zu graben.

Nun sah auch ihre Mutter das Blau der Plane aus der schwarzen Erde hervorleuchten und kam neugierig etwas näher. Lea kniete sich hin und versuchte, die Plane mitsamt Inhalt herauszuziehen. Da sie es nicht allein schaffte, bat sie ihre Mutter, ihr zu helfen. Sie legte den Spaten beiseite und während sie an der Plane zerrten, ließ ihre Aufmerksamkeit gegenüber Henry für eine kurze Weile nach.

Beide zogen mit ganzer Kraft und endlich rutschte das glatte Material der Plane über die Kante des Lochs. In dem Moment, in dem sich Lea aufrichtete, erkannte sie hinter sich einen Schatten. Sie wirbelte herum, wollte nach dem Spaten greifen und zuschlagen, aber es war zu spät. Henry stand genau vor ihr. Sein Gesicht glich dem einer emotionslosen, kalten Figur. In seiner rechten Hand hielt er den Spaten. Das scharfe Blatt des Werkzeugs deutete genau auf Leas Gesicht. Jetzt müsste er den Stiel nur noch nach vorne schlagen und ...

„Du Mörder, du verdammter Mörder", schrie Lea plötzlich los und vergaß dabei, wie gefährlich die Situation war. Sie schlug die Schaufel weg und holte mit der Faust aus, aber

Henry war schneller. Mit der freien Hand fing er die heransausende Faust so geschickt ab, als hätte sich Lea in Zeitlupe bewegt.

„Es tut mir leid, aber ich wusste nicht, was ich tun sollte. Es ist einfach passiert, verdammt, ich wollte es nicht", stieß er hervor und presste seine Finger noch fester um Leas Faust, sodass sie schmerzerfüllt aufstöhnte. Ein paar Sekunden sagte er nichts und blickte traurig auf die Plane.

„Ein Reh ist mir vor das Auto gesprungen und da es tot war, hielt ich es für angebracht, es zu vergraben."

Lea blickte durch ihn hindurch. Sie brauchte eine kleine Weile, um seine Worte zu verarbeiten.

Ist das nun seine letzte Chance, sich noch herauszuwinden? Was für ein plumper und primitiver Versuch mich zu überzeugen. Er will doch nur, dass ich mich nach unten beuge und er dann zuschlagen kann, aber so einfach mache ich es ihm nicht.

Sie riss ihre Hand los und sprang nach hinten. Dabei griff sie in die Tasche, zog das Pfefferspray heraus und richtete es auf sein Gesicht.

„Wenn das so ist", fauchte sie, „wird es für dich kein Problem sein, die Plane zu öffnen, oder?"

Henry atmete einige Mal tief durch und drückte den Stiel des Spatens so fest, dass seine Sehnen als weiße Stränge hervortraten. Dann nickte er. Ohne das Werkzeug aus der Hand zu legen, kniete er sich hin und faltete die Plane auseinander. Sofort erfüllte ein ekliger Verwesungsgeruch die kühle Nachtluft. Lea musste sich zusammenreißen, um sich nicht zu übergeben. Sie beobachtete jede seiner Handbewegungen genau. Noch einmal wäre sie nicht so nachlässig und würde sich überrumpeln lassen. Sie rechnete mit allem. Wenn er Gina umgebracht hatte, hätte er nichts mehr zu verlieren und würde vor einem weiteren Mord sicher nicht zurückschrecken.

Ganz langsam faltete er die Plane weiter auf. Seine Bewegungen waren aufreizend langsam, als wolle er diese ohnehin unerträgliche Situation noch mehr aufladen. Auch ihre Mutter war aufgeregt und presste die Arme fest um sich. Schließlich schlug Henry die Plane beiseite und entblößte das, was dort in der Erde verscharrt war. Es war nicht Gina, es war ... ein Reh.

Die Augen des Tieres waren weit aufgerissen und starrten sie an, als ob es ihnen vorwarf, dass sie es aus seiner letzten Ruhe gerissen hatten.

Die Mutter presste sich die Hand auf den Mund, drehte sich um und ging schweigend zurück zum Auto. Lea war fassungslos und merkte nicht einmal mehr, wie ihre Hand mit dem Spray nach unten sank.

Henry wickelte das Tier wieder ein und schob es zurück in das Loch. Dann folgte er ihrer Mutter, blieb aber noch einmal stehen und drehte sich zu Lea um.

„Ich denke es ist besser, wenn du diese Verleumdungen gegen mich sein lässt. Nach dieser Sache wird dir deine Mutter sowieso nichts mehr glauben. Finde dich damit ab, dass ich mit ihr zusammen bin und oft bei euch sein werde. Also halte dich bitte zurück."

Dann drehte er sich um und ging.

Jetzt stand Lea ganz allein auf der Lichtung. Sie nahm den Spaten, dabei sah sie ihr Spiegelbild auf dem blanken Blatt. Sie betrachtete ihr Gesicht. Wie sehr sie sich verändert hatte. Ihr blickte ein fast vergessener Mensch entgegen, dessen Zuversicht und Glaube zertreten am Boden lagen. Tausende

Gedanken stürmten durch ihren aufgebrachten Verstand, sie waren aber zu durcheinander, als dass sie einen Sinn ergeben konnten.

Irgendwann ging auch Lea zurück und stieg ins Auto. Ohne ein Wort miteinander zu tauschen, fuhren sie nach Hause.

Kapitel 5

Nachdem Henry die beiden nach Hause gebracht hatte, verließ er sie geradezu fluchtartig. Er hatte auf der ganzen Rückfahrt kein Wort gesprochen, obwohl er vor Wut raste. Anstatt Lea eine Standpauke zu erteilen, zog er es vor, erst einmal zu verschwinden.

Nachdem Lea und Marie ausgestiegen waren und die schwere Beifahrertür seines mattschwarzen Jeep Cherokee wuchtig ins Schloss fiel, drehte Henry den Zündschlüssel und der Ps-starke Motor grollte böse auf. Der Lautstärkeregler seines Radios wanderte nach oben und eine Metal-Band ließ ihre Gitarren aggressiv aufheulen. Das war jetzt genau die Musik, die Henry brauchte.

Er ließ noch ein paar Mal den Motor passend zum Sound aufdröhnen, bevor er dann davonraste. Immer wieder hämmerte er mit der Faust gegen das Lenkrad und brüllte:

„Das ist also der Dank dafür, dass ich mir immer die größte Mühe gegeben habe mit ihr klarzukommen! Nun hintergeht sie mich und versucht mich bei Marie ins offene Messer laufen zu lassen. Ich kann es nicht glauben. Verdammte Scheiße."

An einer roten Ampel kam er zum Stehen. Während er ungeduldig darauf wartete, dass das grüne Licht endlich aufleuchtete, sah er sich um und sein Blick fiel auf ein Haus, das etwas versteckt zwischen zwei riesigen Buchen stand. Mit der braunen Klinkerverkleidung und den winzigen Fenstern erinnerte es ihn ein wenig an ein kleines Spielzeughaus. An der Fassade hingen alle paar Meter gusseiserne Töpfe an gebogenen Haken und wackelten im Wind hin und her. Blumen wuchsen aus ihnen und streckten ihre bunten Köpfe neugierig über den Rand des Gefäßes. Ein kleiner Garten, dessen tiefgrüne Wiese sorgfältig gestutzt war, umgab das Häuschen und vollendete das Bild eines gemütlichen Heims. Eine Frau lehnte an der Tür und schaute zum klaren Nachthimmel hinauf. Sie hatte eine Schürze umgebunden und ihre Haare flatterten im leichten Wind. Mit verschränkten Armen stand sie da und schien in Gedanken versunken.

Die Tür des Häuschens schwang auf und ein Mann erschien. Er legte zärtlich den Arm um die Frau und sie lehnte ihren Kopf an seine Schulter und schmiegte sich an ihn. Einige Momente standen die beiden aneinander gelehnt da, bis ein helles Lachen zu hören war und ein kleines Kind nach draußen stürmte. Mit einem wilden Schrei warf es sich gegen seine Eltern, die es lachend in ihre Umarmung miteinschlossen. Dann kam auch das Kind zur Ruhe und alle drei genossen den Anblick des sternenklaren Himmels. Diese Szene strahlte so ein andächtiges und stilles Glück aus.

Henry wandte den Blick ab. Genau so hätte es auch bei ihm sein sollen, das war doch sein großer Plan. Auch er müsste in diesem Moment, umringt von seinen Lieben, in einem schönen Garten stehen und den Sternenhimmel betrachten. Aber wo befand er sich stattdessen? Er saß alleine im Wagen und war so aufgebracht, dass er am liebsten alles kurz und klein geschlagen hätte. Niemand nahm ihn beruhigend in den Arm, wie ungerecht das alles war.

Ja, er hätte es verdient dort zu stehen und nicht dieser unscheinbare Knilch, der ihm nie und nimmer das Wasser reichen könnte. Nein, das war keine Gerechtigkeit.

Henry zuckte erschrocken zusammen, als jemand gegen die Scheibe seines Wagens trommelte.

„Sagen Sie mal, sind Sie eingeschlafen? Sie haben schon zwei Grünphasen verpasst und langsam reicht es mir. Könnten Sie bitte weiterfahren."

Obwohl Henry vorgab, den Mann nicht zu hören, vernahm er dennoch den gereizten Unterton, der sich von Wort zu Wort steigerte.

Er drehte den Kopf zur Seite und sah einen älteren Mann durch die Scheibe, der sein Gesicht so nah ans Fenster gebracht hatte, als wolle er es jeden Moment mit der Stirn einschlagen.

„Verstehen Sie mich nicht? Könnten Sie jetzt bitte weiterfahren, sonst rufe ich die Polizei."

Henry wollte etwas sagen. Er wollte sich entschuldigen, aber kein Wort drang über seine Lippen. Schweigend legte er den Gang ein und fuhr mit maximaler Geschwindigkeit los.

Der Mann sprang vor Schreck ein paar Schritte nach hinten und brüllte ihm „verfluchter Psychopath" hinterher.

Henry steuerte den Wagen aus der Stadt heraus. Die Häuser um ihn herum machten ihn verrückt. Sie erdrückten ihn förmlich und stahlen ihm die Luft zum Atmen.

Er folgte einer Auffahrt, die ihn zu einer Landstraße brachte. Wie ein schwarzer Pfeil raste der Geländewagen die menschenleere Straße entlang. Ein bedrohliches Quietschen der Reifen ertönte jedes Mal, wenn er die Kurven gestochen scharf nahm. Aber er wusste was er tat und es war nicht das erste Mal, dass er seiner Wut auf diese Weise freien Lauf ließ.

Die Straßenlaternen warfen den hellen Schein ihrer Flutlichter auf den Asphalt und griffen vergeblich nach seinem Wagen, um ihn aus der Dunkelheit zu reißen. Henry war es egal, wohin ihn die Straße brachte, er wollte weg, einfach nur weg.

Er war schon eine ganze Weile unterwegs, als plötzlich ein Alarmton an seiner Armatur erklang. Die Tankanzeige blinkte aufgeregt und er schaute sich verwirrt um. Wieder einmal war er so tief in seinen Gedanken versunken, dass er nicht wusste, wie lange er gefahren war und wo er sich befand. Solche Aussetzer hatte er in letzter Zeit immer häufiger.

Nach einigen Kilometern erkannte er das bunte Leuchtschild einer Tankstelle. Mürrisch setzte er den Blinker und bog auf einen Rastplatz ab. Die vielen Lampen und beleuchteten Werbetafeln der Raststätte bildeten eine Lichtoase in dieser Einöde. Ein kleines Bistro, in dem die Fahrer eine Kleinigkeit zu sich nehmen konnten, war in den Verkaufsraum integriert.

Henry lenkte den Wagen an die Zapfsäule. Ungeduldig beobachtete er das digitale Zählwerk, dessen Zahlen unaufhörlich in die Höhe schnellten. Aber es ging ihm nicht schnell genug, jede Sekunde erhöhte seinen Stresspegel. Nervös tippte er mit dem Finger gegen das Autodach. Dann endlich ertönte das ersehnte Klicken und Henry schloss den Tankdeckel. Schon auf dem Weg zum Kassenhäuschen zog er seine Bankkarte aus dem Geldbeutel.

Als er die gläserne Tür aufzog und die Kasse ansteuerte, fiel ihm sofort diese Frau auf. Sie stand vor den Zeitschriften und blätterte angeregt in einem Heft. Sie war noch von anderen Personen umgeben, aber Henry fiel diese eine Frau ganz besonders auf. Die schwarze Jeans betonte ihre langen, schlanken Beine, ohne dabei zu aufreizend zu wirken und passte hervorragend zu der locker geschnittenen Bluse. Schwere Springerstiefel verliehen dieser beeindruckenden Erscheinung einen eigenwilligen Style. Sie hatte ihr braunes, langes Haar zu einem Pferdeschwanz gebunden, sodass man die

Tätowierung auf ihrem Nacken sah. Es waren zwei Flügel, die sich vom Haaransatz herunter zu beiden Seiten des Halses hin ausbreiteten. Henry mochte Tätowierungen eigentlich nicht, besonders nicht solche auffälligen, aber bei dieser Frau wirkten sie verwegen und aufreizend zugleich.

„Ich habe an Säule zwei getankt und hätte noch gerne eine Stange Pall Mall und geben Sie mir noch drei Flaschen von dem Single Malt Whiskey dazu."

Der Kassierer nickte kurz und verstaute die Sachen in eine Plastiktüte. Henry bezahlte und wollte gerade einen weiteren Blick auf die hübsche Brünette riskieren, als er enttäuscht feststellen musste, dass sie schon verschwunden war. Er verließ den Laden und verstaute die Sachen im Kofferraum. Sein Ziel war es, ein ruhiges Plätzchen zu suchen, um sich dann so volllaufen zu lassen, bis er diese undankbare Göre vergessen hatte.

„Ein guter Whiskey, vielleicht zu gut, um ihn alleine zu genießen."

Henry sah sich um. Er musste sich beherrschen, dass man ihm seine Freude nicht deutlich anmerkte. Vor ihm stand die attraktive Frau, die er eben so bewundert hatte.

„Bist du auf dem Weg zu einer Party oder hattest du einfach nur einen scheiß Tag?"

„Eher zweites", antwortete Henry betont einsilbig, darum bemüht, seine Gefühle nicht zu zeigen.

„Das tut mir leid. Ich leider auch. Mein Wagen hat den Geist aufgegeben und ich warte nun darauf, dass eine Freundin mich abholt. Schlechter hätte es heute echt nicht kommen können. Und was ist bei dir passiert?"

„Ach, halb so wild, das Übliche halt. Sei mir nicht böse, aber ich wollte gerade wieder los. Ich hoffe, deine Freundin holt dich bald ab."

Die Frau überspielte die Zurückweisung mit einem Lächeln. Man spürte, dass sie es nicht gewohnt war, einen Korb zu bekommen.

„Danke, das hoffe ich auch und dir noch einen schönen Abend."

Henry stieg ein und fuhr los. Im Rückspiegel sah er, wie sich die Frau auf eine Bank setzte und ihr Handy hervorholte. Er wusste selbst nicht, warum er so kühl auf sie reagiert hatte, denn eigentlich gefiel ihm diese Frau sehr. Mit ihrer entspannten und freundlichen Art war sie ein Mensch, der einen spielend leicht auf andere Gedanken bringen konnte. Und warum sollte er den Whiskey alleine trinken?

„Ach, vergiss doch Lea. Wenn die so herum spinnt, kann sie mir gestohlen bleiben", sagte er zu seinem Abbild im Rückspiegel, legte den Rückwärtsgang ein und blieb vor der Frau stehen.

„Komm, spring rein, ich nehme dich mit" rief er ihr durch das offene Fenster zu.

Ihr Kopf zuckte überrascht nach oben. Dann lächelte sie selbstbewusst, als hätte sie genau gewusst, dass er zurückkommen würde. Sie griff nach ihrer braunen Guess Handtasche, deren auffällige Verzierung golden aufleuchtete, klemmte sie sich unter den Arm und stieg ein.

„Hey, das ist echt nett, ich weiß nicht, wie lange ich noch hätte warten müssen. Du bist mein Retter", sagte sie freudestrahlend, nachdem sie neben ihm Platz genommen und die Tür zugeschmissen hatte.

Sie stellte sich als „Dani" vor und fragte nach seinem Namen. Nachdem sie ihrer Freundin eine kurze Nachricht geschickt hatte, redete sie während der Fahrt ununterbrochen und schnitt in kürzester Zeit eine erstaunliche Zahl an Themen an. Henry klebte an ihren Lippen und vergaß dabei völlig seine Probleme. Sein Blick wanderte immer wieder von der Straße zu der braunhaarigen Schönheit, sodass er sich nicht mehr richtig auf den Verkehr konzentrieren konnte. Erst als ihn ein entgegenkommender LKW mit seinem lauten Hupen dazu aufforderte, von seiner Spur zu verschwinden, richtete er seine Aufmerksamkeit wieder stärker auf die Straße. Nach einer guten halben Stunde ließ er sich von Dani in eine abgelegene Seitenstraße navigieren.

„Da vorne wohne ich. Willst du wirklich deinen Frust allein herunterschütten? Komm doch mit rein und wir stoßen zusammen an", lud sie ihn ein und schaute ihn mit ihren dunkelbraunen Augen auffordernd an. Er wurde etwas nervös. Als Mann machte er schon etwas her, aber dennoch war er nie jemand gewesen, der mit fremden Frauen sprach, erst recht nicht mit so attraktiven wie Dani.

„Einverstanden", sagte er und hoffte, dass er sich selbstbewusst anhörte.

Ein paar Minuten später saßen beide in Danis farbenfrohem Wohnzimmer und genossen Whiskey auf Eis.

„Du bist Künstlerin?", fragte Henry und deutete auf ein paar Bilder, die mit ihrem modernen Kunststil sehr gut zur Wohnungseinrichtung passten.

„Na ja, ich versuche es, aber bisher ist mir der Durchbruch noch nicht gelungen", antwortete sie bescheiden.

„Das kommt schon noch, die sehen wirklich klasse aus."

Henry nickte überzeugt.

„Möchtest du mir vielleicht erzählen, warum du heute einen schlechten Tag hattest?", wechselte Dani auf einmal so unverhofft das Thema, dass Henry lachen musste.

„Hattest du Stress mit deiner Frau? Ich möchte nicht, dass du wegen mir weitere Probleme bekommst."

„Nein, nein, ich bin nicht verheiratet", antwortete Henry schnell. Er wollte auf keinen Fall diese knisternde Stimmung zwischen ihnen zerstören.

„Es geht nur um meinen Job, der mich in letzter Zeit an meine Grenzen bringt. Aber wenn ich ehrlich bin, möchte ich lieber den Abend mit dir genießen und nicht über Probleme reden."

Dani nickte verständnisvoll und hob ihr Glas.

„Einverstanden, dann auf uns."

Nach einigen Stunden wurde die dritte Flasche geöffnet und die Stimmung wurde dementsprechend heiter. Dani rutschte an ihn heran und lehnte sich an seine Schulter.

„Es tut gut, mal wieder so locker zu sein. Und vielen Dank noch mal, dass du mich mitgenommen hast."

Ehe Henry sich versah, presste Dani ihre Lippen auf seine. „Ein kleines Dankeschön." Sie zwinkerte ihm frech zu.

„Und nun stoßen wir auf bessere Zeiten an und dass morgen alles vergessen ist."

Sie saßen noch einige Stunden beisammen, bis der Alkohol bei Henry einen schlagartigen Filmriss bewirkte und Dunkelheit sich über den Rest des Abends legte.

Erst als die Strahlen der hochstehenden Sonne durch die Scheibe drangen und an Henrys Nase kitzelten, wurde er wach. Benommen schaute er sich um und schreckte auf. Er saß in seinem Wagen und durch die Frontscheibe sah er die

Wände seines Hauses in die Höhe ragen. Ein stechender Schmerz durchfuhr seinen Schädel und er drückte die Augen zu. Als es wieder einigermaßen ging, öffnete er sie stöhnend und versuchte erneut die Situation zu erfassen. Ohne Zweifel, er saß in seinem Wagen, der ordentlich geparkt auf seinem Anwesen stand. Er drehte sich zum Beifahrersitz und zur Rückbank und stellte fest, dass er alleine war. Wo war Dani?

Es schien ihm, als hätten sie gerade eben auf der Couch gesessen, gelacht und geflirtet - und dann?

Wie in einer schlechten Komödie saß er nun nach der durchzechten Nacht in seinem Wagen und hatte keinen Schimmer, was noch zwischen ihm und Dani gelaufen war. Wenn überhaupt etwas gelaufen war.

Wie bin ich zurückgekommen? Verdammt, ich muss mich erinnern. Ich saß mit ihr auf der Couch und wir haben die drei Flaschen geleert. Dann hat sie mich geküsst und von da an ist auf einmal alles wie weggewischt.

Bin ich in diesem Zustand wirklich noch nach Hause gefahren? Oder hat Dani mich vielleicht hierhergebracht? Aber wo ist sie dann? Es ergibt alles keinen Sinn.

Henry suchte den Innenraum nach Hinweisen ab. Vielleicht hatte Dani ihm eine Nachricht hinterlassen. Er schaute sogar unter den Sitzen und im Fußraum nach, aber er fand nichts.

Ein dumpfes Pochen in seinem Kopf drohte sein Gehirn zu sprengen und hielt ihn davon ab, weiter nachzudenken. Er musste erst einmal ein oder zwei Aspirin nehmen.

Er stieg aus dem Wagen und ging in sein Haus. Egal wie der Abend auch verlaufen war, es waren verdammt schöne Stunden und seine Wut war längst verraucht.

Kapitel 6

Die nächsten Wochen zogen ins Land. Gina blieb verschwunden und Lea glaubte mittlerweile nicht mehr daran, dass ihre Freundin noch lebte.

Der Alltag forderte unbarmherzig sein Tribut und Lea fand langsam in ihre gewohnten Bahnen zurück. Henry war nun fast jeden Tag bei ihnen und ihr blieb nichts anderes übrig, als sich immer weiter zurückzuziehen. Sie konnte es einfach nicht ertragen, diesen Typen um sich zu haben. Augenscheinlich benahm er sich ihr gegenüber besser als früher und erlöste sie sogar davon, weiterhin zu seinen Sitzungen kommen zu müssen. Aber wann immer ihm sich eine Gelegenheit bot, spielte er seine psychologischen Fähigkeiten aus, um sie zu verwirren und so seine Überlegenheit zu demonstrieren.

Auch ihre Mutter musste oft für seine Psycho-Spielchen herhalten. Es schien ihm teuflische Freude zu bereiten, die Gedanken und Emotionen seiner Mitmenschen so zu beeinflussen, dass sie völlig verwirrt waren. Das musste man ihm lassen, darin war er wirklich gut.

Lea flüchtete sich in die Vergangenheit und sank immer tiefer in sie hinein. Und obwohl es ihr half, der unangenehmen Gegenwart auszuweichen, hatten ihre Erinnerungen etwas von alten, abgegriffenen Polaroid-Fotos, deren Farben schon lange verblichen waren.

Sie saß oft allein an einem kleinen See, den sie in der Nähe der Lichtung entdeckt hatte und schaute gedankenverloren ins Wasser. Sie betrachtete ihr von kleinen Wellen durchzogenes Spiegelbild und konnte die Tür aus ihren Erinnerungen nicht finden. Sie hatte das schreckliche Gefühl, dass diese für immer verschwunden blieben.

Nach einigen Monaten änderte sich mit einem Mal die Situation. Die zuvor noch so perfekt scheinende Beziehung zwischen ihrer Mutter und Henry bekam die ersten Risse. Meist ging es nur um recht belanglose Sachen, die die beiden aber dermaßen aufbauschten, dass immer häufiger ernsthafte Streitereien vom Zaun gebrochen wurden.

Auch das Verhalten ihrer Mutter änderte sich. Nicht nur ihr gegenüber, auch Henry behandelte sie auf eine andere Art. Ihre Stimmung wurde zunehmend gereizter und es kam kaum noch ein normales Gespräch zwischen ihnen zustande. Die Konflikte endeten meist damit, dass einer von den beiden wutentbrannt aus dem Haus stürmte und mit quietschenden Reifen davonfuhr. So ging es mittlerweile fast jeden Tag und Lea fragte sich, wie lange sie das noch aushielt.

Eines Abends wurde es wieder besonders schlimm. Diesmal stürmte Henry aufgebracht aus der Wohnung und warf dabei die Tür mit einem lauten Knall zu. Lea schlich ins Wohnzimmer. Ihre Mutter saß am Tisch und ihre langen blonden Haare waren nach vorne gefallen und verbargen ihr Gesicht. Sie presste ihre Hände auf die Augen und machte keinen Laut, aber an dem heftigen Beben ihrer Schultern konnte Lea erkennen, wie sehr sie weinte.

Obwohl ihre Beziehung schon lange nicht mehr in Ordnung war, ging sie zu ihrer Mutter und legte tröstend die Arme um sie. Minutenlang saßen beide so da und keiner sagte etwas. Lea starrte die Tischplatte an und ihre Kehle war wie zugeschnürt. Dann löste sich Marie aus der Umarmung und sah ihrer Tochter fest in die Augen. Sie schluchzte laut auf, was ihre folgenden Worte sehr dramatisch klingen ließ.

„Ich habe schreckliche Angst."

Lea schaute ihre Mutter an. Diese senkte den Blick, als könne sie es nicht ertragen, ihrer Tochter weiter in die Augen zu schauen.

„Wovor hast du Angst?", fragte Lea vorsichtig.

Mit zusammengepressten Lippen schaute sie ihre Tochter wieder an.

„Ich habe Angst vor Henry. Je länger ich ihn kenne, umso unheimlicher wird er mir. Ich kann es schlecht erklären, es ist so, als wären zwei Personen in ihm. Die eine ist ganz normal, so wie ich sie kennengelernt habe, aber die andere ist völlig anders und kommt immer öfter zum Vorschein. Dieser traue ich mittlerweile alles zu. Wenn diese andere Person mich anschaut, läuft es mir eiskalt den Rücken herunter. Es ist der Blick eines Mannes, der zu allem fähig ist. Wenn es zwischen uns nicht besser wird, müssen wir uns trennen. Vielleicht...", ihre Mutter unterbrach den Satz und zuckte mit den Schultern, „...liegt es ja auch an mir. Aber so geht es nicht weiter. Ich sehe mittlerweile einiges anders und ich weiß, dass ich Fehler gemacht habe, ganz besonders dir gegenüber. Ich war alles andere als eine gute Mutter, aber von nun an werde ich versuchen, mich zu ändern."

Sie legte den Arm um ihre Tochter und zog sie etwas näher an sich heran.

„Wir beide sollten zusammenhalten, denn irgendetwas stimmt mit Henry nicht. Und nun geh schlafen und ruh dich aus. Ich hoffe, ich habe dir keine Angst gemacht."

Lea teilte dieses Gefühl ihrer Mutter. Sie hätte Henry genauso beschrieben. Sie sagte aber nichts, denn sie wollte sie nicht noch mehr in Unruhe versetzen. Sie wünschte ihr eine gute Nacht und ging ins Bett. Sie verschränkte die Arme hinter dem Kopf und dachte über die Worte ihrer Mutter nach. Es war schrecklich, dass sie ihr Zuhause mit jemandem teilten, dem man alles zutrauen konnte.

In den kommenden Wochen wurde es etwas ruhiger. Henry und ihre Mutter schwiegen sich die meiste Zeit an. Sie bemühten sich, dem anderen aus dem Weg zu gehen und mieden sogar jeden Blickkontakt.

Dann kam der Tag, den Lea niemals vergessen würde. Sie saß gerade in ihrem Zimmer und hörte Musik, als ihre Mutter anklopfte und fragte, ob sie stören würde. Lea schüttelte den Kopf und winkte sie herein. Marie setzte sich zu ihr auf das Bett und fasste ihre Hände. Dabei bemerkte Lea, wie sehr sie zitterte.

„Ich habe dir etwas zu sagen", teilte sie mit.

Lea konnte die Situation nicht einschätzen und nickte nur.

„Henry und ich hatten gestern ein wirklich tolles Gespräch. Er hat endlich eingesehen, dass er die Probleme, die wir miteinander haben, größtenteils selbst verursacht. Er schlug vor, mit mir in den Urlaub zu fahren. Wir sehen das als letzte Chance, unsere Beziehung zu retten. Sollte sich nach diesem Urlaub nichts ändern, trennen wir uns."

Leas Kinnlade klappte so weit runter, dass sie einem Nussknacker ähnelte. Sie verstand die Welt nicht mehr. Ihre Mutter wollte mit diesem Kerl Urlaub machen? Hatte sie ihre Bedenken ihm gegenüber schon vergessen?

Marie ignorierte Leas entgeisterten Gesichtsausdruck und erzählte aufgeregt weiter.

„Wir planen einen Wanderurlaub und zwar, halte dich fest, in den französischen Alpen."

Ihre Mutter wirkte, als könne sie es gar nicht erwarten, mit Henry in den Urlaub zu starten. Gespannt wartete sie darauf, dass ihre Tochter sich mit ihr freute, aber dem war nicht so.

„Hast du schon vergessen, dass du ihm nicht traust? Hast du vergessen, dass du Angst vor ihm hast, wenn diese andere Person in ihm zum Vorschein kommt? Das waren doch genau deine Worte. Es kann doch nicht dein Ernst sein, dass du mit solch einem Menschen in den Urlaub fahren willst."

Die Mutter senkte den Kopf.

„Ja, du hast ja Recht, aber er kann ja auch völlig anders sein. Und ich will natürlich auch alles tun, um unsere Beziehung zu retten. Verstehst du das denn nicht?"

Lea sah in das verzweifelte Gesicht ihrer Mutter und konnte erkennen, wie sich ihre Augen mit Tränen füllten. Eine böse Vorahnung kroch in ihr hoch, ihr gefiel die Idee ganz und gar nicht. Aber sie kannte ihre Mutter, wenn sie sich erst einmal etwas in den Kopf gesetzt hatte, war jeglicher Einwand vergeblich. Noch immer sah ihre Mutter ihr mit einem bittenden Blick ins Gesicht.

„Doch, irgendwie kann ich dich verstehen", gestand Lea, "auch wenn ich diesen Mann nicht leiden kann. Dann nehmt euch diese Auszeit und ich hoffe für dich, dass du eine schöne Zeit haben wirst."

„Danke, mein Schatz, die werde ich haben."

Die Mutter rutschte näher und legte die Arme um ihre Tochter. Während sie sich festhielten, schaute Lea starr zur Wand, als könne diese ihr verraten, was dieser Mann wirklich im Schilde führte.

Die Tage bis zur Abreise vergingen viel zu schnell. Marie war oft mit den Vorbereitungen beschäftigt und so blieb nicht viel Zeit, die sie miteinander hätten verbringen können.

Dann war der Moment des Abschieds da. Die Rucksäcke waren gepackt und im Wagen verstaut. Lea mochte Abschiede nicht, sie hatten immer so etwas Unvorhersehbares an sich. Marie und Lea lagen sich lange in den Armen. Dann drückte ihre Mutter sie zärtlich etwas von sich weg und schaute ihr in die Augen.

„Schatz, mach dir bitte keine Sorgen. Ich schätze, wir sind etwa zwei Wochen unterwegs, vorausgesetzt, ich halte so lange ohne Dusche und Toilette durch."

Bei den letzten Worten lachte sie, aber Lea hatte das Gefühl, dass in ihrer Stimme noch etwas anderes als Freude mitschwang. Sie sprach ihre Mutter aber nicht darauf an, sondern mühte sich ein Lächeln ab und wünschte ihr viel Spaß. Henry nickte sie nur kurz zu und würdigte ihn keines weiteren Blickes.

Kurz darauf verließ der Wagen den Parkplatz. Nachdem er hinter der nächsten Biegung verschwunden war, blieb Lea noch eine Weile stehen. Ihr Gewissen sagte ihr, dass sie es um jeden Preis hätte verhindern sollen. Sie bereute es, dass sie ihre Mutter ermutigt hatte, mit Henry in den Urlaub zu fahren. Eine unangenehme Stille umgab sie plötzlich, die Redewendung „Ruhe vor dem Sturm" schoss in ihre Gedanken und es drückte ihr den Hals zu. Etwas Schlimmes kündigte sich an.

Während der Zeit, in der die beiden weg waren, sollte Alina, eine alte Freundin ihrer Mutter hin und wieder nach dem Rechten schauen. Sie war eine sehr nette Frau und Lea verstand sich sehr gut mit ihr. Oft saßen sie zusammen und redeten miteinander. Lea erzählte von Ginas Verschwinden und dass sie nicht mehr daran glaubte, sie noch einmal zu sehen.

„Das Leben im Heim war für sie nicht immer einfach. Vielleicht wurde ihr alles zu viel und sie hat sich einfach in den Zug gesetzt und ist abgehauen und lässt es sich nun irgendwo am Meer gut gehen", mutmaßte Lea aufs Blaue.

„Das kann schon gut sein", erwiderte Alina.

„Jugendliche sind leider oft unberechenbar. Gina wäre nicht die Erste, die wegen eines Typen oder etwas anderem einfach verschwindet."

Es hatte etwas Tröstliches, Ginas Verschwinden auf diese Weise zu erklären, auch wenn Lea eigentlich nicht daran glaubte. Ihren furchtbaren Verdacht, Henry stecke dahinter, verschwieg sie lieber. Sie wollte nicht noch mehr Öl ins Feuer gießen.

Alina schlug vor, zur Polizei zu gehen und nach dem neuesten Stand der Ermittlung zu fragen. Bereits am nächsten Nachmittag gingen sie zur Wache und erkundigten sich bei der zuständigen Abteilung. Leider war die Antwort ziemlich ernüchternd. Die Polizei suchte zwar immer noch nach Gina, aber sie hatten den Eindruck, dass die Beamten mittlerweile die Hoffnung aufgegeben hatten, das Mädchen lebend wiederzufinden.

Lea war über die Haltung der Beamten entsetzt. War es nicht gerade ihre Aufgabe, ja, sogar ihre Pflicht, Zuversicht zu vermitteln und keinesfalls aufzugeben? Ihr war zwar bewusst, dass sie ungerecht war und die Polizei nicht mehr unternehmen konnte, aber auf irgendjemanden musste sie jetzt wütend sein.

Enttäuscht verließen Lea und Alina die Wache und setzten sich in ein Café. Lea schwor sich, sie würde erst Ruhe geben, wenn man Ginas Leiche fand, eher nicht.

Die nächsten Tage zogen sich quälend langsam dahin. Jeden Abend stand Lea auf der großen Terrasse vor dem Haus und sah zu den Sternen hinauf. Irgendwo in den Alpen, fernab von der Zivilisation, schaute ihre Mutter vielleicht gerade dieselben Sterne an. Es kam ihr albern und kitschig vor, aber dieser schöne Gedanke machte ihre Situation ein bisschen erträglicher und sie fühlte sich ihrer Mutter ein klein wenig näher.

Nachdem sie sich durch die erste Woche gequält hatte, kam der Tag, an dem das Schicksal wieder eiskalt aus dem Hinterhalt zuschlug. Lea kam von der Schule nach Hause und stellte erstaunt fest, dass Henrys Wagen vor dem Haus parkte. Sekundenlang stand sie nur da und starrte das Auto entgeistert an. Dass die beiden so viel früher als verabredet von ihrer Reise zurückkämen, damit hatte sie nun wirklich nicht gerechnet.

Sie ließ ihren Rucksack fallen und rannte ins Haus. Laut schrie sie nach ihrer Mutter, aber niemand antwortete. Sie lächelte, bestimmt stand sie unter der Dusche und wusch sich den Dreck von der Wanderung ab.

Lea lief ins Wohnzimmer und sah Henry auf der Couch sitzen. Sofort sank ihre Laune auf den Nullpunkt, den wollte sie als Letzten sehen. In der Hand hielt er ein Glas Whiskey. Mit sanften Bewegungen drehte er das Glas und schaute zu, wie die braune Flüssigkeit herumschwappte.

Alina war ebenfalls da und saß ihm gegenüber. Sie hatte den Kopf gesenkt und starrte zu Boden. Ein leises Schluchzen drang aus ihrer Kehle.

Leas Blick glitt zwischen den beiden hin und her, aber keiner wagte es, sie anschauen. Mit wachsender Panik rief sie erneut den Namen ihrer Mutter und schaute zur Treppe hinauf. Doch wieder bekam sie keine Antwort.

Das unheimliche Schweigen von Henry und Alina breitete sich im Raum aus und erzeugte eine bedrückende Atmosphäre. Gerade, als Lea meinte, den Verstand zu verlieren, hob Henry endlich den Kopf, um etwas zu sagen. Er schaute sie ernst an.

"Marie hatte einen tödlichen Unfall", erklärte er mit tonloser Stimme und machte eine kleine Pause. Dann fuhr er fort.

„Sie ist von einem Felsen heruntergestürzt. Es tut mir leid."

Lea hatte plötzlich das Gefühl, sie stände in einer schalldichten Kabine und nur diese wenigen Worte drangen gedämpft zu ihr durch. Sie war unfähig etwas zu sagen, unfähig zu weinen, unfähig zu schreien. Die Welt blieb stehen, bevor sie über ihr zusammenbrach und alle Uhren dieser Welt hörten mit einem Mal auf zu schlagen.

Alina lief auf sie zu und drückte sie an sich. Lea wusste nicht, wie lange sie dort standen, waren es Minuten oder Stunden? Sie hatte jeglichen Bezug zu Zeit und Raum verloren.

Wie eine willenlose Puppe führte man sie aus dem Zimmer und das Letzte, was sie dabei sah, war Henry Gesicht. Sie erkannte keine Trauer, kein Mitleid und keinen Schmerz, nur eine kalte innere Leere spiegelte sich in seinen Augen wieder.

An die Stunden danach konnte Lea sich nicht mehr erinnern. Sie hatte mit Alina in ihrem Zimmer gesessen und war völlig in ihrer Trauer versunken. Sie befand sich in einer unwirklichen Zwischenwelt, unendlich weit entfernt von der Realität.

In den folgenden Wochen lebte Lea zurückgezogen in dieser Zwischenwelt. Sie hatte mit niemandem Kontakt und wollte alleine sein. Sie mied jeden Umgang mit Henry, dem es anscheinend nicht einfiel auszuziehen. Sie konnte es nicht ertragen, in seiner Nähe zu sein. Für sie war allein er schuld an allem. Er trug Schuld am Tod ihrer Mutter und daran, dass es ihr so schlecht ging. Sie wusste, dass sie ihm Unrecht tat, aber das war ihr vollkommen egal. Sie fühlte sich so machtlos wie eine Figur auf dem Schachbrett des Schicksals, die man unzählige Male hierhin und dorthin schob, um sie am Ende in den Rachen des Gegners zu werfen.

Dann und wann besuchte Alina sie, um zu sehen, ob Lea zurechtkam. Meistens blieb sie aber nicht lang, sie konnte wohl die bedrückende Totenstille nicht mehr ertragen, die sich in Leas Zuhause breit gemacht hatte.

Oft saß Lea im Wald und dachte an Vergangenes zurück. All die Jahre mit ihrer Mutter waren so schnell verflogen. Ihr wurde schmerzlich klar, dass es keinen Weg zurück in die Vergangenheit gab.

Sie rief in dieser Zeit Augenblicke aus ihren Erinnerungen wach, die zu einem verlorenen Leben gehörten und sie trauerte Worten nach, die niemals ausgesprochen worden waren. Das Einzige, was ihr jetzt noch blieb, waren die unzähligen Erinnerungen an ihre Mutter. Ihre wirklichen Gefühle, ihre tiefsten Emotionen versteckte sie hinter einer stählernen

Maske, die jedem weismachen sollte, dass bei ihr alles in Ordnung sei.

Fast jede Nacht wurde sie von Alpträumen heimgesucht, in denen sie das verarbeitete, was sie tagsüber verdrängte.

Auch an diesem Abend lag sie wieder unruhig im Bett und wälzte sich von der einen Seite zur anderen. Es dauerte eine kleine Ewigkeit bis der Schlaf sie endlich übermannte und wieder in einen Alptraum schickte. Doch dieser Traum war vollkommen anders.

Kapitel 7

Weiter, lauf weiter ... die Worte schlugen wie unbarmherzige Hiebe in Leas Verstand. Die Angst peitschte sie vorwärts und ihr hämmerndes Herz jagte das Adrenalin durch die Venen. Ihre Lunge brannte wie Feuer und drohte beim nächsten Atemzug zu zerreißen. Jede Faser in ihrem Körper schmerzte und bettelte nach Erholung. Einfach nur einen Moment ausruhen, das war ihr sehnlichster Wunsch. Aber diesen Moment hatte sie nicht.

Einen Schritt und noch einen. Lea gab nicht auf, noch nicht ...

Sie versuchte einen klaren Gedanken zu fassen, doch die Mischung aus völliger Erschöpfung und panischer Angst machte es ihr unmöglich.

Kurz kam es ihr in den Sinn nach ihrem Verfolger Ausschau zu halten, aber das war gar nicht nötig, sie hörte die Schritte, die sie ununterbrochen verfolgten. Sie wurden nicht einmal schneller, sie begleiteten Lea immer mit der gleichen Geschwindigkeit. Er wusste genau, sie konnte ihm nicht entkommen.

Bisher hatte Lea ihn nicht einmal gesehen, aber er war da, dessen war sie sich absolut sicher. Sie spürte seine Nähe und seine böse Aura umgab ihn wie ein dichter Schatten.

Wie bei einer Hetzjagd trieb er sie vor sich her. Lea wusste, dass sie keine Chance hatte, ihr Verfolger würde niemals aufgeben.

Sie verfluchte in diesem Moment die grausame Arroganz des Schicksals. Es spielte kalt lächelnd mit seinem Damoklesschwert über ihren Kopf und wartete nur auf den passenden Moment, um es ihr in den Nacken zu rammen.

Bäume rasten am Rande ihres Gesichtsfeldes vorbei, aber sie nahm sie nur verschwommen wahr. In einiger Entfernung erkannte sie auf der linken Seite einen kleinen Weg, der sich durch den dichten Wald kämpfte. Vielleicht war er die letzte Möglichkeit sich zu verstecken. Sie musste sich entscheiden, sie hatte den kleinen Pfad schon fast erreicht. Sie bog ein. Ihre Turnschuhe gruben sich in den Waldboden und wirbelten Blätter und Äste auf, die einer weiten Fontäne davonflogen.

Durch die plötzliche Richtungsänderung verlor sie das Gleichgewicht und rutsche aus. Sie versuchte sich zu fangen, ruderte wild mit den Armen und erinnerte an eine Marionette, deren Fäden man wild durcheinander zog. In Zeitlupe näherte sich der Waldboden und dann erfolgte der Aufprall. Das Beben erschütterte sie, aber sie spürte nichts. Sie stand dermaßen unter Todesangst, dass das Adrenalin jeden Schmerz tilgte.

Einige Sekunden blieb sie liegen, aber ihr Lebenswille befahl ihr aufzustehen und weiterzulaufen. Kurz überlegte sie, ob sie diesen Befehl ignorieren sollte. Warum auch weiter fliehen? Sie war schon so lange auf der Flucht, dabei wusste sie nicht einmal, ob es Minuten oder sogar Stunden waren. Sie hatte es bisher nicht geschafft, ihrem Verfolger zu entkommen. Warum sollte sie sich unnötig quälen, wenn das unausweichliche Ende so oder so auf sie wartete?

Verflucht, sieh doch endlich ein, dass es kein Entkommen gibt! Sie versuchte ihren Willen davon zu überzeugen, einfach aufzugeben.

Erlaube mir, hier liegen zu bleiben, ich kann nicht mehr.

War es ihre Willenskraft oder der nackte Überlebensinstinkt? Lea wusste es nicht. Aber kaum, dass sie den Wunsch geäußert hatte, sprang sie wieder hoch, hetzte los und die Bäume rauschten weiter an ihr vorbei. Aber das verhasste Geräusch der Schritte war noch immer hinter ihr.

Trockene Äste knackten und barsten unter dem Gewicht ihres Verfolgers und das raschelnde Geräusch des verdorrten Laubs wurde lauter. Täuschte sie sich oder hörte sie es nun viel deutlicher? Hatte er sie gleich eingeholt? Verwunderlich wäre es nicht, der Sturz hatte wertvolle Zeit gekostet.

Die Laubbäume wichen dicht wachsendem Nadelgehölz und sie rannte immer tiefer in den Wald. Sie war von uralten, hohen Bäumen umgeben, die wie eine riesige Armee dicht an dicht und Reihe um Reihe standen. Sie schienen ihr, dem Eindringling, drohend entgegenzustehen, als ob sie ihren Herrschaftsanspruch über den Wald behaupten wollten.

Mit ihren Ästen schlugen sie Lea ins Gesicht, krallten sich an ihre Kleidung und erschwerten ihr Vorankommen. Lea zog und zerrte sich los, es kümmerte sie nicht, ob ihre Kleidung zerriss oder sie sich Verletzungen zuzog. Sie musste weg von hier, nur weg.

Aus weiter Ferne vernahm sie den Klang einer Kirchenglocke, die ihren düsteren Hall über das ganze Land hinausschickte. Doch er gab ihr keinen Mut, sondern kündete von Verderben und Tod.

Schlagartig wurde ihr klar, dass es ein Fehler war, in diesen Wald zu rennen. Vielleicht sollte es ihr letzter Fehler sein.

Jeden Moment rechnete sie damit, den Griff ihres Verfolgers an ihrer Schulter zu spüren. Lea keuchte vor Erschöpfung und rannte immer tiefer in den finsteren Wald. Irgendwelche Tiere huschten oder flogen dem flüchtenden Mädchen erschrocken aus dem Weg. Plötzlich erkannte sie hinter einigen Bäumen dunkelgraue Mauerreste, die vor einer hohen

Felswand standen. Sie waren schwer zu erkennen, da der Zahn der Zeit an ihnen genagt und die Natur sie mit ihren eigenen Farben überwuchert hatte.

Vielleicht würde sie es noch bis dorthin schaffen und Schutz zwischen den Mauern finden. Eine andere Möglichkeit blieb ihr nicht. Sie war am Ende ihrer Kräfte und jeder weitere Schritt wurde zu einer einzigen Qual. Ohne ihr Ziel aus den Augen zu lassen, kämpfte sie sich Meter für Meter voran. Dann endlich hatte sie es geschafft und betrat den steinigen Boden. Sie erkannte einen Eingang, der einst der Zugang zu einem Schacht gewesen sein musste. Die schwarze Öffnung gähnte ihr entgegen und sog das spärliche Tageslicht, wie ein dunkler und breiter Schlund, in sich hinein. Lea hockte sich hin und pumpte frischen Sauerstoff in ihre Lunge. Ihr gefiel der Gedanke nicht, aber um sich zu verstecken, war dieser Schacht am besten geeignet. Die ovale Öffnung grinste sie einladend an und lockte sie in die Dunkelheit.

Lea richtete sich auf und ging auf den finsteren Eingang zu. Verrostete Schienen führten hinein und verschwanden im dunklen Nichts. Ein letztes Mal drehte sie sich um und hielt nach ihrem Verfolger Ausschau. Ruhig und friedlich lag der Wald vor ihr. Das leise Summen der Insekten und das Rascheln des Windes heuchelten friedliche Harmonie. Aber sie wusste, dass er noch immer hinter ihr her war.

Vorsichtig betrat sie den Schacht. Noch war der Weg im Zwielicht zu erkennen, aber die Dunkelheit würde sie gleich vollkommen umschließen. Der Durchgang war nicht sehr breit, aber eine kleine Lore hätte man noch hindurchschieben können. Auch die Decke war niedrig. Unendlich viele Spinnen hatten ganze Arbeit verrichtet und den Deckenbereich mit ihrem feinen Gewebe dicht überzogen. Jedes Mal, wenn

Lea die hauchzarte Berührung der Spinnenweben an ihren Haaren spürte, fuhr sie erschrocken zusammen.

An der ersten Biegung hing eine kleine Lampe, die ihr gelbliches Licht auf den Gang warf und Leas Vorankommen erleichterte. Sie hatte eine bauchige Form, in der sich eine dunkle, zähe Flüssigkeit befand. Das Glas darüber war dreckig und verschmiert. Es war verwunderlich, das überhaupt noch Licht hindurch schien. Als Lea sich näherte, zuckte die Flamme neugierig hin und her und ließ ihren Schatten über die dunkelgrauen Wände tanzen.

Langsam ging Lea weiter und immer, wenn der Schein einer Lampe zur Neige ging, erschien wie aus dem Nichts das Licht der nächsten an der rauen Felswand.

Ununterbrochen lauschte sie nach den Schritten ihres Verfolgers, aber außer dem knirschenden Geräusch, das ihre Schuhe auf dem dreckigen Steinboden verursachten, hörte sie kein anderes. Hatte ihr Verfolger nun doch aufgegeben oder den Eingang des Schachtes vielleicht nicht bemerkt? Dieser Gedanke beruhigte sie ein wenig.

Ja, so musste es sein, er war bestimmt weitergelaufen. Verdammt, da habe ich noch einmal Glück gehabt.

Zum ersten Mal seit dem Sturz erlaubte sie sich eine Pause und atmete tief durch. Wie herrlich es war, wieder frei atmen zu können. Langsam konnte sie wieder einen klaren Gedanken fassen.

Was soll ich jetzt machen? Ich sollte den Rückweg auf keinen Fall zu früh antreten, ich will ihm nicht in die Arme laufen. Ich werde besser den Schacht weiter erkunden, vielleicht führt er mich sogar nach draußen.

Nachdem sich ihre Atmung beruhigt hatte, setzte sie ihren Weg weiter fort. Dabei musste sie höllisch aufpassen, überall lagen größere Steine herum, die damals vermutlich von der Lore gefallen waren. Als sie gerade einen dieser Steine umrundete, sah sie auf dem Boden eine große Pfütze. An der Decke des Schachtes sammelte sich Wasser und tropfte mit einem klatschenden Geräusch in die Lache. Lea schaute hinein. Ihr eigenes Spiegelbild blickte sie an, doch es war, als ob sie das Gesicht einer Fremden durch ein Fenster betrachtete. Es schien, als sei sie auf der Flucht um Jahre gealtert.

Ihr Blick riss sich los und wanderte zu einer weiteren Lampe, die mit ihrem matten Schein die Felswand beleuchtete. Sie nahm sie von dem verrosteten Haken und setzte ihren Weg fort. Lichtscheue Insekten tummelten sich scharenweise an der feuchten Felswand und huschten erschrocken in die unzähligen Risse, als der Schein der Lampe sie streifte.

Auf einmal wurde die Flamme der Lampe unruhig und hüpfte aufgeregt hin und her. Ein leichter Windzug wehte Lea entgegen und strich ihr zart über die Haare. Befand sich dort vielleicht ein Ausgang?

Nach etwa fünfzig Metern erkannte sie ein weiteres gelbliches Flackern an der Tunnelwand. Lea betete, dass es die letzte Lampe wäre und ihr den Weg nach draußen weisen würde. Sie rannte die restlichen Meter, sie konnte es nicht erwarten wieder nach Hause zu kommen. Aber als sie um die Ecke bog, verpuffte ihr Optimismus. Nein, da war kein Ausgang, es war lediglich ein größerer Raum, der wohl seinerzeit als Zwischenstation gedient hatte. Die Gleise teilten sich nun und während die einen in diesem Raum endeten, verschwanden die anderen im nächsten Gang. Dieser war durch massives Geröll verschüttet. Die Decke war eingestürzt und hatte alles unter sich begraben.

Hier kam sie nicht weiter, es war eine Sackgasse.

Lea spürte eine Unruhe, die sich wie schleichendes Gift in ihrem Körper breit machte und sie zu lähmen drohte. Die Wände schienen sich zu bewegen und näher zu rücken. Das tonnenschwere Gestein über ihr presste auf ihren Brustkorb und erschwerte die Atmung. Sie spürte, wie ihre Nerven langsam aber sicher versagten.

Mach dich nicht verrückt, seitdem du hier drinnen bist, hast du nichts mehr von ihm gehört. Du bist in Sicherheit.

Sie schaute sich um. Verschimmelte Holzreste lagen verstreut in einer Ecke und mit viel Fantasie konnte man erkennen, dass es sich um ein paar alte Stühle handelte. Ein Tisch mit zwei abgebrochenen Beinen ragte zwischen all dem Gerümpel hervor. In einer anderen Ecke lagen dicke Holzbalken, die vermutlich einmal die Decke gestützt hatten. Ansonsten war der Raum leer. Auch der Staub, der fingerdick auf dem gesamten Boden lag, zeugte davon, dass hier lange niemand mehr gearbeitet hatte.

Lea ging zu dem Holzhaufen und legte ein paar Bretter zusammen, sodass sie sich notdürftig hinsetzen konnte. Da es offensichtlich keinen weiteren Ausgang gab, blieb nur eine Möglichkeit - sie musste wieder zurück. Ihr war nicht wohl bei diesem Gedanken, aber sie hatte keine andere Wahl. Ein paar Minuten wollte sie aber noch abwarten, sicher war sicher.

Langsam machten sich die ersten Schmerzen in ihrem Körper bemerkbar. Die Flucht hatte sie an ihre Grenzen gebracht. Ihr Kopf dröhnte so sehr, als würde jemand unaufhörlich mit einem Hammer auf einen Amboss schlagen. Lea verzog das Gesicht und presste ihre Lippen zusammen. Aber sie lebte und das war das Einzige, was zählte.

Wie tief in einer Trance versunken, saß sie da und grübelte. Sie konnte nicht verstehen, dass jemand versuchte sie zu töten. Sie war doch nur ein junges Mädchen und hatte nie jemandem etwas zu Leide getan. Sie war zutiefst ratlos und kam zu keinem Ergebnis.

Irgendwann stand sie schließlich auf und wagte es den Rückweg anzutreten. Sie betrat wieder den Gang. Der leichte Windzug, der ihr entgegenwehte, roch modrig und verfault und legte sich als unangenehmer Geschmack auf ihre Zunge. Als sie etwa die Hälfte des Rückweges hinter sich gelassen hatte, blieb sie stehen und schaute nach vorne. Drei weitere Lampen an der Wand kündigten die letzten Meter an. Danach könnte sie den Stollen endlich wieder verlassen.

Sie passierte die erste Lampe. Fliegen hatten sich hinter dem dicken Glas verfangen. Ihre hektischen Bewegungen warfen Schatten an die gegenüberliegende Wand und stellten Leas gereizte Nerven erneut auf eine harte Probe.

Sie ging weiter und nach ungefähr zwölf Metern kam sie an der zweiten Lampe vorbei. Schon von Weitem sah sie das letzte Licht, das einsam und unruhig in der Dunkelheit hin und her flackerte. Gleich hatte sie es geschafft.

Plötzlich stoppte sie und hielt vor Schreck die Luft an. Die letzte Lampe war erloschen. Sie blieb wie angewurzelt stehen. Blitzschnell ging sie einige Möglichkeiten durch, die das Erlöschen der Flamme erklären könnten. Eine logische Erklärung wäre, dass das Petroleum verbraucht war. Aber wie hoch war die Wahrscheinlichkeit, dass das gerade jetzt passierte? Es gab auch noch eine weitere Möglichkeit. Lea wagte es nicht, weiter zu denken. Instinktiv duckte sie sich und machte sich so klein, wie es nur ging. Schnell pustete sie das Licht aus, denn mit dem Schein ihrer Lampe gab sie ein vortreffliches Ziel ab.

Leise schlich sie rückwärts wieder zurück und ließ dabei den vor ihr liegenden Abschnitt des Ganges nicht eine Sekunde aus den Augen.

Sie passierte die vorherige Lampe und verfluchte deren hellen Schein. Wenn dort hinten jemand auf sie lauerte, sah er sie nun auf jeden Fall. Meter für Meter ging sie wieder tiefer in den Schacht hinein und hatte das schreckliche Gefühl, dass der Berg sie verschluckte. Außer dem erloschenen Licht hatte Lea bis jetzt nichts Ungewöhnliches bemerkt. Aber dann ... auf einmal sah sie etwas an dem zweiten Licht vorbeihuschen. Sie hielt mitten in der Bewegung inne und fixierte den Bereich. Hatte sie sich vielleicht getäuscht und es war nur ein Schatten, entstanden aus der ständigen Bewegung der Flamme? Lea versuchte, die Dunkelheit mit zu Schlitzen verengten Augen zu durchdringen. Plötzlich erlosch auch dieses Licht. Mit mächtigen Hieben schlug die Panik auf sie ein und schüttelte sie durch. Ihr war klar, ein erloschenes Licht hätte Zufall sein können, aber dass zwei hintereinander ausgehen, nein, das war unmöglich. Dann vernahm sie ein Knirschen, als würde jemand die feinen Steinchen auf dem Boden ganz langsam zermahlen. Leas Gefühl für die Wirklichkeit wich der Panik, die sich ihrer voll und ganz bemächtigen wollte. Unter größter Anstrengung atmete sie ein und aus. Ihr wurde nun klar, dass ihr Verfolger nicht verschwunden war, sondern ihr noch immer an den Fersen klebte. Dann legte sich die Angst wie dichter Nebel um sie und hüllte eine eisige Starre um ihren Körper. Sie befand sich in der Falle.

Sie schlich zurück und beobachtete den Gang weiterhin mit vor Anspannung weit aufgerissenen Augen. Noch eine Lampe ging aus und ein weiteres Stück Gang wurde in Dunkelheit gehüllt. Es war, als ob die Finsternis persönlich sie verfolgte und sie immer tiefer in den Schacht scheuchte. Die pure Panik schnürte Lea die Kehle zu und jedes einzelne Körperhaar stellte sich auf. Doch sie riss sich abermals zusammen. Sie durfte jetzt unter keinen Umständen die Kontrolle verlieren.

Noch ein paar Meter, dann würde sie wieder den Raum betreten, in dem sie vor wenigen Minuten noch voller Hoffnung gesessen hatte. Sie erreichte die letzte Biegung und da sie nun aus dem Blickwinkel des Verfolgers verschwunden war, rannte sie, so schnell sie konnte, den restlichen Weg zurück. Im Raum angekommen begann sie fieberhaft nach einem Ausweg zu suchen. Der Geröllhaufen in dem weiterführenden Tunnel barg vielleicht den einzigen Weg hinaus. Drei schnelle Schritte und schon stand sie vor den großen, aufeinander ruhenden Steinen. Da? Sie erkannte rechts oben unter der Decke eine kleine Nische. Vielleicht schaffte sie es, sich dadurch zu zwängen. Sie war sehr eng, aber sie musste es versuchen.

Wie ein gehetztes Tier zuckte sie herum und schaute zurück. Sie erkannte, wie sich der Lichtschein, der in die Grotte geworfen wurde, abschwächte. Also musste eine weitere Lampe erloschen sein. Wie viele brannten noch? Vielleicht zwei, mehr mit Sicherheit nicht. Gingen diese auch noch aus, würde sie in der absoluten Dunkelheit umherirren. Sie musste sich beeilen, sie hatte vielleicht noch einige Sekunden.

Sie kletterte zu der Nische und drückte ihren Oberkörper in den Spalt. Das erste Stück ging überraschend gut, aber ab der Hüfte wurde es deutlich schwerer. Immer wieder presste sie sich mit aller Gewalt gegen die unnachgiebigen Steine, aber es funktionierte nicht. Bevor sie womöglich noch steckenblieb, gab sie lieber auf.

Wie feiner Sand rann ihr die Zeit durch die Finger. Durch diesen Versuch hatte sie kostbare Sekunden verloren, Sekunden, die ihr schon bald fehlen würden.

Sie schaute hektisch zum Gang und dann trat das ein, wovor sie sich so sehr gefürchtet hatte. Das letzte Licht erlosch.

Tiefe Dunkelheit umgab sie. Sie quetschte sich wieder aus dem Spalt heraus. Dabei lösten sich ein paar Steine und polterten zu Boden. Unter anderen Umständen wäre dieses Geräusch kaum aufgefallen, aber in dieser absoluten Stille hörte es sich an, als würde ein ganzer Berghang herunterstürzen.

Lea verfluchte sich und verharrte mitten in der Bewegung. Dann, sie hörte Schritte. Sie hielt die Luft an und lauschte angestrengt in die Dunkelheit. Es war die Hölle, nichts sehen zu können.

Nun müsste ihr Verfolger den Raum erreicht haben. Das Knirschen der Schuhe verklang und Stille legte sich um das junge Mädchen, das dort am Boden kauerte und schützend die Arme vor sich hielt. Lea spürte eine fremde und unheilvolle Aura. Sie musste sich zusammenreißen, um nicht einfach aufzuspringen und wegzurennen. Konzentriert lauschte sie in die Stille. Dann hörte sie etwas, es war ein leises, flaches Atmen.

Ihre Angst befahl ihr zu fliehen. Nein, sie schrie und bettelte sie förmlich an, nicht weiter auf den sicheren Tod zu warten, aber ihre Beine reagierten nicht darauf. Sie ignorierten den Fluchtbefehl und gehorchten nur dem Drang, sich weiter zu verstecken. Dann ertönte ein heiseres Lachen und drei Worte wurden durch die Grotte gehaucht:

„Ich finde dich."

Lea bemerkte nicht einmal, dass Tränen über ihr Gesicht liefen. Erst als sie auf ihre Hände tropften, schreckte sie auf.

Diese absolute Finsternis um sie herum erdrückte sie. Nicht zu wissen, wo sich der Angreifer befand, machte sie wahnsinnig. Sie atmete nicht, aus Angst, man könnte es hören. Sie bewegte sich keinen Millimeter, aus Angst, sie würde ein Geräusch verursachen. Nur ihr Herz hämmerte wie wild in ihrer Brust. All ihre Sinne waren zum Zerreißen angespannt und ihr Überlebenswille arbeitete auf Hochtouren. Sie verlor die Kontrolle und verlief sich völlig im Labyrinth ihrer grenzenlosen Furcht. Und dann - sie spürte etwas an ihrer linken Wange. Es war eine sanfte Berührung, kaum zu spüren, aber dennoch war sie da. Lea schrie vor Schreck und ihre Fäuste schlugen in die Dunkelheit. Etwas flatterte aufgeregt an ihrem Gesicht vorbei, es war wahrscheinlich nur ein Nachtfalter.

Plötzlich durchschnitt der Schein einer Taschenlampe die Dunkelheit wie ein grelles Lichtschwert. Das helle Licht fiel auf das Gesicht ihres Verfolgers und entstellte es zu einer teuflischen Fratze.

„Hab ich dich", kicherte die Person irre.

Wie aus dem Nichts erschien eine geballte Hand, in der sich ein riesiges Messer befand. Das Licht der Taschenlampe brach sich an der funkelnden Klinge. Einige Augenblicke verharrte die Hand mitten in der Bewegung und gewährte Lea einen kurzen Moment, in dem sie begriff, was hier gerade passierte. Dann stieß die Hand nach vorne und das Messer sauste auf sie zu.

Lea hörte, wie die rasiermesserscharfe Schneide pfeifend die Luft zerschnitt. Im selben Moment erkannte sie das Gesicht ihres Verfolgers. Es war ihr nicht fremd, es gehörte Henry.

Mit einem Mal schien die Zeit still zu stehen. Leas Verstand schaltete sich aus. Sie schloss die Augen und spürte den Stich, als die schlanke, kalte Schneide in ihren Körper drang. Sie durchtrennte Sehnen und Muskeln und Lea fühlte das warme Blut aus sich herausströmen.

In diesem letzten Moment dachte sie an ihre Mutter. Sie vernahm leise ihr vertrautes Lachen, das in ihren Ohren wie eine wunderschöne Sinfonie klang. Es tröstete und beruhigte sie und machte es ihr ein wenig erträglicher, den Tod zu akzeptieren.

Doch dann geschah etwas Unerwartetes. Ein Donnern erfasste sie. Sie wurde hin- und hergerissen, als würde ein gewaltiges Erdbeben über sie hereinbrechen. Das Beben wurde immer stärker und aus einer scheinbar endlosen Entfernung vernahm sie eine Stimme, die verzweifelt versuchte zu ihr durchzudringen.

Lea wollte sich bewegen, aber es gelang ihr nicht. Verzweifelt schrie sie laut auf, schlug wie im Fieberwahn um sich, riss die Augen auf und ... erwachte.

Kapitel 8

Sie erkannte Henrys Gesicht über sich. Er schüttelte sie und seine Finger gruben sich schmerzhaft in ihre Arme.

Er hat mich!

Wie von Sinnen schrie und schlug sie weiter um sich. Sie versuchte sich aus seinem eisernen Griff zu befreien, aber es war hoffnungslos. Er schlug ihr ins Gesicht, was ein klatschendes Geräusch erzeugte. Ihr Schrei verstummte. Henry löste ganz langsam den Griff um ihre Arme, als würde er dem Frieden noch nicht ganz trauen. Langsam kam Lea zu Bewusstsein. Mit aufgerissenen Augen, in denen sich noch immer die Todesangst spiegelte, schaute sie sich um. Sie lag in ihrem Bett und ohne Zweifel war das ihr Zimmer und kein modriger, kalter Stollen. Ihre Hände umklammerten das Bettlaken auf dem sie lag. Sie konnte es kaum glauben, es war alles nur ein Traum. Aber es war doch so real und detailliert. So etwas hatte sie noch nie erlebt.

Henrys kalter Blick bohrte sich in ihre Augen.

„Endlich bist du wach, dein Geschrei konnte man sich ja nicht mehr anhören", zischte er sie ohne das leiseste Mitgefühl an.

Lea wischte sich die schweißnassen Haare aus dem Gesicht. Ihre Hände zitterten wie Espenlaub. Sie sagte kein Wort. Sie drehte den Kopf und schaute zum Fenster hinaus. Regentropfen schlugen unaufhörlich gegen die Scheibe und machten eine rhythmische Trommelmusik. Henry erhob sich und ging zur Tür. Er drehte sich noch einmal zu ihr um und schaute spöttisch auf sie hinunter.

„Und nun will ich keinen Ton mehr hören, sonst kriegst du direkt noch eine", drohte er.

Um ihr zu zeigen, wie ernst er es meinte, hob er die flache Hand. Dann verließ er fluchend das Zimmer.

„Diese Göre ist genauso verrückt, wie ihre Mutter es war. Zum Glück muss ich jetzt nur noch eine ertragen."

Er gab ein gemeines und dreckiges Lachen von sich, aber das bekam Lea nur am Rande mit.

Sie ließ sich schwerfällig zurücksinken und ihre Augen füllten sich mit Tränen. Sie hatte öfter Alpträume, doch dieser war ganz anders. Noch nie hatte sie die Todesangst so deutlich gespürt. Sie roch noch immer den modrigen Geruch des Schachtes und spürte die kühle Feuchtigkeit auf ihrer Haut.

Wenn sie als kleines Kind von Alpträumen heimgesucht wurde, war ihre Mutter immer zur Stelle und weckte sie sanft und vorsichtig. Lea erinnerte sich daran, wie sie zärtlich in die Arme genommen wurde.

„War doch nur ein böser Traum, mein Schatz", waren jene Worte, die Lea in die Wirklichkeit zurückbrachten. Dann legte sich ihre Mutter zu ihr und streichelte ihr so lange über die Haare, bis sie wieder eingeschlafen war. Kein böser Traum hatte es danach noch gewagt, ihren Schlaf zu stören. Das war immer so schön. Lea sehnte sich so sehr nach dieser Zeit, dass es in der Seele schmerzte. Aber sie würde nie wieder zurückkommen. Sie presste die Hände vor ihr Gesicht und versuchte das Schluchzen zu unterdrücken.

Sie kämpfte sich mühsam aus dem Bett und zog sich an. Als sie nach unten kam war Henry nicht mehr da. Sie erledigte die anfallenden Hausarbeiten, aber in Gedanken war sie noch immer bei dem furchtbaren Traum. Wie ein scharfer Dorn bohrten sich die Eindrücke des Alptraums in ihren Verstand und weigerten sich standhaft, sie zur Ruhe kommen zu lassen.

Der Traum schien eine geheime Botschaft von einer höheren Macht zu sein, um sie vor diesem Mann zu warnen.

Was für ein Unsinn!

Lea schüttelte widerwillig den Kopf. Wenn sie so weiter machte, verlor sie bald den Verstand.

Sie putzte gerade die Vasen auf der Fensterbank, als sie plötzlich einen Schatten vorbeihuschen sah. Kurz darauf ertönte die Türklingel. Lea zuckte erschrocken zusammen. Dabei stieß sie mit der Hand gegen eine kleine Glasvase, die durch den Schubs umfiel und gemächlich auf die Kante zurollte. Jeder Reaktionsfähigkeit beraubt, beobachtete Lea das Glasgefäß. Erst als es herunterfiel und mit einem klirrenden Geräusch zersprang, kam wieder Leben in ihre Glieder.

Mehrere Male, in kurzen Abständen, erklang die Türklingel, als würde die Person vor der Tür langsam die Geduld verlieren. Die wildesten Verwünschungen murmelnd ging Lea zur Tür und zog sie auf. Ein junger Mann in der Uniform eines Paketlieferanten grinste sie schelmisch an. Eine viel zu große Baseballmütze saß lässig schräg auf seinem Kopf und wirkte, als würde sie jeden Moment vom Haupt ihres Besitzers fallen. In seiner Uniform wirkte er wie ein kleiner Junge, der Paketbote spielte. Er wünschte ihr freudestrahlend einen guten Tag und kramte hektisch in seiner riesigen Tasche. Lea verzog genervt das Gesicht, solch eine Frohnatur hatte ihr gerade noch gefehlt.

Mit einem breiten Lächeln zog er einen Umschlag heraus und hielt ihn Lea hin.

„Ich habe hier ein Einschreiben für Dr. Kellermann. Er hat diese Adresse als Zweitadresse angegeben und da ich gerade in der Ecke war, dachte ich mir, ich könnte es ihm..."

„Dr. Kellermann ist nicht hier", unterbrach Lea ihn unfreundlich mitten im Satz.

„Vielleicht ist er auf seinem Anwesen, dort arbeitet und wohnt er auch gelegentlich, wenn er sich nicht gerade hier breit macht."

Die zuvor noch weit nach oben gezogenen Mundwinkel fielen herunter und der strahlende Gesichtsausdruck verschwand.

„Ach Mist", begann er, „ich dachte, ich hätte Glück und er wäre hier, dann könnte ich jetzt Feierabend machen. Da diese Eilsendung aber ein Einschreiben ist, bin ich verpflichtet, sie ihm persönlich zu überreichen. Das blöde ist, dass sein Hauptwohnsitz sehr weit außerhalb liegt und mich das über eine Stunde kostet. Dabei habe ich heute noch eine Verabredung mit einem Mädchen. Sie ist echt etwas Besonderes, ich habe sie vor ein paar Wochen im Internet kennengelernt."

Lea warf sich den Putzlappen über die Schulter, lehnte sich mit verschränkten Armen an den Türrahmen und schaute gelangweilt. Aber er ließ sich davon nicht aus dem Konzept bringen. Er erging sich in Lobhudeleien und beschrieb die Angebetete so detailliert, als würde er sie jeden Tag stundenlang betrachten.

Er wollte gerade den Umschlag wieder einpacken, als Lea ihm die offene Hand hinhielt.

„Ich bringe den Brief zu Dr. Kellermann", sagte sie lustlos und nickte dem Jungen zu.

„Ich hatte heute sowieso vor mit dem Rad zu fahren, dann nehme ich halt diese Strecke."

Der Junge strahlte sie dankbar an.

„Hey, das ist voll cool von dir. Eigentlich muss er es persönlich in Empfang nehmen, aber wenn ich jetzt noch über eine

Stunde dahinfahre, schaffe ich es niemals pünktlich zu meinem Date. Du hast meinen Tag gerettet."

„Macht es dir auch wirklich keine Umstände?", fragte er sicherheitshalber nach.

„Nein, nein", winkte Lea ab und war heilfroh diesen nervigen Typen gleich wieder los zu sein. Gleichzeitig bedauerte sie dieses arme Mädchen, das ihn später treffen würde. Da sie befürchtete, dass der junge Mann gleich wieder mit dem Lobgesang auf seine hochgeborene Prinzessin beginnen würde, hielt sie ihre Hand nach vorne und fragte: „Wo soll ich unterschreiben?"

„Ach ja, unterschreiben, natürlich", antwortete er und hätte in seinem Eifer fast das Gerät fallen lassen. Lea kritzelte ihre Unterschrift auf das Display, winkte ihm noch einmal zu und schloss die Tür.

„Oh Gott, das arme Mädchen", flüsterte sie und warf sich mit dem Rücken gegen die Tür.

Nachdem sie die Scherben der kleinen Glasvase beseitigt hatte, erledigte sie die restlichen Arbeiten und genehmigte sich danach eine Cola auf dem Balkon. Eigentlich hatte sie überhaupt keine Lust zu Henry zu fahren, aber sie hatte es nun mal versprochen.

Eine knappe halbe Stunde später saß sie auf dem etwas zu großen Hollandrad und fuhr Richtung Anwesen. Schon nach wenigen Minuten wurden die Häuser von riesigen Bäumen abgelöst, die ihre langen Äste über die Straße streckten. Felder, auf denen das goldgelbe Getreide in die Höhe wuchs, vermittelten das Gefühl, dass die Welt in Ordnung sei. Als sie sich nach einer Stunde Fahrt dem Grundstück näherte, öffneten sich die dicht stehenden Bäume und gaben die Sicht auf das Anwesen frei. Lea bremste und stieg vom Rad. Immer, wenn sie sich diesem Gebäude näherte, spürte sie einen eisigen Hauch, der wie eine Kuppel um das Anwesen lag. Der unmittelbare Bereich um das Haus war nicht von Bäumen bewachsen, als würden diese hölzernen Giganten sich davor fürchten und ausweichen. Das gesamte Areal war von einem zwei Meter hohen Zaun umgeben. Die fingerdicken, spitzen Eisenstreben und der gerollte Stacheldraht oberhalb des Zaunes sollten jedem signalisieren, dass ein unbefugtes Betreten nicht erwünscht war.

Lea lehnte das Rad an den Zaun und schaute nach oben. Die Vorderseite war mit einer Überwachungskamera ausgestattet, die den gesamten Bereich absicherte.

Sie drückte das Tor auf. Während sie die Steintreppen hochlief, zog sie den Umschlag aus ihrer Hosentasche. Durch die Fahrt war er etwas zerknickt, aber das kümmerte sie recht wenig.

Sie wollte gerade anklopfen, da bemerkte sie, dass die Tür nur angelehnt war. Das war sehr eigenartig. In all den Monaten stand die Tür noch nie offen. Sie schob sie auf und streckte den Kopf ins Innere. Die Vorhalle war leer. Sie trat hinein und zog die Tür hinter sich zu. Die Sonne warf ihr helles Licht durch die Mosaikfenster ins Innere und malte unzählige bunte Muster auf den Boden, sodass die sonst so triste Vorhalle in ein Farbenmeer getaucht wurde. Lea durchquerte die Halle und schaute ins Wartezimmer, aber auch das war leer. Es wurde immer unheimlicher. Paul lief normalerweise hier herum und erledigte irgendwelche Arbeiten, aber auch von ihm war keine Spur.

Sie ging zu Henrys Büro und klopfte. Nichts als Stille war die Antwort. Sie legte die Hand auf die Klinke und wollte sie gerade herunterdrücken, als ein Dröhnen die Stille jäh zerriss und ihr ganzer Körper zusammenzuckte. Die riesige, antike Standuhr in der Eingangshalle trennte mit einem dumpfen Glockenschlag die vergangene Stunde von der nächsten. Der Schreck ließ ihren Puls in die Höhe rasen. Lea zitterte am ganzen Körper und realisierte, wie dünn ihr Nervenkostüm geworden war.

Sie atmete tief durch und drückte die Klinke nach unten. Mit einem leisen Quietschen öffnete sich die Tür. Wieder empfing sie ein menschenleerer Raum. Der Geruch von kaltem Zigarrenrauch strömte ihr entgegen und kitzelte unangenehm in der Nase. Wo waren die nur? Sie wollte gerade die Tür schließen, als sie eine Idee hatte. Verstohlen blickte sie sich noch einmal um. Solch eine Gelegenheit würde sie nie wiederbekommen. Auf Zehenspitzen ging sie in das Zimmer und schloss geräuschlos die Tür hinter sich. Sie schlich zum Schreibtisch und schaute sich Henrys penibel aufgeräumten Arbeitsplatz an. Alles lag akribisch genau an seinem Platz, als hätte Henry jeden Gegenstand, Ordner und Papierstapel mit einem Lineal ausgerichtet. Vorsichtig schaute sie einige Blätter durch, aber es handelte sich lediglich um Berichte über aktuelle Studienergebnisse von neuen Behandlungsmethoden. Sie suchte etwas anderes, was genau, wusste sie auch nicht.

Hastig drückte sie den Einschaltknopf des Computers, vielleicht fand sie hier etwas. Das leise Summen des PC-Lüfters kam Lea in dieser absoluten Stille viel zu laut vor. Dann endlich erschien das Logo des Betriebssystems und kurz darauf öffnete sich ein kleines Eingabefeld für das Passwort. Lea fluchte leise. Ein Sicherheitsprogramm verhinderte, dass sich Unbefugte Zutritt ins System verschaffen konnten. Nervös tippte sie mit den Fingern auf der Schreibtischplatte. Sie war vielleicht kurz davor, hinter Henrys Geheimnisse zu kommen, sie durfte jetzt nicht aufgeben. Sie gab den Namen ihrer Mutter ein, vielleicht hatte Henry ihn als Passwort genommen. Ein graues Fenster sprang auf, der ihr mit knallgelber Schrift mitteilte, dass das Kennwort falsch war. Kombinationen aus Vor- und Zunamen und auch aus Geburtsdaten blieben erfolglos. Bei einem Gespräch zwischen Henry und Leas Mutter bekam sie mal die Namen seiner Eltern mit, aber auch nachdem sie diese eingab, erschien die gleiche leuchtende Anzeige auf dem Display „Incorrect Password."

Langsam fiel ihr nichts mehr ein und die Zeit rannte ihr davon. Jeden Moment konnten Henry oder sein Diener zurückkommen. Sie startete einen letzten Versuch und gab das Wort „Psychologie" ein. Sie rechnete schon gar nicht mehr damit, aber der Startbildschirm erschien und sie sah viele Ordner. Lea jauchzte, sie hatte es geschafft. Sie hielt die Luft an und lauschte. Aber abgesehen von dem leisen Brummen des Computers war es totenstill. Totenstill? Lea spürte einen eisigen Schauer über ihren Rücken laufen. Was für ein treffender Begriff für dieses unheimliche Gemäuer.

Dann machte sie sich an die Arbeit und ließ den Cursor über die ersten Ordner wandern. Diese enthielten lediglich Bestellungen und Rechnungen.

Dann entdeckte Lea einen Ordner, der mit dem Wort „Krankenakten" versehen war. Genau das hatte sie gesucht. Ein Doppelklick brachte sie ins Innere und unzählige neue Ordner öffneten sich. Lea scrollte runter und die Ordner rasten alphabetisch vorbei. Dann hielt sie inne, sie hatte etwas gefunden. Ihre Hand gehorchte ihr plötzlich nicht mehr, sodass sie mehrere Anläufe brauchte, um den Ordner „Gina K." zu öffnen.

„Verflucht, jetzt reiß dich zusammen", zischte sie sich zu. Endlich gab die Akte ihren Inhalt preis. Erneut erschienen ein paar Ordner. Lea stutzte, einer von ihnen war mit „Fotos" benannt worden. Sie klickte ihn an und blinzelte irritiert. Auf unzähligen Bildern war ihre Freundin zu sehen. Die meisten waren sich ähnlich und aus derselben Perspektive aufgenommen. Gina saß auf der anderen Seite dieses Schreibtisches und schaute nach vorne. An ihrem gelangweilten Gesichtsausdruck erkannte man, dass sie gerade von Dr. Ekel therapiert wurde. Das eiskalte Entsetzen kroch an ihrem Rücken hoch. Warum hatte Henry Fotos von seiner Patientin gemacht?

Lea drehte sich zu den Bücherregalen um. Vom Winkel her musste sich die Kamera dort irgendwo befinden. Sie stand auf, suchte die Regale Reihe für Reihe durch und es dauerte nicht lange, da fand sie eine unauffällig zwischen zwei Bücher geklemmte, kleine Kamera. Damit stand fest, dass Henry keine Hemmung hatte, gegen ärztliche Grundsätze zu verstoßen und heimlich Bilder von seinen Patienten machte.

Lea huschte wieder zum PC und schaute sich die restlichen Aufnahmen an. Nun kamen einige, die Henry und Gina auf der Lichtung zeigten. Selbst dort hatte er also eine Kamera angebracht. Das alles ergab doch keinen Sinn. Warum machte er solche Aufnahmen?

Es gab noch zwei weitere Bilder, die ihre Freundin schlafend in einem Bett zeigten. Wo waren diese nur entstanden und wie hatte er es angestellt? Aber sie hatte genug gesehen, um zu wissen, wie weit Henry in seiner Skrupellosigkeit gehen konnte.

Sie klickte zurück und stoppte bei dem Ordner „Diagnose". Lea öffnete ihn und las sich den Bericht durch. Sie hatte sich oft genug Henrys Fachsimpelei anhören müssen, sodass sie genug von dem Geschriebenen verstand, um wütend zu werden.

Das konnte doch nicht sein Ernst sein. Er beschrieb Gina als stark verhaltensgestört mit einem ausgeprägten Hang zu Wutausbrüchen. Henrys Beschreibung ihrer angeblichen Neigung, sich und andere zu verletzen, sowie ihres Suizid-Wunsches beendete die knappe, DinA4-Seiten lange Diagnose.

Lea war völlig geschockt. Sie war sich sicher, dass niemand Gina so gut kannte wie sie und die Person, die hier beschrieben wurde, hatte nicht das geringste mit ihrer Freundin gemein. Die Tatsache, dass jemand seine Position derartig missbrauchte, um einem Menschen absichtlich solch eine falsche Diagnose zu stellen und diese auch noch in einer Akte festzuhalten, machte ihr Angst.

Sie schloss den Bericht und ging so weit zurück, bis wieder die einzelnen Ordner der Patienten erschienen.

Sie scrollte weiter und erkannte einen Ordner mit ihrem eigenen Namen. Sie öffnete ihn und atmete tief durch. Was würde sie jetzt erwarten? Sie las ihre Krankenakte und von Satz zu Satz wurden ihre Augen immer größer. Henry hatte sie sehr ähnlich wie Gina beschrieben. Sie schüttelte den Kopf. Auch bei ihr war angeblich ein gestörtes Verhältnis zu ihren Eltern die Ursache für ihre Aggressionen. Dass auch ihre Mutter sie geschlagen hätte, setzte allem die Krone auf. Die Sätze verschwammen vor ihren Augen und unendliche Wut stieg in ihr auf. Dieses Schwein log sich das meiste einfach zurecht.

Sie öffnete den Ordner „Bilder" und erschrak. Sie fühlte einen Kloß in ihrem Hals wachsen und hatte das Gefühl zu ersticken. Sie röchelte und rang nach Luft.

Sie sah unendlich viele Aufnahmen, die zeigten, wie sie bei sich zu Hause im Bett lag und schlief. Der Winkel war nicht immer derselbe, also musste Henry, während sie schlief, in ihr Zimmer geschlichen sein und sie fotografiert haben und das eindeutig mehr als ein Mal. Und dann gab es auch noch ein Pendant zu Ginas Bildern von der Therapie-Sitzung, nur saß diesmal sie an derselben Stelle des Schreibtisches und hatte keine Ahnung, dass sie aufgenommen wurde. Lea griff sich an die Schläfe. Wie gestört konnte man sein?

Sie saß da und glaubte, in einem schrecklichen Alptraum gefangen zu sein. Es war skurril und unheimlich. Dieser Mensch war nicht normal und saß offensichtlich auf der falschen Seite des Schreibtisches.

Sie öffnete ein paar Schubladen und tastete darin herum, bis sie eine kleine Schachtel fand, in der sich einige USB-Sticks befanden. Schnell kopierte sie Ginas und ihre Akten, so könnte sie später noch einmal alles in Ruhe anschauen.

Sie wollte gerade den PC herunterfahren, als sie plötzlich in einer Ecke des Desktops einige Icons fand, die ihr Interesse weckten. Sie drückte auf einen, der mit dem Kürzel „LI" versehen war. Einen Doppelklick später wusste Lea Bescheid, von diesem PC aus überwachte Henry die Kameras, die an verschiedenen Stellen des Grundstücks befestigt waren.

Es erschien ein neues Fenster auf dem Bildschirm und es dauerte einige Sekunden, bis das Bild schärfer wurde. Lea erkannte die Stelle sofort, es war die Lichtung. Ein Knopf, auf dem ein Kopfhörer abgebildet war, aktivierte das Außenmikrofon. Nun konnte Lea deutlich das Rauschen des Windes und das Klappern der Äste hören.

Mit einem Mal realisierte sie, dass Henry jedes einzelne Wort ihrer Unterhaltungen belauscht haben könnte. Sie stützte sich am Schreibtisch ab und ihr Magen rebellierte. Wie oft hatten sie dort gesessen, über ihn gelästert oder intime

Dinge besprochen? Und kein einziger Satz war für seine Ohren bestimmt.

Sie schloss das Fenster und drückte das Icon mit der Bezeichnung Büro. Nachdem sich das Bild aufgebaut hatte, erkannte sie sich selbst in Echtzeit, wie sie vor dem PC saß und gebannt auf den Monitor starrte. Eins musste man diesem Kerl lassen, er machte seine Sache gründlich.

Lea drückte noch ein paar andere Icons, die die Kameras im Flur, dem Wartezimmer und der oberen Etage aktivierten. Sie schnaufte, um alle durchzuschauen, fehlte ihr jetzt die Zeit.

Zum Schluss aktivierte sie die Kamera, die die Eingangstür von außen überwachte. Deutlich sah man die schwere Holztür und den Bereich davor, aber noch etwas anderes erkannte sie. Zwei Männer erschienen auf dem Bildschirm und steuerten zielstrebig auf die Tür zu - es waren Henry und sein Diener.

Entsetzen schlug um sich und rüttelte solange an Lea, bis diese endlich begriff, dass sie nur wenige Sekunden hatte. In ihrer Hektik verfehlte sie ein paar Mal das kleine X, das das Fenster wieder schloss. Endlich schaffte sie es. Es dauerte ein paar quälende Momente, bis der Computer wieder heruntergefahren war. Sekunden, die Lea wie eine kleine Ewigkeit vorkamen. Dann endlich verklang das Summen des Lüfters.

Sie wusste, dass sie es niemals schaffen würde, ungesehen an den beiden vorbei zu kommen. Sie musste sich etwas einfallen lassen. Sie sprintete um den Schreibtisch und setzte sich auf den Stuhl. Kaum saß sie, da hörte sie auch schon die schweren Schritte, die sich dem Büro näherten. Kurz darauf öffnete sich die Tür und die beiden Männer traten ein. Lea drehte sich um und bemühte sich, so gelassen wie möglich zu wirken. Das ist einfacher gesagt als getan, wenn einem das Herz bis zum Hals schlägt und man am ganzen Körper zittert.

Der Doktor und sein Diener hielten in der Bewegung inne, als wären sie gegen eine unsichtbare Wand gelaufen.

„Lea?", fragte Henry ungläubig.

„Was machst du hier und wie bist du reingekommen?"

Bei seinen letzten Worten nahm seine Stimme einen gefährlichen Unterton an und sein strenger Blick bohrte sich tief in ihre Augen. Ohne eine Antwort abzuwarten, ging er zu seinem Schreibtisch und setzte sich auf seinen Sessel. Mit einer lässigen Handbewegung schickte er den Diener weg.

Lea räusperte sich und verschaffte sich so einen kurzen Moment, um ihre Stimme in den Griff zu bekommen. Sie fühlte sich, als wäre sie einen Marathon gelaufen. Sie war erschöpft und ihr Körper gierte nach Sauerstoff.

„Ich habe eine Sendung für dich angenommen. Der Briefbote sagte, es wäre sehr dringend", erklärte sie und zog den Umschlag aus ihrer Tasche. Sie schob ihn über die Tischplatte in seine Richtung. Als ihr Blick etwas nach rechts glitt, hätte sie vor Schreck aufschreien können. Direkt neben einem der Unterlagenstapel lag der Stick, auf den sie die Akten gesichert hatte.

Henry bemerkte ihre Aufregung und schaute sie prüfend an, als wolle er ihr die Gelegenheit geben, ein Vergehen zuzugeben. Als sie jedoch nichts sagte, nahm er den Umschlag an sich, öffnete ihn und überflog den Text. Er rümpfte kurz die Nase und legte das Schriftstück beiseite. Dann schaute er sie wieder an.

„Und wie bist du hier hereingekommen?"

„Die Eingangstür war offen, da bin ich einfach rein und habe dich gesucht. Da ich mir dachte, dass du jeden Moment zurückkommst, habe ich hier gewartet."

„Hast du etwa herumgeschnüffelt?"

Henrys beobachtete ihr Gesicht durch die zusammengezogenen Augenlider und ein hörbares Zischen drang zwischen seinen Zähnen hervor. Lea zuckte bei dieser direkten Frage innerlich zusammen.

„Ich habe hier gesessen, sonst nichts", entgegnete sie kühl, ließ aber ein wenig Entrüstung in ihrer Stimme mitklingen. Sie beglückwünschte sich innerlich dafür, wie gut sie sich verstellen konnte.

„Wofür sollte ich mich denn schon interessieren? Vielleicht für deine langweilige Fachliteratur? Damit hast du mich früher schon mehr als genug gelangweilt."

Henry hielt seinen strengen Blick weiter aufrecht, als wolle er sie zu einem Duell herausfordern, wer wohl die besseren Nerven besäße. Lea hielt ihm weiter stand und versuchte dabei gelangweilt auszusehen. Sie durfte jetzt nicht klein beigeben. Er gab auf und seine Gesichtszüge entspannten sich.

„Okay. Danke, dass du ihn vorbeigebracht hast. Du kannst dann wieder gehen."

Henry befasste sich wieder mit dem Schreiben und Lea warf einen unauffälligen Seitenblick auf den Stick. Wenn er ihn bemerkte, war sie geliefert.

„Kann ich bitte noch ein Glas Wasser haben? Ich habe nichts zum Trinken mitgenommen und die Strecke war mit dem Rad ganz schön lang."

Henry blickte kurz auf und nickte. Er ging zum Schrank und zog zwei Türen auf, hinter denen sich eine kleine Bar befand. Klappernd nahm er ein Glas und öffnete eine Flasche.

Das war ihre Chance! Sie beugte sich nach vorne und schnappte sich den Stick. Dann lehnte sie sich gelassen zurück und zwang sich ein Lächeln hervor.

„Vielen Dank. Ich habe das Gefühl, ich bin stundenlang geradelt. Ich bin wohl doch etwas aus der Übung", sagte sie leichthin, während Henry mit dem Glas zurückkam und es ihr reichte.

Sie trank das Glas in einem Zug aus und erhob sich.

„Danke. So, ich will dich nicht weiter stören, ich schätze, du hast zu tun."

Henry nickte kurz ohne aufzublicken und Lea verließ das Zimmer. Als sie die Tür hinter sich schloss, fiel die ganze Anspannung wie tonnenschwere Steine von ihr ab. Um Haaresbreite war sie einer Katastrophe entgangen.

Verstohlenen Blickes vergewisserte sie sich, dass niemand zu sehen war, lief um das Gebäude und huschte in den Wald. Ihr Ziel war die Lichtung. Als sie diese erreichte, begann sie mit der Suche. Irgendwo musste diese verfluchte Kamera sein. Schon nach kurzer Zeit wurde sie fündig. Oben in einem Baum, gut getarnt hinter einigen Ästen, fand sie das Gerät. Lea stellte sich in den toten Winkel des Objektivs.

„Du krankes Schwein", hauchte sie hervor.

„Dich kriege ich schon noch."

Aber was sollte sie nun tun? Natürlich könnte sie zur Polizei gehen und alles melden, aber was würde es bringen? Außer den Bildern, auf denen sie schlafend zu sehen war, waren alle anderen von den Kameras auf seinem Grundstück aufgenommen worden. Selbst wenn sie beweisen könnte, dass er die Personen ohne deren Einverständnis gefilmt hatte, welche Strafe würde ihn erwarten? Im schlimmsten Fall würde er zu einer Geldstrafe verdonnert, was ihn bei seiner finanziellen Situation nicht jucken würde.

Es war zum Verrücktwerden. Sie wusste ganz genau, dass er noch viel mehr auf dem Kerbholz hatte, aber sie musste es auch beweisen können.

Sie schnappte sich wieder ihr Rad und fuhr nach Hause. Die gesamte Fahrt überlegte sie, wie sie noch mehr über ihn in Erfahrung bringen konnte. Vielleicht gab es in seiner Vergangenheit Informationen oder Indizien, die ihrer Sache nützlich sein könnten. Zuhause angekommen setzte sie sich an den Computer, steckte den Stick ein und recherchierte in den gestohlenen Akten. Die meisten Einträge handelten von seinen Erfolgen oder beinhalteten psychologische Gutachten, die er für Gerichtsprozesse erstellen musste. Er hatte sich als Psychiater einen beeindruckenden Ruf geschaffen und man achtete seine Kompetenz in diesem Fachbereich.

Lea machte ein widerwilliges Gesicht. Hinter seinem scheinheiligen Lächeln und seiner kompetenten und freundlichen Art steckte jemand völlig anderes und sie war die Einzige, die seine Maskerade durchschaute. Sie blickte zur Wand und grübelte. Sie musste tiefer graben, viel tiefer. Vielleicht könnte sie seine Eltern ausfindig machen. Sie müsste sich nur eine Strategie einfallen lassen, um bei ihnen mehr über ihn herauszufinden. Plötzlich grinste sie hinterhältig, sie hatte eine Idee. Eine seltsame Euphorie überkam sie und fieberhaft suchte sie im Internet nach der Adresse von Henrys Eltern. Leider bekam sie keine genaueren Angaben und so blieb ihr nichts anderes übrig, als weiter nach dem Nachnamen zu suchen. Am Ende hatte sie acht Einträge, bei denen sie anrufen und nachfragen konnte.

Ein Blick auf die Uhr verriet ihr aber, dass es jetzt dafür schon zu spät war. Sie fluchte, ihr neugewonnener Elan ließ sich nur schwer unter Kontrolle halten. Sie kramte ihre Schulbücher hervor und schaute sie so lange durch, bis schließlich das Mathematikbuch in ihrer Hand lag. Das war genau das Richtige, um sich etwas abzulenken. Aber immer, wenn sie sich in die Lösung einer kniffligen Aufgabe versenken wollte, ertappte sie sich dabei, wie sie sich wieder mit Henry und seinem kranken Verhalten beschäftigte.

Sie gab auf, das hatte keinen Sinn. Sie räumte ihr Zimmer auf und schaltete danach den Fernseher im Wohnzimmer an. Sie hoffte, auf diese Weise wenigstens für eine Weile auf andere Gedanken zu kommen.

Etwa eine Stunde später hörte sie das Türschloss und Henry trat ein. Lea verzog das Gesicht. Seitdem ihre Mutter tot war, bezahlte er die Miete und versorgte sie mit dem Nötigsten. Das diente ihm als Rechtfertigung, sich als ihr fürsorglicher Stiefvater aufzuspielen. Dabei waren er und ihre Mutter nicht einmal verheiratet gewesen.

Aber schon bald würde sich die Situation ändern und dann wäre sie ihn endlich los. In einigen Wochen hatte sie das Abitur in der Tasche und würde sich eine eigene Wohnung suchen.

Henry betrat das Wohnzimmer und setzte sich zu ihr auf die Couch. Ein Zischen ertönte, als er sich eine Flasche Bier aufmachte. Immer wieder wechselte sein Blick zwischen Fernseher und Lea hin und her, als suche er verzweifelt einen Grund, um mit ihr ein Gespräch anzufangen.

„Nochmal danke, dass du den Brief vorbeigebracht hast und entschuldige, wenn ich ein bisschen ruppig war. Wir waren ein wenig im Stress."

Lea war bewusst, was dieser Moment von ihr abverlangte. Wut brodelte in ihrem Bauch. Am liebsten wäre sie aufgesprungen und hätte ihn mit allem konfrontiert, aber das hätte ihren gesamten Plan zunichte gemacht.

„Ist schon in Ordnung, ich fand es ja auch ein wenig seltsam, dass die Tür offenstand."

„Ja, Paul hat wohl vergessen, sie zu schließen. In der letzten Zeit leistet der sich öfter solche Fehler. Und wie war dein Tag sonst so?"

„Ach, das Übliche halt. Hab hier alles erledigt und dann viel gelernt. Im Moment passiert nicht sonderlich viel", antwortete sie und ließ den Blick wieder zum Fernseher gleiten. Als die Sendung zu Ende war, verabschiedete sie sich und ging ins Bett.

Schon damals, als ihre Mutter noch lebte, hatte Lea sich nie richtig wohlgefühlt, wenn Henry bei ihnen übernachtete. Sie konnte dieses Gefühl nicht wirklich definieren, es war, als würde sich etwas Fremdes und Unheimliches, eine lauernde Gefahr in ihrer Nähe befinden. Ihr Körper reagierte darauf meist mit einem kurzen und schlechten Schlaf. Und jetzt war alles noch viel schlimmer. Zu wissen, dass er nachts in ihr Zimmer kam und sie fotografierte, war schrecklich. Sie fühlte sich so hilflos und ausgeliefert.

Sie stand auf und positionierte einen Stuhl vor ihrer Tür. Darauf stellte sie noch eine große Plastikflasche. Wenn Henry nun versuchte ihr Zimmer zu betreten, würde sie das Geräusch, der gegen den Stuhl schlagenden Tür und der herunterfallenden Flasche auf jeden Fall wecken. Diese recht dürftige Vorrichtung gab ihr zwar keine wirkliche Sicherheit, aber es war besser als nichts.

Sie lag noch lange wach und lauschte auf die Geräuschkulisse des Fernsehers und der vorbeifahrenden Autos. Jedes Mal, wenn Henry aufstand und seine Schuhe über die Fliesen klapperten, schreckte sie auf. Als sie dann aber hörte, wie er den Kühlschrank öffnete oder die Toilettenspülung betätigte, entspannte sie sich wieder ein wenig.

Ohne dass sie es mitbekam, erlöste der Schlaf sie irgendwann von ihren Grübeleien und schenkte ihr ein wenig Erholung, bis der nächste Tag anbrach.

Kapitel 9

Henry presste sein Gesicht an die Scheibe und hielt mit den Händen das Außenlicht ab, um etwas zu erkennen. Nichts, es war stockdunkel, zudem verhinderte die lange Gardine eine bessere Sicht ins Innere. Mit ihrem schwarz-weißen und geschmacklosen Rautenmuster verlieh sie der Fensterfront etwas Altbackenes.

Henry spürte eine gewisse Unsicherheit, als er zur Wohnungstür ging und klingelte. Es blieb still, niemand öffnete die Tür. Unter dem Klingelknopf und an dem Briefkasten befanden sich keine Namen. Er versuchte sich die Details jenes Abends zu vergegenwärtigen.

Welcher Name hatte dort gestanden? Versuche, dich zu erinnern! Verdammt, ich weiß es beim besten Willen nicht mehr. Aber in Begleitung solch einer außergewöhnlichen Frau achtet man ja auch auf ganz andere Dinge und nicht auf den Briefkasten oder den Klingelknopf. Und daran, wie ich das Haus wieder verlassen habe, fehlen mir jegliche Erinnerungen.

Solche Aussetzer häuften sich in der letzten Zeit und setzten ihm zu. Nervös betätigte er die Klingel ein drittes Mal. Wieder fragte er sich, was er hier überhaupt wollte. Ja, es war ein schöner Abend, aber nichts von großer Bedeutung. Man saß zusammen, hatte etwas getrunken und sich seine Probleme von der Seele geredet, mehr nicht. Mit Sicherheit kein Grund, diese Frau, die er kaum kannte, zu besuchen. Aber trotzdem war er hier. Warum?

Ein ungutes Gefühl stieg in ihm auf. Wie würde sie auf ihn reagieren? Er hatte keinen blassen Schimmer, was an dem Abend überhaupt passiert war. Vielleicht gab es einen Streit oder sie waren intim und er war danach einfach abgehauen.

Er wusste mit Sicherheit, dass eine ernsthafte Beziehung mit solch einer, nun ja, lebensfrohen Dame für ihn nicht in Frage kam. Aber das war ja auch nicht der Grund, warum er sie noch einmal aufsuchen wollte. Er wollte lediglich wissen, was an dem betreffenden Abend beziehungsweise in der Nacht geschehen war.

Er ging um das Haus herum, kletterte auf eine Mauer und lehnte sich so weit es ging über den Vorsprung. Vielleicht gelang es ihm von hier aus einen Blick ins Innere zu erhaschen.

„Was machen Sie da?", wurde er barsch gefragt.

Henry drehte sich um und sah einen älteren Mann auf dem Gehweg. An einer viel zu dünnen Leine hielt er einen großen Schäferhund, der die Ohren aufstellte und ihn fixierte.

„Kommen Sie sofort da runter oder ich lasse meinen Hund los!", befahl er in demselben barschen Ton.

Henry zweifelte keinen Moment daran, dass der Mann seine Drohung wahr machen würde und auch der Hund schien seinen Einsatz kaum abwarten zu können. Seine Hinterläufe waren angespannt und dicke Muskelstränge schoben sich unter dem Fell hervor. Er zeigte seine Zähne und ein böses Knurren drang aus seinem Maul.

Ganz langsam, als würde jemand eine geladene Waffe auf ihn richten, hob Henry die Hände in die Höhe.

„Ganz ruhig", sagte er zu den beiden, „ich wollte hier nicht einbrechen."

„Das sah mir aber ganz anders aus", entgegnete der alte Mann und seine Hand glitt unauffällig zum Karabinerhaken der Leine.

„Wenn Sie etwas Krummes vorhaben, lasse ich sofort den Hund los. Pass schön auf, Wotan, pass auf!"

Dieser bellte laut auf und fletschte die Zähne, als wolle er den Worten seines Besitzers Nachdruck verleihen.

Henry kletterte von der Mauer und bemühte sich dabei keine hektische Bewegung zu machen. Er befürchtete, dass wenn der Hund sich erst einmal losriss und angriff, der alte Mann ihn nicht zurückhalten könnte. Er sollte sich flugs eine gute Erklärung einfallen lassen, sonst würde der Mann vermutlich die Polizei rufen und ob die Geschichte mit seinem Gedächtnisverlust so gut ankäme, war mehr als fraglich. Also sagte er das Nächstbeste, das ihm einfiel:

„Ich bin auf der Suche nach einer Patientin von mir.“

„Einer Patientin?“, wiederholte der alte Mann skeptisch, als könne er sich kaum vorstellen, dass solch ein Typ, der auf Mauern hockte und in die Häuser fremder Menschen schaute, einen angesehenen Beruf ausübte.

„Was für eine Patientin? Und was für ein Arzt sind Sie überhaupt, wenn sie mittags versuchen hier einzubrechen?“

Henry ignorierte die zynische Frage und griff vorsichtig in die Brusttasche seiner Jacke.

„Hier bitte, das ist mein Ausweis. Ich bin Doktor der Psychologie.“

Henry wollte ihm gerade den Ausweis reichen, als der Schäferhund ein Stück nach vorne sprang und den alten Mann fast von den Beinen riss. Sofort zuckte Henrys Hand wieder zurück.

„Ich glaube, es ist besser, wenn ich Ihnen den Ausweis hier hinlege.“

Er legte ihn auf die Mauer und trat ein paar Schritte beiseite.

Ohne ihn aus den Augen zu lassen, kam der Mann näher, nahm den Ausweis und überprüfte ihn.

„Der scheint in Ordnung zu sein", entgegnete er etwas gelassener. Auch der Hund setzte sich und ließ die lange Zunge heraushängen.

„Aber das erklärt noch lange nicht, warum Sie da auf der Mauer hocken. Also, wen suchen Sie eigentlich?"

Henry seufzte erleichtert. Endlich schien sich die Situation zu beruhigen und vielleicht würde er von diesem engagierten Nachbarn Informationen über Dani bekommen.

„Ich darf Ihnen leider nichts Genaueres sagen, da ich an die ärztliche Schweigepflicht gebunden bin, aber ich suche eine Daniela." Er vermutete hoffentlich richtig, dass das Danis Vorname war.

„Daniela..." wiederholte der alte Mann und schaute nachdenklich beiseite.

„Ach, Sie meinen Daniela Scholten, diese hübsche Brünette mit den langen Beinen? Ja, die hat hier gewohnt, aber die ist leider nicht mehr da."

„Nicht mehr da?", wiederholte Henry die Worte, bemüht, sich seine Irritation nicht anmerken zu lassen.

„Wissen Sie auch, wohin sie umgezogen ist?"

Der alte Mann zuckte mit den Schultern.

„Das Einzige, was ich weiß, sind die Gerüchte in der Nachbarschaft. Angeblich hatte der Vermieter schon seit langem versucht sie aus der Wohnung zu bekommen. Er fand ihren, na ja, wie soll ich sagen, lockeren Lebensstil nicht gerade ansprechend. Die ständigen Männerbesuche und laute Musik bis spät in die Nacht kamen bei den Nachbarn und dem Vermieter nicht gerade gut an. Man munkelt, sie habe Drogenorgien veranstaltet und Alkohol war auf jeden Fall immer im Spiel. Die Polizei wurde unzählige Male gerufen und das eine Mal", der Mann kam einen Schritt näher und grinste breit,

„soll sie einem Beamten sogar eine verpasst haben. Diese Frau hat wirklich Temperament", nickte er anerkennend.

„Und dann ist sie weggezogen?", fragte Henry nochmal genauer nach. Er befürchtete, dass der alte Mann sich in seiner Schwärmerei verlieren würde.

„Na ja", begann dieser wieder etwas zögerlich, „das war dann schon etwas seltsam. Ich bin mit meinem Hund eine Runde gelaufen, da sah ich den Vermieter und den Wagen eines Entrümpelungsdienstes vor ihrer offenen Haustür stehen. Männer trugen ihre Sachen heraus und verstauten sie in dem Wagen. Wenn sie freiwillig ausgezogen wäre, hätte sie sie sicher mitgenommen. Man glaubt, dass sie eine Mietnomadin war und als die Mietschulden zu hoch wurden, ihr der Vermieter deswegen aufs Dach gestiegen ist. Sie ist wohl einfach bei Nacht und Nebel verschwunden."

„Das ist ja sonderbar", entgegnete Henry. Etwas Besseres fiel ihm zu dieser Geschichte nicht ein.

„Hat sie Ihnen denn gar nichts davon erzählt? Sie scheinen Ihren Job als Psychologe nicht besonders gut zu machen", bemerkte der Mann streng.

„Oder schuldet sie Ihnen am Ende auch noch Geld?"

„Nein, nein, nichts dergleichen." Henry schüttelte den Kopf.

„Aber dass sie einfach verschwindet, sieht ihr, so wie ich sie kenne, überhaupt nicht ähnlich."

„Wir wissen doch alle, wie solche Frauen sind und diese schien besonders ausgebufft zu sein."

Die Augen des Mannes glänzten, als gingen ihm irgendwelche Gedanken durch den Kopf. Henry unterbrach sein Kopfkino.

„Dann bedanke ich mich und entschuldigen Sie bitte noch einmal, dass Sie mich in dieser, etwas peinlichen Situation erwischt haben. Es war nicht meine Absicht, einen falschen Eindruck zu vermitteln."

Der alte Mann machte eine wegwerfende Handbewegung.

„Ach, nun ist ja alles geklärt, vergessen wir es. Noch einen schönen Tag!", verabschiedete er sich und zog an der Hundeleine, um seinen Spaziergang fortzusetzen.

Henry murmelte einen Abschiedsgruß, während er schon längst über das Gesagte nachdachte. Gedankenverloren ging er zurück zu seinem Wagen und stieg ein. Das war schon alles sehr rätselhaft.

Das Menschen Hals über Kopf verschwinden ist bekannt und von diesen Mietnomaden habe ich auch schon öfter gehört. Ist Dani auch so eine? Trotz ihrer frivolen Haltung kann ich mir das schlecht vorstellen. Aber ich kenne ja jetzt ihren richtigen Namen, vielleicht finde ich heraus, wohin sie verschwunden ist.

Er versuchte mit aller Macht, das ungute Gefühl, das sich in ihm breit machte, zu verdrängen.

Kapitel 10

Als Lea am Morgen aufwachte, war niemand im Haus. Aus den vielen leeren Bierflaschen auf dem Wohnzimmertisch schloss sie, dass Henry wieder einmal lange auf war.

Wie von der Tarantel gestochen spurtete sie in ihr Zimmer und zog sich an. Sie schnappte sich ihr Handy und wählte die erste Nummer ihrer Liste.

Ein alter Mann meldete sich.

„Kellermann, hallo? Wer ist da?", sprudelte es hektisch aus dem Hörer.

„Ja, hallo," antwortete Lea, „entschuldigen Sie bitte, dass ich störe. Spreche ich mit dem Vater von Henry Kellermann?"

Es folgte ein kurzes Schweigen, als müsste der Mann in Ruhe darüber nachdenken, ob er einen Sohn mit diesem Namen hatte.

„Nein, da haben Sie sich wohl verwählt", kam dann die Antwort.

Lea entschuldigte sich noch einmal und legte auf. Sie strich die Nummer durch und auch die nächsten vier Versuche schlugen fehl. Drei waren noch übrig. Wenn diese auch nichts brachten, musste sie einen anderen Plan fassen. Nachdem sie die sechste Nummer auf der Liste gewählt hatte, meldete sich die freundliche Stimme einer alten Frau und fragte, was sie für Lea tun könne.

„Guten Tag, Frau Kellermann, dürfte ich fragen, ob sie die Mutter von Henry Kellermann sind, dem bekannten Psychiater?"

„Ja, ich bin die Mutter von Henry. Worum geht es?"

Lea musste nun behutsam vorgehen, die alte Frau durfte auf keinen Fall Verdacht schöpfen.

„Ich stelle mich zunächst einmal vor. Ich heiße Lara Mertin. Ich recherchiere im Auftrag eines Online-Magazins für junge Menschen. Da sich viele Abiturienten für das Studium der Psychologie interessieren, möchte ich ein Portrait des bekannten Psychiaters Henry Kellermann schreiben. Aber uns interessieren nicht nur die bloßen Fakten, sondern auch, wie er überhaupt zu diesem Beruf gekommen ist und was ihn dazu motiviert hat. Und da dachten wir in der Redaktion, wer wäre für ein Interview besser geeignet als seine eigene Mutter. Unsere jungen Leserinnen und Leser, die erwägen diese Richtung einzuschlagen, wären Ihnen überaus dankbar. Sie wissen ja, heutzutage kommen die persönlichen Geschichten hinter großen Namen besonders gut an", dichtete Lea aufs Neue zusammen.

„Ich ... ich ...", begann die alte Frau und Lea spürte, dass sie sich ein wenig überrumpelt fühlte. Aber schnell fing sie sich wieder.

„Wenn ich jungen Menschen bei ihrem Berufswunsch helfen kann, mache ich das natürlich sehr gerne. Möchten Sie mich auf einen Kaffee besuchen? Dann kann ich Ihnen in aller Ruhe mehr von meinem Sohn erzählen."

Lea ballte die Faust vor Freude. Das lief wie am Schnürchen.

„Das ist eine hervorragende Idee. Wann würde es Ihnen denn am besten passen, Frau Kellermann?"

„Ach, ich habe heute nicht viel vor. Wenn Sie wollen, können Sie nachher gerne vorbeikommen."

„Das würde mir auch sehr gut passen, wäre drei Uhr in Ordnung?"

„Sehr gerne", antwortete Frau Kellermann und nachdem sie ihre Adresse genannt hatte, beendeten sie das Telefonat. Lea rieb sich hämisch die Hände.

Dann schauen wir mal, was sich hinter deiner blütenweißen Weste so alles verbirgt. Ich finde schon noch heraus, was mit dir nicht stimmt.

Da die Strecke zu weit war, um mit dem Fahrrad zu fahren, entschloss sich Lea die Bahn zu nehmen. Aber da es noch Stunden bis zur Verabredung waren, setzte sie sich auf die Couch und schrieb sich Fragen auf, die möglichst journalistisch klingen sollten. Sie las sich sogar einige Personenportraits im Internet durch. Sie musste sehr vorsichtig sein, alte Menschen hatten oft einen guten Spürsinn und ließen sich nichts vormachen.

Die Zeiger auf der Uhr bewegten sich so unendlich langsam, als wollten sie Lea mit Absicht auf die Folter spannen.

Doch dann war es endlich soweit. Lea zog sich etwas Ordentliches an, band ihre Haare zu einem strengen Pferdeschwanz und packte ihre Tasche. Ein Block, ein Kugelschreiber sowie ein ausgedruckter Artikel über Psychologie sollten den Anschein einer jungen, gut vorbereiteten Journalistin erwecken.

Sie machte sich auf den Weg und nach einer Dreiviertelstunde erreichte sie die angegebene Adresse. Ein Blick auf die Uhr verriet ihr, dass sie eine halbe Stunde zu früh war. Sie schlenderte durch die Straße und schaute sich die Umgebung an. Überwiegend standen hier alte Zechenhäuser, die so dicht an dicht gebaut worden waren, als hätte man jede Platzverschwendung vermeiden wollen. Schmale Gänge führten zwischen den Häusern hindurch und endeten in den dahinterliegenden Gärten. Alle Häuser besaßen noch immer diesen grauen Rauputz, als wären die Anwohner ganz besonders stolz auf diesen Stil, der von der guten, alten Zeit zeugte.

Alte Relikte längst vergessener Zechen schmückten einige Vorgärten und Häuser. Neben gekreuzten Hämmern und alten Grubenlampen, die an der Tür oder Außenwand aufgehängt waren, dekorierten Spitzhacke und Schaufel die ordentlich gestutzten Wiesen. In zwei Vorgärten sah Lea sogar echte Loren stehen. Dem Betrachter wurde so die tiefe Verbundenheit dieser Menschen zu der regionalen Geschichte vermittelt. Es zeigte ihren Stolz auf das Erbe der Kohlekumpel und wie wichtig es ihnen war, es zu pflegen und nicht der Vergessenheit anheimfallen zu lassen. Auch wenn der Stil recht karg und schnörkellos daherkam, strahlte dieser Ort doch eine wohlige Ruhe aus.

Die Leute, die in den Vorgärten arbeiteten oder die Straße entlang schlenderten, grüßten sie so freundlich, als würde Lea schon immer Tür an Tür mit ihnen wohnen.

Noch immer vergingen die Minuten quälend langsam, aber schließlich erklomm der Minutenzeiger die Zwölf - sie hatte es endlich geschafft. Sie ging wieder zu Frau Kellermanns Grundstück, durchschritt den Vorgarten, in dem bunte Gartenzwerge ein abwechslungsreiches Farbenspiel im grünen Gras boten. Lea drückte den beschlagenen Messingknopf, woraufhin ein helles Summen erklang. Schleppende Schritte näherten sich. Die Tür wurde aufgezogen und das Gesicht einer alten Frau erschien an der Türöffnung.

„Guten Tag, ich bin Lara Mertin", verkündete Lea freundlich, „wir haben heute telefoniert."

Die Frau lächelte, trat beiseite und machte mit dem Arm eine einladende Bewegung. „Kommen Sie doch bitte herein."

„Vielen Dank, Frau Kellermann, ich weiß es wirklich zu schätzen, dass sie sich die Zeit für mich nehmen", sagte Lea, nachdem sie eingetreten war und Frau Kellermann die Tür geschlossen hatte.

„Das mache ich doch gern. Kommen Sie bitte mit ins Wohnzimmer, ich habe den Kaffeetisch gedeckt."

Bei den Worten lächelte die alte Frau so freudig, dass man sofort merkte, wie sehr sie diese Kaffeezeit liebte. Lea folgte ihr in die Stube und schaute sich um. Die Inneneinrichtung passte schon fast klischeehaft in das Bild einer alten Zechenwohnung. Alte, rustikale Möbel verliehen dem Raum ein uriges Aussehen. Eine große Regalwand, die an beiden Seiten von Vitrinen eingefasst war, dominierte mit seiner dunklen, üppigen Optik das gesamte Zimmer. In den vielen Regalen hatten Bücher, Porzellan und Puppen Platz gefunden.

Auch die verschlungenen Blumenmuster auf der Stofftapete, die vor vielen Jahrzehnten in Mode war, versetzten Lea um viele Jahre zurück. An der anderen Wand hingen viele Bilderrahmen und zeigten Schwarz-Weiß-Fotos. Manche von ihnen waren besonders reich verziert und ließen vermuten, dass diese Bilder einen ganz besonderen Wert hatten.

Frau Kellermann bemerkte Leas neugierigen Blick, der an den alten Aufnahmen hing und ging zu der Wand. Sie deutete mit ihrem zittrigen Finger auf ein Foto, auf dem ein unscheinbarer, kleiner Junge zu sehen war.

„Das hier ist unser kleiner Henry. Ach, wie süß er damals war", erklärte sie, hielt den Kopf schräg und schien ihren Erinnerungen nachzuhängen. Nach einigen Augenblicken klärten sich ihre Augen jedoch wieder und sie zeigte auf ein anderes Foto mit einem Mann, den sie als Henrys Vater vorstellte. Nachdem die alte Frau ihr weitere Bilder gezeigt und zu allen auch eine kleine Geschichte parat hatte, deutete sie zu der Couch in der Mitte des Zimmers. Auf dem Wohnzimmertisch wartete das Kaffeegedeck.

„Setzen Sie sich bitte, ich hole den Kaffee", forderte sie ihren Gast auf. Sie verschwand in die Küche, um kurz darauf mit einer dampfenden Kanne, die ihren Kaffeeduft sofort im ganzen Raum verströmte, wieder zu erscheinen. Sie goss ihnen ein, servierte ihren selbstgebackenen Kuchen und setzte sich dann auf den Platz gegenüber von Lea. Während Henrys Mutter an dem braunen Getränk nippte, ließ sie ihren Blick, über den Tassenrand, auf Lea ruhen.

„Lassen Sie es sich schmecken, meine Liebe. Danach können wir mit dem Interview beginnen."

Lea lächelte freundlich, nahm einen Bissen von dem Kuchen und trank ihren Kaffee. Dabei betrachtete sie verstohlen Henrys Mutter. Breite Falten hatten sich, wie Krater, durch ihr Gesicht gegraben und wirkten wie stumme Zeugen eines Lebens, das nicht nur leichte Zeiten kannte. Sie hatte ihr langes, graues Haar zu einem Zopf geflochten, der über eine Schulter hing. Aus den Ärmeln ihres roten Kittels ragten ihre dünnen, sehnigen Arme hervor. Lea fiel es schwer, diese nette alte Frau mit Henry in Verbindung zu bringen. Während er undurchschaubar war und mit seinen Psycho-Schikanen jeden und alles in Frage stellte, pflegte seine Mutter eine offene und direkte Umgangsform.

Nachdem sie den Kuchen aufgegessen und den Kaffee zur Hälfte ausgetrunken hatten, holte Lea ihren Notizblock heraus und schaute die alte Frau auffordernd an.

„Lassen Sie uns beginnen. Am besten fangen Sie mit der Kindheit und Jugend ihres Sohnes an und erzählen mir dann, wie er zur Psychologie gekommen ist. Reden Sie einfach frei heraus."

Lea bemühte sich, in ihrem angeblichen Beruf routiniert zu wirken und lächelte die Frau herzlich an. Sie wollte das Eis so schnell wie möglich brechen.

„Ach, das fällt mir nicht schwer", begann Frau Kellermann und winkte gelassen, „als Mutter vergisst man keine noch so kleine Begebenheit. Henry war ein ganz normales Kind, nur dass er den Umgang mit anderen Kindern mied und meist sich selbst genügte. Schon im Kindergarten saß er irgendwo alleine herum und kümmerte sich nicht um die anderen, die gemeinsam tobten und spielten. Er beschäftigte sich mit anderen Dingen. Diese Eigenart machte es ihm nicht immer leicht. Den anderen Kindern entging es nicht, dass er nichts mit ihnen zu tun haben wollte und machten ihn gerne zum Ziel ihrer Hänseleien. In der Grundschule wurde es noch schlimmer und die ersten handfesten Konfrontationen ließen nicht lange auf sich warten."

Die alte Frau schaute gedankenverloren an Lea vorbei, während sie wohl an manch einen Moment dieser Art dachte. Sie sagte aber nichts weiter dazu und fuhr fort.

„Auch in der Nachbarschaft pflegte er keinen Kontakt zu einem Gleichaltrigen, aber wen wunderte es? Auf dem Gymnasium artete es dann regelrecht aus. Er wurde auf das Übelste gemobbt und die unzähligen Gespräche mit Lehrern und anderen Eltern brachten gar nichts. Man sollte denken, dass Menschen wissen, was sie mit ihrem Verhalten anrichten können, aber weit gefehlt. Vielleicht waren es diese Einsamkeit und die gemeine Art seiner Mitmenschen, die Henry dazu brachten, sich mit der Psychologie zu beschäftigen. Von nun an saß er nachmittags nur noch in seinem Zimmer und las haufenweise Werke von Freud, Jung, Reich und wie sie alle hießen. Na ja, ein Gutes hatte die Sache, er verstand sich hervorragend mit seinem Psychologielehrer, der ihn mit immer neuen Literaturtipps versorgte. Wenigstens in ihm fand er so etwas wie einen Freund."

Die alte Frau lachte und ihr langer grauer Zopf wackelte lustig hin und her. Dann wurde sie wieder ernst.

„Ab dieser Zeit wusste ich ganz genau, was Henrys Berufung war. Zu jeder sich ihm bietenden Gelegenheit steckte er seine Nase in die Bücher und verschlang alles, was ihm zwischen die Finger kam. Dann machte er ein Einser-Abitur und studierte sein Lieblingsfach. Durch sein außergewöhnliches Talent und seinen Fleiß fiel es ihm sehr leicht und er machte seine Dissertation mit summa cum laude.

Da er ein Einzelgänger blieb und mit keinem Kollegen zusammenarbeiten wollte, richtete er seine Praxis einfach in dem alten Herrenhaus ein, das sich schon seit vielen Generationen in dem Besitz unserer Familie befindet."

Lea wurde hellhörig und unterbrach sie das erste Mal in ihren Erzählungen.

„Haben Sie auch dort gewohnt?"

Frau Kellermann nickte und lächelte freudlos.

„Nachdem mein Mann mich verlassen hat, Gott verfluche diesen Mistkerl, war ich mit Henry alleine und zog mit ihm in das Haus."

Lea legte den Kopf schräg und tastete sich behutsam an das heikle Thema vor.

„Ich möchte Ihnen nicht zu nahe treten, aber was für ein Mensch war Henrys Vater? Sie reden nicht sehr freundlich von ihm."

Die alte Frau schloss die Augen, als koste es sie immense Kraft, diese eher unangenehmen Erinnerungen aus den Tiefen ihres Bewusstseins hervor zu holen. Lea spürte, dass sie kurz mit sich rang, überhaupt etwas zu diesem Thema zu sagen. Doch dann öffnete sie ihre Augen und nickte.

„Ich gehe mal nicht in die Details, aber er war kein guter Mensch. Er brauchte die Gewissheit, jeden und alles kontrollieren zu können. Nicht jeder ließ sich das gefallen und dann lud er seine Frustration bei mir ab. Dieser Mann schikanierte mich von morgens bis abends und lenkte mich wie eine willenlose Puppe. Er bestimmte mein Handeln und folgte ich dem nicht, wurde er aggressiv. Ich war so dumm und ließ es zu, dass er mich so behandelte.

Als Henry dann in der achten Klasse war, er müsste da etwa 14 Jahre alt gewesen sein, verschwand mein Mann von heute auf morgen. Er hinterließ uns mittellos und wenn das Haus meiner Eltern nicht gewesen wäre, wären wir auf der Straße gelandet. Wir haben nie wieder etwas von ihm gehört. Bestimmt hat sich dieser Mistkerl ins Ausland abgesetzt und sich ein schönes Leben gemacht."

Henrys Mutter machte eine kurze Pause. Mit den letzten Sätzen hatte sie sich förmlich in Rage geredet. Als sie ihre Gefühle im Griff hatte, schaute sie lächelnd zu Lea rüber.

„Aus Ihnen könnte aber auch eine gute Psychotherapeutin werden. Ich hätte nicht gedacht, dass ich jemandem so viel aus meinem Leben preisgeben würde."

Sie räusperte sich und fuhr fort.

„Wo sind wir stehen geblieben? Ach ja. Nachdem er weg war, habe ich Henry alleine großziehen müssen und ich denke, es ist mir sehr gut gelungen. Wir haben dann die ganzen Jahre auf dem Anwesen gelebt. Für ein Kind ist solch ein altes Gemäuer natürlich ein Paradies."

„Warum wohnen Sie jetzt nicht mehr da?", fragte Lea nach.

„Das ist eine berechtigte Frage, aber ich habe dort lange genug gelebt und -", sie flüsterte, " dieses Gebäude ist bösartig."

Lea, die gerade einige Notizen auf ihren Block kritzelte, zuckte mit dem Kopf hoch.

„Wie kann dieses Gebäude böse sein? Es ist doch nur ein Haus?"

Die alte Frau knetete ihre Hände so sehr, dass die Knochen laut knackten. Dann schaute sie Lea so tief in die Augen, dass diese ein wenig Angst bekam.

„In diesem Haus sitzt das Böse tief bis zu den Grundmauern. Jeder Balken und jeder Stein, einfach alles besitzt eine schlimme Aura. Es ist geradezu durchtränkt mit böser Energie und sie wird vermutlich erst verschwinden, wenn das Haus restlos abbrennt. Ich kann Ihnen gar nicht sagen, wie froh ich war, als ich ausziehen konnte.

Als Kind habe ich das nicht so wahrgenommen, aber je älter ich wurde, umso deutlicher spürte ich dieses abgrundtief Böse. Das Anwesen ist uralt, riesengroß und zu dem oberirdischen Gebäude kommen noch die weit verzweigten Kellergewölbe. Man erzählte sich schreckliche Geschichten, die sich dort unten zugetragen haben sollen. Es war mal ein Rittergut und da man früher Angst vor Überfällen und Plünderungen hatte, wurden viele unterirdische Gänge gegraben. Mein Großvater erzählte mir, dass es dort unten kilometerlange Tunnel geben soll, von denen die meisten noch nicht einmal gefunden wurden. Ein paar führten angeblich auch nach draußen, um im Ernstfall flüchten oder Hilfe holen zu können. Ich habe mich nie alleine dort hinunter getraut. Nachts, wenn ich im Bett lag, hörte ich immer den Wind, der durch die geheimen Gänge wehte und von all den schlimmen

Ereignissen und dem Leid erzählte, die dort einmal geschehen sind."

Frau Kellermann hörte auf zu reden und legte die Arme um sich, als würde sie wieder den kalten Wind in den vergessenen Gewölben hören.

„Nun ja", begann sie wieder, „ich war nicht begeistert, als ich mit Henry wieder dorthin ziehen musste. Als er dann älter wurde, bin ich ein zweites Mal ausgezogen und Henry blieb dort. Er übernahm das Büro, das schon seinerzeit von meinem Großvater und Ur-Großvater als solches genutzt wurde. Henry versuchte Personal zu finden, was allerdings schon zu meiner Kindheit sehr schwierig war. Es fand sich kaum jemand der dort arbeiten wollte. Selbst wenn die Menschen die Gerüchte nicht kannten, spürten sie beim Betreten des Hauses sofort, dass mit diesem Gebäude etwas nicht stimmte. Doch zu seinem Glück fand er dann Paul."

Die Frau presste die Lippen zusammen und verzog das Gesicht.

„Dieser Mensch passt zu dem Haus, er hat auch so eine düstere Ausstrahlung. Er arbeitet nun schon eine kleine Ewigkeit für meinen Sohn und ist quasi für alles zuständig. Henry hat ihm sogar ein Zimmer einrichten lassen. Ich weiß nicht, was mein Sohn an diesem unheimlichen Kerl findet."

Sie schüttelte verständnislos den Kopf und nahm den roten Faden wieder auf.

„Henry eröffnete dann seine Praxis. Er ist im Grunde genommen nicht auf Patienten angewiesen, sein Geld verdient er mit seinen Forschungen und Artikeln über die Neuropsychologie. Auf diesem Gebiet ist er wirklich eine weltweit anerkannte Koryphäe."

Damit schloss Frau Kellermann ihre Erzählung ab, lehnte sich zurück und schaute Lea an.

„Möchten Sie noch etwas wissen? Ich fürchte, ich habe ein bisschen weit ausgeholt. Offensichtlich brauchte ich es, über diese Angelegenheiten zu sprechen und manchmal geht es am besten mit jemand Fremden."

Lea sagte zunächst nichts und versuchte die vielen, neuen Informationen in ihrem Kopf ein wenig zu sortieren. Sie nahm den letzten Schluck Kaffee und lächelte Frau Kellermann freundlich an.

„Ihre Ausführungen waren wirklich großartig. Durch sie kann ich ein gutes Portrait schreiben, sodass sich meine Leser ein persönliches Bild von diesem bekannten Psychologen machen können. Auch die Geschichte des Anwesens war sehr anschaulich und interessant, obwohl ich sie natürlich nicht für meinen Artikel nutzen kann."

Lea lachte und Frau Kellermann stimmte mit ein.

„Fällt ihnen noch etwas ein, was für meine Leser interessant sein könnte?", fragte sie.

Die alte Frau dachte nach und legte dabei die Stirn in Falten.

„Wenn Sie möchten, kann ich meinen Sohn anrufen und ihn fragen, ob er einem Interview zustimmt", bot sie an.

Lea schreckte unmerklich zusammen.

„Vielen Dank, Frau Kellermann, aber das ist nicht nötig. Meine Leser werden den Artikel auch so interessant finden. Außerdem bleibt für ein Interview keine Zeit, dieser Artikel soll in ein paar Tagen schon raus gehen. Da ich ihn noch schreiben muss, wird es knapp mit der Deadline."

Frau Kellermann nickte lächelnd. Sie goss Lea noch eine Tasse Kaffee ein und die beiden plauderten noch eine ganze

Weile über dieses und jenes. Irgendwann verabschiedete sich Lea und fuhr wieder nach Hause.

Sie setzte sich auf ihr Bett und dachte über alles nach. Was Frau Kellermann über Henrys Kindheit erzählt hatte, passte gut zu seiner seltsamen Persönlichkeit, aber brachte sie auch nicht sonderlich weiter. Es waren einige Puzzlestücke, aber trotz allem hatte sie nichts Wesentliches in Erfahrung bringen können. Aber was hatte sie erwartet? Dass die Mutter erzählte, ihr Sohn saß als Mörder im Gefängnis? Lea schüttelte den Kopf. Sie musste noch tiefer graben, irgendwo würde sie schon etwas finden.

Sie setzte sich an den Computer und recherchierte im Netz, um mehr über das Anwesen herauszufinden. Sie erfuhr, dass dieses Rittergut, von dem Frau Kellermann gesprochen hatte, zu den ältesten, urkundlich erwähnten in der Gegend gehörte. Ein gewisser Graf von Spree ließ es im zwölften Jahrhundert als Geschenk für seine Gemahlin erbauen. Sie hatten aber nicht lang dort gewohnt, da die Frau schon nach relativ kurzer Zeit unter rätselhaften Umständen ums Leben gekommen war. Das Anwesen wurde danach verkauft und wechselte im Laufe der Zeit viele Male den Besitzer. Offensichtlich hatte es niemand länger dort ausgehalten. Verschiedene Quellen berichteten über mysteriöse Todesfälle, bestialische Morde und regelrechte Massaker, die die Geschichte dieses Gemäuers über viele Jahrhunderte begleiteten.

Letztendlich war es in die Hände der Familie Kellermann gelangt, die, wie einer der Artikel erzählte, einem weitverzweigten und uralten Ahnenstamm entsprang. Seit der Zeit, in der das Anwesen im Besitz der Familie verblieb, gab es kaum Einträge.

Lea recherchierte auch weiter über Dr. Kellermann, aber außer über seine Erfolge in der Neuropsychologie und Auszeichnungen erfuhr sie nicht viel. Nicht der kleinste Hinweis war zu finden, dass der Doktor etwas anderes als ein virtuoses Genie war. Lea beschlich der Verdacht, dass hier jemand digitale Imagepflege betrieben hatte.

Lea resignierte, auch dieser Plan verlief im Sand.

Sie schaute aus dem Fenster. Die Dämmerung schlich heran und hüllte die abendliche Welt in spärliches Licht. Sie musste jetzt abschalten und den Kopf wieder freibekommen.

Sie ging zu der Schrankwand, in der eine kleine Anlage stand und Einsatzbereitschaft zu signalisieren schien. Lea drückte zwei Knöpfe, drehte den Regler auf und eine Pop-Band hämmerte ihr Lied aus den Boxen. Die Gitarren quietschten, der Bass dröhnte. Das war genau das, was Lea jetzt brauchte. Sie saß da und genoss das Gefühl, das ihr diese Musik schenkte. Sie lenkte sie ab und beruhigte ihre Nerven. Ohne dass sie es merkte, schlief sie dabei ein.

Lea fuhr mit dem Oberkörper ruckartig hoch und schaute sich um. Sie wusste nicht, was sie derartig aus dem Schlummer gerissen hatte. Sie hatte nichts gehört und auch nichts Wildes geträumt, aber ihr sechster Sinn war angesprungen und hatte sie aus dem Schlaf gerissen. Ihr Herz raste und pumpte das Blut mit unvorstellbarer Geschwindigkeit durch die Adern. Sie schaute sich noch mal um und ihr Körper krampfte sich vor Grauen zusammen. Sie konnte gerade noch sehen, wie ihre Zimmertür vorsichtig geschlossen wurde. Jemand war in ihrem Zimmer gewesen. Sie schnappte gierig nach Luft und ihre Finger krallten sich in den Stoff ihrer Decke. Schlagartig wurde ihr klar, er war wieder da.

Sie sprang auf und schlich zur Tür. Ganz langsam zog sie sie auf und spähte in den Flur. Von draußen fiel die intensive Dunkelheit der tiefen Nacht hinein und nur die kleine, runde Lampe auf der Kommode erleuchtete den Flur ein wenig. Es war niemand zu sehen.

Auf Zehenspitzen schlich sie den schmalen Gang entlang. All ihre Sinne waren zum Zerreißen gespannt. Die Küchentür stand offen. Vorsichtig lugte sie in die Küche, aber auch dieser Raum war leer. Sie schlich weiter. Der flauschige Teppich kitzelte unter ihren nackten Füßen, aber das nahm Lea nur am Rande wahr. Das Adrenalin und die Angst paarten sich zu einem teuflischen Gegenspieler, der ihr die Beherrschung rauben wollte. Doch das durfte unter keinen Umständen passieren.

Sie ging weiter und erreichte das Wohnzimmer. Die Tür war geschlossen, aber unter dem Türspalt sah sie ein fahles Licht hindurchschimmern. Sie presste ein Ohr an das Holz und lauschte. Einige Sekunden verharrte sie so, aber es war völlig still. Sie legte vorsichtig die Hand auf die Klinke und drückte sie ganz behutsam nach unten. Ein leises Klicken ertönte, gefolgt von einem Kratzen, als der Mechanismus sich löste und die Tür öffnete.

Lea schob den Kopf durch die Öffnung und suchte den Raum ab. Ihre Hände waren zu Fäusten geballt, niemand sollte sie überraschen. Aber wieder nichts, auch dieser Raum war leer. Aber der Schmuck des prunkvollen Kronleuchters, den ihre Mutter auf einem Trödelmarkt gekauft hatte, bewegte sich. Die tränenförmigen, weit nach unten hängenden Glaskristalle stießen leicht aneinander und ließen ein zartes Klirren entstehen. Leas Augen verengten sich. In dem Bereich, wo das alte Sofa stand, reichte das fahle Mondlicht nicht. Die

Ecke lag vollkommen im Dunkeln. Wenn sich jemand vor ihr verbergen wollte, dann hinter dem Sofa. Sie schlich in den Raum und verharrte. Als sie noch immer nichts sah oder hörte, huschte sie an der Wand entlang, dabei behielt sie den dunklen Bereich fest im Blick. Sie erreichte einen kleinen Schreibtisch, der in der gegenüberliegenden Ecke stand. So leise wie sie konnte, zog sie eine Schublade auf. Sie schob ein paar Blätter beiseite und umklammerte den kühlen Griff des Brieföffners. Ihr war wohl bewusst, dass die Klinge nicht besonders scharf war, aber für diesen Moment gab ihr diese dürftige Waffe wenigstens das Gefühl nicht völlig wehrlos zu sein.

Sie ging langsam weiter nach vorne. Mehr und mehr stieg die Spannung in ihr auf. Gleich hatte sie das Sofa erreicht. Sie hob den Arm mit dem Brieföffner, jederzeit bereit die Waffe nach unten sausen zu lassen. Sie wusste, dass sie sich etwas vormachte. Falls sie von jemandem belauert wurde, hatte derjenige sie schon längst gesehen.

Ein letzter Schritt. Sie hielt die Luft an. Ein Beben nach dem anderen jagte durch ihren Körper. Wie ein unbezähmbares Raubtier tobte und wütete die Aufregung in ihr. Am liebsten wäre Lea einfach weggerannt, aber sie blieb an Ort und Stelle stehen.

Ihre Finger umklammerten die Waffe mit fast übermenschlicher Kraft. Sie nahm einige hektische Atemzüge und mit einem Satz sprang sie auf das Sofa und ließ den Arm niedersausen. Die Klinge fegte durch die Luft und die schmale Spitze drang in etwas ein. Wie von Sinnen riss Lea die Waffe wieder heraus, um erneut zuzustechen, doch dann hielt sie in der Bewegung inne. Ihr wurde klar, was sich da hinter der Couch vor ihr verborgen hatte. Es waren lediglich ein paar große

Kissen, die hinter die Lehne gefallen waren und ihr einsames Dasein in der dunkelsten Ecke des Wohnzimmers fristeten.

Lea stützte sich an der Lehne ab. Die gesamte Aufregung fiel, wie eine tonnenschwere Last, von ihr ab. Sie beschloss wieder in ihr Zimmer zu gehen, als sie plötzlich ein Geräusch aus dem Flur hörte. Leas Kopf zuckte in die Höhe. Blitzschnell realisierte sie, dass sich der Eindringling noch immer in der Wohnung befand. Sie sprintete durch das Zimmer und erreichte den Flur. Sie drehte den Kopf nach links und nach rechts, doch sie konnte keine Menschenseele entdecken. Doch dann nahm sie eine Bewegung und ein kaum hörbares Klopfen wahr und ihr Blick glitt zur Haustür. Das eiserne Hufeisen, das an der Innenseite der Haustür angebracht war, schwang hin und her und schlug sachte gegen das Holz. Jemand hatte beobachtet, wie sie im Wohnzimmer ein Kissen erstach und war dann in einem günstigen Moment durch die Haustür verschwunden.

Lea rannte zur Tür und warf sich gegen sie. Hektisch griff sie nach dem Schlüssel, der in einem hölzernen Kästchen hing. In ihrer Aufregung brauchte sie mehrere Anläufe, doch endlich gelang es ihr den Schlüssel ins Loch zu bekommen. Als sie ihn drehte und das Klicken der Verriegelung ihr versicherte, dass die Tür verschlossen war, beruhigte sie sich ein wenig.

Sie suchte noch einmal alle Räume ab, fand aber keinerlei Spuren, die darauf hinwiesen, dass jemand in ihr Zuhause eingedrungen war. Aber insgeheim war Lea davon überzeugt, dass Henry ihr um Haaresbreite entwischt war.

Sie ging wieder ins Bett, legte den Brieföffner griffbereit auf ihre Nachtkonsole und schaute auf ihr Handy. Es war halb drei. In den nächsten Nachtstunden war kein Schlaf zu finden.

Lea wälzte sich hin und her, das Erlebte wühlte sie auf. Bei jedem kleinen Geräusch zuckte sie hoch, griff nach dem Brieföffner und schaute sich hektisch um. Erschöpft sank sie danach wieder ins Bett.

Irgendwann war sie es leid und stand auf. Sie erledigte einige Arbeiten und erst als die Sonne ihre ersten Strahlen über den Rand des Fensterrahmens in die Wohnung warf, spürte Lea die Müdigkeit zurückkehren. Sie legte sich auf die Couch und schloss die Augen, sie brauchte dringend eine Mütze Schlaf.

Kapitel 11

„Guten Morgen, meine Kleine, bist du beim Fernsehen eingeschlafen?"

Lea schreckte hoch und sprang auf die Beine.

„Ganz ruhig, ich bin doch kein Einbrecher."

Henry stand vor ihr, lachte laut und hob schützend die Hände.

„Nicht, dass du mich gleich noch angreifst."

Langsam begriff Lea, wo sie sich befand. Sie musste so tief geschlafen haben, dass sie nicht mitbekam, als Henry die Wohnung betrat. Sie rieb sich die Augen und setze sich.

„Was ist los mit dir, meine Kleine? Du stehst ja völlig neben dir. Hast du wieder schlecht geträumt?"

Ein besorgter Ausdruck legte sich auf Henrys Gesicht.

„Nein, nein, es ist alles gut", entspannte Lea die Situation und strich sich verlegen durch die Haare.

„Ich habe nur viel gearbeitet und bin erst spät eingeschlafen."

„Ach so, dann ist ja gut", erwiderte Henry und setzte sich zu ihr. Lea schaute ihn von der Seite an.

„Warst du gestern Abend hier in der Wohnung?", fragte sie und beobachtete ihn genaustens. Keine Reaktion seiner Augen, kein erschrecktes Zucken seiner Mundwinkel, nichts durfte ihr entgehen.

Henry schaute sie gelassen an und verschränkte die Arme hinter seinem Kopf.

„Nein, wie kommst du darauf? Ich habe lange gearbeitet und dann im Herrenhaus geschlafen. Warum fragst du? Ist irgendetwas vorgefallen? Du weißt, dass du mich jederzeit anrufen kannst. Und wenn es dir hier zu einsam ist, kannst du gerne zu mir auf das Anwesen kommen."

Leas Kopf schnellte nach oben. Das Herrenhaus war der letzte Ort, zu dem sie freiwillig hingehen würde.

„Nein, es ist alles gut", wiederholte sie und ließ ihre Stimme beruhigend klingen.

„Ich habe etwas gehört, was mich geweckt hat. Aber es kam wohl von draußen."

„So wird es bestimmt sein", stimmte ihr Henry zu.

„Ich wollte dir sowieso etwas sagen, Lea. In der letzten Zeit bot sich keine Gelegenheit zu reden. Du weißt ja, dass ich damals, nach dem Tod deiner Mutter, versprochen habe mich nach bestem Gewissen um dich zu kümmern und das möchte ich auch einhalten. Egal, was es ist, du kannst mir alles erzählen. Seien es Probleme mit deinen Freunden oder auch mit mir, wir können über alles reden."

Bei seinen letzten Worten legte er seine Hand auf ihre Schulter.

„Das ist nett von dir", entgegnete sie, „aber es ist alles in Ordnung. Und wenn doch mal etwas sein sollte, komme ich gerne darauf zurück."

Sie griff nach ihrem Handy, das am Ende der Couch lag. Henrys Hand rutschte von ihrer Schulter. Sie hasste es von ihm berührt zu werden.

„Das freut mich wirklich sehr", antwortete er und lächelte sie an. Dann stand er auf und verabschiedete sich.

„Ich habe noch einiges zu erledigen. Bis später, Lea."

Winkend verließ er den Raum. Die Haustür fiel ins Schloss und Lea war wieder allein.

Sie sank auf die Couch zurück. Unmerklich hatte sie sich während des Gesprächs verkrampft. Wie jedes Mal, wenn er in ihrer Nähe war. Sie war heilfroh, dass er schnell wieder verschwunden war. Jeden Tag wuchs ihre Angst vor ihm und schnürte ihr die Kehle zu. Obwohl es ihm recht gut gelungen war den Ahnungslosen zu spielen, glaubte sie ihm kein Wort. Sie war davon überzeugt, dass er derjenige war, der des Nachts durch die Wohnung geschlichen ist und sie zu Tode erschreckt hatte. Bestimmt wollte er sie wieder fotografieren. Sie vergrub das Gesicht in ihre Hände. Irgendwann musste dieser Alptraum doch mal enden.

Verflixt nochmal, ich muss etwas übersehen haben! Vielleicht sollte ich mir die Akten und die Bilder auf dem Stick noch einmal genauer anschauen, vielleicht finde ich diesmal mehr Hinweise.

Sie ballte die Fäuste. Nach ihrem Geschmack lief alles viel zu kompliziert.

Am liebsten würde ich diesen Mistkerl direkt mit allem konfrontieren und fragen, warum in den Befundberichten solche haarsträubenden Lügen stehen. Mit den Bildern könnte ich ihn dann richtig in die Enge treiben. Aber vermutlich würde er sich wieder, wie ein Aal, aus allen Anschuldigungen herauswinden, das kann er ja am besten. Und dann müsste ich auch zugeben, dass ich mir unerlaubterweise Zugang zu seinem Computer verschafft habe. Mist, damit habe ich mich sogar strafbar gemacht.

Sie schloss die Augen, diese Grübelei strengte sie zu sehr an. Ihr Schädel brummte wie wild und drohte sie mit ordentlichen Kopfschmerzen zu bestrafen. So verschob sie die Auswertung des Sticks auf den Abend, auf ein paar Stunden mehr oder weniger kam es jetzt auch nicht mehr an. Sie sollte jetzt abschalten und auf andere Gedanken kommen.

Sie zog sich an und eine halbe Stunde später saß sie in einem Bus, der sie in die Stadt brachte. Während sie durch die Straßen schlenderte, traf sie ein paar alte Schulkameraden, mit denen sie in einem Café etwas trinken ging. Durch die Leichtigkeit der heiteren Gespräche und des Gelächters vergaß sie für einen kleinen Moment den Druck und die Angst, die auf ihr lasteten. Es tat unheimlich gut, mal wieder jung, frei und ungezwungen zu sein.

Wenn sie sich mit Henry unterhielt, wog sie jedes Wort genau ab und musste ständig auf der Hut sein, damit sie nicht zu viel von sich preisgab. Aber jetzt genoss sie die Zeit mit ihren Freunden und als sich dann viel zu früh der Abend ankündigte, löste sich die Runde auf und sie fuhr wieder nach Hause.

Dort angekommen holte sie den Stick aus dem Versteck und schaltete den Computer an. Ganz wohl war ihr nicht, als sie dieses kleine, unschuldig wirkende Ding in die USB-Schnittstelle steckte und sich das entsprechende Fenster öffnete. Der Cursor wanderte über das Inhaltsverzeichnis und stoppte bei ihrer Akte. Ein Doppelklick brachte sie in das Innere des Ordners. Ihren verlogenen Bericht überging sie, darüber hatte sie sich schon genug aufgeregt.

In diversen anderen Ordnern befanden sich die Berichte ihrer einzelnen Sitzungen. Lea ballte die Fäuste. Dieser Mistkerl tat so, als wäre sie eine Gefahr für andere. Auch die Sitzung, an deren Ende er ihr weitere Treffen mit Gina verboten hatte, stellte er in einem komplett falschen Licht dar. Mit drastischen Worten beschrieb er, wie aggressiv sie ihm gegenüber gewesen sei und unterstellte ihr, sie habe ihn angreifen wollen. Sie habe mit geballten Fäusten vor ihm gestanden und gedroht. Lea überkam immer mehr das verzweifelte Gefühl, diesem Irren, der sich die Realität zurechtbog, mit Haut und Haaren ausgeliefert zu sein.

Es ist mir zwar noch immer ein Rätsel, warum du dir solch eine Mühe gibst, dir diese Lügen auszudenken, aber sei dir sicher, das finde ich schon noch heraus. Schon bald lüfte ich dein Geheimnis und dann kannst du davon ausgehen, dass ich dich zur Verantwortung ziehen werde. Das verspreche ich dir bei allem, was mir heilig ist.

Sie überging die restlichen Berichte und öffnete den Ordner mit den Fotos. Sie vergrößerte einige und fand in den Ecken Zeitstempel, mit denen sie genau nachkonstruieren konnte, in welchen Zeitperioden Henry die Überwachungskameras aktiviert hatte. Bei den Fotos aus ihrem Zimmer fehlten sie jedoch, ein Beweis für ihre Vermutung, dass er sie mit seinem Handy gemacht hatte.

Lea wechselte zu Ginas Ordner. Sie überflog die Berichte der Sitzungen und wanderte dann mit dem Cursor zu dem Ordner mit den Fotos. Die Bilder aus dem Büro und von der Lichtung nahm sie genauer unter die Lupe, fand aber nichts Auffälliges. Doch dann fand sie zwei Fotos, die ihr merkwürdig vorkamen.

Lea runzelte die Stirn. Auf den Bildern war zu sehen, wie Gina auf einer schmalen Matratze lag und schlief. Da sie keinen Zeitstempel trugen, musste sich der Mistkerl auch in ihr Zimmer geschlichen und sie fotografiert haben. Leider war nicht viel von dem Raum zu erkennen, lediglich ein Teil einer Wand, die aus hellbraunen Sperrholzplatten bestand. Neben dem klapprig wirkenden Bettgestell war ein Beistelltischchen zu sehen, auf dem eine Flasche Wasser und ein Glas standen. An der linken Seite, am Kopfteil des Bettes, war ein großer Spiegel.

Gina lag mit geschlossenen Augen da und hatte sich die Decke weit ins Gesicht gezogen, als müsste sie sich vor Kälte schützen.

Als Lea sie so betrachtete, spürte sie die Trauer über sich kommen. Was war nur geschehen? Minutenlang ließ sie das Bild ihrer Freundin auf sich wirken. Unwillkürlich glitt ihr Blick wieder über den Spiegel und plötzlich stutzte sie. Beim genaueren Hinsehen konnte sie in ihm einen weiteren Teil des Raumes erkennen. Lea zoomte den Ausschnitt heran und ging mit dem Gesicht so nah an den Bildschirm, dass sie mit der Nase fast dagegen stieß. Auch die anderen Wände waren mit Sperrholzplatten verkleidet und Lea fiel auf, dass kein Poster oder Bild die Wände schmückte. Außer einem recht altmodischen Kleiderschrank in einer Ecke, befand sich nur noch ein kleiner Tisch mit zwei Stühlen im Raum. Lea dachte nicht, dass ein Heim luxuriös eingerichtet war, aber ein wenig freundlicher hatte sie es sich schon vorgestellt.

Mehr gab die Reflexion bedauerlicherweise nicht her. Sie wollte gerade den Ordner schließen, als sie noch etwas anderes entdeckte. Ein kleines Detail war ihr zunächst entgangen. An der einen Wand hing eine Zimmeruhr. In der Mitte des Ziffernblatts befand sich eine Datumsanzeige.

Lea zoomte wieder näher heran. Es zeigte ein Datum, an dem ... ihre Hand rutschte vor Schreck von der Maus, ... an dem Gina schon drei Tage verschwunden war.

Das Blut in ihren Adern gefror zu Eis und sie fühlte sich in eine Schockstarre versetzt. Ihre schreckgeweiteten Augen hingen weiter an der Datumsanzeige. Das konnte doch nicht sein. Das würde ja heißen, dass Henry drei Tage nach ihrem Verschwinden bei Gina war und sie fotografiert hatte. Aber verflucht nochmal, warum hatte sie sich nicht mehr gemeldet, wenn sie zu diesem Zeitpunkt noch wohlauf war? Das ergab doch alles keinen Sinn. Oder ... Lea fürchtete sich zu Ende zu denken, diese Aufnahmen wurden nicht in Ginas Wohnung gemacht.

Die klägliche Einrichtung, die kahlen Wände und wie Gina dort lag, das alles kam ihr mit einem Mal so befremdlich und merkwürdig vor. Aber wenn das nicht Ginas Zimmer war, wo war dieses Bild dann gemacht worden? Lea biss sich fest auf die Lippen, bis sie den Geschmack von Blut auf der Zunge hatte. War ihre Freundin einfach untergetaucht und hat irgendwo solch eine Bleibe aufgetrieben? Aber warum? Und falls es so war, wäre sie nicht diejenige gewesen, der sich Gina anvertraut hätte? Und warum sollte ausgerechnet Henry über diesen Zufluchtsort Bescheid wissen?

Jede einzelne Frage brannte sich in Leas Verstand und drängte nach einer Antwort. Es gab aber auch noch eine andere Möglichkeit. Plötzlich wurde Lea schwarz vor Augen und sie musste sich an der Tischplatte festhalten, um nicht vom Stuhl zu rutschen. Der Doktor hatte Gina entführt und hielt sie irgendwo versteckt. Das er dazu in der Lage war, bezweifelte sie keine Sekunde. Außerdem bot sein Anwesen genug abgelegene Räume, in denen man unbemerkt jemanden gefangen halten könnte. Nur diese Annahme beantwortete alle Fragen plausibel und ermöglichte, das Puzzle Stück für Stück zusammenzusetzen.

Ihr wurde abwechselnd heiß und kalt und ihre aufkochenden Emotionen vermischten sich mit den schlimmsten Vorahnungen. Jeder Gedanke führte zu dem Appell, auf der Stelle etwas zu unternehmen. Aber was sollte sie tun? Sollte sie zur Polizei gehen und den Beamten das alles berichten? Aber wenn sie falsch lag, was würde dann passieren? Henry würde mit Sicherheit alles tun, um sie zu bestrafen. Sollte sie dieses Risiko wirklich eingehen? Bisher war es nur eine Vermutung, eine Annahme, mehr nicht.

Ein taubes Gefühl breitete sich in ihrem Kopf aus. Sie wusste, ihre nächste Handlung entschied über den kompletten weiteren Verlauf der Ereignisse.

„Nein!", schrie sie plötzlich laut auf, als würde ihr jemand gegenüberstehen, der ganz anderer Meinung war.

„Ich darf jetzt nicht zögern und an Konsequenzen denken, es geht um das Leben meiner Freundin. Jede Minute kann entscheidend sein."

Ihr Entschluss stand fest, sie würde zur Polizei gehen. Dort gab es Menschen, die sie vor diesem Geisteskranken beschützen konnten.

Sie sprang auf, warf sich die Jacke über und rannte aus dem Haus. Der Weg zur Bushaltestelle kam ihr wie ein Marathonlauf vor und die Fahrt wie eine stundenlange Reise. Erst als sie die Tür zur Polizeistation aufwarf, atmete sie erleichtert auf.

Der Polizist, der gerade Bereitschaft hatte, merkte sofort, dass Lea völlig neben sich stand. Er rief einen Kollegen, der sich ihrer Sache annehmen sollte. Während Lea auf ihn wartete, saß sie auf dem Besucherstuhl und zappelte unruhig mit den Beinen. Sie konnte die Trödelei nicht nachvollziehen, hier ging es doch um ein Menschenleben. Nach einigen Minuten erschien der Polizist endlich, begrüßte sie kurz und stellte sich als Kommissar Ziegler vor. Er setzte sich ihr gegenüber an seinen Schreibtisch. Während seine Finger über die Tastatur seines Computers flitzten, forderte er Lea auf anzufangen.

Nachdem sie alles haarklein berichtet und sich auch nicht mit ihren Verdächtigungen zurückgehalten hatte, hörte

Kommissar Ziegler mit dem Tippen auf und lockerte den Knoten seiner Krawatte. Im Laufe ihres Berichts war das Rot seiner Wangen gewichen. Nervös pochte er mit dem Finger auf der Tischplatte. So eine Geschichte hatte er wohl während seiner gesamten Laufbahn noch nicht gehört.

„Ich habe ihre Aussage erst einmal festgehalten", sagte er kurz angebunden, als müsse er noch immer das Erzählte verarbeiten. Sein Blick ruhte nachdenklich auf Leas Gesicht, bevor er weitersprach.

„Ich gebe Ihnen recht, das klingt alles sehr verdächtig. Ich habe die Ermittlungsberichte zu Ginas Verschwinden aufgerufen und es stimmt, dass sie an dem Datum, den Sie auf der Uhr erkannt haben, schon drei Tage verschwunden war. Das könnte endlich eine Spur sein. Ich muss mir dieses Bild ansehen, geben Sie mir doch bitte den USB-Stick."

Lea schlug sich so fest auf den Oberschenkel, dass es schmerzte.

„Den Stick habe ich in der ganzen Aufregung zu Hause im PC stecken lassen", rief sie.

„Ich war so geschockt, dass ich einfach nur losgerannt bin."
Der Polizist beruhigte sie.

„Kein Problem, das kann ich gut verstehen. Ich würde vorschlagen, wir fahren zu Ihnen nach Hause und holen den Stick. Falls es stimmt, was Sie sagen, können wir heute noch eine Hausdurchsuchung für das Anwesen beantragen."

Sie standen auf und saßen wenig später in einem Streifenwagen. Als sie an ihrer Wohnung ankamen, schloss Lea die Tür auf.

„Hier müssen wir lang."

Sie deutete hektisch in die Richtung ihres Zimmers. Das leise Geräusch der Computerlüftung verriet, schon bevor sie ihr Zimmer betraten, dass er noch immer in Betrieb war. Lea hatte ihn in ihrer Eile aus Versehen angelassen.

„Zeigen Sie mir bitte gleich die Bilder," forderte der Polizist sie auf, „dann kann ich nämlich unverzüglich den zuständigen Staatsanwalt anrufen und um eine sofortige Anordnung zur Hausdurchsuchung bitten. Wenn das alles stimmt, ist Gefahr in Verzug."

Lea öffnete das Fenster des Sticks und wollte die Fotos heraussuchen, als sie innehielt. Die Ordner hatten keinerlei Beschriftungen mehr. Der Cursor huschte hin und her und sie öffnete jeden einzelnen Ordner, aber sie waren allesamt leer. Wo zuvor noch die Krankenakten, Sitzungsberichte und Fotos gewesen waren, herrschte nun eine gähnende Leere.

Leas Hand rutschte von der Maus und fasste an ihre Stirn. Sie starrte auf den Bildschirm und weigerte sich zu glauben, was sie sah. Immer wieder ging sie in Gedanken die Szene durch, wie sie das Zimmer verlassen hatte. Das konnte doch alles nicht sein. Wurde sie jetzt selbst langsam verrückt?

Der Polizist stand neben ihr und wartete geduldig, bis Lea sich zu ihm umdrehte.

„Ich kann es nicht verstehen, aber die Fotos sind allesamt verschwunden", stotterte sie und kam sich wie ein kleines, dummes Kind vor, das sich herausreden wollte.

„Sie waren da, das verspreche ich Ihnen. Ich habe sie mit eigenen Augen gesehen."

Sie versuchte aus dem Gesichtsausdruck des Polizisten etwas zu deuten. Dieser beugte sich etwas vor und schaute sie streng an.

„Wenn es hier nur darum geht, Aufmerksamkeit zu erregen, können Sie gewaltigen Ärger bekommen. Das ist kein Spiel."

Die Worte sprudelten aus ihr heraus und überschlugen sich.

„Ich habe die Wahrheit gesagt, die verflixten Ordner waren auf dem Stick. Ich war in seinem Büro auf dem Anwesen und habe sie selbst von seinem Computer kopiert."

Immer wieder zeigte sie beim Reden auf den Monitor, als wäre dieser für das Verschwinden der Unterlagen verantwortlich.

Kommissar Ziegler legte bei ihren letzten Worten die Stirn in Falten.

„Ich bin davon ausgegangen, dass sich Dr. Kellermanns Rechner hier in der Wohnung befindet. Ist Ihnen klar, dass er Sie wegen Hausfriedensbruchs anzeigen könnte? Sie sind nicht seine Tochter und hatten kein Recht dazu, sein Haus unbefugt zu betreten und sein Büro zu durchsuchen. Ich könnte Sie wegen Irreführung und Falschaussage verhaften."

„Aber die Fotos waren da, ich habe sie mit eigenen Augen gesehen", stammelte Lea mit hochrotem Kopf und wurde immer lauter.

„Er hat Gina und mich beim Schlafen fotografiert und dann gibt es noch fest installierte Kameras in seinem Sitzungszimmer und auf der Lichtung und was weiß ich, wo noch überall."

Bei dem letzten Satz sprang Lea so unerwartet hoch, dass Kommissar Ziegler erschrocken zurückwich.

„Die Kamera auf der Lichtung! Die ist an einem Baum befestigt. Wenn ich Ihnen die zeige, dann glauben Sie mir doch, nicht wahr?"

Mit aufgerissenen Augen starrte sie den Polizisten eindringlich an. Er überlegte kurz.

„Na ja, es ist schon etwas kurios, aber nicht verboten, Kameras auf dem eigenen Grundstück aufzuhängen. Das einzig

Relevante in diesem Zusammenhang ist, ob er euch tatsächlich während der Sitzungen und beim Schlafen fotografiert hat, denn das ist eindeutig verboten."

„Lassen Sie uns doch bitte zu der Lichtung fahren," bettelte Lea, „dann werden Sie sehen, dass ich nicht gelogen habe. Es geht um das Leben meiner Freundin, wir müssen sie finden."

Lea sank zusammen. Ein Weinkrampf überkam sie und sie schlug frustriert mit der Faust auf den Schreibtisch. Der Mann legte ihr die Hand auf die Schulter.

„Nun beruhigen Sie sich wieder, wir fahren dorthin und schauen uns um. Aber vorher erklären Sie mir bitte, wie die Dateien auf dem Stick verschwinden konnten."

Lea wischte sich die Tränen ab und schaute den Polizisten mit schimmernden Augen an.

„Ich weiß es nicht. Ich habe den Stick im Computer gelassen und bin zu Ihnen gefahren."

Plötzlich schnappte sie nach Luft. Sie schaute auf ihre Hände, die mit einem Mal zu zittern begannen.

„Er war hier", flüsterte sie so leise, als würde sich Henry noch immer in der Wohnung aufhalten.

Der Beamte schaute sich unwillkürlich um und strich sich nervös über die Ärmel. Die plötzliche Aufregung des Mädchens steckte ihn an.

„Dr. Kellermann, er war hier", hauchte Lea.

„Er besitzt einen Schlüssel von dieser Wohnung. Er muss hier gewesen sein und den laufenden Computer bemerkt haben, während ich bei Ihnen auf dem Präsidium war. Er hat den Stick geöffnet und die Ordner gesehen und alles gelöscht. Genau so muss es gewesen sein."

Leas Kopf sank entkräftet nach unten. Ihr zuvor noch wild lodernder Kampfgeist hatte sich mit einem Mal feige davon gemacht.

„Er ist mir wieder einmal einen Schritt voraus", flüsterte sie.

„Das können wir alles nur vermuten", sprach Kommissar Ziegler vorsichtig auf sie ein, nachdem er ihr ein wenig Zeit gegeben hatte sich zu sammeln.

„Kommen Sie, wir schauen uns jetzt auf der Lichtung um."

Die beiden verließen die Wohnung und nachdem sie ins Auto gestiegen waren, schnappte er sich das Funkgerät.

„Wagen 32 ruft Zentrale."

Ein Kratzen drang aus den Boxen, dann erklang eine knarzige Stimme.

„Hier Zentrale, was gibt es Wagen 32?"

„Ich bin auf dem Weg zum Grundstück Wolfskuhlenallee 12. Die Aussagen von Frau Wagner zum Fall Gina K. haben sich nicht bestätigt, deswegen schaue ich mich dort mal um."

„Zentrale verstanden.", krächzte es und der Kontakt brach ab.

Während der Fahrt war Kommissar Ziegler auffallend ruhig. Er bereute wohl schon jetzt, sich auf diese Spinnerei eingelassen zu haben.

Lea beobachtete ununterbrochen die Figur eines kleinen, braunen Hundes, die auf dem Armaturenbrett saß und unaufhörlich mit dem Kopf wackelte. Sein breites Gesicht grinste sie höhnisch an, als würde er sich köstlich über sie amüsieren.

Am Anwesen angekommen parkte der Polizist den Wagen etwas abseits des Weges, damit er nicht sofort ins Auge fiel. Sie stiegen aus, durchquerten geräuschlos das Wäldchen und erreichten die Lichtung.

„Da", Lea deutete mit ausgestrecktem Arm in die Höhe.

„Da oben ist die Kamera, an diesem Baum."

Der Polizist ging zu dem besagten Baum, reckte sich und bog ein paar Äste beiseite, um den Stamm inspizieren zu können.

„Kommen Sie mal bitte?" Er winkte sie zu sich heran.

Lea folgte der Aufforderung und schob sich an den herunterhängenden Ästen vorbei.

„Meinen Sie etwa diesen kleinen Kasten dort? Das ist ein Vogelhäuschen und keine Kamera."

Man hörte deutlich, dass er der Ansicht war, dass Lea seine Geduld überstrapazierte. Lea reckte den Kopf in die Höhe und betrachtete die Stelle. Der Mann hatte Recht, es war ein Vogelhäuschen, das dort so selbstverständlich hing, als wäre dies schon immer sein Platz gewesen.

„Er oder sein verfluchter Diener muss die Kamera gegen dieses Vogelhäuschen ausgetauscht haben. Ich habe die Kamera gesehen, ich schwöre es!"

Kommissar Ziegler trat unter dem Baum hervor, strich sich ein paar Tannennadeln von der Uniform und schaute sich um.

„Woher sollte Herr Kellermann denn gewusst haben, dass wir hierherkommen und nachschauen? Ich denke, Ihre Vermutung ist ein wenig weit hergeholt."

Lea spürte, wie ihre letzte Chance, die letzte Gelegenheit den Polizisten zu überzeugen, mehr und mehr davon schwamm. Sie musste sich ein stichhaltiges Argument einfallen lassen.

„Vielleicht hat er sie abgenommen," spekulierte sie, „weil er sie nicht mehr braucht. Ich bin seit Ginas Verschwinden nicht mehr bei ihm in Behandlung und wenn er sie umgebracht hat oder sie gefangen hält, muss er niemanden mehr observieren, also sind die Kameras überflüssig geworden. Die

Fotos beweisen doch eindeutig, dass er vor nichts zurückschreckt."

„Ich habe keine Fotos gesehen", entgegnete Kommissar Ziegler kühl.

„Ehrlich gesagt, finde ich Ihre Geschichte inzwischen unglaubwürdig, sie wirkt, als hätten Sie zu viele schlechte Kriminalromane gelesen. Wir sollten nun besser zurückgehen. Ich denke, dass sich nun alles aufgeklärt hat und außer Ihrer blühenden Fantasie kann ich nichts Außergewöhnliches entdecken.

Ich brauche wohl nicht zusätzlich zu erwähnen, dass Ihnen unter diesen Umständen kein Mensch glauben wird und erst recht kein Gericht."

Lea blickte reumütig zu Boden.

„Ja, ich weiß, Sie haben recht. Aber die Kamera im Büro, die hat er bestimmt nicht verschwinden lassen", stammelte sie noch schnell hervor.

„Frau Wagner", die Stimme des Polizisten wurde lauter, „selbst wenn es sich so verhält, er darf in seinem Haus tun und lassen, was er möchte."

„Wenn es aber die Bilder angeblich nie gegeben hat", fuhr Lea ihm trotzig dazwischen, „woher soll ich dann so genau wissen, an welcher Stelle er eine Minikamera aufgestellt hat?"

Der Polizist schüttelte fassungslos den Kopf.

„Kommen Sie, wir gehen, es reicht jetzt", zischte er kurz und knapp.

Lea spürte, dass sie es nun eindeutig zu weit getrieben hatte. Sie biss die Zähne zusammen und schluckte ihre nächsten Worte herunter.

Gerade als die beiden wieder die Straße betraten und den Polizeiwagen ansteuerten, erkannte Lea jemanden im Garten des Anwesens. Es war Henry.

Mit einem breiten Hut auf dem Kopf kniete er auf dem schmalen Weg und zupfte an irgendwelchen Pflanzen herum. Als würde er spüren, dass sich jemand von der Straße her näherte, blickte er plötzlich auf. Sein Gesicht bekam einen erstaunten Ausdruck, als er Lea in Begleitung eines Polizisten sah.

„Lassen Sie mich das machen," flüsterte der Polizist Lea zu.

„Sagen Sie am besten kein Wort, Sie haben schon mehr als genug Unsinn verzapft."

Lea nickte nur und ging an seiner Seite zu dem Zaun, der das Anwesen umgab.

„Lea, was machst du denn hier?", begrüßte Henry das Mädchen und sein Blick glitt zu dem Beamten.

„Ich hoffe, du hast nichts angestellt."

Er kam ein paar Schritte näher und begrüßte den Polizisten mit einem Handschlag.

„Nein, es ist alles gut", beruhigte ihn Kommissar Ziegler.

„Ich habe Frau Wagner angerufen, um ihr mitzuteilen, dass wir bisher noch immer keine Spur von Gina haben. Deswegen wollte ich mir den Bereich des Waldes noch einmal genauer anschauen und bat sie mitzukommen. Im Protokoll hatte sie angegeben, dass sie sich dort gut auskennt. Leider war es erfolglos, wir haben nichts gefunden."

„Das tut mir wirklich sehr leid", entgegnete Henry.

Er nahm den Hut ab und wischte sich mit einem Tuch über die schweißnasse Stirn.

„Ich finde es wirklich gut, dass die Polizei selbst nach so einer langen Zeit nicht aufgibt."

Der Polizist schaute an Henry vorbei und deutete auf das Blumenbeet.

„Das sieht nach viel Arbeit aus."

Henry winkte resigniert ab.

„Bei der Größe des Gartens ist es ein hoffnungsloser Kampf. Aber trotzdem habe ich mich heute aufgerafft, um dem Unkraut zu Leibe zu rücken", dabei hob er stolz eine kleine Schaufel und eine gebogene Hake in die Höhe.

„Aber wie es aussieht, habe ich mit diesen Waffen wenig Aussicht den Krieg zu gewinnen."

Er lachte laut.

Auch der Polizist konnte sich ein Schmunzeln nicht verkneifen, wurde dann aber wieder ernster.

„Sind Sie schon lange dran? Viel scheinen Sie leider noch nicht geschafft zu haben."

Henry schaute den Polizisten an.

„Höre ich da ein wenig Sarkasmus?"

Plötzlich änderte sich die Stimmlage.

„Oder soll das vielleicht ein Verhör werden?"

Kommissar Ziegler ließ sich nicht aus der Ruhe bringen und hielt dem Blick gelassen stand.

Plötzlich lachte Henry auf.

„War nur ein Scherz. Ich bin schon seit ein paar Stunden dran, die Wurzeln haben mich unheimlich viel Zeit gekostet und ich bin auch nicht der geborene Gärtner."

„Ich habe dafür auch kein Händchen", nickte der Polizist verständnisvoll.

„Meine Frau ist diejenige mit dem grünen Daumen und übernimmt die Gartenarbeit sehr gern."

Lea, die bisher kein Wort gesagt hatte, musste anerkennen, dass der Beamte die Rolle des Ahnungslosen sehr gut spielte.

Er hatte sich bisher weder etwas anmerken lassen, noch die Kamera bei der Lichtung oder die Fotos erwähnt. Sie betete, dass es dabei blieb, sie wollte nicht ins Kreuzfeuer geraten.

„Da ich gerade von meiner Frau spreche", begann der Polizist wieder.

„Würde es Ihnen etwas ausmachen, mir Ihr Anwesen zu zeigen? Meine Frau liebt dieses Herrenhaus und immer, wenn wir hier vorbeifahren, schwärmt sie in den höchsten Tönen davon. Wenn ich ihr ein paar Fotos präsentieren könnte, wäre sie überglücklich."

Lea schaute gespannt auf Henrys Gesicht, wie würde er nun reagieren? Kurz schien er ein wenig irritiert und sie bemerkte das nervöse Zucken seines rechten Auges, aber einen Sekundenbruchteil später überspielte er es mit seiner gewohnt eloquenten Art. Er legte sein Werkzeug auf den Boden und nahm seinen Hut ab.

„Aber natürlich, es ist mir eine Freude. Dieses Anwesen ist wirklich etwas ganz Besonderes und wir wollen Ihre Frau ja nicht verärgern."

Er schritt zum Tor und öffnete es einladend.

„Besser nicht", bestätigte der Polizist lachend und betrat mit Lea den Garten.

Henry deutete zu der schweren Eingangstür.

„Dann mal los, zücken Sie ihre Kamera, die Tour beginnt. Leider kann ich Ihnen nur einen kleinen Teil des Anwesens zeigen. Viele Bereiche sind durch die anstehenden Sanierungen gesperrt und auch die Kellergewölbe sind nicht sicher. Aber Sie werden auch so ein paar großartige Bilder bekommen."

„Das ist wirklich sehr nett von Ihnen, Herr Kellermann."

Der Polizist holte sein Handy hervor und während sie gemeinsam durch den Garten schlenderten, wurden die ersten Bilder auf der Speicherkarte verewigt. Henry lief vor und ließ dem Besucher genug Zeit, alles genau in Augenschein zu nehmen. Dann betraten sie das historische Herrenhaus. Der Eingangsbereich war mit seiner enormen Deckenhöhe, der mittelalterlichen Architektur und der üppigen, meisterhaft angefertigten Steinmetzarbeit das Highlight des Rundgangs. Das unentwegte Klicken des Auslösers und die vielen Fragen überzeugten von dem großen Interesse des Polizisten an dem alten Gemäuer. Sogar Lea war sich irgendwann nicht mehr sicher, ob er noch einem Plan folgte oder ob er nicht wirklich seiner Frau ein paar Fotos mitbringen wollte.

Sie betraten die riesige Küche, die so groß war, dass man darin hätte eine ganze Kompanie bekochen können. In der Mitte befand sich eine Kochinsel mit modernsten Geräten, die so gar nicht zu dem sonst rustikalen Aussehen der Küche passte. Kühlschränke, Gefriertruhen und unzählige Vorratsschränke nahmen den restlichen Bereich ein.

Das prunkvolle Wohnzimmer mit den antiken, mit Schnörkeln versehenen Holzmöbeln und dem überdimensionierten, glitzernden Kronleuchter aus Kristall, war ein weiterer Höhepunkt der Führung. Uralte Ölgemälde hingen in kostbaren Holzrahmen an der altmodisch tapezierten Wand und zeigten finster dreinblickende Menschen, deren Anblick einem schon beim Betrachten einen Schauer über den Rücken wandern ließ.

Ein ebenso altmodischer, an die zwei Meter hoher Sekretär war der nächste spektakuläre Blickfang. Zwei Vitrinen aus Eichenholz, die aus derselben Zeitepoche stammen mussten, umrahmten ihn, an beiden Seiten, wie bedächtige und stille Wächter.

Auf der anderen Seite des Raumes befand sich ein gemauerter, offener Kamin. Die Originalfliesen waren durch die Jahrhunderte, in denen sie der Feuerhitze standhalten mussten, angelaufen und voller Ruß. Wenn man die Feuerstelle betrachtete, sah man vor dem geistigen Auge, wie die früheren Bewohner im Winter davorsaßen und sich wärmten.

Wieder in der großen Halle angekommen, zeigte Kommissar Ziegler auf die breite Treppe, die in das obere Stockwerk führte.

„Dieser Teil ist leider gesperrt", erwiderte Henry auf die fragende Geste und lächelte entschuldigend.

„Ich muss noch so einiges herrichten, aber dafür fehlt mir einfach die Zeit. Mein Diener bewohnt dort oben ein Zimmer, aber ansonsten steht die Etage größtenteils leer. Ich hoffe, ich komme irgendwann mal dazu."

Der Polizist machte ein unwilliges Gesicht.

„Das ist wirklich schade. Es ist faszinierend durch Ihr Haus zu schlendern, man fühlt sich sofort in vergangene Zeiten zurückversetzt. Gibt es denn hier unten noch weitere Räume?"

„Zwei, drei Räume sind noch frei zugänglich", entgegnete Henry und wirkte ein wenig überrascht von der aufdringlichen Art des Polizisten. Dann aber machte er eine einladende Geste in die Richtung der nächsten Tür.

Nachdem der Salon und die restlichen Räume besichtigt waren, kamen sie schließlich in Henrys Büro an.

„Ich bin wirklich beeindruckt, dass Sie alles so gut erhalten konnten. Meine Frau wird mir nie verzeihen, dass sie nicht dabei sein konnte."

Der Polizist lachte und nahm auf einem der Sessel Platz.

„Dafür bekommt sie ja eine Unmenge an Bildern", konterte Henry und lächelte verschmitzt.

Lea nahm auch Platz und sah verstohlen zur Bücherwand. Wenn sich die Kamera noch dort befand, wäre es zwar kein eindeutiger Beweis, aber zumindest würde es ihre Aussagen ein klein wenig untermauern.

„Dürfte ich Sie um etwas zu trinken bitten", unterbrach der Polizist Leas Gedanken.

„Der Marsch durch den Wald und die tolle Führung haben mich ganz schön durstig gemacht. Hätten Sie vielleicht eine kalte Limonade oder Cola?"

„Aber natürlich, ich bin gleich wieder da", antwortete Henry und verließ das Zimmer. Kaum war er weg, sprang Kommissar Ziegler plötzlich hektisch auf.

„Gehen Sie zur Tür und geben Bescheid, wenn er wiederkommt", hauchte er Lea zu, die sofort begriff, was er vorhatte. Sie hechtete zur Tür und spähte durch den Spalt.

Der Beamte ging um den Schreibtisch und suchte das Bücherregal ab.

„Ein Stück weiter nach links, zwischen den zwei dicken, blauen Büchern", zischte Lea ihm zu.

Der Polizist nickte und suchte diesen Bereich genau ab, doch ohne Erfolg. Die Kamera war verschwunden.

Er winkte Lea wieder zu sich und beide nahmen gerade noch rechtzeitig Platz. Schon hörten sie die Schritte auf den steinernen Fliesen. Henry betrat das Büro und hielt ihnen jeweils ein Glas mit Limonade hin. Der Polizist bedankte sich und während er das kühle Getränk genoss, stellte er noch einige Fragen zu der Bauweise und dem Alter des Anwesens. Nach einer Weile gingen sie gemeinsam zur Eingangstür.

„Vielen Dank für die Führung, es war wirklich hochinteressant", bedankte sich der Polizist noch einmal herzlich.

„Es freut mich immer, wenn sich jemand für dieses Haus interessiert", erwiderte Henry und wandte sich an Lea.

„Vielleicht sehen wir uns ja später noch, aber jetzt habe noch einiges zu erledigen."

Lea nickte. Fiel es nur ihr auf, dass Henry sie mit dem lauernden Blick eines hinterhältigen Raubtieres bedachte, das die Vorfreude genoss, sein Opfer mit Haut und Haaren zu verschlingen?

Sie verließen das Anwesen. Auf dem Rückweg waren sie recht schweigsam. Obwohl die Suche nichts ergeben hatte, schien Kommissar Ziegler irgendetwas zu stören, aber er sagte nichts und fuhr Lea nach Hause. Als er den Wagen zum Stehen gebracht hatte, drehte er sich zu ihr.

„Ihnen wird klar sein, dass wir unter diesen Umständen nichts unternehmen können. Wir haben absolut keinerlei Anhaltspunkte, geschweige denn Beweise. Entweder hat Herr Kellermann etwas geahnt und sich bestens auf den Besuch vorbereitet oder Sie ..."

„Es ist alles wahr, was ich gesagt habe", unterbrach Lea ihn.

„Wir brauchen Beweise, aber wir haben nichts. Mir ist nur ein winziges Detail aufgefallen", dabei blickte der Polizist durch das Fenster des Wagens, als würde er abwägen, ob die Sache es wirklich wert war, darüber zu sprechen.

„Was haben Sie gefunden, was war es?"

Leas Ungeduld war nun nicht mehr zu bändigen.

Der Beamte schaute sie an.

„Ein Gegenstand hat sich genau an der von Ihnen beschriebenen Stelle im Bücherregal befunden. Dr. Kellermann hat ihn zwar entfernt, aber er hat den Staubabdruck übersehen. Man konnte noch deutlich erkennen, dass dort vorher etwas gestanden hat."

„Ich habe es doch gesagt. Jetzt wissen Sie endlich, dass ich mit allem Recht hatte", rief Lea aufgebracht.

„Ganz ruhig, das beweist noch gar nichts. Selbst wenn dort eine Kamera gestanden hat, ich habe Ihnen doch erklärt, dass er in seinem Haus so viele aufstellen kann, wie er möchte."

Lea verzog das Gesicht. Ihre Euphorie war wieder verschwunden.

„Heißt das nun, dass Sie der Sache nicht weiter nachgehen?"

„Genau das heißt es. Aber wenn Ihnen noch etwas einfallen sollte, hier ist meine Nummer. Rufen Sie einfach an."

Lea presste die Lippen zusammen, während sie seine Visitenkarte entgegennahm. Die Enttäuschung stand ihr deutlich ins Gesicht geschrieben. Sie nickte dem Polizisten kurz zu, stieg aus und schlich, wie ein geprügelter Hund, die Treppen hinauf.

Ein unangenehmes Gefühl machte sich in ihrem Magen breit. Henry war die einzige Person, die Zugang zu ihrer Wohnung hatte und nur er hätte den Stick finden und seinen Inhalt löschen können. Sie hätte sich ohrfeigen können, wegen ihrer Nachlässigkeit geriet sie nun in Gefahr. Durch den Stick hatte Henry den Beweis, dass sie an seinem Computer gewesen war. Die Angst schlich in ihren Körper und wühlte sie auf. Und nun war sie allein, ganz allein. Sie war der unberechenbaren Laune dieses Irren völlig ausgeliefert.

Als der Polizist dabei war, hatte er sich ihr gegenüber ganz normal verhalten, aber das würde sich mit Sicherheit ändern, wenn er mit ihr alleine war. Es war furchtbar, hier zu sitzen und abwarten zu müssen, wie sich ein mächtiges Unheil mehr und mehr über ihrem Kopf zusammenbraut.

Lea schaute durch das Fenster und betrachtete den Horizont. Die Dunkelheit kroch über das Land und verstärkte ihre düsteren Vorahnungen. Sie hoffte inständig, dass Henry noch lange zu arbeiten hatte und davon abgehalten wurde, zu ihr nach Hause zu kommen.

Sie setzte sich auf die Couch und schaltete den Fernseher an. Die monotone Geräuschkulisse sorgte dafür, dass sie etwas abschalten konnte. Der enorme Stress der letzten Stunden forderte seinen Tribut und sie nickte ein.

Kapitel 12

„Du verfluchtes, kleines Miststück", zischte Henry leise und ballte die Fäuste. Er schaute Lea nach, die sich an der Seite des Polizisten vom Anwesen entfernte und um die Ecke bog.

Da hatten die beiden sich eine tolle Geschichte ausgedacht und dass sie tatsächlich annahmen, er wäre so dumm und würde sie ihnen abkaufen, setzte allem die Krone auf.

Denken die wirklich, ich bin so blöd? Wissen die nicht, wen sie vor sich haben? Dennoch – Lea plant etwas. Wenn sie mit irgendwelchen wahnwitzigen Mutmaßungen zur Polizei geht, sodass ich auf meinem eigenen Grundstück belästigt werde, muss eine ernsthafte Anschuldigung dahinterstecken. Na ja, auf der Lichtung können die solange suchen, wie sie wollen, da werden sie nichts finden. Trotzdem geht mir Leas Verhalten gegen den Strich und ich sollte es unterbinden, bevor es irgendwann noch komplett aus dem Ruder läuft.

Mit ausgestrecktem Zeigefinger stieß Henry in die Luft, als würde Lea gerade vor ihm stehen.

„Ist das der Dank dafür, dass ich mich so gut um dich kümmere? Seitdem wir uns kennen, machst du immer alles kaputt und dabei wollte ich mit dir und deiner Mutter nur eine kleine glückliche Familie sein. Warum gönnst du mir das nicht?"

Henrys hochroter Kopf fing an zu glühen. Dicke, pulsierende Adern drückten sich unter seiner weißen Haut hervor und sein Körper zitterte. Seine ausgestreckte Hand ballte sich zur Faust. Immer energischer und lauter sprach er auf die unsichtbare Erscheinung vor ihm ein.

„Warum zerstörst du alles? Jetzt sind doch nur noch wir beide übrig, warum können wir nicht einfach glücklich sein?

Du hast nur mich und ich bin der Einzige, der dich wirklich haben will. Nie wieder wird dich jemand so lieben, wie ich es tue, aber du zerstörst alles und bereitest mir nur Probleme."

Henry griff nach dem Spaten, mit dem er zuvor einen Teil des Beetes umgegraben hatte. Weit holte er aus und schlug das Blatt mit voller Wucht gegen die robuste Steinmauer. Funken stiegen auf und ein grelles Klirren zerschnitt die friedliche Geräuschkulisse des Waldes. Wieder und wieder sauste das Metall herunter, als hätte es die Absicht, das Gestein zu zerbrechen. Henry verfiel nun völlig der Raserei. Jeden Schlag unterstrich er mit einem Schrei und sein Gesicht verzog sich zu einer irren Grimasse. Er war nicht mehr zu bremsen. Wie ein Irrer, eine unkontrollierbare und zerstörerische Naturgewalt drosch er immer weiter auf die Mauer ein. Erst als das Holz des Griffes mit einem lauten Krachen zerbarst, kam er wieder zu Bewusstsein. Verdutzt schaute er sich mit schweißnassem Gesicht um. Was machte er hier?

Als hätte man ihn mit einem Betäubungsgewehr getroffen, sank er plötzlich in sich zusammen und legte sich auf den Boden. Er genoss das besondere Gefühl, das sich einstellte, wenn man einem kräftezehrenden Wutausbruch freien Lauf gelassen hatte. Sein Brustkorb hob und senkte sich hektisch unter tiefen Atemzügen, was davon zeugte, wie sehr er sich verausgabt hatte. Er betrachtete den blauen Himmel über sich. Er spürte die warmen Sonnenstrahlen auf seinem Gesicht, die ihn wie eine liebevolle Berührung beruhigten. Ein wenig verschämt drehte er den Kopf zur Seite. Natürlich hatte ihm dieser Wutausbruch gutgetan und ohne Zweifel ging es ihm jetzt auch wesentlich besser, aber sein Verhalten war in seinen Augen völlig inakzeptabel. Als Psychologe gehörte es zu seinen Aufgaben, Menschen davon abzuhalten ihre Probleme durch

Aggressionen zum Ausdruck zu bringen und nun verfiel er selbst in solch ein Verhaltensmuster. Sollte nicht gerade er die absolute Kontrolle über sich haben und damit seine Vorbildrolle erfüllen? Nein, sein Verhalten war nicht zu entschuldigen.

Er stand wieder auf und beseitigte die Spuren seines Wutausbruchs. Er schüttelte fassungslos den Kopf, während er das völlig zerstörte Blatt des Spatens begutachtete. Er hatte sich wie ein unberechenbares Monster aufgeführt. Er setzte sich auf den Liegestuhl und dachte nach.

Was Lea mir antut, ist nicht zu verzeihen, aber trotz allem darf ich nicht die Kontrolle verlieren. Sollte mir so etwas in ihrem Beisein passieren, wird sie mich nie im Leben als ihre wichtigste Bezugsperson akzeptieren. Mit solch einem Verhalten würde ich alles zerstören, was ich mir aufgebaut habe. Zum Henker! Ich muss mich wirklich zusammenreißen und versuchen, mit ihr ein vernünftiges Gespräch zu führen. Diese ständigen Auseinandersetzungen belasten uns beide und wüsste ich nicht ganz genau, dass auch sie sich danach sehnt, mich als Familie anzunehmen, würde ich sie aufgeben. Aber so? Nein, das kann ich nicht. Mit Sicherheit ist es nur ihr schwieriges Alter, das uns beiden solche Probleme bereitet.

Henry nahm sich die Zeit, noch etwas länger im Garten zu sitzen und sich einen Plan zurechtzulegen. Er musste den Zeitpunkt für ein Gespräch gut wählen. Lea hatte das Temperament einer hochexplosiven Bombe und bei dem kleinsten Anzeichen von Autorität würde sie wieder rebellieren und abblocken. Aber dieses Kunststück sollte für ihn zu schaffen sein.

Er schnappte sich seine Jacke und ging zum Auto. Ein paar Gläser, die er sich in einer nahe gelegenen Bar genehmigen wollte, würden ihn schon wieder auf die richtige Spur bringen. Er öffnete den Kofferraum und wollte gerade die Jacke hineinlegen, als er stutzte. Er war ein absoluter Ordnungsfanatiker und jedes Teil hatte seinen festen Platz, das galt auch im Kofferraum seines Autos. Also warum in Gottes Namen lagen dort irgendwelche Sachen herum, die er nie hineingelegt hatte?

Ein paar Handtücher, Klebeband, Zeitungen und noch weitere Utensilien, die ihm gänzlich unbekannt vorkamen, nahmen einen Teil des Stauraums in Anspruch. Er ärgerte sich über seine Nachlässigkeit und wieder einmal wurde ihm vor Augen geführt, dass er irgendwelche Dinge tat und dabei mit den Gedanken ganz woanders war.

Er wollte den Kofferraum gerade wieder schließen, als er eine Lichtreflexion im Inneren bemerkte, was ihn innehalten ließ. Zwischen dem ganzen Kram lag etwas, das durch das einfallende Sonnenlicht blitzte und blinkte. Er schob einen Lappen und eine Zeitschrift beiseite und erkannte, was diese Lichtreflexion verursachte. Henrys Bauch krampfe sich so schmerzhaft zusammen, dass er verzweifelt nach Luft rang. Zwischen den Sachen lag eine Handtasche. Die aufwendig verarbeitete, goldene Schnalle auf der Vorderseite der Tasche kannte er nur zu gut, es war Danis Handtasche.

Henry stützte sich am Rand des Kofferraums ab. Wie in Bann gezogen starrte er die Tasche an. Unzählige Fragen stürmten auf ihn ein und verwirrten seinen ratlosen Geist noch mehr. Es kostete ihn enorme Überwindung, seine Hand auszustrecken und die Tasche zu greifen. Es machte „Klick", als er den kleinen Magnetknopf drückte.

Hektisch durchwühlte er den Inhalt der Tasche, schob Taschentücher, ein Brillenetui und weitere Utensilien hin und her, bis ihm die Mitgliedskarte eines Sonnenstudios in die Hände fiel. Er betrachtete das kleine Stück Plastik. Auf der Vorderseite grinste ihn ein großer, gelber Smiley mit einer Sonnenbrille hämisch an. Ganz langsam drehte er die Karte um und las den Namen der Besitzerin.

Eine sonderbare, zutiefst beängstigende Leere breitete sich mit einem Mal in seinem Kopf aus und machte es ihm unmöglich, klar und sachlich zu denken. Es gab keinen Zweifel, die Karte gehörte Dani. Es fiel ihm unglaublich schwer, sich aus der Schreckstarre wieder zu lösen.

Er warf die Tasche zurück in den Kofferraum, stieg in den Wagen und fuhr los. Den Plan, zu der Bar zu fahren, schmiss er hin, er ertrug in seiner momentanen Verfassung keine Menschen um sich. Stattdessen besorgte er sich etwas zu trinken und steuerte danach einen abgelegenen Parkplatz an. Die ersten großen Schlucke des hochprozentigen Getränks brannten höllisch im Hals. Dafür breitete sich sofort dieses so vertraute Wärmegefühl aus, ganz so, als ob ein guter, alter Freund die Arme beruhigend um ihn legte.

Nachdem er die halbe Flasche geleert hatte, fiel es ihm etwas leichter sich zu fokussieren. Er blickte starr zu der einzigen Laterne, die einsam und allein den Parkplatz erhellte. Äste schlugen durch den aufkommenden Wind gegen die Kunststofffassung und das Geräusch riss ihn aus seiner Selbstvergessenheit.

Wie kommt die Tasche in meinen Wagen? Also waren Dani und ich doch noch unterwegs. Aber wohin und warum? Und wohin ist sie danach gegangen und wieso liegt die Tasche im Kofferraum und nicht vorne?

Henry presste seine Hände ans Gesicht. Das soeben niedergerungene Gedankenchaos begann sich schon wieder in seinem Schädel breit zu machen und vertrieb die Ruhe, die ihm der Alkohol für eine kurze Weile geschenkt hatte. Er griff zum Handschuhfach und holte eine kleine, unauffällige Dose heraus. Als Henry sich zwei Pillen herausnehmen wollte, rollten sie widerspenstig auf dem glatten Material hin und her. Endlich gelang es ihm. Er spülte sie mit einem gehörigen Schluck Alkohol herunter und lehnte sich zurück, um auf die wohltuende Wirkung zu warten. Nach wenigen Minuten fuhr sein aufgebrachtes Gemüt völlig herunter.

Er schnappte sich sein Handy und durchstöberte sämtliche Internet-Telefonbücher. Vielleicht würde er dort einen Eintrag finden, der ihm verriet, wo Dani inzwischen wohnte. Ein Ergebnis erhoffte er sich dadurch nicht. Wenn sie wirklich eine Mietnomadin war oder andere krumme Dinger drehte, würde sie sich wohl kaum registrieren lassen. Aber alles war besser, als sich weiter diesen vielen Fragen in seinem Kopf auszusetzen, auf die es keine Antwort gab.

Doch blieb, wie er schon vermutet hatte, auch dieser Versuch an irgendwelche Informationen heranzukommen, ohne Erfolg. Weitere Recherchen im Internet brachten auch kein Ergebnis.

Da ich Dani nicht finden kann, sollte ich den ganzen Kram aus dem Kofferraum auf jeden Fall loswerden. Sicher ist sicher.

In der einen Hand die Schnapsflasche und in der anderen eine große Tüte, in der er die Sachen gestopft hatte, so lief Henry durch das angrenzende, bewaldete Gelände. Nach einer Viertelstunde erreichte er eine geeignete Stelle. Er schüttete etwas von dem hochprozentigen Fusel über die Sachen und zündete sie an. Kurz darauf schlugen die ersten hellen Flammen in die Höhe und verbrannten die Indizien einer vernebelten Nacht mit einer fremden Frau. Als die Flammen immer mehr in sich zusammenfielen, drehte sich Henry um und lief zurück. Jetzt, da der Beweis, dass es eine Verbindung zwischen ihm und dieser Frau gab, nur noch ein Häufchen Asche war, fühlte er sich wieder besser und in der Lage, mit dieser Angelegenheit ein für alle Mal abzuschließen.

Er setzte sich wieder in den Wagen. Die neue Flasche und zwei weitere Pillen brachten ihn endlich dorthin, wo ihn keine lästigen Fragen quälten und in Bedrängnis brachten. Es war genau dieser Zustand, den Henry liebte, zugedröhnt bis über beide Ohren. Probleme, die ihm sonst Tag und Nacht zu schaffen machten, rückten nun in weite Ferne und wurden zu belanglosem Kinderkram, der es nicht wert war, sich darüber den Kopf zu zerbrechen. Er genoss die Zeit in vollen Zügen. So sollte es immer sein.

Als es irgendwann hell wurde, fuhr er wieder nach Hause. Eine Sache hatte Henry in den Stunden trotz allem nicht vergessen und dieses Problem brannte ihm, wie Säure, unter den Nägeln.

„Das werde ich jetzt höchstpersönlich klären", flüsterte er sich selbst zu und zog die Mundwinkel verächtlich nach oben.

Kapitel 13

„Aufwachen, mein Sonnenschein", drang es leise säuselnd in Leas Ohren.

Die Stimme hörte sich seltsam hell und verstellt an, als würde ein Kobold neben ihr stehen und einen Schabernack mit ihr treiben. Lea dachte, es wäre ein Traum und presste die Lider fester zusammen.

„Aufwachen, mein Liebling."

Wieder vernahm Lea die gekicherten Worte, die sie auf merkwürdige Weise zu verhöhnen schienen. Sie öffnete die Augen und blickte geradewegs in Henrys Gesicht. Er hatte sich tief zu ihr heruntergebeugt und sie roch seinen nach Schnaps stinkenden Atem. Seine sonst zu einem strengen Scheitel zurückgekämmten Haare hingen zerzaust herunter und kitzelten sie an den Wangen.

Seine Hand fuhr durch ihr Haar und verträumt schaute er zu, wie die einzelnen Strähnen durch seine Finger glitten. Lea richtete sich auf und schob seine Hand beiseite. Der pure Ekel überkam sie, als sie ihn berührte.

Henry schaute sie entgeistert an, als hätte ihn diese Geste aus einem Traum gerissen.

„Was hast du?", fragte er und schaute sie besorgt an.

„Hat dich dein Spaziergang mit dem Polizisten so angestrengt oder waren es deine Lügen, die du über mich verbreitet hast?"

Seine Hand näherte sich wieder und erneut strich er ihr durchs Haar. Im nächsten Augenblick packten seine Finger fest zu und er bog ihren Kopf mit eisernem Griff nach hinten. Sein irrer Gesichtsausdruck wechselte zu einer dämonischen Fratze.

„Ich mag es nicht, wenn du Lügen über mich verbreitest und weißt du, was ich noch nicht mag? Wenn du dich mit anderen Männern herumtreibst."

Er verstärkte seinen Griff und Lea stöhnte schmerzerfüllt auf. Sie bekam panische Angst. Sie wusste, dass sie etwas sagen musste. Irgendetwas, das ihn beruhigte, aber kein Wort drang über ihre Lippen.

Henry kicherte wieder irre und sie spürte, wie sehr es ihn faszinierte, sie körperlich unter Kontrolle zu haben. Er kam mit seinem Gesicht so nah, dass seine Lippen ihr Ohr berührten.

„Wenn ich noch einmal sehe, dass du dich mit jemanden triffst, wird das Konsequenzen haben. Dann wirst du ...", seine Stimme wurde immer energischer, „dann wirst du nie wieder Kontakt zu einem anderen Menschen haben, das verspreche ich dir. Hast du mich verstanden?"

Er drehte ihren Kopf herum, sodass Lea ihn anschauen musste. Als sie dadurch gezwungen war, in seine Augen zu sehen, zweifelte sie nicht einen Moment an seinen Worten.

Deutlicher denn je wurde ihr klar, dass dieser Mann geisteskrank und zu allem fähig war. Da sein Blick ihr zu verstehen gab, dass er auf eine Antwort wartete, nickte sie mit einer kleinen Kopfbewegung, die sein schmerzhafter Griff noch zuließ. Sie durfte ihn nun unter keinen Umständen provozieren.

„Braves Mädchen, du bist ein braves Mädchen."

Er riss ihren Kopf wieder nach hinten und drückte ihr grob einen Kuss auf die Wange. Lea schluchzte auf und Tränen liefen aus ihren Augenwinkeln. Sie konnte sich nicht wehren. Ihr ganzer Körper fiel in eine Starre, was es ihr unmöglich machte, auch nur den kleinen Finger zu heben. Alles in ihr wollte sich aufbäumen, seinen widerwärtigen Berührungen entkommen. Sie wollte schreien, um sich schlagen und ihn verletzen, aber es ging nicht.

Zum Ekel kam die Ohnmacht und es machte sie schier wahnsinnig, seine widerlichen Küsse ertragen zu müssen.

Doch gerade in dem Moment, als sie dachte, sie würde das Bewusstsein verlieren und so endlich diesem Alptraum entkommen, hörte er auf. Der Griff an ihren Haaren löste sich und Henry ließ von ihr ab. Erst jetzt nahm sie die Umgebung wahr und erinnerte sich, dass sie wieder einmal auf der Couch im Wohnzimmer eingeschlafen war. Er zog einen Stuhl heran und setzte sich ihr zugewandt hin. Wie tollwütig fuhr er mit der Zunge über die Lippen und fixierte das verängstigte Mädchen.

„Dann fangen wir mal ganz von vorne an", begann er und seine Augen funkelten vor Hass.

„An dem Tag, an dem du mir den Brief gebracht hast, warst du also an meinem Computer und hast herumgeschnüffelt. Es ist mir zwar ein Rätsel, wie du dich eingeloggt hast, aber das spielt auch keine Rolle. Was hast du erwartet dort zu finden? Ja, ich habe Kameras installiert und die Sitzungen gefilmt und auch Fotos von dir gemacht während du schliefst, aber ist das ein Verbrechen?"

Obwohl Lea klar war, dass er die Sachen auf dem Stick gelöscht hatte, erschreckte es sie dennoch, es als eindeutige Tatsache aus seinem Munde zu hören."

„Es ist krank", fuhr sie dazwischen, bereute es aber auf der Stelle wieder.

„Krank?" Henry legte den Kopf in den Nacken und betrachtete interessiert die Decke.

„Vielleicht hast du recht, vielleicht bin ich das wirklich, aber ich habe doch nur euch zwei."

Lea wischte sich die Haare aus dem Gesicht.

„Welche zwei meinst du?"

Henry winkte ab und schüttelte den Kopf. Sein Blick glitt wieder zu ihr.

„Du bist meins, Lea, und niemand wird dir etwas zuleide tun. Es macht mich verrückt, wenn du nicht bei mir bist und deshalb habe ich auch die Bilder gemacht. So bist du immer bei mir."

Sein Mund verzog sich zu einem verzückten Lächeln.

„Wenn du dich von nun an an die Regeln hältst, werde ich von einer Strafe absehen. Solltest du dir aber noch ein einziges Mal etwas zuschulden kommen lassen, nur eine winzig kleine Sache, wirst du für lange Zeit keine Möglichkeit mehr haben, etwas anzustellen. Du bist mein Eigentum und ich kann mit dir machen, was ich will, vergiss das nicht. Mit deiner ungehorsamen Art erinnerst du mich immer stärker an Gina. Du hast wohl doch mehr Umgang mit ihr gehabt, als für dich gut war. So, und nun zum letzten Punkt, den wir besprechen müssen. Was hast du dem Polizisten erzählt?"

Lea war klar, dass jetzt alles von ihren nächsten Worten abhing. Eine unbedachte Aussage, nur ein unausgewogenes Wort konnte fatale Folgen haben.

Ich weiß nicht, was er alles mitbekommen hat. Vielleicht hat er sogar gesehen, wie ich mit dem Polizisten in unserer Wohnung war. Ich darf ihn auf keinen Fall unterschätzen, dieser Mensch hat keine Skrupel. Am besten, ich bleibe bei der Wahrheit und verschweige nur meinen Verdacht, dass er Gina entführt hat.

„Ja, ich war bei der Polizei und habe von den Fotos erzählt", antwortete sie, „aber keiner hat mir geglaubt."

Lea senkte reumütig den Kopf.

„Aber trotzdem ist der Polizist mit mir hierhergefahren, um sich den Stick anzuschauen, aber er war ja leer."

Henry mimte den Ahnungslosen und hob die Schultern, dabei grinste er breit.

„Die Technik ist wohl doch nicht so zuverlässig, wie alle denken."

Lea überging seinen sarkastischen Kommentar.

„Als wir den leeren Stick vorfanden, schlug er vor, zum Anwesen zu fahren, um sich im Wald nach irgendwelchen Spuren von Gina umzuschauen. Als wir dann zum Auto zurückwollten, haben wir dich zufällig getroffen. Dass er sich das Anwesen anschauen wollte, war nicht geplant. Ich schwöre dir, damit habe ich nichts zu tun."

Henrys Augen bohrten sich in die ihren und Lea bekam höllische Angst, sich mit einer unkontrollierten Regung zu verraten. Sein Blick schnitt immer tiefer in ihren Verstand, durchwühlte jede versteckte Nische und jedes noch so winzige Versteck, aber er fand nichts. Für eine kleine, quälende Weile hielt er den Blick noch aufrecht, dann lehnte er sich wieder zurück.

„Nun gut, da er nichts gefunden hat, ist es mir relativ egal. Ich hoffe, du hast nun endlich gelernt, dass ich dir immer einen Schritt voraus bin. Sei dir sicher, von nun an werde ich dich nicht mehr aus den Augen lassen, du gehörst ganz alleine mir."

Lea kam zu Bewusstsein, dass sie all ihre Karten verspielt hatte. Würde sie sich noch einen winzigen Fehler leisten - sie wollte sich nicht ausmalen, was dann passieren würde.

Völlig unerwartet stand Henry auf und setzte sich neben sie. Wie selbstverständlich, als hätten sie soeben ein nettes Gespräch geführt, griff er nach der Fernbedienung und wählte ein Programm. Er legte einen Arm um sie und drückte sie näher an sich heran. Lea widerte es an, so nah an seinem Körper kauern zu müssen, ließ es aber über sich ergehen. Sie hatte keine Wahl, denn deutlich spürte sie diese grauenerregende Energie, die in diesem Menschen schlummerte und jeden Moment ausbrechen konnte.

Während im Fernseher ein schlechter Krimi lief, saßen die beiden auf der Couch und ab und zu gab er ihr einen kleinen Kuss auf den Kopf. Lea schluckte und alles in ihr zog sich zusammen. Mehr als eine Stunde war vergangen, als sie von dieser furchtbaren Tortur endlich erlöst wurde, Henry war eingeschlafen. Sie wandte sich unter seinem Arm hervor und schlich in ihr Zimmer.

Henry hatte schon oft körperliche Nähe zu ihr gesucht, aber es waren flüchtige Berührungen, eine leichte Umarmung oder ein Kuss auf die Wange, wie ein Vater sie seiner Tochter geben würde. Doch Lea hatte jedes Mal das Gefühl, dass seine Berührungen nicht so harmlos waren, wie sie den Anschein machten. Sie zielten aber auch nicht auf eine sexuelle Ebene, nein, es war vielmehr so, als ob er sie mit jedem körperlichen Kontakt als sein Eigentum markieren wollte. Aber noch nie war seine Intention so offen zutage getreten, wie an diesem Abend. Seine Selbstbeherrschung schien mehr und mehr zu bröckeln, sodass er jetzt gar keine Hemmungen mehr hatte, seine wahren Gefühle zu zeigen.

Die ganze Nacht lag Lea wach, unfähig auch nur ein Auge zuzumachen. Henrys monotones Schnarchen gab ihr das beruhigende Gefühl, dass sie von ihm erst mal nichts zu befürchten hatte.

Als die Sonne endlich aufging und ihre ersten Strahlen durch Leas Zimmer wanderten, hörte sie, wie Henry das Haus verließ. So wie die Tür ins Schloss fiel, fiel auch der ganze Stress und Druck von ihr ab. Sie genoss es, alleine zu sein und gönnte sich endlich ein paar Stunden Schlaf.

Als sie wieder aufwachte, war es schon früher Mittag. Sie machte sich etwas zu essen und während sie lustlos darauf herumkaute, dachte sie über Henrys Worte nach. In seiner Rage hatte er wohl mehr preisgegeben, als er eigentlich beabsichtigte. Er sprach davon sie wegzusperren, wenn sie sich weiterhin so verhalten würde. Dann waren da noch die Vergleiche mit Gina und dass sie die gleichen Fehler mache. Er sah sie als sein Eigentum und wollte, dass sie zu niemanden Kontakt hatte.

Minutenlang saß Lea da und sortierte das heillose Durcheinander in ihrem Kopf. Alle Vermutungen und Fragen drängten danach eine Antwort zu bekommen, doch leider musste Lea sie immer wieder enttäuschen. Hatte Henry sich wirklich verraten oder gehörte das zu seinen ewigen Psychospielchen? Sie ging jeden seiner Sätze akribisch genau durch, zerpflückte jeden noch so kleinen Nebensatz, sie war sich sicher, dass in seinen Anspielungen mehr verborgen war. Dann hatte sie plötzlich das Gefühl, als würde ein Schraubstock ihre Innereien zusammenquetschen, denn ihr kam ein Gedanke. Hatte er Gina ebenfalls mit dieser Art der Bestrafung gedroht? Dass ihre Freundin sich keinesfalls an seine Anweisungen gehalten hatte, stand völlig außer Frage. Gina war kein Mensch, den man so einfach unter Kontrolle halten konnte und Regeln zu missachten, war eine ihrer Lieblingsbeschäftigungen.

Lea wagte es kaum den Gedanken weiterzuführen. Hatte er Gina bestraft, indem er sie wegsperrte, sodass sie zu niemandem mehr Kontakt haben konnte? Das Bild auf dem Stick würde doch genau das beweisen. Es wurde eindeutig nach ihrem Verschwinden gemacht und zeigte sie in einem spartanisch eingerichteten Zimmer. Zimmer? Es war kein Zimmer, es war eine Zelle.

Lea keuchte und es fiel ihr schwer zu atmen. Für einen winzigen Moment verlor sie den Bezug zur Wirklichkeit, als wäre sie in einem Spiegelkabinett, einem Irrgarten und verliefe sich in den unendlich vielen Gängen.

Was sollte sie nur tun? Einerseits wühlte die Panik in ihr, andererseits war es jetzt wichtiger denn je, klar und nüchtern zu denken und einen Plan zu fassen. Sie wusste genau, ein winziger Fehler und sie wäre das nächste Opfer Henrys geisteskranker Machenschaften.

Eine Alternative wäre es zur Polizei zu gehen, aber nach ihrem letzten peinlichen Auftritt, glaubte sie nicht daran, dass ihr noch jemand zuhören würde. Eindeutige Beweise hatte sie noch immer nicht. All ihre Vermutungen stützten sich auf ihr Bauchgefühl, Henrys verwirrenden Aussagen und diesen zwei Bildern, über deren Existenz sie sich mittlerweile selbst nicht mehr sicher war. So hart diese Erkenntnis auch war, wenn sie etwas unternehmen wollte, musste sie es allein durchziehen. Wenn er Gina wirklich entführt hatte, wo könnte sie dann sein? Lea brauchte nicht lange nachzudenken. Das Anwesen bot mit seinen unzähligen Räumen mehr als genug Möglichkeiten, sie zu verstecken. Vielleicht hatte er dem Polizisten auch deswegen nur die untere Etage gezeigt. Stück für Stück fügte sich ein Bild zusammen. Genau so musste es sein.

So unwohl sie sich angesichts ihres neuen Plans auch fühlte, sie musste es schaffen, in das Anwesen zu gelangen, um dann die oberen Stockwerke und die vielen Kellergewölbe zu durchsuchen. Sie zuckte innerlich zusammen, als sie sich die modrigen, feuchten und weit verzweigten Kellergänge vorstellte. Sie hasste Keller. Als Kind war sie aus Versehen in einem eingeschlossen worden und hatte viele Stunden dort ausharren müssen. Wenn sie nur daran dachte, stieg ihr noch immer dieser typische Kellergeruch in die Nase und sie hatte diesen ekligen und muffigen Geschmack auf der Zunge. Eine Ewigkeit hatte sie dort gehockt und geweint, bis sie endlich jemand hörte und befreite. Danach weigerte sie sich stets, einen Keller zu betreten.

Lea schüttelte energisch den Kopf, damit durfte sie sich jetzt nicht befassen. Sie sollte sich lieber darüber Gedanken machen, wie sie unbemerkt das Anwesen betreten konnte. Mit seinen hohen Zäunen und dem Stacheldraht war es ebenso hermetisch abgeriegelt wie Fort Knox.

Wenn ich es ungesehen auf das Gelände schaffe, muss ich auch noch ins Innere gelangen. Ich weiß, dass Henry und sein Diener immer genau darauf achten, dass alle Fenster geschlossen sind. Die einzige Möglichkeit mir Zutritt zu verschaffen, ist die Eingangstür und dafür bräuchte ich einen Schlüssel. Henry trägt ihn immer an einem Schlüsselbund, der mit einer Kette an seinem Gürtel befestigt ist. Wie soll ich nur darankommen?

Und selbst wenn ich dann trotz aller Hindernisse in das Herrenhaus gelange, wartet schon das nächste Problem auf mich. Der Diener ist jede Nacht zugegen und hat sicher ein wachsames Auge auf das Anwesen.

Als Lea all diese Punkte durchging, machte sich Resignation in ihr breit. Wenn sie ehrlich war, musste sie sich eingestehen, dass das viel zu viele Widrigkeiten waren, die sie überwinden musste. Sie blickte gedankenversunken durch das Fenster, sie brauchte einen neuen und vor allem besseren Plan. Plötzlich hoben sich ihre Augenbrauen. Sie hatte doch erfahren, dass sich die Kellergewölbe und Gänge des Herrenhauses über viele Kilometer unterirdisch erstreckten und zum größten Teil unentdeckt waren. Mit einer ordentlichen Portion Glück würde sie vielleicht einen alten Luftschacht oder einen Ausgang finden, durch den sie dann ins Innere gelangen konnte. Es wäre eine Lüge zu behaupten, dass Lea nicht auch bei diesem Plan angst und bange wurde, aber trotzdem schien er erfolgversprechender als der erste.

Dagegen stand die eher geringe Chance, solch eine Öffnung zu finden. Im Laufe der Zeit war sicherlich alles zugewachsen, sodass man den Eingang schnell übersehen konnte. Unter Umständen hatten die vorherigen Besitzer die Eingänge zugeschüttet oder abgesichert, aber das würde sie nur erfahren, wenn sie sich auf die Suche machte. Somit stand der neue Plan fest, der ihr schon jetzt schweißnasse Hände bereitete.

Die Suche sollte auf jeden Fall im Tageslicht beginnen. Zur Abendstunde etwas in diesen dunklen Wäldern zu finden, in dessen Tiefen schon das Sonnenlicht kaum vordringen konnte, war hoffnungslos. Leider war der Abend schon fortgeschritten und so verschob sie die Suche zähneknirschend auf den nächsten Tag.

Sie legte die nötige Kleidung bereit, die aus einer robusten Cargo-Hose, einer regendichten Jacke und ein paar stabilen Stiefeln bestand. Daneben legte sie eine Taschenlampe, ein Navigationsgerät, das sie einst bei einem Preisausschreiben gewonnen hatte und einen Klappspaten. Das war zwar nicht sonderlich viel, sollte aber reichen.

Sie schaltete den Computer an und schaute sich das Gebiet auf einer Online-Karte genauer an. Vielleicht würde sie dort Anhaltspunkte finden, die ihr die Suche erleichtern würden. Leider fand sie nichts dergleichen. Sie suchte das Gelände lange und genau ab, aber nirgendwo konnte sie etwas erkennen, was auf einen Zugang oder einen Luftschacht hindeutete. Also würde es eine Wanderung ins Ungewisse werden. Sie ließ die Karte ausdrucken und verstaute sie in ihrem Rucksack.

Die restliche Zeit vor dem Schlafen verbrachte sie mit weiteren Recherchen im Internet, um sich abzulenken. Das Einschlafen würde keine leichte Sache werden. Ihre Aufregung drängte sie immer fordernder dazu, nicht den nächsten Tag abzuwarten. Sie sollte sich stattdessen unverzüglich auf die Socken machen, auch wenn es draußen schon stockdunkel war und sie sich alle Knochen brechen könnte. Denn Gina war irgendwo auf dem Anwesen gefangen und wartete auf Rettung.

Jedes Mal, wenn Leas Gedanken in ruhigere Gefilde drifteten, schreckte sie wieder hoch und schaute auf die Uhr. Um kurz nach zwölf hörte sie Henry in die Wohnung kommen. Sie verzog angewidert den Mund, seit jüngster Zeit schlief er wieder häufiger hier. Sie vernahm seine Schritte, die sich ihrem Zimmer näherten. Sie zog die Decke bis unter die Nase und schloss die Augen. Sie hörte, wie er die Tür öffnete. Ein leichter Luftzug, kaum spürbar, zog durch ihr Zimmer und kitzelte sie an den Haaren. Er trat einige Schritte ins Zimmer, blieb stehen und schaute sie aufmerksam an. Sie sah und hörte ihn nicht, aber sie spürte seinen neugierigen Blick unangenehm auf sich ruhen. Seine furchteinflößende Aura überflutete den gesamten Raum und verdrängte jeden Funken von Wärme und Geborgenheit. Ein Schaudern erfasste sie. Sie durfte jetzt nicht die Kontrolle verlieren. Sie bemühte sich, ruhig und gleichmäßig zu atmen.

Nach einer Weile entfernten sich die Schritte wieder und die Tür wurde zugezogen. Lea wartete, bis die Schritte verklangen und das vertraute Klirren zu hören war, das ihr verriet, dass Henry sich an der Bar einen Drink machte. Kurz danach ertönte die Geräuschkulisse des Fernsehers.

Für eine gewisse Zeit war ihr jetzt ein wenig Erholung vergönnt, bis die Geschehnisse des nächsten Tages sie wieder an die Grenzen des Ertragbaren bringen würden.

Kapitel 14

Helle Sonnenstrahlen kitzelten an Leas Nase, was sie langsam aufwachen ließ. Mühselig kämpfte sie sich aus dem Bett, dabei erinnerten ihre Bewegungen an die einer alten und gebrechlichen Frau. Sie schlich zur Tür, öffnete sie vorsichtig und lauschte in die Wohnung. Es war ruhig. Auf Zehenspitzen ging sie den schmalen Flur entlang und nachdem sie auch den letzten Raum überprüft hatte, atmete sie erleichtert auf. Henry war schon weg.

Sie rannte in ihr Zimmer, zog sich an und warf den Rucksack auf ihren Rücken. Schnell machte sie sich noch ein Brot und kauend zog sie die Wohnungstür hinter sich zu. Sie schnappte sich ihr Rad und fuhr los. Ungeachtet der geringen Chance, einen Zugang zu finden, wuchs ihre Euphorie. Die Hoffnung, dass sie Gina vielleicht noch lebend finden könnte, pushte sie regelrecht auf.

Schon bald erreichte sie die letzte Biegung vor dem Anwesen. Während sie das Rad in den Wald schob und es dort versteckte, machte sie sich bewusst, dass sie von nun an sehr vorsichtig sein musste. Sie nahm die Karte zur Hand und überprüfte ihren momentanen Standort. Sie wollte damit beginnen, erst die nähere Umgebung des Anwesens unter die Lupe zu nehmen und sich dann in immer größeren Kreisen nach außen vorzuarbeiten. Sie marschierte los. Nach wenigen Metern sah sie das Herrenhaus hinter den Bäumen in die Höhe ragen. Wie furchteinflößend und bedrohlich es aussah, als wäre es das Tor zur Hölle. Die kleinen, geometrisch angeordneten Fenster verfolgten, wie neugierige Augen, jeden ihrer Schritte.

Zwischen zwei Büschen ging Lea in die Hocke und observierte das riesige Haus. Alles war ruhig und auch der Vorgarten war menschenleer. Gute Voraussetzung für ihr Vorhaben. Den Blick unentwegt auf den Boden gerichtet, umrundete sie das Herrenhaus. Jedes Mal, wenn sie glaubte, eine auffällige Struktur im Boden entdeckt zu haben, schob sie die Blätter und Äste beiseite und schaute genauer nach.

Die erste Stunde bescherte ihr allerdings keinen Erfolg. Es ließ sich nichts auffinden, was davon zeugte, dass sich einige Meter unter der Erde Kellergänge befanden.

Mittlerweile hatte Lea den Radius so weit vergrößert, dass sie das Anwesen nicht mehr sehen konnte. Aber auch in den nächsten zwei Stunden stand das Glück nicht auf ihrer Seite. Immer wieder schaute sie auf die Karte und bestimmte mit dem Navi ihre genaue Position. Gerade, als sie einen weiteren Kreis ziehen wollte, entdeckte sie plötzlich etwas Ungewöhnliches. Auf einer Stelle am Boden lag ein viereckiger Stein, der wie eine alte Terrassenplatte aussah. Lea kniete sich hin und schob die Blätter beiseite. Ihre Stiefel gruben sich Halt suchend in die Erde, als sie mit einem lauten Ächzen versuchte, die Platte etwas beiseitezuschieben. Das war schwerer als gedacht, da ein breites Wurzelgeflecht die Platte nicht so leicht freigeben wollte. Ein letzter starker Ruck, dann knackte es laut und sie hatte es geschafft. Ein fußballgroßes Loch kam zum Vorschein, das Lea wie der Luftschacht eines unterirdischen Gangsystems vorkam. Sie zog angewidert den Kopf weg. Ein solch modriger Geruch stieg empor, als wäre seit Jahrzehnten kein frischer Windzug hindurch geströmt. Sie griff in ihren Rucksack und holte die Taschenlampe hervor. Der helle Schein der Lampe bahnte sich einen Weg durch die tiefschwarze Dunkelheit. Abgebrochene, alte Steine bildeten eine kreisförmige Öffnung, die so verwittert aussah, als sei sie in einer lang zurückliegenden Zeitepoche gemauert worden. Schier unendlich viele Spinnenweben wurden durch den Schein der Lampe in ein unheimliches Licht getaucht und verstärkten die düstere Atmosphäre. Nach einigen Metern endete der Lichtkegel und der Rest des Luftschachtes verbarg sich weiterhin im Dunkeln. Obwohl das ein mageres Resultat darstellte, stimmte es Lea wieder ein wenig optimistischer, immerhin wusste sie jetzt genau, dass dieser Bereich untertunnelt war.

Sie schob den Stein wieder über die Öffnung und suchte weiter nach einem begehbaren Einstieg. Es dauerte noch über eine Stunde, bis sie an einem Hügel eine ovale Öffnung fand. Efeu und Sträucher überwucherten sie und waren so ineinander verschlungen, dass sie fast vollständig verborgen war. Sie schnappte sich einen armlangen Stock, drehte ihn ein paar Mal in der Hand hin und her und nickte. Dann drosch sie mit aller Kraft zu. Die zerfetzten Pflanzen flogen in einem weiten Bogen durch die Luft. Immer wieder verfing sie sich an den störrischen Brombeerstauden, die sich mit ihren fiesen Dornen in ihre Kleidung gruben. Es fühlte sich an, als ob sie sich durch Stacheldraht kämpfen musste. Selbst die Natur schien sie mit allen Mitteln daran hindern zu wollen, diesen Eingang zu erreichen.

Schließlich war es geschafft und sie konnte den Gang betreten. Er war gerade so hoch, dass ein Erwachsener nur knapp darinstehen konnte. Wie eine ovale Schneise schob sich der Gang tiefer in die Erde und erinnerte Lea an einen Schlund, der alles in sich hinein sog, was ihm zu nahekam. Man hatte Natursteine aus verschiedenen Farben und Formen zu stabilen Wänden gemauert und so miteinander verfugt, dass sie dem Druck der auflastenden Erde standhalten konnten.

Abermals ertönte das Klicken der Taschenlampe. Sie sah, dass der weitere Weg ins Innere von einem Erdhaufen versperrt wurde. Lea ließ den Kopf frustriert sinken. Dieser Eingang war zugeschüttet worden. Dass dieser Gang aber zum Herrenhaus führte, dessen war sie sich absolut sicher.

Sie setzte sich auf den kühlen Boden und wog ihre Chancen neu ab. Sie hatte zwei Möglichkeiten. Die erste war, diesen Durchgang freizuräumen. Die andere, weiter durch den Wald zu stolpern und nach einem anderen Eingang zu suchen. Aber wie sicher war es, dass es überhaupt weitere Eingänge gab? Vielleicht war dies auch der Einzige und es grenzte an ein Wunder, dass sie diesen überhaupt gefunden hatte. Wenn sie ehrlich war, hatte sie auch keine Lust mehr, weiter auf gut Glück herumzulaufen. Somit stand ihre Entscheidung fest, sie würde versuchen, diesen Zugang freizuräumen. Die Uhr zeigte, dass es früher Nachmittag war, also blieb ihr nur noch wenig Zeit. Sie schickte ein Stoßgebet zum Himmel, dass die Barriere nicht allzu breit sei, montierte den Klappspaten und fing mit der Arbeit an.

Ihr anfänglicher Elan erlosch so schnell, wie er entstanden war. Der Spaten war mit seinem recht kurzen Stiel nicht für solche schweren Arbeiten gemacht. Zudem war die Erde so fest zusammengepresst, als hätte man sie mit einem Bulldozer bearbeitet. Sie musste schon vor Ewigkeiten dort aufgeschüttet worden sein.

Immer wieder schlug Lea den Spaten in die Erde, brach sie auseinander und schob sie weg. Es war reine Knochenarbeit und die Haut an ihren Händen war bald eingerissen und schmerzte. Nach zwei Stunden hatte sie ein großes Stück frei geschaufelt, aber das Ende war noch immer nicht in Sicht. Sie änderte nun ihre Taktik und trug jetzt den Bereich direkt unter der Gewölbedecke ab. So ging es wesentlich einfacher und die Erde polterte in großen Stücken den Hang herunter.

Und wieder rammte sie das spitze Blatt in die Erde, da passierte es, der Spaten schob eine letzte dünne Schicht beiseite und stieß ins Leere. Lea stach erneut zu, sie konnte nicht glauben, dass sie tatsächlich das Ende erreicht hatte. Sie erweiterte die Öffnung noch etwas und leuchtete dann mit der Taschenlampe hinein. Der Schein erhellte den Bereich dahinter und tauchte einen dunklen Gang ins Licht. Staub wirbelte auf und rieselte, wie feiner Schnee, herunter. Mit neuer Kraft machte sich Lea wieder an die Arbeit. Eine weitere halbe Stunde später war die Öffnung schließlich so groß, dass sie hindurchklettern konnte.

Etwas mulmig war ihr schon zumute, als sie den Gang betrat. Sie hatte das Gefühl, in eine andere Welt vorgestoßen zu sein. Die Luft war feucht und schwer und eine unangenehme Kühle legte sich auf sie nieder. Noch eben hatte sie geschwitzt, aber hier fror sie urplötzlich. War sie draußen noch von einer regelrechten Geräuschkulisse aus vielen, verschiedenen Vogelstimmen umgeben, umhüllte sie nun eine so tiefe Stille, dass sie sich davon körperlich eingeengt fühlte.

Der Gang, in dem sie sich befand, war etwa eineinhalb Meter breit und nach oben oval zulaufend. Zwischen den robusten, dicken Steinen befand sich ein Gemisch aus Sand und Lehm. Durch die lange Zeit und die feuchte Kälte hatte sich darüber eine silberne Schicht gebildet, die im Schein der Lampe glitzerte und glänzte.

Als Lea die Taschenlampe umherwandern ließ, erkannte sie ein aus Eisen geschmiedetes Gitter, das den kompletten

Durchgang versperrte. Eine schmale Tür, die mit einem Schloss gesichert war, war der einzige Durchgang. Das Eisen war stark angerostet und Lea konnte an keiner einzigen Stelle die einstmalige Farbe des Metalls erkennen. Sie ging zur Tür und schaute sich das Schloss genauer an. Man konnte es schwer erkennen, aber es sah nach einem mittelalterlichen Bügelschloss aus, das vielleicht früher einmal zuverlässig seinen Dienst geleistet hatte.

Lea grinste. Also, dieses Schloss würde sie nicht aufhalten. Sie holte mit dem Spaten aus und schlug zu. Sie musste jedoch zur Kenntnis nehmen, dass so ein Schloss alter Machart trotz seines Alters nicht so zerbrechlich war, wie es zuerst den Anschein machte.

Erst nach mehrmaligen Versuchen ertönte ein lautes Knacken und das Schloss zerbrach. Das Öffnen der verrosteten Tür erforderte noch einmal ihre ganze Kraft, aber dann endlich ertönte ein fieses Knirschen und die Tür sprang auf.

Lea blickte durch den Spalt zurück in den Wald und erkannte an der Farbe des Himmels, dass es langsam Abend wurde. Sie fluchte, sie hatte mehr Zeit gebraucht, als sie geplant hatte. Eigentlich sollte sie schon längst daheim sein. Wenn Henry spitzbekam, dass sie noch nicht zu Hause war, würde er garantiert wieder durchdrehen und ein zweites Mal wollte sie ihn nicht so erleben.

So schwer es ihr fiel, sie musste sich noch eine Nacht gedulden. Aber morgen würde sie bestimmt erfahren, was sich hinter dieser Tür verbarg. Sie legte den Spaten beiseite und kroch aus dem Loch. Dann rannte sie los. Sie hatte keine Ahnung, woher sie auf einmal wieder diese Energie nahm, vielleicht war es einfach nur die Angst vor Henry. Sie rannte durch den Wald, als wäre der Leibhaftige hinter ihr her.

Endlich erreichte sie das Fahrrad, das noch immer getarnt im Gebüsch lag. Niemand hatte es bemerkt. Als sie ihre Wohnung erreichte und sah, dass alle Fenster dunkel waren, atmete sie erleichtert auf. Henry war noch nicht da.

Nachdem sie ausgiebig geduscht hatte, setzte sie sich an ihren Schreibtisch und dachte über den nächsten Tag nach. Was würde sie in diesem Gang erwarten? Würde er sie wirklich in die Kellergewölbe des Herrenhauses führen oder verliefen sich die Gänge ins Nichts? Dass solch eine Erkundungstour verflixt gefährlich sein konnte, stand außer Frage. Oft genug hatte sie von uralten Schächten gehört, die eingestürzt waren und dabei Menschen eingeschlossen oder unter sich begraben haben. Sie schob diesen Gedanken beiseite.

Ich habe mir geschworen, Ginas Verschwinden auf den Grund zu gehen und das ziehe ich jetzt auch durch. Gina war meine beste Freundin. War? Verflucht, sie ist meine beste Freundin und ich lass mich nicht von ein paar vermoderten Gängen abhalten.

Sie legte sich ins Bett und starrte an die Decke. In ein paar Stunden würde sie erfahren, welche Geheimnisse sich hinter den dicken Mauern des Anwesens verbargen.

Plötzlich hörte sie das Geräusch des Türschlosses, Henry kam nach Hause. Sie kannte seine Abläufe nur zu gut, dieser Mann änderte nie seine Gewohnheiten. Es klimperte, als er seinen Schlüsselbund auf die kleine Vitrine im Flur legte. Dann kamen die Schritte näher und stoppten vor ihrer Tür. Einen Moment lang geschah nichts, als würde er überlegen, ob er überhaupt nachsehen sollte. Dann aber vernahm sie das leise metallische Schaben, als sich der Schnappverschluss der Tür bewegte.

Lea hielt den Atem an. Ganz langsam und nur für einen kleinen Spalt öffnete sich die Tür. Sein Schatten wurde vom

Flurlicht in ihr Zimmer geworfen und zeichnete sich als riesiges Gebilde an der gegenüberliegenden Wand ab. Sekunden zogen im Schneckentempo an ihr vorbei und sprengten dabei die Regeln der Zeit. Tick Tack, Tick Tack ... so deutlich wie noch nie vernahm sie das Geräusch des Zeigers an ihrer Armbanduhr.

Doch glücklicherweise wurde der Schatten nach wenigen Augenblicken kleiner und die Tür wurde leise ins Schloss gezogen. Lea richtete sich auf und wartete, bis Henry vor dem Fernseher saß und sich in alter Manier Alkohol zu Gemüte führte.

Erleichtert drehte sie sich um und blickte aus dem Fenster. Tiefdunkle Wolken zogen träge und unheilverkündend über den Himmel und drängten sich so dicht aneinander, dass das spärliche Mondlicht mehr und mehr verbannt wurde. Dann verschwand der zerbrechlich aussehende Mond vollkommen hinter den schwarzen Wolken und die Welt wurde in ein tiefes Nichts gehüllt.

Kapitel 15

Als Lea am nächsten Morgen erwachte, fühlte sie sich leer und verbraucht. Die harte körperliche Arbeit hatte sie an ihre Grenzen gebracht und ihr Körper rebellierte gegen jede Bewegung.

Es war noch recht früh und die Sonne schob sich gerade erst, hinter dem gegenüberliegenden Haus, in die Höhe, als Lea aufstand und sich vergewisserte, dass Henry nicht mehr da war. Erleichtert atmete sie auf, die Luft war rein. Sie schlüpfte in ihre Klamotten und verließ das Haus. Als die Tür hinter ihr ins Schloss fiel, blieb sie plötzlich wie angewurzelt stehen. Eine böse Vorahnung kroch in ihren Körper und versuchte sie davon zu überzeugen, diesen Plan einfach aufzugeben. Ihr Magen grummelte und ihr Kopf glühte. Was sie jetzt machte, war brandgefährlich, das wusste sie. Sollte sie nun alles hinschmeißen? Lea schüttelte energisch den Kopf. Sie ignorierte die Einwände ihres Verstandes und fuhr los.

Sie fuhr die Strecke wie ferngesteuert und nahm nicht viel von ihrer Umgebung wahr. Erst nachdem sie die Stelle erreichte, an der sie gestern ihr Fahrrad versteckt hatte, erwachte sie wie aus einer Hypnose. Wieder tarnte sie das Rad und ging zu der ovalen Öffnung mitten im Wald.

Zentimeter für Zentimeter suchte sie den Boden nach Spuren ab. In der frisch aufgewühlten Erde würde sie sofort erkennen, ob sich hier jemand herumgetrieben hatte. Aber abgesehen von den Fußspuren mit dem geringelten Muster ihrer schweren Schuhsohlen, fanden sich nur die Abdrücke eines Hasen.

Lea betrat das Gewölbe. Sie schauderte. Die Sonne, die hinter den riesigen Bäumen in die Höhe stieg, malte unzählige, bizarre Schatten an die Steine. Wenn der Wind die Äste bewegte, schienen die Schattenwesen lebendig zu werden und grotesk über die Wand zu huschen.

Lea schüttelte den Kopf, die Fantasie ging wieder einmal mit ihr durch. Sie krabbelte durch die Öffnung und erreichte die offene Eisentür. Nun würde sie endlich herausfinden, wohin dieser Gang führte.

Sie machte die Taschenlampe an und ging vorsichtig los. Immer wieder drehte sie sich um und sah das helle Loch am Eingang kleiner und kleiner werden, dann verschwand es ganz. Nun war sie in dieser unheimlichen Welt gefangen.

Die Erinnerung, wie sie als Kind stundenlang im Keller festgesessen hatte, wurde wach. Lea atmete schwer, ein unerträglicher Druck legte sich plötzlich auf ihre Brust. Sie sah ihr eigenes, verweintes Kindergesicht vor ihrem inneren Auge. Sie sah ihre kleinen Hände unentwegt gegen die Kellertür trommeln, aber niemand hörte sie.

Lea ballte die Fäuste, diese Erinnerungen kamen jetzt sehr ungelegen. Sie durfte diesem Gefühl, das sie wieder nach draußen trieb, nicht nachgeben. Ganz langsam und bedächtig ging sie weiter. Der Schein ihrer Lampe wanderte hin und her und tastete die Wände ab. Der Hall ihrer Schritte war das einzige Geräusch, ansonsten herrschte hier unten unnatürliche Stille.

Zwischendurch blieb sie stehen und überprüfte ihre Position mit dem Navi. Noch hatte sie Empfang, sie hoffte, dass es dabei blieb. Sie runzelte die Stirn, sie befand sich über einen Kilometer vom Herrenhaus entfernt. Erste Zweifel, dass dieser Gang tatsächlich zum Anwesen gehörte, machten sich breit.

Schließlich erreichte sie eine Stelle, an der sich der Gang teilte. Nun trat das ein, wovor sie sich am meisten fürchtete. Sich hier unten zu verlaufen, wäre der schlimmste Alptraum, den sie sich vorstellen konnte. Sie nahm einen Stein, der von der Decke gefallen war und kratzte eine Markierung in die Wand. Sie folgte der rechten Abzweigung, die sich nach hundert Metern erneut gabelte und drei weitere Gänge zur Auswahl bot. Lea schnaufte. Es war also ein Tunnelsystem, das bereits jetzt einem Labyrinth glich und sie hatte keinen blassen Schimmer, welcher Weg der richtige war.

Auf einmal sah sie einen kleinen, hellen Punkt auf dem Boden. Durch ein Loch, das fast komplett durch Blätter, Äste und Steine verschüttet war, schien ein winziger Sonnenstrahl in den düsteren Gang. Sie hatte einen Luftschacht gefunden, der seinen Zweck aber schon seit Ewigkeiten nicht mehr erfüllte. Dennoch hatte dieser Lichtstrahl eine ganz besondere Bedeutung für sie. Hier unten fühlte sie sich wie in einer anderen Welt, in einer fremden und feindlichen Umgebung. Dieser unscheinbare Sonnenstrahl jedoch, der nicht breiter als ein kleiner Finger war, machte ihr deutlich, dass nur wenige Meter weiter oben die wirkliche Welt auf sie wartete.

Erneut ertönte ein Kratzen, als der Stein ein Zeichen in die Wand ritzte, das Lea den Rückweg weisen sollte. Auch dieses Mal vertraute sie auf ihr Bauchgefühl und entschied sich für den mittleren Weg. Dieser Gang endete in einem kleinen Raum mit zwei Holztüren. Lea öffnete die Erste. Abgesehen von einem kleinen Steinhaufen, auf dem einsam und allein ein eiserner, vom Rost zerfressener Eimer stand, war der Raum leer. Lea ignorierte die Frage, wofür dieser Raum mal gedient haben könnte und öffnete die andere Tür. Sie hoffte darauf, dass alle Gänge früher oder später wieder zusammentreffen würden. Die Tür fiel fast aus den Angeln, als Lea gegen das Holz drückte. Wieder verschluckte sie der nächste Gang, der nun etwas breiter wurde. Ein fauler Gestank stieg ihr in die Nase. Durch die feuchten Wände tropfte das Wasser auf den Boden und färbte die Steine mit Myriaden grüner und blauer Farbtupfer.

Als Lea weiterlief, huschte plötzlich etwas unten aus der Wand heraus. Sie schrie und sprang einen Schritt zurück. Der helle Kegel ihrer Taschenlampe zuckte, wie ein Lichtschwert, hin und her. Mit größter Mühe richtete sie die Lampe auf den Boden. Eine dicke Ratte stand mitten im Licht und schaute die Ruhestörerin aufgescheucht an, um dann erschrocken das Weite zu suchen. Ein Ekelschauer nach dem anderen rieselte an Leas Rücken herunter, sie hasste Ratten.

Schnell schlich sie weiter den Gang entlang, der nach einigen Minuten in einem weiteren Raum endete. Er sah wie ein vorzeitliches Vorratslager aus. Kaputte und von Holzwürmern angefressene Regale standen an den Wänden und boten ein trauriges Bild. Weißes, watteartiges Pilzgeflecht hatte sich am Holz zu schaffen gemacht und die Regale mit einer dünnen Kristallschicht überzogen. Sie leuchtete hell auf, als der Schein der Taschenlampe über sie glitt. In der Mitte des Raumes blieb Lea stehen und sah sich um. Wenn dies wirklich ein Vorratslager war, befand sie sich bestimmt auf dem richtigen Weg. Sie glaubte nicht, dass die Menschen damals die Gänge so angelegt hatten, dass man stundenlang wandern musste, um an die Vorräte zu kommen.

Ein Blick auf ihr Navi sollte sie in ihrer Vermutung bestätigen, aber sie hatte sich zu früh gefreut. Das Zeichen auf dem Display, das die Verbindung zu dem Satelliten anzeigte, wanderte auf und ab, weil das Gerät vergeblich ein Signal suchte.

Lea fluchte. Also musste sie sich wieder auf ihren Instinkt verlassen.

Auf ihrer Uhr sah sie, dass sie mittlerweile schon eine ganze Weile hier unten war und noch immer hatte sie keinen Weg in das Anwesen gefunden. Manchmal beschlich sie das Gefühl, dass sich das Schicksal dreckig ins Fäustchen lachte, weil es sie im Kreis laufen ließ.

Nach einiger Zeit erreichte sie eine stabile, alte Holztür, die einen Spalt offenstand. Sie drückte dagegen, um sie ganz zu öffnen, aber irgendetwas dahinter verhinderte es. Lea machte sich so dünn, wie es ging und quetschte sich durch den kleinen Spalt. Dann geschah es. Nun gab es keine Zweifel mehr daran, dass sich das Schicksal in das Geschehen einmischte und seine eisigen Klauen um das Mädchen legte. Lea schob ein Brett, das sich hinter der Tür verklemmt hatte, beiseite und wollte gerade den Raum betreten, als sich ein armdicker Balken von der Verstrebung löste und auf sie herunterfiel. Lea hatte das Gefühl, als würde ihr Schädel zertrümmert. Als säße sie auf einem wilden Kreisel, drehte sich plötzlich alles vor ihren Augen. Sie versuchte sich vergeblich am Türrahmen festzuhalten und stolperte ein, zwei Schritte nach vorne. Alles um sie herum schien nur noch aus Schemen und Schatten zu bestehen. Eine tiefe Schwärze zog sich seitlich vor ihre Augen und verringerte immer mehr ihr Sichtfeld. Lea streckte die Arme aus und torkelte blind nach vorne. Irgendetwas in diesem verdammten Raum musste doch existent sein und ihr Halt geben.

Mitten im Lauf, als hätte man ihr mit aller Kraft die Beine weggetreten, klappte sie in sich zusammen. Sie streckte noch die Arme schützend nach vorne, um den Aufprall abzufangen, dann wurde ihr schwarz vor Augen und sie wurde ohnmächtig.

Kapitel 16

Lea fühlte sich, als würde sie auf sanften Schwingen davongetragen. Sie ließ sich immer weiter fallen und nichts und niemand konnte sie davon abhalten. Sie wusste nicht wo sie sich befand oder was sie hier machte, aber sie fühlte sich unglaublich wohl.

Alles in ihr war so unsagbar leicht und sie sah Farben von solch einer Intensität, als wären sie lebendig. Einzigartige Melodien, die sie noch nie gehört hatte, drangen in ihre Ohren und verzauberten sie immer mehr. Lea hoffte, dass diese Reise niemals enden würde.

Dann spürte sie plötzlich etwas anderes, eine unangenehme Kälte drang in ihren Körper. Bei dem Versuch sie abzuwehren, glitten ihre Hände durch eine Nebelwand, während sich die Kälte unbeeindruckt immer weiter in ihr Innerstes fraß. Die Farben und Töne verschwanden. Ganz langsam öffnete Lea die Augen. Pechschwarze Dunkelheit empfing sie.

Meine Taschenlampe, wo ist meine Taschenlampe?

Panisch fegte diese Frage durch ihren Kopf. Sie schaute hektisch in alle Richtungen. Sie hoffte, den hellen dunkelheitdurchschneidenden Strahl der Lampe zu sehen, aber sie konnte ihn nicht finden.

Wie ein Kleinkind krabbelte sie los und tastete dabei den Boden ab. Irgendwo musste diese blöde Taschenlampe doch liegen. Dann stieß sie plötzlich mit der Hand gegen einen Gegenstand. Sofort umfassten ihre Finger das kalte Metall der Taschenlampe. Sie drückte den breiten Gummiknopf an der Seite, nichts geschah.

Bestimmt sind nur die Batterien leer. Zum Glück habe ich noch Ersatz dabei.

Sie griff in ihren Rucksack und durchwühlte ihn, bis sie das Paket mit den Batterien fand. Die Taschenlampe zu öffnen und die Batterien einzulegen, war in dieser Dunkelheit keine leichte Sache. Erst nach dem gefühlt hundertsten Versuch war es geschafft und Lea drückte nervös den kleinen Knopf an der Seite. Wieder geschah nichts. Sie stieß das Gehäuse der Lampe vorsichtig gegen den Boden, vielleicht war es ja nur ein Wackelkontakt. Aber was sie auch tat, das Licht ging nicht an. Nun war Lea sich sicher, bei dem Sturz musste die Taschenlampe kaputt gegangen sein.

Was sollte sie nun machen? Sie hatte keine Ersatzlampe dabei und saß in dieser vollkommenen Dunkelheit fest. Am liebsten wäre sie aufgesprungen und weggerannt, einfach nur weg von hier, aber das wäre ihr sicheres Todesurteil. Sie würde stürzen und sich ernsthaft verletzen. Zudem würde sie in dieser Finsternis die Markierungen an den Wänden niemals erkennen. Sie konnte es drehen, wie sie wollte, sie würde niemals den Weg zurückfinden.

Das Schlimmste jedoch war, dort sitzen und grübeln zu müssen, während das Adrenalin sie immer weiter antrieb. Sie schaute auf ihr Handy nach der Uhrzeit und erschrak. Es war schon früher Abend, sie musste einige Stunden bewusstlos gewesen sein. Bei dem Gedanken tastete sie ihren Kopf ab und spürte die dicke Beule, die sich wie ein kleiner Hügel auf dem Schädelknochen anfühlte. Seltsamerweise spürte sie keinerlei Schmerzen, ein nützlicher Effekt des enormen Adrenalinschubs.

Lea war redlich bemüht, ruhig und besonnen zu bleiben. In ihrer Situation wäre eine falsche Entscheidung fatal und dieses Gewölbe würde unweigerlich zu ihrem Grab werden. Auf einmal schnellte ihr Kopf in die Höhe.

Ihr Handy, natürlich, das hatte doch eine Lampe.

Hektisch drückte sie den Einschaltknopf und wählte im Menü das Zeichen für die Taschenlampe. Mit einem Mal wurde alles hell erleuchtet. Lea hätte vor Freude laut aufschreien können. Sie mühte sich auf die Beine und lehnte sich gegen die Wand. Der Gang wippte auf und ab, wie ein Schiff, das sich über meterhohe Wellen kämpfte. Sie schnaufte und hielt sich an einem kleinen Steinvorsprung fest. Nach einigen Minuten legte sich der Schwindel ein wenig. Sie warf einen Blick auf das Display ihres Handys. Die Akkuanzeige stand bei 68 Prozent, somit hatte sie noch genug Zeit, einen Weg in das Herrenhaus zu finden.

Vorsichtig und mit noch etwas unsicheren Schritten lief sie los. Sie hatte nicht die geringste Ahnung, an welcher Stelle des Geländes sie sich befand und in welche Richtung sie gehen musste, aber irgendwann und vor allem irgendwo mussten diese verdammten Gänge auch mal enden. Immer wieder warf sie einen Blick auf die Akkuanzeige, die nach etwa zehn Minuten nur noch 53 Prozent anzeigte. Lea stieß einen Fluch aus, sie hatte nicht erwartet, dass die Lampe so viel verbrauchte.

Die Beschaffenheit der Tunnelwände änderte sich nahtlos. Hatte der Gang zuvor noch aus unregelmäßig geformten Steinen bestanden, so wurden sie nun von solchen abgelöst, die rechtwinklig und gleichmäßig waren. Auch der Durchgang wurde immer enger und dass ein ums andere Mal musste Lea sogar den Kopf einziehen, um nicht eine weitere Beule zu riskieren. Sie lief weiter und nach einer weitläufigen Kurve erklang plötzlich ein helles Piepsen aus dem Handy. Leas Augen wurden groß, der Akku hatte die Zwanzig-Prozent-Grenze erreicht.

Mach dich nicht verrückt, die modernere Beschaffenheit des Ganges ist bestimmt ein gutes Zeichen. Schon gleich werde ich einen Weg aus diesem teuflischen Labyrinth finden, ich darf nur nicht die Nerven verlieren.

Trotzdem beschleunigte sie ihre Schritte und wurde unvorsichtiger. Wenn sie hier unten nicht als Gerippe zwischen den Ratten enden wollte, musste sie schnell einen Ausweg finden. Der Staub, der fingerdick auf dem Boden lag, wurde durch ihre Schuhe aufgewirbelt und strömte, als heller Nebel, in den Schein der Lampe.

Acht Prozent auf der Akkuanzeige, sieben, sechs ... Lea lief der Schweiß in Strömen am Körper herunter. Sie pumpte die kalte, abgestandene Luft in ihre Lunge. Ihr Mund war staubtrocken und jedes Schlucken brannte höllisch in ihrem Hals. Sie verfluchte jede einzelne Sekunde, die sie zuvor vertrödelt hatte.

Fünf, vier. Immer wieder wechselte ihr Blick vom Gang zum Handy. Entsetzen machte sich in ihr breit. Sie rannte los, übersprang jedes Hindernis, sie wollte nur hier raus, einfach nur raus. Sie spürte eiskalte Hände, die ihr eine Galgenschlinge um den Hals legten. Lea schrie und rannte weiter, ein paar Sekunden blieben ihr noch.

Drei, zwei, eins ... Null

Ein grelles Piepsen hallte durch den Gang und das Licht ging aus. Lea blieb, wie vom Schlag getroffen, stehen. Sie traute sich nicht, auch nur noch einen winzigen Schritt zu machen. Wieder tauchte sie in diese Dunkelheit, die sie wie ein zäher Teig umgab. Nun hatte sie ihre letzte Chance vertan. Jetzt hatte sie nichts mehr, was sie noch aus diesem Labyrinth herausbringen konnte.

Die Resignation schlug mit wuchtigen Schlägen auf sie ein und verurteilte Lea dafür, dass sie durch ihre übermäßige Vorsicht unnötig viel Zeit verloren hatte. Sie knetete nervös ihre Hände. Sie durfte jetzt nicht aufgeben, nicht so nah vor dem Ziel. Schon hinter der nächsten Biegung könnte sich ein Ausgang befinden. Ja, das hatte sie schon unzählige Male zu sich gesagt, aber irgendwann müsste ihr Pech doch mal vorbei sein. Sie hatte zwar kein Licht mehr, aber immer noch ihren Tastsinn und ihr Gehör.

Sie ignorierte die Einwände ihres Verstandes, der ihr unentwegt zuflüsterte, dass es ein Himmelfahrtskommando sei, hier blind umherzuirren, aber, verflucht nochmal, sie hatte keine andere Wahl.

Sie tastete sich mit einer Hand an der Wand entlang und zog den Kopf ein. Aus der Decke ragende Steine könnten ihr böse Verletzungen zufügen. Die andere Hand streckte sie nach vorne, so würde sie sofort bemerken, wenn sich vor ihr ein Hindernis befand. Ganz vorsichtig schob sie einen Fuß vor den anderen. Schon auf dem Hinweg hatte sie Löcher im Boden entdeckt, die selbst im Licht eine Gefahr darstellten. Würde sie dort hineintreten, wäre ein gebrochener Knöchel die garantierte Folge. Natürlich kostete sie ihre Taktik eine Unmenge an Zeit, aber Zeit war in dieser Situation ihr geringstes Problem.

Sie erreichte eine weitere Tür. Lea tastete so lange das verfaulte Holz ab, bis sie einen Riegel fand. Sie zog das verrostete Metall auf und drückte sich gegen das Holz. Die Tür war so morsch, dass sie einfach in den dahinterliegenden Raum fiel. Das Donnern des aufschlagenden Holzes, hörte sich wie ein gewaltiges Erdbeben an. Lea zuckte vor Schreck zusammen.

Vorsichtig kletterte sie über die Tür und setzte ihren Weg fort. Ihre Augen gewöhnten sich immer mehr an die absolute Dunkelheit und manchmal glaubte Lea sogar, schemenhafte Umrisse erkennen zu können. Sie lief weiter und weiter, eine Hand noch immer fest an die Wand gepresst. Sie hatte das Gefühl, sie würde jeden Moment ersticken. Die Wände kamen immer näher, die Decke sank auf sie herab und drohte sie zu zerquetschen. Jeder Stein schien aus den Fugen zu brechen und schon längst glichen diese stabilen Wände einer wackeligen und maroden Mauer. Obwohl Lea genau wusste, dass es nur Hirngespinste ihrer gereizten Nerven waren, verlor sie mit jedem Schritt mehr und mehr die Kontrolle über sich. In diesem Moment hatte sie nur einen einzigen Wunsch, weg von hier.

Sie wurde immer schneller, vielleicht würde der nächste Gang sie endlich nach draußen führen. Als sie diesen erreichte, empfing sie jedoch wieder diese absolute Finsternis. Aber was war das? Lea blieb stehen. Anfangs glaubte sie, es wäre eine Illusion, eine Einbildung. Als sie aber erneut hinsah und die Stelle genauer fixierte, war ihr klar, das war keine Einbildung, es war die Realität. Durch eine verschwindend kleine Fuge in der Wand leuchtete ein fahler Lichtschein. Als Lea die Stelle genauer betrachtete, sah sie, dass ein kleines Stück herausgebrochen und eine Ritze zwischen den Steinen entstanden war. Der Spalt war zwar sehr klein, kaum zu sehen, aber dennoch musste sich etwas anderes als Erde dahinter befinden.

Sie suchte den Boden ab, bis sie einen Stein fand. Vorsichtig klopfte sie damit die Stelle an der Wand ab. Es gab keinen Zweifel, sie hörte sich in diesem Bereich weniger dumpf an. Also befand sich hinter diesen Steinen ein Raum oder ein

Gang und, was noch viel wichtiger war, er war beleuchtet. Sie schlug mit dem Stein fester gegen die Mauer, aber wie sich schnell herausstellte, war die Wand nicht so brüchig, wie die Fuge hatte vermuten lassen. Immer wieder donnerte Lea den Stein dagegen und dann endlich löste sich ein Brocken und polterte in den dahinterliegenden Raum.

Lea spähte durch das entstandene Loch, konnte aber noch nichts erkennen. Das Loch zu vergrößern, ging nun deutlich schneller und nach einigen Minuten war es so breit, dass sie hindurchklettern konnte. Sie drückte geblendet die Lider zu. Obwohl das Licht recht schwach und matt war, schmerzte es wie Sand in ihren Augen.

Doch schon bald ebbte der Schmerz ab und Lea konnte sich umschauen. Dieser Gang ähnelte dem Vorherigen, mit dem Unterschied, dass hier unterhalb der Decke ein fingerdickes Kabel entlangführte, an dem alle paar Meter eine Glühbirne baumelte. Sie schaute sich die Wand, durch die sie gekommen war, genauer an. Sie fuhr mit dem Finger über den Mörtel, der ihr noch nicht so alt vorkam, wie der in den anderen Gängen. Also musste diese Wand viel später hochgezogen worden sein.

Ihr wurde klar, wie viel Glück sie im Unglück hatte. Wäre die andere Seite nicht stockdunkel gewesen, wäre ihr das winzige Licht niemals aufgefallen. Sie wäre noch Stunden umhergeirrt und hätte nichts gefunden. Vielleicht hatte genau dieses winzige Detail ihr Leben gerettet.

Sie runzelte die Stirn. Wenn sich hier eine Beleuchtung befand, gehörte dieser Bereich mit Sicherheit zum Herrenhaus. Sie müsste jetzt nur noch ungesehen hineingelangen, um sich dann dort umzuschauen.

Sie schlich weiter. Sie musste nun ganz besonders darauf achten, keine Geräusche zu verursachen, vielleicht befand sie sich ihrem Ziel näher als gedacht.

Nach einigen Minuten erreichte sie eine massive Holztreppe, die nach oben führte. Durch die vielen Stunden in diesem kargen Stollen erschien ihr diese plumpe Holztreppe wie ein helles Lichtgeleit, das sie endlich in die normale Welt zurückbringen würde. Direkt neben der Treppe befand sich eine weitere Tür, die mit ihrer auffällig roten Farbe ins Auge stach und so gar nicht zu den Kellergängen passte. Als Lea sie einen Spalt öffnete, sah sie einen weiteren Gang. Dieser interessierte sie jetzt aber nicht, sie musste in das Anwesen gelangen. Behutsam betrat sie die Treppe, die bei jedem Schritt knirschend ächzte und drohte in ihre Einzelteile zu zerbrechen.

Es ging ein paar Meter nach oben und an einer alten, klapprigen Tür endete der Aufstieg. Lea hielt die Luft an und drückte langsam die Klinke nach unten. Die Tür schwang auf und gab den Blick in die Eingangshalle frei. Das silberne Licht des Mondes erleuchtete die Halle und ließ jedes Bild und jedes Relief an den Wänden zum Leben erwachen. Sie hatte es geschafft, sie befand sich im Anwesen. Jetzt konnte sie sich eine kleine Verschnaufpause gönnen. Nach diesen stinkenden Gewölben roch die Luft hier wie ein frischer Sommerwind.

Sie wollte es zuvor nicht zugeben, aber nachdem ihr Handy ausgegangen war, hatte sie nicht mehr daran geglaubt, dieses Abenteuer lebend zu überstehen.

Als sie sich den weiteren Verlauf ihres Plans ins Gedächtnis rief, schlug ihre Freude sofort um. Sie musste höllisch aufpassen, denn sie wusste nicht, ob sich Henry und sein Diener hier noch herumtrieben. Ganz leise lehnte sie die Tür wieder an und huschte in eine Ecke, die im Schatten des Lichtes lag. Sie machte sich so klein wie möglich und lauschte. Außer dem monotonen Ticken der alten Standuhr, das sich mit dem Knirschen des alten Gebälks mischte, war nichts zu hören.

Zum Glück kannte sich Lea in der unteren Etage gut aus, die obere hatte sie noch nie zu Gesicht bekommen. Henry achtete immer genau darauf, dass niemand außer ihm und Paul dort hochging. Vielleicht hielt er Gina dort oben gefangen. Schon bald würde sie es herausfinden.

Sie schlich zu Henrys Arbeitszimmer. Die Tür war nur angelehnt. Vorsichtig schaute sie hinein. Das Zimmer war leer und nur eine kleine Lampe, die einsam und verlassen an einem Fenster stand, erhellte den Raum. Es stank nach kaltem Qualm, als hätte hier jemand vor Kurzem geraucht.

Lea drehte sich um und schlich zum Wartezimmer, aber auch dort war niemand. Sie wusste, dass sie auf diese Weise Zeit verlor, aber sie konnte es nicht riskieren, von jemandem überrascht zu werden. Wenn sie erwischt wurde, gab es keine Ausrede und keine Entschuldigung.

Lea fluchte lautlos, die Türen des Badezimmers und des Salons waren geschlossen. Sekundenlang lauschte sie und als sie kein Geräusch vernahm, drückte sie, so langsam sie konnte, die Klinke herunter. Sie verfluchte diese alten Schlösser und Scharniere. Es war nicht möglich, sie geräuschlos zu betätigen. Aber auch dahinter verbarg sich glücklicherweise keine Überraschung, alle Räume waren leer.

Lea steuerte die Treppe an. Jede einzelne Stufe, die sie erklomm, bestärkte in ihr den Eindruck, sie würde zu ihrer eigenen Hinrichtung gehen.

Immer wieder blieb sie stehen und horchte, aber noch immer war es totenstill. Die Treppe endete auf halbem Wege und sie stand auf dem Absatz, von dem rechts und links weitere Stufen in die obere Etage führten. Lea huschte zum Geländer, duckte sich und spähte hinauf.

Ein breiter Flur tat sich vor ihr auf. Leider konnte sie nur einen Teil erkennen, der Rest verbarg sich im Dunkeln. Der mächtige Kronleuchter aus tropfenförmig geschliffenem Kristallglas, fing die Mondstrahlen ein und brach sie, um sie als abstrakte Lichtmuster an die Wand zu werfen. Lea zuckte einige Male erschrocken zusammen, als sie die dadurch entstehenden Bewegungen wahrnahm. Sie schlich weiter und betrat den rechten Gang. Ein dreckiger und zerlumpter Teppich dämpfte die Geräusche ihrer Schritte. Die Wände, an denen die Tapete an einigen Stellen schon in langen Bahnen herunterhing, gaben einem das Gefühl, sich in einem verlassenen und längst vergessenen Gebäude zu befinden. Es war kaum zu glauben, dass hier noch jemand wohnte.

Lea erreichte eine Tür, die nur angelehnt war. Sie schaute vorsichtig in den dahinterliegenden Raum und erkannte ein uraltes Badezimmer. Die Fliesen an den Wänden waren fast alle zerschlagen, als wären sie der Zerstörungswut eines Wahnsinnigen zum Opfer gefallen. Die Scherben lagen überall auf dem Boden verteilt.

Wer in Gottes Namen hatte hier so gewütet und vor allem warum?

Das Waschbecken lag ebenfalls zerschmettert am Boden und nur die altmodische, freistehende Wanne, die hier vermutlich schon ein paar Jahrhunderte auf ihren breiten Füßen stand, war unversehrt. Ein alter, kleiner Wandschrank hing schräg an einem Nagel und sah aus, als ob er bei der kleinsten Berührung zu Boden fallen und zerbrechen würde. Lea sicherte ihn mit einer Hand und öffnete ihn. Sie erkannte drei Pillendosen, die eindeutig aus der heutigen Zeit stammten.

Wer versteckte hier seine Medikamente? Alle drei waren leer und der Name des Medikamentes sagte ihr nichts. Sie wollte sich gerade umdrehen und den Raum verlassen, als sie einen Beipackzettel auf dem Boden entdeckte. Sie verglich den Namen auf dem Zettel mit dem auf den Dosen, sie waren identisch.

Es wurde gegen Halluzinationen und Sinnestäuschungen eingesetzt. Lea ließ den Zettel aus ihrer Hand gleiten. Natürlich war Henry Psychiater und kannte sich mit solchen Mitteln aus, aber warum lagen sie hier oben in diesem alten Schrank? Das ergab doch keinen Sinn.

Sie verließ das Badezimmer und schlich weiter, bis sie eine verschlossene Tür erreichte. Sie legte ihr Ohr an das Holz und lauschte. Sie erstarrte, sie konnte etwas hören. Es war ein leises Atmen, das ab und zu durch ein heiseres Räuspern unterbrochen wurde. Lea war sich sicher, dahinter befand sich das Schlafzimmer des Dieners.

Nun wusste sie, wo Pauls Zimmer war und dass er schlief, dennoch musste sie weiterhin aufmerksam sein, denn Henry könnte sich auch in diesem Stockwerk aufhalten.

Auf Zehenspitzen setzte sie ihren Weg über den Flur fort. Nach etwa zehn Metern, hinter einer kleinen Biegung versteckt, führte eine schmale Treppe nach oben. Lea machte eine missmutige Miene, es gab noch eine weitere Etage. Dieser Alptraum schien einfach nicht enden zu wollen und bereits jetzt befürchtete sie, dass ihre Nerven versagten. Die Strapazen in den Kellergewölben hatten ihre Reserven schon ziemlich aufgebraucht und diese ständige Alarmbereitschaft strapazierten sie zusätzlich.

Sie ignorierte die Treppe und betrat den nächsten Raum, dessen Tür glücklicherweise wieder offen stand. Dieser Raum sah auch nicht viel besser aus als das Badezimmer. Überall lagen Steine herum, die aus der massiven Mauer gebrochen worden waren. Man hatte unweigerlich den Eindruck, dass jemand hinter diesen Wänden etwas gesucht hatte. Ein schwerer Kuhfuß stand angelehnt an einer Wand und wartete nur darauf, die Arbeit wieder aufzunehmen. In einer Ecke stand ein alter, hölzerner Stuhl, dessen Sitzfläche zerrissen war. Darüber hing ein kleines Bild eines alten Mannes an der Wand, der mit grimmigem Blick über den Raum wachte.

Neben dem Stuhl lag eine umgefallene Schnapsflasche. Ein kleiner Rest der klaren Flüssigkeit schwappte im Glas hin und her, als Lea über die lockeren Dielen lief.

Sie machte kehrt und betrat, vom Flur aus, den nächsten Raum. Dieser sah vollkommen anders aus. Die Wände waren tapeziert und mit aufwendigen Bordüren versehen. Der Boden war frisch poliert und Lea roch sogar noch die Holzpolitur. Zwei Messinglampen, die an den gegenüberliegenden Wänden hingen, erhellten das Zimmer mit einem dämmrigen Licht und vollendeten den Zwanzigerjahre-Stil der Einrichtung. Ein kleiner, gusseiserner und mit aufwendig gearbeiteten Schnörkeln versehener Kamin nahm eine Ecke des Raumes ein und wirkte dort ein wenig verloren.

Lea schüttelte den Kopf, in diesem Anwesen schien nichts normal zu sein. Sie betrat wieder den Flur und blieb an der nächsten Tür stehen. Einige Atemzüge lang lauschte sie und als sie nichts hören konnte, drückte sie äußerst langsam die Klinke herunter und öffnete die Tür nur so weit, um hineinschauen zu können. Es war Henrys Schlafzimmer. Sie erkannte seine Kleidung, die dermaßen akkurat im geöffneten Schrank hing, als hätte er sie gleich mehrmals geordnet. Sein langer, dunkler Mantel mit der auffälligen Stickerei vorne auf der Brust, hing ebenfalls an einem Bügel. Lea schob sich durch den schmalen Spalt und zog die Tür hinter sich zu. Vielleicht fand sie hier einen Hinweis.

Über einem dunklen Sekretär hingen einige Fotos, die lieblos mit Reißzwecken an der Wand befestigt waren. Die meisten waren Schwarz-Weiß-Fotos von irgendwelchen Landschaften oder alten Häusern. Unter ihnen war auch eine sehr alte Abbildung des Herrenhauses. Lea schaute sich das Bild genauer an. Viel hatte es sich nicht verändert, lediglich den historischen, grauen Putz hatte man durch weißen ersetzt. Lea wollte sich wieder abwenden, da fiel ihr etwas auf dem Foto auf. An einem der Fenster, die zum Dachboden gehörten, konnte man einen Schatten erkennen. Lea ging noch etwas näher heran. Keinen Zweifel, deutlich sah man dort die Umrisse einer Gestalt, die am Fenster stand. Doch bedauerlicherweise war das Bild zu alt und zu unscharf, um Genaueres erkennen zu können.

Sie durchwühlte die Schubladen des Sekretärs, fand jedoch nichts Interessantes. Auch der danebenstehende Schrank beherbergte nur einen Haufen Prospekte und alte Zeitschriften. Selbst die Taschen seiner Kleidung durchsuchte sie, aber nichts, nicht das kleinste Anzeichen war zu finden, dass dieser Mensch ein Geheimnis hatte.

In seiner Nachtkonsole fand sie lediglich einen Schlüsselbund, den sie an sich nahm. Zwischen den modernen Schlüsseln waren auch welche die älter aussahen und sicher in die Schlösser der Türen zum alten Trakt des Herrenhauses passten.

Sie verließ das Zimmer und folgte weiter dem Gang. Der nächste und letzte Raum lag dem von Henry gegenüber. Lea drückte die Klinke herunter, aber die Tür war verschlossen.

Sie kramte den Schlüsselbund heraus und probierte einen Schlüssel nach dem anderen. Beim vierten Versuch ließ sich der Bart im Schloss drehen und die Tür schwang auf. Überraschenderweise war es ein Kinderzimmer. Es waren die Spielsachen einer längst vergangenen Generation, die dort standen und sie in alte Zeiten zurückversetzte. Ein hölzernes Schaukelpferd thronte mitten im Raum und trotz der abgeblätterten Farbe hatte man sofort den Eindruck, dass dieses Pferd einmal das Lieblingsspielzeug gewesen sein musste.

An einer Seite des Raumes stand ein Bett aus massivem, braunem Holz. Das Kopf- sowie das Fußende bestanden aus halbkreisförmig gesägten Holzplatten, wie es im 18. Jahrhundert üblich war. Auf dem Nachttisch stand eine Lampe, in deren vergilbten und zerrissenen Schirm viele kleine ausgestanzte Figuren zu erkennen waren. Wenn man das Licht anschaltete, wurden diese Figuren an die Wand projiziert, sodass Kinder sich daran erfreuen konnten.

Es gab noch einen Kleiderschrank, der im selben Stil wie das Bett gearbeitet war. Er nahm einen großen Teil der gegenüberliegenden Wand in Anspruch und wirkte, für das verhältnismäßig kleine Zimmer, ein wenig zu mächtig. Er war aus dunklem Holz und schluckte einen großen Teil des Lichts, das durch das Fenster fiel. Lea durchquerte den Raum und drehte an dem großen, runden Messingknauf. Im selben Moment stieg ihr ein modriger, verfaulter Geruch in die Nase. Vorsichtig zog sie ein paar Kleider heraus, die auf schlichten, zusammengebogenen Eisenbügeln hingen. Lange Mädchenkleider, in allen erdenklichen Mustern und Farben, hingen neben Kinderblusen und aufwendig geschneiderten Oberteilen in einer Reihe. Auch wenn die Kleidung alt und mottenzerfressen war, erkannte Lea sofort, dass die Eltern des Kindes sehr viel Wert auf ein gepflegtes Erscheinungsbild gelegt haben.

Als der Geruch aus dem Schrank unerträglich wurde, schloss Lea die Tür wieder. Dann schaute sie sich den Spielzeugschrank an, der direkt danebenstand. Die zahlreichen Spielsachen, die entweder aus Holz oder dünnem Blech waren, standen fein säuberlich aufgereiht in den Regalen. Der Schimmel hatte sich auch an ihnen zu schaffen gemacht und die Malereien auf dem Holz mit seinen grünen Farbtönen verunstaltet.

In einer Spielzeugkiste, die unter dem Schrank stand, fand Lea, neben weiteren Spielsachen, zwei alte Schwarz-Weiß-Fotos. Auf beiden war ein ungefähr acht Jahre altes Mädchen zu sehen. Geflochtene Zöpfe hingen über ihre Schultern und baumelten an der Brusttasche des Kleides. Die steife Körperhaltung und der starre Blick verrieten dem Betrachter, dass sich das Kind in dieser Situation nicht sonderlich wohlfühlte. Eingeschüchtert, vielleicht sogar ein wenig ängstlich, presste es die Arme fest an sich, als würde es frieren. Neben ihm standen vermutlich seine Eltern und zogen strenge Mienen, als hätte das Kind etwas Schlimmes angestellt.

Die Mutter hatte eine Hand auf die Schulter ihrer Tochter gelegt, als ob sie demonstrieren wollte, dass sie ihr Eigentum war. Neben dem Mädchen stand das hölzerne Schaukelpferd.

Der Vater schaute noch grimmiger drein. Sein Vollbart hing bis zum Brustansatz herunter und seine dunklen, streng zurückgekämmten Haare, verliehen ihm einen herrischen und gebieterischen Ausdruck. Eine Hand hatte er in den Ausschnitt seines Mantels gesteckt, wodurch er noch autoritärer wirkte und Lea an Napoleon Bonaparte erinnerte. Aber das Auffälligste an ihm waren seine Augen. Obwohl die

Aufnahme durch die vielen Jahre, die sie vergessen in dieser Kiste verbracht hatte, schon ziemlich verblichen war, wirkten seine Augen verwirrend lebendig. Wie sie das Bild auch drehen mochte, sein strenger Blick schien an ihr zu haften, als wollte er Lea zur Ordnung rufen, weil sie die Nase in Dinge steckte, die sie nichts angingen.

Sie fröstelte, ihr wurde plötzlich eiskalt. Sie warf das Bild zurück in die Kiste und schloss den Deckel. Ein Schauer breitete sich über ihren Körper aus. Mit einem Mal machte der Raum einen noch düstereren und bedrohlicheren Eindruck als zuvor. Die Blech- und Holzfiguren und auch das kleine, lustig anzuschauende Äffchen mit den Paarbecken an den Händen wirkten plötzlich auf eine gruselige Art lebendig und schienen jede ihrer Bewegungen zu beobachten. Sie musste auf der Stelle hier weg. Lea drehte sich um und floh aus dem Raum. Schnell schloss sie die Tür hinter sich.

Im Flur angekommen schaute sie sich um. Diese Etage hatte sie nun komplett abgesucht und nichts gefunden. Jetzt blieb nur noch die darüberliegende Etage. Gebückt lief sie zu der schmalen Treppe auf der anderen Seite und lauschte. Noch immer war es mucksmäuschenstill, als würde selbst das Haus gespannt abwarten, was Lea als Nächstes tat. Sie schlich die Stufen nach oben und betrat das Dachgeschoss. Unangenehm warme und stickige Luft schlug ihr entgegen, bestimmt war hier seit Jahren nicht gelüftet worden. Der Mond warf spärliches Licht durch die altmodischen Fenster und beleuchtete nur einen kleinen Teil des Innenraums.

Lea konnte eine Menge Gerümpel ausmachen, das man hier ungeordnet abgestellt hatte. Ein uralter Rollstuhl stand genau vor dem Fenster. Er war noch aus Holz und nur die Räder bestanden aus Metall. Als Lea näher herantrat, konnte sie einen erschreckten Aufschrei nicht unterdrücken. Fast der gesamte Rollstuhl war mit Staub belegt, nur auf der dunklen Sitzfläche und den Armlehnen fehlte er. Irgendjemand hatte vor kurzem noch darauf gesessen und aus dem Fenster geschaut.

Wer zum Teufel kam hier hoch, um die Landschaft zu betrachten?

Je mehr Lea von diesem Anwesen sah, umso mysteriöser kam ihr alles vor. Irgendetwas stimmte hier von vorne bis hinten nicht und jeder Raum schien unzählige Geheimnisse zu bergen. Sie hatte den Eindruck, als läge ein böser Fluch auf diesem Ort und durchtränkte jeden noch so harmlosen Gegenstand mit böser Energie.

Sie schüttelte sich und ging zum Fenster. Auf der schmalen Fensterbank lagen viele tote Fliegen. Rechts in der Ecke stand eine alte Porzellantasse. Eine braune, verkrustete und mit dem Staub der Jahre vermischte Patina klebte im Inneren.

Lea schaute durch die verschmierte Glasscheibe des Fensters. Deutlich erkannte sie den hinteren Bereich des Anwesens, der vom dichten Wald umgeben war. Ein starker Wind zog auf und spielte mit den Baumwipfeln. Manche von ihnen waren fast auf derselben Höhe wie der Dachboden.

Lea drehe sich um und ging durch das Zimmer. Auf der rechten Seite stand ein breites Regal, das aus einigen schlichten Brettern provisorisch zusammengezimmert war. Die meisten Ablagen waren leer, nur auf dem obersten Brett lagen einige Puppen herum. Ihre schneeweißen, aus feinem Porzellan gefertigten Gesichter sahen in dem Zwielicht lebendig aus und ihre Glasaugen waren weit aufgerissen.

Lea riss sich schaudernd von ihrem Anblick los und ging weiter. Ein Durchgang verband diesen Raum mit dem nächsten, der ebenfalls mit allem möglichen Krempel zugestellt war. Überwiegend standen Kartons herum, die mit Kleidung oder altem Geschirr vollgepackt waren. Ein altes Sofa und einige Sessel nahmen den restlichen Platz in Anspruch. Hier gab es nichts Interessantes und Lea machte sich auf, um den letzten Raum zu erkunden. Ohne es sich offen einzugestehen, zweifelte sie mittlerweile daran, dass sie hier oben noch Hinweise auf ihre Freundin finden würde. Wenn Gina wirklich irgendwo versteckt war, dann musste sie wohl oder übel die Kellergewölbe in Betracht ziehen. Trotzdem betrat sie den letzten Raum, der wesentlich kleiner war als die anderen und schaute sich um.

Eine alte Seefahrerkiste, die mit dicken Schlössern versehen war, stand in einer Ecke des Raumes. Auf ihr stapelten sich Unmengen an alten Zeitungen und Schwarz-Weiß-Fotos von irgendwelchen Landschaften.

Einige Seile waren durch den gesamten Raum gespannt, an ihnen hingen unzählige, altmodische Klamotten. Von pompösen Kleidern in leuchtenden Farben bis hin zu schlichten Baumwollkleidern, über die sich die Motten schon seit vielen Jahren hergemacht hatten, war alles dabei. Sie fühlte sich wie in der Requisitenkammer eines Theaters und konnte sich nicht vorstellen, dass so etwas tatsächlich mal getragen wurde.

An der hinteren Wand des Zimmers befanden sich so einige Relikte von Jagdausflügen. Ausgestopfte Hasen, Rehköpfe und Hirschgeweihe standen auf Regalbrettern oder hingen an der Wand und erschreckten das Ungeziefer mit ihrem Anblick. Lea wandte sich angeekelt ab, für solch eine makabre Zurschaustellung von getöteten Tieren hatte sie überhaupt nichts übrig.

Wie eine Schwimmerin streckte sie die Arme weit nach vorne und schob sich durch die Kleiderflut. Sie war fast am

Ende angekommen, als sie mit dem Fuß gegen etwas prallte. Lea verzog schmerzerfüllt das Gesicht und presste die Hand auf ihren Zeh. Erst jetzt erkannte sie, was dort im Weg stand. Es war ein Rollstuhl, der noch älter sein durfte als der am Fenster. Nur der untere Teil von ihm ragte unter einem Ballkleid hervor.

Plötzlich hielt sie inne, irgendetwas hatte sich zwischen den Kleidern bewegt. Lea blieb regungslos stehen und beobachtete die Stelle. Als nichts weiter geschah, drückte sie ihren Fuß gegen den Rollstuhl und versuchte ihn ein Stück wegzuschieben, doch er ließ sich keinen Millimeter bewegen. Etwas Schweres musste sich auf ihm befinden. Bestimmt war auch er mit Gerümpel vollgepackt.

Sie schob das Ballkleid mitsamt anderen Kleidern beiseite und unterdrückte mit Mühe den Ekelreiz, den die Berührung des stinkenden Textils an ihrer Haut hervorrief. Endlich war der Blick auf den Rollstuhl freigelegt. Lea erstarrte. Sie wollte schreien, riss den Mund panisch auf, aber kein Geräusch drang hervor. Ihre Adern füllten sich mit eisiger Kälte, aber sie konnte noch nicht einmal zittern. Sie hatte richtig vermutet, etwas saß in dem Rollstuhl. Es war eine menschengroße Puppe, die ihren Blick ins Leere richtete. Das Gesicht war von einer weißen Maske verborgen. Die Mundwinkel waren weit nach oben gezogen, was dem Gesicht ein diabolisches und höhnisches Lächeln verlieh. Die Augenhöhlen waren schwarze und tiefe Löcher. An einem Augenwinkel war mit schwarzer Farbe die Spur einer Träne aufgemalt worden, sie zog sich über die Wange und endete tropfenförmig kurz über dem Kiefer. Eine staubige Perücke, deren strohige Haare an den Schweif eines Pferdes erinnerten, hing seitlich herunter und ließ die Gestalt wie eine Vogelscheuche wirken. Die

Puppe trug eine Art Mönchskutte, die vorne einen mit weißem Samt abgesetzten Brustausschnitt hatte. Ihre Beine hingen verdreht über die Stuhlkante, als hätte man sie einfach
achtlos dahingeworfen. Dagegen verharrte der Oberkörper in
einer unnatürlich geraden und aufrechten Haltung. Die Arme
ruhten auf den Lehnen und die Hände waren in weißen
Handschuhen versteckt.

Während sie dies alles registrierte, presste sich Lea die
Hand auf die Brust. Obwohl es sie wunderte, dass sie sich
nach all dem Horror überhaupt noch vor solch einer schlecht
gemachten Puppe erschreckte, hämmerte ihr Puls und das
Blut rauschte in ihren Ohren. Sie gönnte sich einige Sekunden,
um sich zu beruhigen. Dann drehte sie sich um und schob das
pompöse Kleid wieder zurück, dabei passierte es. Eins der
Seile riss und die gesamte Kleiderflut fiel auf sie. Lea verlor
die Balance und kippte seitlich um. Sie fluchte über ihr Missgeschick, aber wenigstens war der Unfall fast geräuschlos
vonstatten gegangen. Sie kämpfte sich durch den wallenden
Stoff, um wieder aufzustehen, als sie etwas hörte. Lea verharrte mitten in der Bewegung. Sie konnte in diesem Moment
nicht bestimmen, ob das Geräusch aus diesem Zimmer, von
dieser Etage oder von unten kam. Vorsichtig streckte sie ihren
Kopf durch den Stoff und schaute sich um. Nichts war zu sehen. Ganz langsam richtete sie sich auf und schob mit beiden
Händen ein besonders störrisches Kleid beiseite. Sie sah zum
Rollstuhl und riss die Augen auf. Er war leer.

War jemand herangeschlichen und hatte diese übergroße
Puppe weggeschleppt, während sie damit beschäftigt war,
mit den Kleidern zu kämpfen? Das hätte sie doch mitbekommen und warum sollte jemand so etwas tun? Ihr Verstand
weigerte sich, das zu glauben.

Sie spürte ein unangenehmes Kribbeln im Magen und in ihrem Hals bildete sich ein Kloß, der sie verzweifelt nach Luft ringen ließ. Sie wollte in Deckung gehen oder wenigstens die Fäuste heben, um sich verteidigen zu können, aber noch immer stand sie einfach nur da und starrte auf den leeren Rollstuhl. In diesem Moment glich sie selbst einer leblosen, kalten Puppe.

Da, schon wieder. Lea vernahm abermals ein Geräusch. Endlich reagierte sie und wirbelte herum. Nichts, es war nichts zu sehen. Wurde sie langsam verrückt? Endlich hob sie ihre Fäuste, bereit jederzeit zuzuschlagen. Sie hörte wieder etwas, es war ein Rascheln, als ob jemand den Stoff der Kleider aneinanderrieb. Leas Augen suchten angestrengt alles ab. Dann sah sie eine leichte Bewegung, etwas lauerte dort. Lea schrie entsetzt auf und holte mit der Faust aus, sie würde nicht zögern zuzuschlagen.

Dann wurde es wieder still, das Rascheln setzte aus. Was in Teufels Namen schlich unter dem Stoff herum? Lea fasste ihren ganzen Mut zusammen und wollte gerade einen Schritt darauf zu machen, als plötzlich etwas zwischen den Kleidern hervorsprang. Das pure Entsetzen fiel über sie her und ließ ihr keine Chance. Ihre Fäuste, mit denen sie sich schützen wollte, öffneten sich und sie presste die Hände vor das Gesicht. Ihr ganzer Körper wurde von einem schrecklichen Zitteranfall erfasst und sie war unfähig sich zu bewegen. Nein, es war keine Illusion, es war bittere Realität ... die Puppe aus dem Rollstuhl … griff sie an!

Das kann nicht sein, es ist eine Puppe, sie ist nicht real.
Flieh, renn weg! Verdammt, lauf, sie ist gleich bei dir.

Die Puppe kämpfte sich mit weit ausholenden Armbewegungen durch den Stoff auf sie zu, dabei drang ein helles Kichern durch die Maske.

Noch immer presste Lea die Hände vor ihr Gesicht und konnte nichts anderes tun, als sich dieses Horrorszenario durch die Finger blinzelnd anzuschauen. Am liebsten hätte sie die Augen geschlossen, in der Hoffnung, aus einem ihrer Alpträume aufzuwachen. Gleich hatte die Puppe sie erreicht. Wenn sie nicht endlich aus dieser Starre erwachte, war es um sie geschehen. Aber es war schon längst zu spät. Etwas schoss auf sie zu und traf ihren Kopf. Glühende Blitze zogen durch ihr Blickfeld und drohten ihren Schädel zu zerreißen. Lea presste ihre Arme zum Schutz um ihren Kopf. Der furchtbare Schmerz raste durch ihren Körper und unterbrach die Verbindung zum Gehirn. Sie bekam nicht einmal mehr mit, wie sie auf dem Boden aufprallte. Sie hörte nur noch dieses irre Kichern und ein Geräusch, als würde jemand begeistert in die Hände klatschen.

„Jetzt bist du meins, jetzt gehörst du mir", waren die letzten Worte, die Lea noch hörte, bevor die Dunkelheit ihre schwarzen Schwingen um sie legte und sie in ihr finsteres Reich zerrte.

Kapitel 17

„Ich liebe dieses Anwesen. Es gibt mir ein Gefühl von Heimat, Wärme und Geborgenheit."

Henry seufzte.

„Immer, wenn ich durch diese Gänge laufe, fühle ich mich in der Zeit zurückversetzt. Zurück in eine Zeit, in der ich mit Mutter und Vater hier lebte, und die ...", Henry machte eine Pause, als würde er die ganzen Jahre Revue passieren lassen „ ... die schönste meines Lebens war. Ich erinnere mich daran, wie ich mit meiner Mutter gebacken habe und es überall nach Kuchen roch. Und es war auch etwas ganz Besonderes, wenn ich hier mit meinem Vater Verstecken gespielt habe. Ach, es war herrlich."

Wieder machte er eine kleine Pause.

„Und nun bin ich selbst Vater. Schon bald wird Lea mich als solchen anerkennen, mit mir hier leben und diesen Ort genauso lieben, wie ich es als Kind getan habe. Ich kann es kaum erwarten, dass sie endlich ihre lächerliche Rebellion aufgibt und sich auf das besinnt, was wirklich zählt und zwar auf unsere Familie."

Paul lächelte und verbeugte sich.

„Das wird sie schon sehr bald, dessen bin ich mir sicher. Sie beide sind füreinander geschaffen und werden hier glücklich sein."

Paul öffnete die Tür und forderte Henry mit einer galanten Armbewegung dazu auf, den Flur zu betreten. Das schwere Holz der massiven Ahorntür schlug in die Zarge. Ein Dröhnen erklang, dessen Echo in jede noch so verwinkelte Ecke des Anwesens getragen wurde.

Gemeinsam liefen sie schweigend den Gang entlang, bis Henry vor einem großen Bild an der Wand stehen blieb. Ein kunstvoller und üppig mit Blattgold überzogener Holzrahmen verriet das Maß des ideellen Wertes, den das Gemälde für Henry hatte. Er deutete darauf.

„Weißt du, wer das ist?"

„Aber natürlich", antwortete der Butler und bemühte sich, den entrüsteten Ton zu unterdrücken, „das sind ihre werten Eltern und Großeltern, Herr Kellermann."

„Das ist wahr."

Henrys Stimme nahm einen melancholischen Unterton an.

„Wie gerne hätte ich sie noch alle hier. Sie würden diesen wunderschönen Ort mit noch mehr Leben und Freude füllen. Ach, das wäre so schön. Leider möchte meine Mutter nicht mehr hier wohnen. Ich verstehe sie beim besten Willen nicht. Diesen Ort verbindet sie doch mit meiner Kindheit, meiner Jugend und noch vielem mehr, hat das für sie denn keinerlei Bedeutung?"

Henrys Blick bohrte sich in die Augen des Dieners. Nervös korrigierte dieser den Sitz seiner schwarzen Fliege, die auf dem schneeweißen Hemd wie aufgemalt aussah. Er legte sich möglichst ruhige und besonnene Worte zurecht, bevor er antwortete.

„Ich weiß es leider auch nicht und kann es genauso wenig verstehen wie Sie."

Henry nickte und wandte den Blick ab.

„Ich glaube, nachdem mein Vater verschwunden ist, ist ihre Liebe mir gegenüber völlig erloschen. Jedes Mal, wenn sie mich ansah, hatte ich das Gefühl, als würde sie ihn in mir sehen und mir die Schuld an allem geben. Warum hat sie mir das nur angetan?"

Bei den letzten Worten wurde Henrys Stimme weinerlich und er war sichtlich bemüht, nicht loszuschluchzen. Bedrückt senkte er den Kopf.

„Ich kann es nicht verstehen, ich war doch noch ein Kind, ein kleines Kind, kaum in der Lage das Richtige vom Falschen zu unterscheiden. Ich habe doch auch darunter gelitten. Hat sie wirklich geglaubt, dass es mir egal war?"

Nun drängten sich doch die ersten Tränen zwischen Henrys Augenlidern hervor und sammelten sich an seiner Nasenspitze.

Ein lautes Schluchzen vermischt mit einigen unverständlichen Worten drang aus seinem Mund. Plötzlich hob er ruckartig den Kopf und strahlte über das ganze Gesicht. Er ging näher an das Bild heran, stellte sich genau daneben und versuchte wie sein Vater auszusehen. Immer wieder korrigierte er seine Körperhaltung und auch den Gesichtsausdruck. Selbst den Blick imitierte er so gut es ging.

„Ich sehe doch wie mein Vater aus, nicht wahr?"

„Die Ähnlichkeit ist wirklich nicht zu leugnen", stimmte ihm der Diener zu. Als er aber Dr. Kellermanns zornigen Blick sah, der ihn förmlich auseinanderriss, korrigierte er sich schnell.

„Es ist wirklich unglaublich! Es ist verblüffend, wie sehr sie ihm ähneln. Er wäre mächtig stolz, wenn er sehen würde, was aus seinem Sohn geworden ist."

Das waren genau die Worte, die Henry gefielen. Mit geschwellter Brust stand er da und verharrte minutenlang regungslos in dieser Pose. Nur seine Augen schauten suchend umher, als erwartete er, dass seine Eltern und Großeltern um die Ecke kamen und ihn bewunderten.

Dann trat er wieder vor und lief mit seinem Diener an der Seite weiter den Gang entlang. Er steuerte das Arbeitszimmer an.

„Mach uns beiden etwas zu trinken und dann setz dich zu mir. Ich bin heute nicht gerne allein."

Der Diener nickte, bereitete die Getränke vor und setzte sich Henry gegenüber. Dieser prostete seinem Angestellten zu und nippte an dem Whiskey. Er sprach über dieses und jenes, wechselte aber schnell das Thema und das Gespräch drehte sich wieder um Lea.

„Sie bringt mich mit ihrer aufmüpfigen Art und kindlichen Naivität wirklich um den Verstand. Ich hatte eigentlich geplant, dass sie schon längst hier wohnen soll, aber davon scheint sie noch weit entfernt zu sein. Hast du eine Idee, was ich machen soll? Ich kann sie doch nicht zwingen und mit Gewalt hierherbringen."

Paul hatte gehofft, nur als stiller Zuhörer anwesend sein zu müssen, um sich die Sorgen seines Chefs anzuhören. Er hob den Kopf und war sichtlich irritiert, dass Dr. Kellermann ihn so offen um Rat bat.

„Sie ist in einem sehr schwierigen Alter", begann er vorsichtig "und dazu kommt noch ihre schlimme Vergangenheit, die ihr merklich zugesetzt hat. Dann ist noch ihre Mutter auf so tragische Weise umgekommen, das ist wirklich nicht einfach zu verarbeiten. Ich weiß, es ist nicht leicht, aber man sollte ihr vielleicht noch etwas mehr Zeit geben. Es wird bestimmt nicht mehr lange dauern und sie wird das Privileg, hier wohnen zu dürfen, zu schätzen wissen. Und irgendwann wird sie einen Mann kennenlernen, der mit ihr hier leben wird und die beiden werden ..."

„Möchtest du mich provozieren, Paul?", unterbrach ihn Henry und stellte das Glas ab. Er presste seine Hände so fest aneinander, dass die Sehnenstränge deutlich hervortraten.

„Noch ein Wort und ich vergesse mich. Lea wird niemals einen Mann haben. Niemand wird sie mehr lieben als ich und deswegen werde ich der einzige Mann für sie sein. Ich werde der Vater sein, den ich niemals hatte und nie werde ich sie alleine lassen oder mit jemandem teilen."

Henrys Körper begann zu zittern und seine Hände krallten sich in die Lehne seines Sessels.

„Natürlich, so wird es sein", entgegnete Paul beschwichtigend.

"Entschuldigen Sie bitte, Herr Kellermann, ich weiß auch nicht, wie ich auf so etwas gekommen bin. Mir ist natürlich klar, dass niemand besser für Lea ist als Sie. Verzeihen Sie mir bitte. Wenn Sie nichts dagegen haben, würde ich mich jetzt gerne zurückziehen. Es war ein langer Tag."

Mit einer abfälligen Bewegung deutete Henry an, dass sein Diener verschwinden soll. Als dieser die Tür hinter sich schloss, beruhigte er sich wieder. Er genehmigte sich einen weiteren Drink und schaute gebannt in das edle Kristallglas, in dem sich das Feuer des Kamins gebündelt spiegelte.

„Schon bald wirst du mir ganz alleine gehören. Du wirst meins sein und niemand wird dich mir wegnehmen. Das schwöre ich dir, kleine Lea."

Kapitel 18

Lea wachte auf. Sie hielt die Augen geschlossen und versuchte den lähmenden Schmerz aus ihrem Kopf zu verdrängen. Selbst das leichte Zucken der Augenbrauen oder das Bewegen der Lippen entfachte einen rasenden Schmerz, der sie fast um den Verstand brachte.

Sie blieb liegen und atmete keuchend ein und aus. Was war passiert? Sie konnte sich noch daran erinnern, dass sie das Dachgeschoss abgesucht hatte. Dann war sie in den Raum mit den Kleidern gegangen und fand den Rollstuhl. Genau, so war es und dann … Lea zog scharf die Luft ein ... hatte die Puppe sie angegriffen. Ihr war klar, dass sich hinter der Verkleidung ein Mensch verborgen und darauf gewartet hatte, sie in einem unachtsamen Moment anzugreifen. Würde der Schmerz nicht jeden Versuch unterbinden, hätte sich Lea am liebsten geohrfeigt.

Aber merkwürdig war es schon. Es hätte doch niemand ahnen können, dass sie dort auftauchte. War das Zufall oder einfach nur Pech? Vielleicht war es auch die Person, die in dem Rollstuhl vor dem Fenster gesessen hatte? Fragen über Fragen, die Leas Verstand keine Ruhe gönnten. Es kostete sie große Anstrengung, die Augen ein klein wenig zu öffnen. Ihre Lider waren bleischwer und als das fahle Licht ihre Netzhaut traf, hätte Lea schreien können. Sie schloss die Augen wieder und gönnte sich noch ein paar Minuten, um sich zu sammeln.

Sie streckte ihre Finger aus und tastete den Untergrund ab. Eigentlich müsste sie auf dem harten Bretterboden des Dachgeschosses liegen, aber stattdessen fühlte sie eine dicke, weiche Matratze unter sich. Sie rümpfte die Nase. Die Bettwäsche verströmte den Geruch von Waschmittel. Sie sammelte ihre ganze Kraft und streckte ihre Hand nach vorne, bis sie gegen etwas stieß. Lea fuhr mit der Handfläche darüber. Es fühlte sich rau an, wie Holz. Der letzten Kraft beraubt ließ sie erschöpft die Hand sinken.

Noch ein kurzer Moment, dann wagte sie es noch einmal, die Lider zu öffnen. Wie feine Nadelstiche gruben sich die hellen Strahlen des elektrischen Lichts in ihre Augen. Nach einigen Sekunden ebbte der Schmerz etwas ab und Lea schaute sich um.

Es stimmte, sie lag auf einem Bett. Um sich herum sah sie auf braune Sperrholzplatten. Sie stützte sich mit beiden Händen ab und wuchtete sich auf den Rücken. Ihr Rumpf fühlte sich dabei so an, als würde er auseinanderbrechen. Über sich sah sie eine nackte Glühbirne, die an einer vergilbten Fassung hing. In einer Ecke befand sich ein kleiner, unscheinbarer Kasten, der an einen alten Lautsprecher erinnerte. Neben dem Bett befand sich eine alte Nachtkonsole, die schon an vielen Stellen neu verleimt war. Auf der linken Seite des Zimmers stand ein offener Schrank, der mit seiner schlichten Bauart und hell lackierten Fläche eher in ein Büro passte. In den Fächern lagen einige Handtücher, Waschlappen und Toilettenpapier.

Auf der anderen Seite des Schrankes sah sie ein kleines Waschbecken und eine Toilette. Beide waren aus Stahl und erinnerten an die sanitären Anlagen einer Gefängniszelle. Einer Gefängniszelle?, wiederholte ihr Verstand. Befand sie sich vielleicht in einer?

Langsam setzte das Denken wieder ein. Diese Puppe, dieser verkleidete Mensch hatte sie bewusstlos geschlagen und in diese Zelle gesperrt. Lea drehte ihren Kopf in alle Richtungen und schaute sich alles genau an. Dieser Raum sah fast genauso aus, wie der auf dem Foto mit Gina. Sie versuchte den Kloß in ihrem Hals herunterzuschlucken. Ihr Verstand verlor sich in den schlimmsten Vorstellungen, was ihrer Freundin zugestoßen sein könnte.

Lea gab sich große Mühe, um sich wieder zu beruhigen. Es waren nur Vermutungen, nicht mehr.

Langsam richtete sie sich auf. Sie erkannte eine schwere Eisentür, die sie an eine alte Luftschutztür erinnerte. Ein schmaler, angerosteter Griff befand sich in der Mitte der Metallfläche und eine zwei Hand breite Luke etwa auf Kopfhöhe. Wahrscheinlich diente sie dazu, das Innere der Zelle zu überblicken.

Unten gab es eine weitere Luke. Lea musste nicht lange darüber nachdenken, wofür diese gut war. Man konnte sie öffnen, um etwas in die Zelle zu schieben. An der Umrandung der Tür hatte jemand zusätzlich dicke Eisenverstrebungen geschweißt, als hätte derjenige jegliche Ausbruchsversuche vorbeugen wollen.

Lea stand auf und wankte zur Tür. Den Schlag gegen ihren Kopf hatte sie noch immer nicht ganz weggesteckt. Sie umfasste mit beiden Händen den Griff, zog und drückte so fest sie konnte, aber es tat sich nichts. Die Tür bewegte sich keinen Millimeter. Etwas weiter rechts vom Griff befand sich das Schlüsselloch. Es sah recht robust aus, war aber mit den heutigen Schließvorrichtungen nicht zu vergleichen. Auf einmal schnellte Leas Kopf in die Höhe. Sie besaß doch noch den Schlüsselbund, den sie in Henrys Zimmer gefunden hatte. Vielleicht könnte sie mit einem der Schlüssel die Tür aufschließen. Hektisch durchwühlte sie ihre Taschen, aber er war nicht da. Lea suchte das Bett ab, kroch sogar darunter, vielleicht war er ihr aus der Tasche gefallen, aber er blieb verschwunden.

Aber es fehlte nicht nur der Schlüsselbund, man hatte ihr alles abgenommen. Sogar ihre Hosentaschen waren ausgeräumt, sodass diese nun als runde Lappen nach außen hingen.

Lea setzte sich wieder aufs Bett und versuchte die Geschehnisse einzuordnen. War jetzt das eingetreten, was Henry angedroht hatte?

„Solltest du dir noch ein einziges Mal etwas zuschulden kommen lassen, wirst du für lange Zeit keine Möglichkeit mehr haben, etwas anzustellen. Du bist mein Eigentum ...“

Das waren doch seine Sätze und genau das war jetzt eingetreten. Sie war irgendwo in diesen uralten Kellerräumen des Herrenhauses gefangen. Sie presste sich die Hände vor die Augen und fing an zu weinen. Niemand würde sie hier unten finden, dafür würde Henry mit Sicherheit sorgen.

Plötzlich hörte Lea ein Krächzen aus der kleinen Box an der Decke. Es dauerte einige Augenblicke, als würden elektrische Störungen die Verbindung behindern, aber dann erklang eine Stimme so klar und deutlich, als stünde jemand direkt neben ihr.

„Häschen in der Grube saß und schlief. Armes Häslein, bist du krank, dass du nicht mehr hüpfen kannst?“, sang eine Stimme so grell und hoch, als würde sie einem irren Kobold gehören.

Lea blickte zu der Box hoch. Sie konnte sich schlecht vorstellen, dass Henry seine Stimme auf diese Weise verstellen konnte.

Einige Sekunden verbrachte Lea an der Grenze zum Wahnsinn. Dann hörte sie wieder diesen Verrückten, der die nächsten Sätze mit einem bizarren Lachen begann.

„Du bist mein kleines Häschen. Du warst böse und nun muss das kleine Häschen dafür eine Strafe bekommen."

Das Lachen setzte wieder ein und bestätigte ihr, dass dieser Mensch am anderen Ende der Leitung alles andere als normal war. Schon nach diesen wenigen Sätzen war sie sich absolut sicher, dass sein Wahnsinn nicht gespielt war. Er schien von etwas Fremdartigem, etwas Dämonischem besessen zu sein und ihre irrsinnige Angst war sein Lohn.

„Nun kann das Häschen nicht mehr weglaufen und Unfug machen. Jetzt muss es hierbleiben und ganz artig sein. Das Häschen hat oft genug ganz, ganz böse Sachen angestellt ..."

Die zuvor noch seltsam grelle Stimme wurde plötzlich ernster und tiefer und endete in einem lauten und exzentrischen Geschrei.

„Und wenn das Häschen noch einmal böse ist, ziehe ich ihm sein verdammtes Fell über die Ohren!"

Lea wagte es nicht den Blick abzuwenden. Wie gebannt schaute sie zu dem Kasten und betete, dass er sich nicht noch weiter in Rage redete. Nach einiger Zeit erklang dann aber wieder die groteske, helle Stimme, die sich zu ihrer Erleichterung wieder ruhiger anhörte.

„Du hast jetzt sehr viel Zeit, um über deine Vergehen nachzudenken. Ich wünsche dir einen schönen Tag."

Ein Klicken beendete den furchtbaren Monolog. Lea sprang auf und rannte zur Tür. Mit beiden Fäusten schlug sie, so fest sie konnte, gegen das Metall.

„Lass mich hier raus, lass mich verdammt nochmal hier raus!"

Sie holte mit dem Bein aus und trat mit solch einer Wucht gegen das Metall, dass es mächtig donnerte und der Hall durch die Kellergänge schallte. Immer wieder trat sie nach, sie musste hier raus. Als sie nicht mehr konnte, rutschte sie kraftlos an der Tür herunter und schluchzte laut. Es war hoffnungslos.

Als sie schließlich aufstand, hatte sie keine Ahnung, wie lange sie auf dem Boden gehockt hatte. In diesem winzigen Raum schien der Zeit alle Macht entrissen.

Sie legte sich auf das Bett. Trotz der kurzen Zeit, in der sie hier gefangen war, rang sie schon jetzt um ihren klaren Verstand. Diese Enge um sie herum und die Tatsache, dass sie nicht gehen konnte wann sie wollte, machten sie verrückt.

Es mussten einige Stunden vergangen sein, als Lea plötzlich ein metallisches Kratzen hörte. Sie schaute zur Tür, an der die untere Luke aufgeschoben wurde. Ein Blechteller und eine Tasse wanderten in ihre Zelle, dann schloss sich die Luke wieder.

Lea sprang auf und rannte zur Tür. Wieder hämmerte ihre schwere Schuhsohle gegen die Luke, aber sie blieb verschlossen. Jetzt verlor sie die Kontrolle. Sie nahm den Teller und warf ihn mit voller Kraft gegen die Tür.

„Lass mich hier raus, du verdammtes Schwein!", schrie sie wie von Sinnen.

Sie lauschte kurz. Würde man auf ihr Schreien reagieren? Nichts geschah. Sie schleppte sich wieder aufs Bett. Sie hatte seit Ewigkeiten nichts getrunken oder gegessen, aber sie würde eher sterben, als dieses Essen anzurühren. Dem brennenden Durst musste sie jedoch nachgeben. Sie nahm die Blechtasse und ging zum Wasserhahn. Sie drehte an dem Knauf, aber zunächst geschah nichts. Ein entferntes Gurgeln verriet, dass sich das Wasser aus weiter Ferne auf den Weg machte. Es dauerte noch eine kleine Weile, dann strömte bräunliche Flüssigkeit aus dem Hahn. Lea zuckte angewidert zurück. Sie drehte den Wasserhahn noch weiter auf und wartete bis die trübe Brühe herausgespült war. Dann endlich floss klares Wasser aus dem Hahn.

Es kostete sie große Überwindung davon zu trinken, aber der Wille zu überleben war doch stärker.

Nachdem sie ihren Durst gelöscht hatte, legte sie sich wieder auf das Bett. Ihr ganzer Körper fühlte sich schwach und energielos an, als hätte sie den ganzen Tag hart gearbeitet. Trotzdem dauerte es eine kleine Ewigkeit, bis endlich die Erschöpfung gewann und Lea in einen leichten und unruhigen Schlaf schickte.

Kapitel 19

Lea presste die Augen fest zusammen. Schon gleich würde sie in ihrem Zimmer erwachen und all das wäre bloß ein schlimmer Traum, ein Produkt ihres verwirrten Geistes. Wenn sie die Augen öffnen würde, wäre sie endlich wieder zu Hause. Sie würde ihre zahlreichen bunten Stofftiere auf der Fensterbank, ihre Bücher auf dem kleinen, wackligen Schreibtisch und die vielen Poster an der Wand sehen.

Im Geiste ging sie durch ihre Wohnung. Mit einem Mal bekam jedes noch so unwichtige, nie beachtete Detail eine ganz besondere Bedeutung. Sie verlor sich noch einige Minuten in dieser Vorstellung und genoss dieses warme Gefühl der Geborgenheit. Dann sammelte sie ihren ganzen Mut und öffnete die Augen. Aber nicht die hellrosa Tapete mit den zierlichen Blütenmustern strahlte sie an, nein, es war eine kalte, braune Sperrholzwand die sie empfing und brutal in die Realität zurück zwang.

Einem klapprigen, windschiefen Gestell gleich, das von einem tobenden Tornado hinweggefegt wird, so zerbrach auch die Hoffnung in Lea und hinterließ pure Verzweiflung. Es war kein Traum, es war die Wirklichkeit.

Sie kämpfte sich mühselig auf die Beine und lief in ihrer kleinen Zelle auf und ab. Ihr war klar, dass sie nicht den ganzen Tag wie ein ruheloser Geist herumlaufen konnte. Auch wenn es ihr schwerfiel, sie musste einen Weg finden, die Zeit so sinnvoll wie möglich zu nutzen. Sie säuberte den Boden und entfernte das Essen, das sie gestern in ihrer Wut gegen die Tür geschmissen hatte. Lea spülte es mit der Toilette herunter, sie wollte keinesfalls auch noch Ungeziefer anlocken.

Danach machte sie ein paar Sportübungen, sie musste ihre überschüssige Energie und die Aufregung irgendwie loswerden. Sie rannte so lange im Kreis, bis sie schwer keuchend auf dem Bett zusammensank. Kaum war sie wieder zu Kräften gekommen, machte sie Liegestütze und Kniebeugen. Das nahm ihre letzte Kraft in Anspruch und es gelang ihr danach etwas abzuschalten.

Doch die Ruhezeit wurde jäh unterbrochen, als wieder das Kratzen an der Luke zu hören war und ein weiterer Teller durch die Öffnung geschoben wurde. Lea sprang zur Tür und hämmerte dagegen.

„Hallo, wer ist da, sag doch etwas! Henry, Paul, seid ihr es? Antwortet doch."

Aber die Antwort blieb aus.

Sie lehnte sich gegen die Wand und grübelte. Noch einmal durfte sie nicht so unüberlegt handeln. Damit würde sie die Person sicher zu unüberlegten Reaktionen provozieren. Das Wichtigste war jetzt, sachlich und nüchtern zu denken und bei Kräften zu bleiben, um sich im Ernstfall verteidigen zu können. Wenn sie weiterhin das Essen durch die Zelle warf, würde es nur wenige Tage dauern und sie wäre am Ende.

Zudem sollte sie sich so schnell wie möglich einen Plan überlegen, wie sie hier herauskommen könnte. Jeder weitere Tag in Gefangenschaft brachte ihren Peiniger seinem Ziel näher. Sie wusste zwar nicht, was er mit ihr vorhatte, aber sie sollte mit dem Schlimmsten rechnen. Also beschloss sie, jede noch so kleine Gelegenheit, hier raus zu kommen, zu erkennen und zu nutzen. Koste es, was es wolle.

Mitten in ihren Gedanken erlosch die Lampe. Nur durch die Ritzen an der Tür schien ein wenig Licht ins Innere. Lea kauerte sich in die hinterste Ecke ihrer Zelle und machte sich so klein, wie sie konnte. Ihr Blick haftete fest an der Tür. Sie würde es nicht zulassen, dass jemand die Dunkelheit nutzte, um sie zu überraschen.

Hin und wieder wurde der schwache Lichtstrahl, der in ihre Zelle schien, unterbrochen, was sie jedes Mal mit weit aufgerissenen Augen hochfahren ließ. Sie spürte, dass jemand vor der Tür stand. Nach einigen Augenblicken verschwand derjenige jedoch wieder und Lea entspannte sich ein klein wenig.

Sie zog den Teller an sich und begutachtete das Essen, das lediglich aus zwei Scheiben Brot und etwas Käse bestand. Auch wenn sie keinen Appetit hatte und ihr Magen bei jedem Bissen rebellierte, zwang sie sich dennoch zum Essen.

Dann legte sie die Arme um ihre Beine und setzte die Wache fort. Sie nahm sich fest vor nicht einzuschlafen. Aber irgendwann siegte dann doch die Erschöpfung und sie fiel in einen leichten Schlaf, der ihr Träume bescherte, in denen sie die schlimmsten Szenarien durchleben musste.

Lea schreckte aus einem dieser Träume und riss die Augen auf. Sie hatte das Gefühl, dass sich etwas Fremdes in ihrer Nähe befand. Schützend hielt sie die Arme vor ihr Gesicht und suchte die Zelle ab. Aber außer ihr war niemand da. Sie wischte sich die schweißnassen Haare von der Stirn. Merkwürdigerweise brannte auch das Licht wieder. Hatte sie so tief geschlafen?

Sie drückte sich wieder in die Ecke und lehnte den Kopf gegen das schroffe Holz. Prüfend taxierte sie jeden Quadratzentimeter, irgendwo musste es doch einen Schwachpunkt geben, der ihr eine Flucht ermöglichte. Die Möbel waren lediglich verleimt und nicht mit Schrauben gesichert. Die Holzplatten an den Wänden waren zwar verschraubt, aber man hatte die Schraubenköpfe so flachgefräst, dass man sie ohne entsprechendes Werkzeug nicht entfernen konnte. Es gab nichts, was sie zu ihren Gunsten nutzen konnte. Der Erbauer dieser Zelle hatte an alles gedacht.

Roboterhaft glitt ihr Blick immer wieder durch den Raum. Sie wollte und konnte sich einfach nicht damit abfinden, nichts unternehmen zu können. Erst als sie das bekannte Kratzen an der Luke vernahm, unterbrach sie die Suche. Wieder wurde ein Teller in die Zelle geschoben und mit einem dumpfen Knall schlug das Metall ins Scharnier. Sie wartete einige Minuten ab und schlich dann zur Tür, um sich das Essen zu holen. Sie setzte sich auf das Bett und schlang die Kartoffeln und das Fleisch herunter. Ihr Überlebensinstinkt übernahm ab jetzt das Ruder und bestimmte ihr weiteres Handeln. Sie wollte leben und aus dieser Hölle entkommen.

Nach ein paar Stunden begann sie wieder mit ihrem Sportprogramm. Zu wissen, dass sie dies nur tat, um bei Verstand zu bleiben, zerrte an ihren Nerven. Wenn sie aber nach den Übungen völlig erschöpft auf dem Bett zusammensank, jeder Muskel in ihrem Körper schmerzte und das Adrenalin restlos verbraucht war, nur dann konnte sie endlich ein wenig zur Ruhe kommen. Aber nicht lange und sie spürte wieder diesen überstarken Drang, hier herauszukommen und das Spiel begann von vorne. Nichtsdestotrotz war es dieser Zeitvertreib, der ihr half, die nächsten Tage in dieser düsteren und trostlosen Zelle zu überstehen.

Der folgende Morgen kündigte sich an, indem das Licht in ihrer Zelle anging. Lea kniff die Augen zusammen. Schon nach den wenigen Tagen verband sie dieses Ereignis mit dem Beginn des Tages, während das Erlöschen des Lichtes den

Anbruch der Nacht verkündete. Es war erschreckend, wie schnell ihr Verstand es aufgegeben hatte einen Ausweg zu suchen und sich mit der Situation abfand. Machte sie sich etwa nur selbst etwas vor? Hatte sie in ihrem tiefsten Inneren schon aufgegeben?

Gerade in dem Moment, als sie aufstehen und sich etwas frisch machen wollte, hörte sie, dass das Mikrofon aktiviert wurde. Gebannt schaute sie zu dem Kasten. Es erklang ein irres Gelächter, das Lea wieder einmal einen Schauer über den Rücken bereitete. Dann vernahm sie diese verstellte, hohe Stimme.

„Was hat das Häschen in der Grube? Häschen, hüpf, hüpf!"

Als Lea nichts sagte, amüsierte sich die Stimme über ihre verzweifelte Situation und schikanierte sie mit unzähligen makabren Späßen, die jedes Mal mit diesem wahnsinnigen Gelächter endeten. Lea hörte angestrengt hin, um herauszufinden, wer dahintersteckte, aber sie konnte die Stimme einfach niemandem zuordnen. Es stand jedoch außer Frage, dass sich diese Person nicht bemühen musste, um so geisteskrank zu klingen. Es schien ein Spiel für sie zu sein, ein Spiel, in dem Lea die tragische Rolle des Opfers einnehmen musste und nichts dagegen unternehmen konnte. Es machte ihr furchtbare Angst, einem Menschen, der keine Kontrolle über sein Handeln hatte, wehrlos ausgeliefert zu sein.

Sie musste noch einigen Spott und üble Beschimpfungen über sich ergehen lassen, bis ein Kratzen erklang und der Ton endlich verstummte.

Lea saß geschockt da und versuchte, die verletzenden Worte von sich abzustreifen. Dieser Mensch war krank und sie durfte nicht in seinen Aussagen nach einem Sinn suchen oder versuchen, ihn zu verstehen. Er lebte in seiner eigenen wahnsinnigen Welt, weitab von Vernunft und Normalität.

Als sie sich wieder im Griff hatte, ging sie zum Waschbecken und ließ sich das Wasser über ihr erhitztes Gesicht laufen. Als sie sich gerade ein neues Handtuch aus dem Regal nehmen wollte, stutzte sie. Sie erkannte ein kleines Loch, nicht viel größer als die anderen Schraubenlöcher. Als sie es aber genauer inspizierte, sah sie, dass sich dahinter etwas befand. Vorsichtig schaute sie hinter den Schrank und schluckte. Eine kleine Kamera war mit Panzerband an der Rückseite befestigt. Dieses Schwein hatte sie die ganze Zeit beobachtet. Sie ließ sich nichts anmerken und setzte sich wieder auf das Bett. Sie hätte laut schreien können, die Kamera minderte ihre Chance auf eine Flucht. Vierundzwanzig Stunden, jede einzelne Sekunde, rund um die Uhr konnte man sie überwachen und dieser Irre würde es sofort bemerken, wenn sie etwas für ihren Ausbruch planen würde.

Der Abend kündigte sich an. Wenn Lea sich nicht mit Übungen fit hielt oder an einem Plan schmiedete, schlief sie. Auch wenn die Finsternis ihr eine höllische Angst machte, hatte es einen großen Vorteil, in dieser Zeit würde man sie mit Sicherheit nicht so gut überwachen können.

Sie döste gerade ein, da vernahm sie plötzlich ein metallisches Kratzen. Sie schluckte, jemand öffnete die obere Sichtluke. Lea richtete sich auf, presste sich gegen die Wand und hielt die Luft an. Eine weiße Maske erschien an der Öffnung. Lea kannte sie nur zu gut.

Es war ... die Fratze der Puppe.

Deutlich hörte sie den keuchenden Atem unter dem weißen, glänzenden Material. Dann erklang wieder dieses dämonische Lachen, als wäre es der leibhaftige Teufel, der sie durch die Luke ansah. Lea zitterte am ganzen Körper.

Es gibt Menschen, die aggressiv sind und es gibt Menschen, die depressiv und in sich gekehrt sind. Aber wie der Charakter auch geartet sein mag, man kann die Verhaltensmuster der Menschen deuten und ihre Handlungen voraussehen. Aber bei einem Menschen, der mit einer irren hellen Kinderstimme redet, in einem Moment noch bizarr lacht und im nächsten laut jammert und heult, kann man nichts voraussehen. So jemand ist wahnsinnig und zu allem imstande. All ihre Alarmglocken schellten bis zum Anschlag und warnten sie davor, diesen Menschen zu nahe an sich heranzulassen.

Die Gestalt legte den Kopf schief, um Bekümmerung zum Ausdruck zu bringen.

„Was hat das kleine Häschen, gefällt es dir nicht in der Grube?"

Lea schaute geschockt auf die unheimliche Fratze. Plötzlich nahmen ihre Gefühle überhand und sie weinte laut los. Sie hatte keine Macht mehr über ihre Emotionen. Es musste jetzt einfach alles raus und vielleicht würde sich dieser psychisch gestörte Mensch doch erweichen lassen.

„Lass mich doch bitte hier raus. Ich erzähle auch niemanden etwas davon, das verspreche ich. Ich möchte einfach nur hier raus, bitte, bitte ...", schluchzte sie.

Sein Kopf schwenkte von links nach rechts, als wisse er nicht, wie er mit solch einem Gefühlsausbruch umgehen sollte. Lea witterte eine Chance und weinte noch lauter.

Ein lautes Hämmern gegen die eiserne Tür schnitt ihr Schluchzen jäh ab. Lea zuckte zurück. Immer wieder schlug der Irre die Fäuste gegen das Metall und es schien ihm völlig egal zu sein, ob er sich dabei verletzte. Er zitterte und zischend sog er die Luft durch den Mundschlitz ein.

„Häschen soll nicht weinen, Häschen darf nicht weinen, sonst komme ich rein und ziehe dem Häschen das scheiß Fell über die Ohren! Oh ja, und dann wird das Häschen ruhig sein … ganz ruhig."

Dann wurde es still. Lea betete, dass sich dieser Irre wieder beruhigte, aber dem war nicht so. Wieder donnerte es gegen die Tür. Sein Wutausbruch steigerte sich ins Unermessliche. Wie von Sinnen trat er nun sogar mit den Absätzen seiner Schuhe zu.

„Es tut mir leid!", schrie sie entsetzt.

„Ja, ich werde ruhig sein. Es tut mir leid, bitte verzeih mir. Ich höre sofort auf zu weinen."

Hektisch wischte sich Lea die Tränen aus dem Gesicht und presste sich erschrocken die Hände vor den Mund. Sie wagte es nicht einmal mehr zu atmen.

Die Maske des Wahnsinnigen kam so nah an die Öffnung heran, als wolle sie sich hindurchquetschen.

„Wenn du es noch einmal wagst, mich so zu verärgern, wird deine Bestrafung teuflisch sein. Hast du das verstanden?"

Lea nickte hektisch mit dem Kopf, in der Hoffnung, dass sich dieser Wahnsinnige davon besänftigen ließ.

Es tönte noch ein lautes Scheppern, als er ein letztes Mal gegen das Metall trat, dann schloss sich die Luke.

Lea hörte, wie sich die Schritte entfernten. Sie war sich sicher, dass sie dem Tod nur ganz knapp von der Schippe gesprungen war. Es hatte nicht viel gefehlt und er wäre zu ihr in die Zelle gekommen. Sie durfte ihn unter keinen Umständen noch einmal derartig provozieren.

Sie presste ihr erhitztes Gesicht gegen die kalte Holzwand.

Sie musste lernen, sein Verhaltensmuster zu durchschauen und das für sich zu nutzen. Wenn sie es schlau anstellte, könnte sie Vorteile für eine Flucht daraus ziehen. Wie man es falsch machte, hatte sie heute zu spüren bekommen und beinahe hätte sie für diesen Fehler teuer bezahlt.

Die nächsten Tage zogen sich schrecklich langsam dahin, als wolle die Zeit den Rest von Leas Kampfeswillen zermürben. Ihre Laune schwankte zwischen panischer Angst und schrecklichen Depressionen hin und her. Oft saß sie den ganzen Tag über nur da und schaute zur Wand. In diesen Momenten sah sie keine grob zusammengezimmerte Sperrholzwand, nicht die Grenze ihrer Zelle, sondern nur das Tor zu der fast vergessenen Welt da draußen. Sie sah die Wälder, Felder und Wiesen und wenn sie genau hinhörte, meinte sie sogar, den Gesang der Vögel zu hören, die ihre Sinfonie bis in ihre kleine Zelle erklingen ließen.

Sie roch den stinkenden Asphalt, die Abgase der Autos und hörte das Scheppern der Mülltonnen, wenn sie in den Müllwagen der Stadtreinigung eingehängt wurden.

Hier in ihrer düsteren Welt war es das Einzige, das ihr das Gefühl gab, dass die normale Welt noch existierte und sie immer wieder davon überzeugte, noch einen weiteren Tag durchzuhalten. Genau diese Bilder und Empfindungen waren es, die sie mit einem leichten Lächeln einschliefen ließen und für den nächsten Tag stärkten.

Trotzdem sah sie keine Chance, diesem Alptraum zu entkommen. Immer öfter gestand sie sich ein, dass dieser Verrückte viel zu schlau war, als dass sie ihn irgendwie austricksen konnte. Sie musste wiederholt feststellen, dass er wirklich an alles gedacht hatte. Ihr Gefängnis war absolut ausbruchssicher und die einzige Verbindung nach außen war der kleine Schlitz an ihrer Zellentür.

Noch immer grübelte sie, wer wohl hinter dieser Maske steckte. Seine irre, helle Stimmlage behielt er bei und Lea hatte sich fast schon an diese fremdartige, fast unmenschliche Stimme gewöhnt.

Wie oft saß sie da und dachte darüber nach, wer solch ein krankes Spiel mit ihr treiben würde. Im Grunde genommen konnten es nur Henry und Paul sein. Oder jemand, den Henry dafür bezahlte. Diese Ungewissheit machte sie verrückt. Auch wenn es eigentlich keine Rolle spielte, würde es ihr helfen zu wissen, wer ihr so etwas antat und warum man sie so sehr hasste.

Das Allerschlimmste jedoch waren diese verhassten, streng nach der Uhrzeit gerichteten Rituale, die dieser Verrückte einführte. Zweimal am Tag öffnete sich die untere Luke und das Essen wurde zu ihr hineingeschoben.

Jeden Morgen und jeden Abend erschien dieser Irre an der Öffnung und dann begannen diese wahnwitzigen Monologe, bei denen es einzig und allein darum ging, Leas Geist zu verwirren und sie in Angst und Schrecken zu versetzen.

Mitten in dem sinnlosen Geschwafel setzten, ohne einen erkennbaren Grund, seine Wutausbrüche ein, in denen er die Tür ununterbrochen mit Fäusten und Tritten malträtierte. Lea ahnte, dass es nur eine Frage der Zeit war, bis diese Person die Kontrolle komplett verlieren und über sie herfallen würde.

Aber immer, wenn sie glaubte, dass dieser Zeitpunkt nun gekommen sei, beruhigte er sich blitzartig und sprach weiter als sei nichts passiert.

Am Ende des Monologs begann er jedes Mal mit seiner grellen Stimme uralte, schaurige Kinderlieder zu singen und bewies damit immer wieder, wie unendlich geistesgestört er war. Wenn er sie mit seiner Darbietung folterte, zog sich Lea in die hinterste Ecke zurück und betete, dass dieser Wahnsinn bald ein Ende haben würde.

Von nun an sprach er von sich in der dritten Person. Er nannte sich "Henriette" und erwähnte diesen Namen ständig. Zwischendurch ging er zu regelrechten Rollenspielen über, in denen er abwechselnd beide Gesprächspositionen einnahm und die Charaktere mit verschiedenen Stimmen darstellte. Meist ging es dabei um nichtige, lächerliche Alltagssituationen, in denen einer der beiden Protagonisten irgendwann weinte, während sich der andere köstlich darüber amüsierte.

Lea war bei diesen Vorstellungen jedes Mal von Neuem darüber schockiert, wie sehr sich dieser Geistesgestörte in sein irrsinniges Spiel hineinsteigern konnte. Wenn das Schauspiel dann ein Ende fand, schaute er seine unfreiwillige Zuschauerin mit seiner unheimlichen Maske fragend an, als erwartete er tobenden Applaus für seine verrückte Darbietung.

An manchen Tagen öffnete er auch nur die Luke, presste die Maske gegen die Öffnung und beobachtete seine Gefangene über Stunden. Obwohl die Maske seine Augen verbarg, konnte Lea die gierigen Blicke förmlich spüren. Das Schlimmste in diesen Stunden aber war die Ungewissheit darüber, was als Nächstes passieren würde. Wenn schließlich wieder das Kratzen des Metalls zu hören war und die Verriegelung der Luke einrastete, konnte sie sich wieder ein wenig entspannen.

Ganz zur Ruhe kam sie jedoch nie. Sie rechnete jeden einzelnen Moment damit, angegriffen zu werden und stand dementsprechend ununterbrochen in Alarmbereitschaft.

Auch in dieser Nacht döste sie nur leicht vor sich hin. Plötzlich hörte sie, wie jemand die Tür aufriss. Sie wollte aufspringen und sich verteidigen, aber der Psychopath war schneller.

„Was willst du von mir? Lass mich in Ruhe", schrie sie und versuchte nach hinten auszuweichen, aber sie war zu langsam. Er presste ihr ein Tuch auf den Mund. Lea realisierte sofort, dass sie nicht weiter einatmen durfte und hielt die Luft an, aber trotzdem drang ein strenger Geruch in ihre Nase. Sie griff an seine Handgelenke, um die Hände von ihrem Gesicht wegzureißen, aber sie war nicht stark genug.

„Verschwinde, lass mich ...."

Das Tuch auf ihrem Mund unterdrückte den Rest des Satzes. Sie trat mit den Beinen zu, wollte sich vom Bett herunterschieben, aber ihre Füße rutschten immer wieder ab. Doch als er seine Position ein klein wenig veränderte, ergab sich eine Möglichkeit. Lea schlug mit dem Handballen gegen die weiße Maske. Ein erschreckter, heller Aufschrei drang hervor.

Sie wollte nachsetzen und hatte die Faust auch schon zum Schlag ausgeholt, aber er war schneller und presste sie gegen die Matratze. Ihre verzweifelten Versuche kosteten sie solch ungeheure Kraft, dass ihre letzte Sauerstoffreserve verbraucht war. Lea kämpfte dennoch verbittert weiter und wuchtete ihren Körper hin und her. Sie merkte dabei noch nicht einmal, wie ihr Körper diesem unbezwingbaren Drang nach Sauerstoff nachgab und sie den Mund aufriss, um gierig Luft einzusaugen. Ein ekliger, scharfer Geruch strömte in ihre Lunge. Lea ignorierte es, sie musste hier weg. Die Zellentür stand offen und einen harten Treffer hatte sie ihrem Angreifer schon versetzt. So eine Gelegenheit würde sie nicht noch einmal bekommen.

Schlag zu und flieh, das ist deine Chance, nutze sie, hämmerte es ununterbrochen in ihrem Kopf und Lea kämpfte.

Sie riss und zerrte an den Armen. Ein weiterer gezielter Schlag könnte jetzt alles entscheiden. Plötzlich verzerrte sich ihr Blickfeld. Die Konturen verwischten und ergaben einen bunten Brei aus vielen undefinierbaren Formen und Farben.

Ihre Abwehrversuche wurden immer kraftloser. Sie stöhnte auf und ein letztes Mal versuchte sie sich aufzurichten, aber es war hoffnungslos. Sie sackte zusammen, als hätte man ihr urplötzlich alle Kraft geraubt.

Bleierne Schwere ergriff nun auch ihren Verstand und machte es ihr unmöglich, noch klar zu denken. Dann sank sie hinab in tiefe Dunkelheit.

Kapitel 20

Der Mann mit der Maske wartete noch einige Sekunden ab, dann löste er das Tuch von Leas Mund. Sein Kopf schwang sanft hin und her, als würde er eine beruhigende Melodie hören. Ein leises Summen drang unter der Maske hervor. Plötzlich hoben sich seine Arme und führten kreisrunde Bewegungen aus, als wolle er etwas in die Luft malen. Kurz darauf bewegten sich auch seine Beine. Noch waren seine Bewegungen langsam und bedächtig, aber von Sekunde zu Sekunde nahmen sie an Ausdruckskraft zu und der Stoff seiner weiten Mönchskutte flog in alle Richtungen.

Als könne er dem Drang zu tanzen einfach nicht widerstehen, bewegte er sich immer schneller. Er lachte und jauchzte wie ein kleines Kind. Immer wieder warf er die Arme in die Höhe und klatschte begeistert in die Hände. Seine Bewegungen wurden immer unkontrollierter und einige Male musste er aufpassen, nicht irgendwo gegen zu stoßen und hinzufallen. Er geriet immer mehr in einen Rausch und sein irres Lachen drang durch die kilometerlangen Kellergänge.

„Tanz, Henriette, los, tanz kleine Henriette", schrie er entzückt.

Dabei fasste er an den Saum seiner Kutte und warf sie nach oben. Wie ein dunkler Kreisel bewegte er sich durch den Raum.

„Schneller, Henriette, schneller."

Es dauerte eine kleine Ewigkeit, bis er sich endlich beruhigte und zu Boden sank. Sein Brustkorb hob und senkte sich. Er kniete sich hin und wartete, bis sich seine Atmung normalisierte. Dann faltete er seine Hände und starrte an die Zellendecke. Ehrfürchtig senkte er den Kopf, als würde eine Gestalt über ihm stehen, die nur er sehen konnte. Er legte den Kopf schief und seine Hände fingen plötzlich an zu zittern.

„Henriette hat doch so schön getanzt, Henriette war ganz brav."

Plötzlich duckte er sich ängstlich, als würden unsichtbare Schläge auf ihn niederprasseln. Immer wieder schrie er entsetzt auf und hielt seine Arme schützend über sich. Er krümmte sich zusammen und bettelte mit seiner hellen, verstellten Stimme um Vergebung. Dann nickte er hektisch mit dem Kopf, als würde jemand mit ihm reden. Zwischendurch zuckte er wieder erschrocken zurück und jammerte laut. Er gestikulierte wild mit den Händen, als wolle er die unsichtbare Gestalt beschwichtigen.

Plötzlich schlug seine Stimmung in eine ganz andere Richtung um. Er kniete am Boden, hob seine Fäuste und schlug sich selbst gegen die Arme und gegen den Kopf. Dabei schluchzte und weinte er, was ihn scheinbar zu noch mehr Brutalität gegen sich selbst provozierte. Seine Schläge wurden immer härter und von lauten Schmerzensschreien begleitet. Dann hörte er auf, presste seinen Arm gegen den Mund und biss zu. Er knurrte dabei wie ein tollwütiger Hund und erst, als er den Geschmack seines Blutes auf der Zunge hatte, entspannte er sich wieder. Seine Arme klatschten auf den Boden und seine Schultern sanken kraftlos nach vorne.

Wie eine zusammengesunkene Puppe saß er auf dem Boden und flüsterte: „Henriette war unartig, Henriette musste bestraft werden. Aber nun ist Henriette wieder ganz lieb."

Dann summte er ein Kinderlied und versank in seine bizarre und abnorme Welt.

Kapitel 21

Lea wachte auf. Sie schlug und trat panisch um sich und schrie, so laut sie konnte. Dieser hinterhältige Angreifer würde nun die Quittung bekommen. Als ihre Schläge ins Leere gingen, schaute sie sich um. Sie war allein.

Die Zelle sah aus, als wäre eine Bombe eingeschlagen. Der Schrank war vorgezogen und die Handtücher, Waschlappen und Klorollen lagen verstreut herum. Die Matratze lag neben dem Bett und alles, was nicht niet- und nagelfest war, hatte der Wahnsinnige herumgeschleudert.

In einer Ecke lag ein Stapel mit frischen Handtüchern und Bettzeug. Direkt daneben stand ein großer Karton, der vorher noch nicht da war.

Lea wurde neugierig. Mit äußerster Vorsicht, als würde sie sich etwas Gefährlichem nähern, schlich sie heran. Sie trat mit dem Fuß leicht dagegen. Als nichts geschah, nahm sie ihren ganzen Mut zusammen, atmete noch einmal tief durch und öffnete ihn. Sie erkannte rosafarbenen Stoff. Sie zog ihn behutsam heraus und hob die Arme. Ein Kleid entfaltete sich in seiner ganzen pompösen Pracht. Der Stil glich dem der Kleider, die sie auf dem Dachboden vorgefunden hatte.

Lea schüttelte den Kopf. Wenn dieser kranke Mensch sich wirklich einbildete, dass sie es anziehen würde, dann hatte er sich gewaltig getäuscht.

Sie warf das Kleid angewidert in den Karton zurück und schob ihn in die Ecke. Dann machte sie sich an die Arbeit. Sie räumte die Zelle auf, bezog das Bett und verstaute die restlichen Sachen. Sie wollte gerade mit ihren Sportübungen anfangen, als sich die Luke an der Tür öffnete. Wieder einmal erschien die Fratze und lachte sie mit ihren hochgezogenen Mundwinkeln höhnisch an.

„Hallo Lea. Gefällt dir Henriettes Geschenk?"

Dabei klatschte der Irre euphorisch in die Hände, als könne er mit seiner überschwänglichen Freude nicht an sich halten.

Lea schüttelte fassungslos den Kopf, sagte aber kein Wort.

„Du würdest Henriette sehr, sehr glücklich machen, wenn du es anziehen würdest. Henriettes Mama hatte es damals genäht und nun soll es dein Kleid sein. Sei ein braves Mädchen und zieh es an, dann können wir zusammen tanzen und lachen."

Plötzlich verlor Lea die Beherrschung. Sie konnte dieses ständige, verrückte Gerede nicht weiter ertragen. Sie nahm den Karton und warf ihn gegen die Tür.

„Nein, ich ziehe es nicht an. Ich bin nicht verrückt, du bist es!"

Ruckartig hielt der Mann in seiner Bewegung inne und stieß ein langgezogenes „Oh" unter der Maske hervor.

„Du weißt, dass du Henriette damit sehr traurig machst. Früher hat Henriette in demselben Kleid getanzt. Du willst doch ein braves Mädchen sein, also zieh jetzt das verdammte Kleid an!"

Die letzten Worte wurden immer aggressiver und die Maske drückte sich an die Luke. Lea wich erschrocken zurück.

„Henriette gibt dir jetzt genau zwei Minuten, hast du das Kleid dann nicht an, werde ich hereinkommen und dich fürchterlich bestrafen."

Ein grauenerregendes Kratzen zerriss die Luft, als würde etwas über das Metall der Tür gezogen werden. Dann schob sich die lange Klinge eines Messers vor die dämonische Fratze.

„Tick Tack, Tick Tack, die Zeit läuft, kleine Lea, entscheide dich, sonst wird dein Leben zur Qual. Wie schön du aussehen wirst, wenn du es anziehst."

Der Mann drehte sich freudig im Kreis.

Lea schaute entsetzt zu Boden, was sollte sie tun? Aber hatte sie überhaupt eine Wahl?

„Tick Tack, Tick Tack", drang es erneut durch die Luke.

„Die Zeit kann dein Freund, aber auch dein Tod sein, kleine Lea. Entscheide weise ..."

Sekunden vergingen. Plötzlich donnerte der Mann gegen das Metall und die Hand mit dem Messer schnellte durch die Sichtluke. Er vollführte ein paar wilde Schnittbewegungen, als würde er gerade ein Stück Fleisch auseinanderfetzen. Dann stach die Klinge in ihre Richtung. Obwohl Lea weit genug entfernt war, presste sie sich noch fester an die Wand und schrie entsetzt auf.

„Ist ja gut, verdammt nochmal, ich ziehe es an."

Auch wenn Lea innerlich vor Angst starb, wollte sie nicht allzu unterwürfig erscheinen, das würde ihren Peiniger nur noch mehr in seiner Überlegenheit bestätigen.

Etwas widerwillig zog er seinen Arm wieder zurück. Dieser kurze Anfall von Kontrollverlust schien ihm unheimlichen Spaß bereitet zu haben. Dann erschien er wieder an der Luke. Neugierig beobachtete er jede Bewegung seiner Gefangenen.

Lea zog sich das Kleid über den Kopf und unterdrückte dabei den aufsteigenden Ekel. Die weit ausladenden Ärmel ließen vermuten, dass es sich um ein Kleid für gehobene Anlässe handelte. Vorne an der Brust befand sich eine dekorative

Schnürung und im Bauchbereich war ein breites, blaues Band mit Stickereien angenäht.

„Ach, ich bin so gerührt", drang es entzückt unter der Maske hervor.

„Du siehst aus wie die kleine Henriette. Dreh dich im Kreis, ich möchte dich von allen Seiten betrachten."

Lea erfüllte ihm den Wunsch, sie wollte es nicht riskieren, ihn zu verärgern. Der Mann jauchzte vor Freude und summte ein lustiges Kinderlied.

„Ach, es steht dir wirklich hervorragend. Ich könnte dir stundenlang beim Tanzen zuschauen. Du bist so wunderschön und ich liebe es, wenn du ..."

Er versank in seiner Verzückung und plötzlich drang eine ganz andere, viel tiefere Stimme unter der Maske hervor.

„Zieh das Kleid aus! Nicht, dass du es noch dreckig machst, du verdammter Nichtsnutz. Warum hat mich Gott nur mit solch einem Kind gestraft? Man sollte dich totschlagen und im Wald verscharren."

Lea blieb wie angewurzelt stehen, dieser plötzliche Wechsel kam zu überraschend. Aber sie war besser beraten, wenn sie seinem Wunsch auf der Stelle folgen würde, denn sie wusste intuitiv, dass nur ein winziger Funke eine Explosion herbeiführen könnte. Sie zog das Kleid aus und verstaute es sorgfältig wieder in der Kiste. Ohne ein weiteres Wort zog der Mann die Luke wieder zu. Die Schritte entfernten sich und Lea war wieder allein.

Ihr Gesicht war nass geschwitzt und noch immer stand sie unter Schock. Alles in ihrem Körper vibrierte und jede Bewegung kostete sie immense Kraft.

Dieser Mensch war nicht berechenbar und diese extremen Persönlichkeitswechsel machten ihr eine höllische Angst.

Mittlerweile war sie sich relativ sicher, dass sich unter dieser unheimlichen Maske niemand anderes als Henry verbarg. Zwar hatte er bisher nicht ein einziges Mal mit seiner normalen Stimme gesprochen, jedoch war die Verbindung zwischen den Namen Henry und Henriette ein eindeutiges Indiz für Leas Vermutung.

Sie musste sehr vorsichtig sein und ihr durfte kein falsches Wort, keine unbedachte Geste unterlaufen. Sie saß auf einem Pulverfass, das jeden Moment in die Luft fliegen konnte.

Wo war sie nur hineingeraten? Und warum gerade sie? Hatte sie in ihrem Leben nicht schon genug ertragen müssen? Sie setzte sich aufs Bett und wieder klang ihr Weinen durch die endlosen, tief unter der Erde liegenden Kellergänge.

So hilflos zu sein, machte sie verrückt. Sie saß hier fest und niemand würde sich auf die Suche nach ihr machen.

Warum machte sie sich noch etwas vor? Hatte sie, wenn sie ehrlich war, nicht schon längst aufgegeben aus diesem Gefängnis herauszukommen? Natürlich dachte sie noch immer über eine Flucht nach, aber diente dies inzwischen nicht bloß zur Beruhigung ihres Gewissens, als dass sie ernsthaft an ein Gelingen glaubte? Sie sollte es so sehen, wie es wirklich war. Sie war das Spielzeug dieses Monsters und er lenkte und leitete sie, wie es ihm beliebte.

Immer wieder schlug sie mit den Fäusten auf die Matratze. „Ich will, nein, ich kann einfach nicht mehr. Soll er mich doch einfach umbringen, dann wäre dieser Alptraum endlich vorbei. Alles ist besser als weiter so zu leben", schluchzte sie und presste sich die Hände vors Gesicht.

Dann verengten sich ihre Augen zu schmalen Schlitzen. „Vielleicht sollte ich selbst alles beenden. Dieser Wahnsinnige wird mich nie laufen lassen. Ich brauche mir nichts vormachen, er wird mich so lange gefangen halten, bis ich tot bin."

Sie nickte bekräftigend mit dem Kopf, als würde ihr jemand gegenübersitzen, den sie von ihrer Meinung überzeugen wollte.

Ihr Blick glitt durch den Raum. Sie musste irgendetwas finden, um dieser Tortur eigenhändig ein Ende zu bereiten. Jetzt war sie dazu bereit.

Sie sprang auf und schaute sich um. Vielleicht könnte sie ein Bein vom Bett abbrechen, um sich die scharfe Spitze in die Brust zu rammen. Selbst dieser Gedanke erschreckte sie nicht einmal mehr. Aber so sehr sie auch daran hebelte und dagegentrat, es löste sich nicht. In diesem Moment war es ihr sogar egal, ob dieser Verrückte sie durch die Kamera beobachtete. Sollte er ruhig sehen, dass sie am Ende war.

Sie ging zum Schrank und suchte ihn genaustens ab, leider mit demselben niederschmetternden Resultat. Es schien, als hätte dieser Unmensch alles genau bedacht und besonders stabile Möbel gewählt. Lea resignierte. Selbst die Möglichkeit, ihr eigenes Leben zu beenden, lag nicht mehr in ihrer Macht.

Das Adrenalin tobte und rauschte in ihrem Körper. Wie so oft in der Zeit ihrer Gefangenschaft, kam der Punkt, an dem Lea zu nichts anderem mehr in der Lage war, als in der Zelle auf und ab zu laufen. Stunde um Stunde rannte sie, wie eine gefangene Raubkatze, im Kreis und hoffte auf den erlösenden Moment, an dem ihre Kräfte versagten und sie zusammenbrach. Aber selbst diese Erlösung blieb ihr verwehrt.

Nach einigen Stunden öffnete sich die untere Klappe an der Tür und ein Teller rutschte über den steinernen Boden zu ihr ins Innere.

Wie abfällig man mich behandelt, als wäre ich Dreck und nicht würdig unter anderen Menschen zu leben.

Sie rannte los und obwohl sie sich fest vorgenommen hatte, sich zu keiner unüberlegten Aktion hinreißen zu lassen, trat sie mit solch einer Wucht gegen die Tür, dass der Rückstoß sie wieder zurückschleuderte. Ein kurzer Moment verstrich, dann drehte sich plötzlich ein Schlüssel im Schloss. Ein ekliges Quietschen und Knarren ertönte und der Mann mit der Maske trat ein.

Lea sprang zurück und kroch in die hinterste Ecke. Ihr war klar, dass ihr Temperament sie wieder einmal in eine brenzlige Situation gebracht hatte. Sie war einen Schritt zu weit gegangen.

Der Mann stellte sich mittig in den Raum und verschränkte die Arme vor seiner Brust. Er drehte seinen Kopf und schaute sie an. Wie herrisch er dastand, als wäre er in diesen kalten und düsteren Gemäuern der alleinige Gott.

Seine schwarz glänzende Robe reichte bis zum Boden und verlieh ihm ein unsäglich düsteres und unheilvolles Aussehen. Er sagte nichts. Er stand nur da und schaute sie an.

Leas Nerven versagten. Diese beklemmende Stille zerriss ihren Verstand. Sie wäre lieber verprügelt worden, als so herabwürdigend angestarrt zu werden. Das Schlimmste aber war, dass die Maske sein Gesicht und somit jede Gefühlsregung verbarg. Nur dieses eingefrorene, bizarre Grinsen auf dem glänzend weißen Material starrte sie an.

Nach endlos langen Sekunden ging die Gestalt einen Schritt auf sie zu. Diese helle, bizarre Stimme erklang und hielt wegen ihres Verhaltens Gericht über sie.

„Du durftest das Kleid anziehen und sogar darin tanzen und so dankst du es mir? Henriette ist wirklich sehr, sehr wütend. Ich denke, ich muss mir für dich eine ganz besonders harte Strafe einfallen lassen und die wird ...", plötzlich stoppte der Mann, als wäre ihm jemand ins Wort gefallen und schaute überrascht zur Zellendecke hinauf.

Er nickte und hob die Arme beschwichtigend in die Höhe. Lea folgte seinem Blick, sah aber nichts.

Immer wieder zuckte der Mann mit den Schultern, als hätte ihm jemand eine Frage gestellt, auf die er keine Antwort wusste. Er legte den Kopf zur Seite und flüsterte leise unter der Maske hervor.

„Es tut mir leid, ich wollte dich nicht enttäuschen. Ich mache alles, nur sperr mich bitte nicht wieder in den Keller."

Der Mann zuckte zurück, als würde ein Sturm an Beschimpfungen auf ihn niederpreschen. Seine Stimme wurde lauter und deutlich hörte man die Panik heraus.

„Alles, nur nicht in den Keller. Ich verspreche, ich werde es nie wieder tun."

Der Mann mit der Maske ging in die Hocke und verschränkte die Arme schützend über sich. Immer wieder zuckte er wimmernd zusammen, als würden ihn unsichtbare Fauststöße und Tritte treffen. Ein paar Mal fiel er sogar auf die Seite, rappelte sich aber sogleich wieder auf, als hätte er Angst, die unsichtbare Gestalt weiter zu verärgern. Seine entsetzten Schreie hallten durch die Zelle.

Lea hatte das Gefühl, als wäre ein Eisregen über sie hinweggefegt und hätte sie an Ort und Stelle eingefroren. Ihr war schrecklich kalt, gleichzeitig glühte ihr Kopf vor Aufregung so sehr, dass sie fürchtete, er würde jeden Moment zerspringen.

Es dauerte einige Minuten, bis er sich wieder gefangen hatte. Dann stand er auf und schaute sich um. Ein erleichtertes

Seufzen drang durch den Mundschlitz. Die unsichtbare Person schien verschwunden zu sein. Er richtete seine Maske, zog seine Kutte glatt und klopfte den Schmutz ab. Dann drehte er sich wieder zu Lea. Mit dem ausgestreckten Finger fuhr er quer an seiner Kehle entlang und Lea verstand diese Andeutung nur zu gut.

Ganz langsam ging er auf sie zu.

„Nun sind wir ganz allein. Endlich ist dieser böse Mensch weg. Jetzt wird dich Henriette für deine Taten bestrafen."

Bei den letzten Worten stürmte er blitzartig auf sie zu.

Vier, fünf Schritte, dann hatte er sie erreicht, packte sie an den Armen und riss sie in die Höhe. Obwohl Lea genau solch ein Szenario in den letzten Wochen unzählige Male im Kopf durchgespielt und sich körperlich bestens darauf vorbereitet hatte, war sie wie gelähmt. Sie bekam es nicht einmal hin, den Arm zu heben.

Seine Handfläche klatschte gegen ihre Wange und der Schlag schüttelte sie ordentlich durch. Die Wucht schleuderte sie an die Wand und sie rutschte langsam an ihr herunter. Sofort setzte die Gestalt nach. Kaum hatte Lea den Boden erreicht, prallte ein erneuter Schlag gegen ihren Kopf.

Aber dann endlich, Lea war selbst überrascht, löste sich diese verfluchte Starre. Sie presste die Arme fest gegen ihren Kopf - keinen Moment zu früh. Der nächste Schlag traf ihren Oberarm. Die Dinge in ihrem Sichtfeld wankten und sie verlor die Orientierung. Sie schaute zwischen ihren Armen hindurch und nahm jedes Detail an der Gestalt genau wahr. Wieder kam ein gewaltiger Schlag auf sie zu, aber glücklicherweise fingen ihre Arme die meiste Wucht ab. Lea zog die Knie an, damit hatte sie noch ein wenig mehr Schutz.

Die Gestalt holte mit dem Bein aus und trat zu. Lea hatte das Gefühl, als würde ihr Schienbein zerschmettert. Vielleicht war es genau dieser eine Tritt, dieser eine Schmerzimpuls, der endlich ihren Überlebenswillen aus der Schockstarre riss. Sie musste jetzt auf den richtigen Moment warten, es war ihre letzte Chance.

Wieder raste sein Fuß auf sie zu, verfehlte sie aber um Haaresbreite. Er verfiel in einen Gewaltrausch. Das Gefühl der Überlegenheit heizte ihm, von Schlag zu Schlag, mehr ein und steigerte seine Brutalität ins Unermessliche. Nach einem letzten Schlag gegen ihren Kopf kniete er sich vor sie und schaute sein blutendes Opfer höhnisch an. Lea krümmte sich vor Schmerzen und presste Arme und Beine fest an sich.

Ein grässliches Lachen drang unter der Maske hervor. Er amüsierte sich und verhöhnte sie.

„Was hat denn nun unsere kleine Lea? Bist du nun nicht mehr so mutig? Oh, du blutest ja am Kopf, soll ich mal nachschauen?"

Immer wieder deutete er mit ausgestrecktem Finger auf sie, als wolle er zeigen, wie jämmerlich sie ist. Er lachte und ergötzte sich an ihrer Wehrlosigkeit. Zwischendurch verbeugte er sich in alle Richtungen, als wäre er von tobenden und applaudierenden Zuschauern umringt, die seinen grandiosen Sieg über Lea feierten.

Mit einem Mal, Lea hatte keine Ahnung warum gerade jetzt dieses Gefühl in ihr aufflammte, war diese nicht zu zähmende Wut da. Sie wollte es nicht mehr dulden, sich so erniedrigen zu lassen. Es war ihr egal, ob sie weitere Schläge erleiden oder am Ende vielleicht sogar mit dem Leben dafür bezahlen musste. Sie wartete einen geeigneten Moment ab. Als er sich dann herumdrehte und seinem imaginären Publikum zuwinkte, sprang sie auf und schlug mit voller Kraft zu.

Damit hatte er nicht gerechnet. Zu sehr war er von seiner Überlegenheit berauscht und abgelenkt. Der Schlag traf ihn so unerwartet, dass ihm nicht einmal die Zeit blieb, die Hände zu heben. Leas Faust krachte gegen seine Maske. Ein knackendes Geräusch verriet, dass der Kunststoff dieser Wucht nichts entgegenzusetzen hatte. Die Maske zerbrach und ein Teil fiel zu Boden.

Lea bereitete sich auf das Schlimmste vor - aber es geschah etwas vollkommen Unerwartetes. Er wich zutiefst erschrocken zurück und mit wachsender Verzweiflung bemühte er sich, die angebrochene Maske gegen sein Gesicht zu pressen.

„Was machst du? Warum tust du mir weh? Ich habe dir doch nichts getan", schrie er panisch und wich bis zur Tür zurück.

Er wollte gerade nach dem Türhebel greifen, als die Maske gänzlich zerbrach und sein Gesicht freigab. Nun erkannte Lea, wer ihr das alles antat ... Es war Henry.

Wie ein kleiner Junge, den man auf frischer Tat ertappt hatte, presste er sich die Hände auf das Gesicht und drehte sich entsetzt zur Seite. Leise stammelte er etwas hervor, was Lea aber nicht verstehen konnte. Obwohl sie damit gerechnet hatte, dass er hinter all dem steckte, erschreckte sie sein Anblick zutiefst.

Noch immer verbarg er sein Gesicht vor ihr, als hoffte er, dass sie ihn nicht erkannt hatte.

Sie schaute Henry an, der sich nun fest gegen die Tür presste und jämmerlich weinte. Selbst sein Schluchzen hörte sich wie das eines kleinen Mädchens an. Wie tief musste diese andere Persönlichkeit in ihm verwurzelt sein?

Unentwegt stammelte er, dass Henriette das nicht absichtlich gemacht hätte und man ihr vergeben sollte. Sein herzzerreißendes Weinen hallte durch die Gänge und hätte wohl jeden erweicht, aber nicht Lea.

Wieder einmal wechselte seine Stimmung übergangslos und er schmetterte seine Handballen gegen die massive Tür. Er benahm sich wie ein tollwütiges Tier, das durch nichts und niemanden zu zähmen war. Nach dem Anfall von unermesslicher Wut und totalem Kontrollverlust, riss er die Tür auf und stürmte aus der Zelle.

Lea zuckte zusammen, als er die schwere Eisentür ins Schloss warf und abschloss. Seine lauten Schreie drangen noch eine Weile durch die Gänge, dann wurde es still.

Sie saß völlig geschockt am Boden und versuchte zu realisieren, was geschehen war. Sie war überzeugt, dass sie nur noch lebte, weil die Entblößung seines Gesichts den Blutrausch unterbrochen hatte.

Nach einer gefühlten Ewigkeit stand sie auf und legte sich auf das Bett. Auch wenn die Eindrücke des soeben Erlebten noch immer in ihr tobten und ihr furchtbare Angst machten, könnte sie vielleicht sein gestörtes Verhalten zu ihren Gunsten nutzen.

Sich mit ihm auseinanderzusetzen, ihm seine Taten vorzuhalten oder ihm erklären zu wollen, was falsch oder richtig war, würde keinen Sinn machen. In seinen Augen handelte er völlig normal. Aber dieses Mädchen in ihm, diese Henriette hatte vor irgendetwas eine Heidenangst. Wer oder was sie dermaßen in Panik versetzte, wusste Lea nicht, aber Henriette sprach mit einer unsichtbaren Person und fürchtete deren Strafe. In diesem Drama spielten die Kellerräume wohl eine ganz besondere Rolle. Vielleicht konnte sie den Hebel genau an diesem Punkt ansetzen und Henry in eine Falle locken.

Lea war klar, dass sie in die Rolle der unsichtbaren Person schlüpfen musste, auch wenn sie darin nicht gerade talentiert war. Sie musste erbarmungslos sein und ihn derart unter Druck setzen, dass er die Nerven verlor und einen Fehler machte. In dieser Situation würde seine Aufmerksamkeit nachlassen und das wäre der Moment, in dem sie in Aktion treten und ihn außer Gefecht setzen könnte. Dann würde dieser Kerl endlich da landen, wo er hingehörte.

Lea schnaufte, ihr gefiel dieser Plan überhaupt nicht. Es gab viel zu viel, was dabei schieflaufen konnte, aber verflucht, es gab keinen Besseren.

Kapitel 22

In den kommenden Tagen verhielt sich Lea besonders ruhig und bemühte sich keinen Ärger zu machen.

Henry redete kein Wort mit ihr. Auch die täglichen Monologe über das Mikrofon oder an der Sichtluke blieben aus. Es gab nur noch das Essen, das er wortlos in ihre Zelle schob, um danach die Klappe direkt wieder zu verschließen.

Lea konnte dieses Verhalten nicht so recht deuten. Vermutlich schämte er sich und da nun seine wahre Identität enttarnt war, schien es selbst ihm lächerlich vorzukommen, die Maskerade weiter aufrecht zu erhalten.

Lea war es nur recht, so hatte sie Ruhe um sich vorzubereiten und ihren Plan, bis ins kleinste Detail, zu entwickeln. Aber ihre Unruhe wurde von Tag zu Tag schlimmer. Ihr Verstand pochte darauf, den Plan schnell umzusetzen und endlich von hier zu verschwinden. Dann spürte sie intuitiv, dass sich der Zeitpunkt näherte und sie nahm sich vor, den Ausbruch am nächsten Tag zu versuchen.

In ihr wühlte ein Gemisch aus Aufregung und Angst, das von der furchtbaren Gewissheit verstärkt wurde, dass sie Henrys Verhalten einfach nicht vorhersagen konnte. Diese schreckliche Kombination machte ihr immer wieder aufs Neue bewusst, dass sie alles, ihr Leben inbegriffen, auf eine Karte setzte. Aber es gab keinen anderen Weg. Entweder würde sie ihre Freiheit erkämpfen oder bei dem Versuch sterben.

Die Nacht vor ihrem Ausbruch war mit keinen Worten zu beschreiben. Immer wieder ging sie ihren Plan durch und jedes Mal ertappte sie sich dabei, wie sie irgendein wichtiges Detail vergaß. Sie fluchte. Bei ihrem Vorhaben war es enorm wichtig, dass sie sich peinlich genau an den Ablauf hielt. Sie musste diesen Verrückten mit Vorwürfen und Beschuldigungen bombardieren, dabei aber mit solch einem Fingerspitzengefühl vorgehen, dass sie nicht über die Stränge schlug. Ihr war klar, dass dies ein einziger Drahtseilakt werden würde und wenn sie auch nur einen winzigen Fehler machte, würde es ihr Ende bedeuten.

Die Stunden zogen träge dahin. Diese unheilvolle Anspannung trat förmlich aus ihrem Körper und erfüllte den Raum.

Mittags, wenn Henry das Essen durch die Klappe schieben würde, wäre der ideale Zeitpunkt. Sie setzte sich auf das Bett und knetete nervös ihre Finger. Gleich müsste es soweit sein. Sie rechnete schon damit, dass er heute nicht erscheinen würde und irgendwie hoffte sie sogar darauf, aber dann hörte sie Schritte auf dem Flur. Er war auf dem Weg zu ihr.

Kurz vor der Tür verstummten die Schritte. Es verging einige Zeit, als würde Henry genau abwägen, ob er das Essen zu ihr hereinschieben sollte oder nicht. Dann aber zog er die Luke auf, schob den Teller durch die Öffnung und schloss sie wieder.

Lea spürte, wie die Aufregung sie zu überrollen drohte. Die Luft wurde knapp und ein ungeheurer Druck lastete auf ihrer Brust. Mist, das waren nicht die besten Voraussetzungen, um die Rolle zu spielen, von der ihr Leben abhing.

Sie wartete noch einen kurzen Moment, dann ballte sie ihre Fäuste und trat zur Tür. Mit einer schroffen, geradezu herrischen Stimme rief sie:

"Henriette, komm zurück!"

Die Schritte auf dem Flur stoppten abrupt. Es wurde totenstill. Lea fühlte, dass sie nun nachsetzen musste.

„Ich sage es ein letztes Mal. Henriette, komm zurück."

Obwohl Lea nur dastand und sich nicht bewegte, tropfte ihr der Schweiß von der Stirn. Sie vernahm ein leises Räuspern, dann hörte sie wieder diese helle Stimme, die unsicher und zaghaft antwortete:

„Ja, ich komme."

Lea schaute so starr zur Tür, als könnte ihr Blick das dicke Metall durchdringen.

„Du warst sehr unartig, du verdammte Göre. Ich denke, es wird Zeit für eine Strafe."

Kaum hatte Lea den Satz beendet, vernahm sie ein leises Schluchzen auf dem Flur.

„Hör auf zu jammern, sonst setzt es was. Du bist zu nichts zu gebrauchen. Man sollte dich wochenlang in den Keller sperren, vielleicht würdest du dann endlich gehorchen."

„Nein, bitte nicht in den Keller", schrie Henriette entsetzt.

„Es tut mir wirklich sehr, sehr leid. Bitte bestrafe mich nicht, ich mache alles wieder gut."

Leas Augen verengten sich. Er war ihr in die Falle getappt, aber nun kam der schwierigste Teil ihres Plans. Sie nahm den Teller und ging zu einer markierten Stelle. Den Punkt hatte sie den Tag zuvor genau ermittelt und er spielte bei ihrem Plan die wichtigste Rolle. Sie kippte das Essen auf die Steine und verteilte es. Wenn sie es jetzt schaffen würde, Henry an diese Stelle zu locken, könnte sie ungesehen zum Schrank schleichen und diesen umwerfen. Der Aufprall würde ihn mit Sicherheit außer Gefecht setzen.

„Du undankbares kleines Miststück! Schau dir an, was du mit dem Essen gemacht hast. Du solltest es in das Zimmer schieben und nicht hineinschmeißen. Ich könnte dich windelweich prügeln."

Leas Stimme wurde von Wort zu Wort energischer.

„Jetzt komm herein und mach den Saustall wieder sauber. Oder willst du lieber ein paar Tage im Keller verbringen?"

„Aber … aber", stammelte Henriette, „ich darf nicht in die Zelle gehen, das hat man mir verboten."

Lea zog zischend die Luft ein, jetzt musste sie höllisch aufpassen. Sie musste all ihre Konzentration aufwenden, um sich in den Kopf dieses Verrückten zu versetzen und seine Gedanken nachzuvollziehen. Ihre nächsten Sätze würden über den Erfolg oder Misserfolg ihrer Flucht entscheiden.

Sie konzentrierte sich einen kurzen Moment, dann schrie sie die nächsten Worte, so laut sie konnte, heraus.

„Deine ständigen Ausreden reichen mir! Bleib wo du bist, ich werde jetzt deinem Vater von deinem Missgeschick berichten und ihm sagen, dass du dich geweigert hast sauber zu machen. Vielleicht hat er Lust auf dem Boden herumzukriechen und deinen verdammten Dreck aufzuwischen. So, ich gehe ihn jetzt holen und du bewegst dich keinen Millimeter."

Lea vernahm ein Geräusch, als würde jemand mit dem Fuß hektisch über den Boden scharren. Dann schrie Henriette panisch auf.

„Nein, sag ihm bitte nichts! Ich mach den Boden sauber. Du darfst ihm nichts sagen."

Lea hörte, wie sich die Schritte näherten. Dann wurde ein Schlüssel ins Schloss geschoben und das rostige Metall löste den Mechanismus.

Nun kam der zweite Teil von Leas Plan und dieser erforderte noch einmal ihr ganzes Fingerspitzengefühl. Sie stellte sich in die Mitte des Raumes und gab sich die größte Mühe, selbstsicher und gelassen zu wirken, was in dieser Situation alles andere als einfach war. Sie verschränkte die Arme vor der Brust, reckte ihren Kopf in die Höhe und setzte einen strengen und verärgerten Gesichtsausdruck auf.

Die Tür wurde aufgezogen und Henriette erschien. Sie senkte reumütig den Kopf und blickte starr zu Boden. Die langen Ärmel ihres Kleides hingen schlaff herunter. Sie trug diese struppige Perücke, die ihr dieses vogelscheuchenartige Aussehen verlieh. Das hektische Heben und Senken der Brust und das nervöse Zucken der Lippen ließen erahnen, wie angespannt sie war. Alle paar Sekunden zuckte ihr Kopf herum, als würden die fransigen Strähnen der Perücke sie kitzeln. Noch immer wagte sie es nicht, den Kopf zu heben.

Lea setzte nun alles auf eine Karte.

„Meinst du, das hebt sich von alleine auf? Los beweg dich und schau dir ganz genau an, was du wieder angestellt hast."

Ganz langsam und vorsichtig, um Lea nicht weiter zu verärgern, setzte sich Henriette in Bewegung. Da ihr Kleid so lang war, dass man die Schuhe nicht sehen konnte, sah es so aus, als schwebte sie über den Boden. Vor dem verkippten Essen blieb sie stehen und schaute sich das Missgeschick an. Kurz schien sie zu überlegen, wie das passieren konnte. Dann presste sie entsetzt die flache Hand vor den Mund, um ein Schluchzen zu unterdrücken, kniete sich hin und schob die Reste zusammen.

Das war genau der Moment, auf den Lea gewartet hatte. Sie schlich seitlich an der Wand entlang und behielt Henriette dabei im Auge. Obwohl es nur ein paar wenige Schritte bis zum Schrank waren, wurden sie zu einem Marsch über ein Minenfeld. Eine falsche Bewegung, ein falsches Geräusch und Henriette würde aufschrecken. Und was dann passieren würde, wollte Lea sich nicht ausmalen.

Endlich erreichte sie das Möbelstück. Nun hieß es, den richtigen Augenblick abzuwarten. Sie legte ihre Hände auf den Rahmen des Schrankes und bemerkte, wie sehr sie zitterte.

Noch immer kniete Henriette am Boden, schob ein paar Erbsen hin und her und ahnte nichts von Leas Absicht. Sie summte eines ihrer Kinderlieder und beobachtete verträumt, wie die kleinen grünen Kugeln über den Boden kullerten. Der richtige Augenblick war gekommen.

Lea zog mit beiden Händen an dem Schrank. Sie musste ihre ganze Kraft einsetzen, dann aber neigte er sich und kippte nach vorne. Anfangs fiel er ganz langsam, wie im Zeitlupentempo, aber dann wurde er immer schneller und ragte bedrohlich über Henriette, die noch immer am Boden kauerte und von all dem nichts mitbekam. Und dann krachte das gesamte Gewicht des Schrankes auf ihren Rücken und presste sie zu Boden. Sie ließ einen kurzen Aufschrei los, verstummte aber sofort wieder und es wurde still … ganz still.

Lea stand wie angewurzelt da. Einerseits war sie über ihre Tat geschockt, anderseits war der Weg in die Freiheit offen. Sie musste ihren ganzen Mut sammeln, um nachzuschauen, ob Henriette noch lebte.

Ihr Körper lag regungslos unter dem Schrank. Lea kniete sich hin und schob ein paar Fransen aus ihrem Gesicht. Sie wollte sichergehen, dass von dieser Kreatur keine Gefahr mehr ausging. Wie ruhig und unschuldig sie dort lag. Fast hätte man meinen können, dass sie schlief. Ein kleines Lächeln umspielte ihre Mundwinkel und ihre Lider zuckten, als würde sie aufgeregt träumen.

Obwohl sie den Tod verdient hätte, beruhigte es Lea, dass sie noch lebte - sie wollte nicht zur Mörderin werden. Sie drehte ihren Kopf noch etwas mehr, sodass sie ihr direkt ins Gesicht schauen konnte.

„Na, wer hat jetzt gewonnen?", giftete sie die regungslose Gestalt vor ihr an.

Plötzlich riss Henriette die Augen auf und schrie hysterisch los. Lea zuckte erschrocken zurück, blieb mit dem Schuh unglücklicherweise an einem Schrankbein hängen und fiel nach hinten. Sie knallte mit dem Rücken auf den harten Boden. Die Wucht des Aufpralls nahm ihr für einen Moment den Atem.

Mit weit aufgerissen Augen musste sie mit ansehen, wie Henriette unter dem Schrank hervorkroch und langsam auf sie zu krabbelte. Wie konnte jemand, nachdem er quasi erschlagen wurde, überhaupt noch bei Bewusstsein sein? Welche unmenschliche und bösartige Energie steuerte diesen Menschen?

Henriette kam immer näher auf sie zu, dabei stammelte sie unverständliche Worte. Blut tropfte aus ihrer Nase und an ihrer Oberlippe klaffte eine große Platzwunde. Ihre braune Perücke war verrutscht und hing zottelig zur Seite herunter. Sie öffnete ihren Mund und roter Speichel strömte heraus. Ein bizarres Lachen drang aus ihrer Kehle.

Lea war entsetzt und sprang blitzartig auf die Beine. Am liebsten wäre sie einfach weggerannt, aber die Gefahr, dass Henriette sie verfolgte, war einfach zu groß. Sie musste sich etwas einfallen lassen. Sie nahm all ihren Mut zusammen, sprang nach vorne und trat mit voller Kraft zu. Immer wieder trat ihr Fuß gegen den Rücken und nach jedem Tritt folgte ein schmerzerfüllter Aufschrei. Den harten Treffern trotzend krabbelte Henriette weiter. Eine dämonische Macht schien von diesem Menschen Besitz ergriffen zu haben und sein Handeln zu lenken.

Lea riss sich zusammen und trat erneut zu. Diesmal traf ihr Schuh den Hinterkopf und dieser Schlag erlöste Henriette endlich von ihrer Besessenheit. Sie wurde bewusstlos und sank in sich zusammen.

Lea spurtete los und rannte durch die offene Tür in den Gang. Sie blieb kurz stehen und schaute sich um. Sie brauchte ein paar Sekunden um zu realisieren, dass sie es geschafft hatte. Erst vor einiger Zeit hatte sie geglaubt, dass sie diesen Raum nur als Leiche verlassen würde. Doch jetzt war sie draußen und nur noch wenige Gänge trennten sie von der Freiheit.

Sie blickte zurück in die Zelle. Noch immer lag Henriette auf dem Boden und bewegte sich nicht. Trotz dieses Punktsieges musste sie bedenken, dass die lauten Schreie und Kampfgeräusche bis zum Haus vorgedrungen waren und Paul alarmiert hatten. Sie musste auf der Hut sein.

Sie schätzte die Situation neu ein. Sie befand sich in irgendeinem Kellergang und da sie sich nicht auskannte, sollte sie möglichst zügig in die obere Etage gelangen. Dort gab es genug Fenster und Türen, durch die sie fliehen konnte.

Sie rannte los. Nach wenigen Minuten stieß sie auf die alte, angestrichene Tür, die sie vom letzten Mal her kannte. Sie riss sie auf und erkannte die Treppe, die nach oben führte. Endlich stand das Glück auf ihre Seite. Damals, als sie blindlings durch die Gewölbe gelaufen war, hatte sie genau diese Treppe in die obere Etage gebracht. Wie lange war das eigentlich her? Sie hatte keine Ahnung. Ihr rationaler Verstand flüsterte ihr "viele Wochen" zu, vom Gefühl her waren es aber Jahre.

Sie schlich die Treppe hoch, nun musste sie ganz besonders vorsichtig sein. Als sie die Tür erreichte, die sie in den Eingangsbereich brachte, verharrte sie. Sie lauschte, konnte aber nichts hören, alles war ruhig. Sehr langsam öffnete sie die Tür und schaute durch den Spalt. Die Halle war in Dunkelheit gehüllt. Lea stutzte. Wo war das Tageslicht? Es musste doch kurz nach Mittag sein. Warum in aller Welt war es stockdunkel? Sie schlich durch die Halle zu der großen Eingangstür. Ganz behutsam, als würde sie befürchten die Klinke abzubrechen, drückte sie sie herunter. Doch sie war abgeschlossen.

Sie duckte sich und schaute sich um. Ihr Blick glitt durch die riesige Halle.

Schon immer hatte Lea diesen Raum ganz besonders gehasst, aber nun glich er einer kalten Totenhalle, in der die Seelen der Verstorbenen umherirrten. Sie schüttelte sich, als hätte sie deren Berührungen auf der Haut gespürt.

Sie schlich an der Wand entlang zu einem der Fenster. Aber was war das? Jemand hatte sie mit quer angebrachten Brettern verbarrikadiert. Durch die Ritzen fielen dünne Strahlen des hellen Tageslichtes. Sie drückte kräftig gegen eins der Bretter, doch es gab keinen Millimeter nach. Auch alle anderen Fenster der Halle waren verschlossen. Paul und Henry hatten sich tatsächlich die Mühe gemacht, jedes einzelne Fenster zu verbarrikadieren. Aber warum hatten sie das getan? Sie konnten unmöglich von ihrem Fluchtplan wissen.

Lea verzog ängstlich das Gesicht. Das war Teil eines Planes, das spürte sie ganz genau, sie wusste nur nicht, was die beiden im Schilde führten. Aber für Spekulationen hatte sie jetzt keine Zeit. Sie sollte sich weiter auf die Suche nach einem Ausweg machen. Irgendwie musste sie doch hier rauskommen. Sie nahm sich vor, erst einmal die ebenerdige Etage zu erkunden. Vielleicht hatten Henry und Paul eine Fluchtmöglichkeit übersehen.

Sie rümpfte die Nase. Ein abgestandener und modriger Geruch lag in der Luft und vermischte sich mit dem Gestank von Lack und Lösungsmitteln. Sie unterdrückte den Ekelreiz und schlich zum Bad. Sie wusste noch, dass sich dort ein kleines Fenster befand und hoffte, dass die beiden es nicht für nötig befunden hatten, es ebenfalls zu verschließen. Doch vergeblich, selbst das hatten sie sorgfältig verschlossen und mit dicken Brettern gesichert.

Dann sah Lea ein Foto, das jemand dort mit einer Reißzwecke befestigt hatte. Sie trat näher heran und erkannte darauf das kleine Mädchen aus dem Kinderzimmer. Es saß auf einem breiten, altmodischen Stuhl aus dunklem Holz. Die mit schönen Schnitzereien verzierte Rückenlehne ragte hinter ihr weit in die Höhe. Das Mädchen hielt den Kopf aufrecht wie eine Königin, die ihren ergebenen Untertanen eine Audienz erlaubte. Ihre Arme ruhten majestätisch auf den Lehnen und ihre kurzen Kinderbeine baumelten in der Luft. Kleine rote Spritzer waren auf dem Bild verteilt und irgendwie glaubte Lea nicht daran, dass es nur Farbe war.

Warum hängt man hier solch ein Foto hin? In was für ein Irrenhaus bin ich nur geraten?

Im Salon, in der Küche und den anderen Zimmern sah es nicht anders aus, überall verhinderten dicke Bretter die Flucht aus einem Fenster. Jetzt blieb nur noch Henrys Arbeitszimmer. Lea glaubte mittlerweile nicht mehr an einen Erfolg, aber sie musste erst hier unten alle Räume erkunden, bevor sie die obere Etage in Angriff nahm.

Immer wieder hielt sie inne und lauschte in die Stille. Sie hatte Angst, dass jeden Moment jemand erschien und sie bei ihrer Flucht ertappte.

Sie öffnete die Tür zum Arbeitszimmer und huschte hinein. Hier schien sich nicht das Geringste verändert zu haben. Der Monitor, die Unterlagen und Staufächer, die vielen Bücher, alles lag da, als hätte Henry diesen Raum gerade erst verlassen. Doch, etwas hatte sich verändert. Lea ballte die Fäuste, auch dieses Fenster war mit dicken Brettern versperrt.

Sie schlich zum Schreibtisch und durchwühlte hektisch die Schubladen. Vielleicht fand sie etwas, womit sie die Schrauben herausdrehen konnte. Aber es gab nichts, was ihr hätte helfen können. Sie verzog das Gesicht. Ihr gefiel der Gedanke zwar nicht, aber nun musste sie die Suche in den oberen Etagen fortsetzen.

Sie ging zur Tür und hatte den Knauf schon in der Hand, als sie erschrocken zurücksprang. Ein markerschütternder Schrei hallte ihr aus der Eingangshalle entgegen. Lea war diese Stimme nur zu vertraut, sie gehörte Henriette.

Wut und Fassungslosigkeit trieben ihr die Tränen in die Augen. Sie hatte solch einen großen Vorsprung und jetzt befand sie sich wieder in der Falle und ihre Verfolgerin war ihr auf den Fersen. Ihr war klar, wenn sie sie jetzt erwischte, würde sie in diesem Kellergewölbe elendig zugrunde gehen, falls sie nicht schon vorher umgebracht würde.

Henriette schrie, als hätte man sie auf eine Streckbank geschnallt. Dann rief sie mit ihrer grellen Stimme nach Lea, der Widerhall der großen Halle ließ sie noch grotesker und bizarrer klingen.

„Lea, wo bist du? Lass uns zusammen spielen und wenn ich dich finde, schneide ich dich auseinander. Du wirst niemals lebend aus diesem Anwesen herauskommen, verlass dich drauf. Ich mache mich jetzt auf die Suche und ich werde dich finden."

Ein fieses Kichern beendete den letzten Satz. Kurz darauf war ein dumpfes Poltern zu hören und jemand kam die Treppe hinuntergelaufen. Sie vernahm die Stimme des Dieners, der durch die Schreie aufmerksam geworden war. Lea presste ihr Ohr an die Tür und lauschte. Sie sprachen leise miteinander, dennoch konnte Lea einiges verstehen.

„Wir spielen jetzt ein Spiel mit Lea. Sie versteckt sich und wir müssen sie finden. Und wenn wir sie dann haben ...", Henriette zischte die nächsten Worte böse hervor, „wird sie es bereuen, mich angegriffen zu haben. Lass uns aber lieber zusammen bleiben, sie hat mich eben überrumpelt und mir ganz doll weh getan."

Pauls dunkle Stimme erwiderte:

„In Ordnung, dann lassen Sie uns mit dem Bad und dem Salon anfangen. Hier unten hat sie genug Möglichkeiten sich zu verstecken."

„Das ist eine gute Idee, Paul, mein treuer Freund."

Lea hörte, wie sich die Schritte etwas entfernten. Gott sei Dank suchten die beiden zuerst auf der anderen Seite des Flurs. Mit etwas Glück könnte sie unbemerkt die Treppe erreichen. Sie schätzte die Entfernung zu den beiden durch die Lautstärke der Schritte ab. Sie wollte erst loslaufen, wenn sie im Salon waren. Das Durchsuchen dieses Raumes würde wesentlich mehr Zeit in Anspruch nehmen.

Als sie sicher war, dass sie im Salon angelangt waren, war der Moment gekommen. Geräuschlos öffnete sie die Tür und huschte ins Dunkle. Sie hörte Henriette und Paul flüstern, was aber weit genug entfernt schien.

Sie erreichte die Treppe und schlich auf Zehenspitzen nach oben. Als sie im Flur ankam und feststellen musste, dass auch hier die Fenster verbarrikadiert waren, taumelte sie zurück, als hätte sie eine saftige Ohrfeige bekommen.

Sie konnte es nicht glauben, die beiden hatten wirklich an alles gedacht. Zu dem Problem mit den zugenagelten Fenstern kamen die losen und knarrenden Dielen, die den uralten Holzboden zu einem gefährlichen Minenfeld machten. Ein falscher Schritt und das Knarren würde im ganzen Haus zu hören sein.

Aber was sollte sie jetzt tun? Viel Zeit blieb ihr nicht mehr. Sie hörte, dass Henriette und ihr Handlanger gerade auf dem Weg zur Küche waren. Ihr blieben drei, höchstens vier Minuten, mit Sicherheit nicht mehr. Über ihr befand sich nur noch der Dachboden, aber dort würde ihr Fluchtweg endgültig enden. Selbst wenn dort noch ein Fenster offen war, würde sie an den, mit Moos überwucherten Dachpfannen, abrutschen und sich alle Knochen brechen. Sie sollte besser abwarten und versuchen wieder nach unten zu gelangen. Auch wenn sich alles in ihrem Körper dagegen sträubte, waren die Kellergewölbe der einzige Ausweg aus dieser Hölle.

Lea schaute sich um. In der Ecke, aus der die Treppe zum Dachboden führte, befand sich ein dunkler Bereich, wo sie sich verstecken könnte. Während die beiden die anderen Räume durchsuchten, könnte sie ungesehen in den Keller gelangen. Lea hasste dieses Spiel, ein falscher Schachzug und alles wäre vorbei.

Sie begutachtete den Holzboden, der zwischen ihr und der dunklen Ecke lag und trat nur auf die Dielen, die ihr stabil genug erschienen. Das dauerte zwar etwas länger, dafür erreichte sie jedoch lautlos ihr Ziel. Sie presste sich in die Ecke und wartete.

Wie sie schon bald merkte, hatte sie sich mit der Einschätzung der Zeit gehörig vertan. Erst nach weiteren fünf Minuten hörte sie Schritte auf der Treppe. Sie presste sich die Hand auf den Mund, nicht das geringste Geräusch sollte sie verraten. Dann hörte sie Henriettes singende Stimme.

„Wo ist meine kleine Lea? Hast du dich hier oben versteckt, um mit mir zu spielen? Na gut, dann spielen wir hier. Ich hoffe, du hast dir ein tolles Versteck gesucht, denn Henriette mag dieses Spiel nur zu gerne. Komm, mein lieber Paul, warte du hier an der Treppe, nicht dass unser kleines Mädchen wieder nach unten schleicht, dieses Spiel hatten wir schon."

Leas Herz setzte kurz aus, ihr Rückweg war abgeschnitten.

Henriette lief den Gang entlang und sang leise vor sich hin.

„Ich finde dich, ich finde dich ... Der Schuster hat Leder, keine Leisten dazu, drum kann er dem Gänslein auch machen kein Schuh."

Dieser Singsang belastete Leas zum Zerreißen angespannte Nerven und ihr Körper konnte diesem Druck nicht länger standhalten. In ihren Ohren rauschte es und vor ihren Augen flimmerten grelle Blitze. Sie war sich sicher, früher oder später würde man sie hier finden. Ihr blieb nur noch eine kleine Galgenfrist, da sich Henriette entfernte und zunächst die Zimmer auf der anderen Seite durchsuchte. Sie versuchte sachlich und klar zu denken. Welche Optionen hatte sie noch? Auf der Treppe stand Paul und versperrte den Weg nach unten. Hier in der Ecke konnte sie auch nicht bleiben, also blieb ihr nur noch die Flucht nach oben.

Sie wollte gerade aus der Deckung schleichen und die Treppe hochgehen, als sie etwas hörte. Leise Schritte schlichen über den Flur. Sie erkannte einen schemenhaften Schatten, der sich ihr scheinbar näherte. Sie drückte sich wieder in die Ecke und machte sich klein. Der Schatten lief an Pauls Zimmer vorbei und kam genau vor der kleinen Dachbodentreppe zum Stehen. Es war Henriette. Der glänzende Stoff ihrer Robe spiegelte die hauchfeinen Sonnenstrahlen, die einen Weg durch die Ritzen der Bretter gefunden hatten. Sie drehte sich im Kreis und sang dabei unaufhörlich ihre schaurigen Kinderlieder. Dann blieb sie stehen.

„Ach, Henriette ist so entzückt, dass Lea nun doch endlich mit ihr spielt. Jetzt bleiben auch nur noch zwei Räume übrig, in denen sich die kleine Lea versteckt haben kann. Gleich habe ich dich."

Der Schatten setzte sich wieder in Bewegung und kam zwei Schritte näher. Wieder drehte sich Henriette im Kreis und schwang mit weit ausholenden Bewegungen die Arme hin und her.

„Soll Henriette nun zuerst den kaputten Raum oder den ihres treuen Freundes durchsuchen? Ach, ich kann mich immer so schlecht entscheiden. Ene, mene, miste, es rappelt in der Kiste ..."

Lea hielt den Atem an. Henriette war keine zwei Meter von ihr entfernt. Die Aufregung war kaum noch zu kontrollieren. Ihre Arme und Beine fühlten sich an, als würden Stromstöße durch sie hindurchjagen. Sie wagte es nicht, sie fester an sich zu pressen, bei dieser kurzen Entfernung würde Henriette jede kleinste Bewegung hören. Sie schloss die Augen und betete, dass dieses schreckliche Zittern endlich aufhörte und genau da passierte es. Ihr Absatz streifte ganz leicht die Wand. Es war nur eine hauchzarte Berührung, ein leichtes Schaben an der Tapete, mehr nicht, aber es reichte Henriette aufhorchen zu lassen.

„Weg bist du noch lange nicht, sag mir erst … Was war das?", flüsterte sie sich leise zu.

„Da war doch was. Versteckt sich meine kleine Freundin vielleicht ganz in der Nähe?"

Der Schreck fuhr Lea durch Mark und Bein. Sie hatte das Gefühl, jeden Moment in Ohnmacht zu fallen und irgendwie wünschte sie es sich sogar, dann müsste sie dieses Grauen nicht weiter ertragen. Sie hörte einen Schritt und noch einen, dann sprang Henriette, wie ein Springteufel, vor.

„Hab ich dich", schrie sie in einem schrillen Ton.

Zwei Hände packten Lea an den Oberarmen und zerrten sie in die Höhe. Lea trommelte auf sie ein, in der Hoffnung, dass ein gezielter Treffer den Griff lösen würde, aber dieser Kraft hatte sie nichts entgegenzusetzen. Wie eine Puppe wurde sie aus der Ecke gezogen und auf die Beine gewuchtet. Lea war klar, wenn noch eine winzige Möglichkeit bestand, dann jetzt. Sie riss ihr Knie hoch und rammte es, mit voller Wucht, zwischen die Beine ihres Todfeindes. Der stahlharte Griff um ihre Arme verschwand und Henriette sank mit einem Röcheln zu Boden. Sie presste sich die Hände gegen den Unterleib und schrie wilde Verwünschungen. Sogleich vernahm Lea den entsetzten Schrei des Dieners, der auf sie zustürmte und schon die halbe Strecke hinter sich gelassen hatte. Sein unnatürlich kalkweißes Gesicht erinnerte an einen Zombie, der sein Opfer schon erspäht hatte und es zerfetzen wollte.

Lea wirbelte herum und rannte die Treppe hoch, während Henriette ihren Diener schmerzerfüllt anschrie.

„Renn ihr nach! Ich bewache die Treppe, so kann uns das Miststück nicht entkommen."

Paul schrie irgendetwas Unverständliches zurück. Lea erreichte die Tür zum Dachboden und riss sie auf. Wie sollte es auch anders sein, auch hier waren alle Fenster verrammelt. Wie ein gehetztes Tier rannte sie ein paar Meter in den Raum und schaute sich um. Ihr blieb nichts anderes übrig, als sich zu verstecken und auf einen geeigneten Moment zu warten, um zu entkommen. Gegen den Diener hatte sie im offenen Kampf sicherlich keine Chance. Trotz seines kränklichen Aussehens traute sie ihm eine enorme Kraft zu und Hemmungen besaß er keine.

Sie rannte in den Bereich, in dem die Kleider hingen.

Da hörte sie, dass jemand den Dachboden betrat. Paul war ihr dicht auf den Fersen.

Kartons wurden aus dem Weg getreten oder wutentbrannt zur Seite geschleudert. Auch Paul schien immer aggressiver zu werden. Die Schritte kamen immer näher und Lea lugte vorsichtig zwischen zwei pompösen Ballkleidern hindurch. Sie sah ihn. Der Diener stellte sich in die Mitte des Raumes und ließ seinen Blick umherschweifen. Hier gab es genug Möglichkeiten sich zu verbergen und er schien abzuwägen, wo er zuerst suchen sollte. Sein Blick blieb an den Kleidern haften. Er nickte kurz mit dem Kopf, als hätte ihm jemand zugeflüstert, dass Lea sich genau dort versteckte. Er grinste verächtlich und schlich zu den Kleidern. Er schob sie beiseite, um sich einen Weg hindurch zu bahnen, als es am anderen Ende des Dachbodens plötzlich knackte. Man hätte es für ein normales Geräusch des alten Gebälks halten können, aber für Paul schien es eine andere Bedeutung zu haben. Er hielt mitten in der Bewegung inne und duckte sich. Er beobachtete den Bereich, aus dem das Knacken kam und wartete einige Augenblicke ab. Als nichts weiter geschah, richtete er sich wieder auf und pirschte, wie ein gejagtes Tier, durch den Raum.

Lea wusste, dass ihr dies ein paar zusätzliche Sekunden bescherte, aber was dann? Wenn der Diener die Ursache für das Geräusch ausgemacht hatte, würde er seine Suche nach ihr fortsetzen. Sie musste sich etwas einfallen lassen.

Sie schlängelte sich ganz vorsichtig durch die Kleiderflut, bis sie abrupt stoppte. Fast wäre sie vor den Rollstuhl gestoßen, der noch immer am selben Fleck stand wie an dem Tag, an dem sie hier überwältigt worden war. Sofort schoss ihr wieder das Erlebte durch den Kopf und ihr Magen krampfte sich zusammen, doch dann hatte sie eine Idee. Der Trick, auf den sie hereingefallen war, könnte doch auch bei jemand anderem funktionieren. Sie verzog das Gesicht, diese Idee war wahnsinnig, nahezu lebensmüde und die Chance auf Erfolg war gering, aber andererseits würde Paul niemals damit rechnen.

Sie hörte, wie ihr Verfolger die Kisten und Kartons auf der anderen Seite wegschob, sie musste sich jetzt entscheiden. Sie schnappte sich ein weißes, bauschiges Kleid und zog es geräuschlos über. Sie griff sich eine von den Perücken, die an den Seilen hingen und dort ein unheimliches und makaberes Bild abgaben.

Jetzt brauchte sie noch eine Waffe. Nur zwei Schritte neben ihr stand eine Holzkiste mit zerbrochenen Flaschen, aber eine einzelne ragte unversehrt zwischen den Scherben hervor und schien ihr zuzuwinken. Lea wartete, bis Paul wieder etwas verschob und nahm dann die Flasche leise heraus. Sie ging auf Zehenspitzen zum Rollstuhl, setzte sich hinein und vermied dabei jedes Geräusch, was bei diesen alten Rädern gar nicht so einfach war. Die Flasche stellte sie auf die rechte Seite des Stuhls, so dass sie blitzschnell danach greifen konnte. Sie bauschte das Kleid auf und knickte ihren Oberkörper zu einer

Seite ab, damit sie noch glaubwürdiger als Puppe wirkte. Die langen Haare der Perücke schob sie über ihr Gesicht und ließ die Arme, wie eine Marionette, schlapp nach unten baumeln. Noch immer vernahm sie das Knacken und Knistern am anderen Ende des Dachbodens, Paul war wohl noch nicht fündig geworden.

Sie versuchte sich zu entspannen. Wenn sie weiterhin so heftig zitterte und wie ein Ertrinkender nach Luft schnappte, würde Paul sie selbst im Dunkeln entlarven. Sie atmete tief und lange ein und ließ ihren Körper mehr und mehr los. Ihr war bewusst, dass sie sich etwas vormachte. Das hier war kein Spiel, hier ging es um ihr Leben - wie sollte man da ruhig bleiben?

Sie hörte sich nähernde Schritte. Zwei Schritte, drei, vier. Lea zählte jeden Einzelnen mit. Dann hörte sie ein lautes Atmen, das immer näher kam. Sie versuchte die Position ihres Gegners zu bestimmen. Der Angriff musste schnell und präzise erfolgen, da blieb keine Zeit, sich erst umzuschauen.

Sie hörte das leise Knistern, das Paul verursachte, als er sich einen Weg durch die Kleiderflut bahnte. Lea hatte das Gefühl, inmitten eines Ozeans aus Stoff zu sitzen. Überall raschelte es, was gehörig an ihren Nerven zerrte.

„Okay, Lea, du willst spielen? Sei dir sicher, ich finde dich."

Die Worte des Dieners drangen durch die Kleider zu ihr hindurch. Dann spürte sie eine Vibration auf dem Boden. Sie fühlte seine Nähe. Er war da ...

Sie atmete ganz flach und hoffte, dass der bauschige Stoff des Kleides das leichte Heben und Senken ihrer Brust überdeckte. Zu ihrem Glück war es inmitten der Textilien besonders dunkel und so wagte sie es, ein Auge zu öffnen und zwischen den Strähnen hindurchzuschielen.

Ihr Herz blieb stehen. Paul stand genau vor ihr. Er hatte sich etwas heruntergebeugt und musterte diese Gestalt, die dort im Rollstuhl saß. Sein Kopf glitt hin und her, als würde er ahnen, dass mit dieser Puppe etwas nicht stimmte. Plötzlich trat er mit dem Fuß gegen den Rollstuhl. Lea ließ den Ruck durch ihren Körper gehen und bemühte sich, die Bewegung möglichst steif aussehen zu lassen.

Aber das schien Paul noch nicht wirklich überzeugt zu haben. Sein Gesicht kam immer näher. Der Gestank seines Schweißes stieg in ihre Nase und roch wie der Tod. Er war ganz dicht bei ihr. Lautlos und ganz vorsichtig umklammerte sie die Flasche. Nun hieß es den richtigen Zeitpunkt abzuwarten.

Paul streckte seine Hand aus und ließ sie prüfend über die Haare der Perücke gleiten. Zu dem Schweißgeruch gesellte sich nun noch beißender Tabakdunst, der an seinen gelben Fingern klebte. Lea hielt die Luft an, jetzt würde sie jede noch so kleine Bewegung verraten. Dann spürte sie einen leichten Druck an ihrem Arm, als Paul seine Finger in ihr Fleisch drückte. Er wollte fühlen, aus welchem Material diese seltsame Puppe bestand. Das war das Startsignal für ihren Angriff.

Sie hörte noch, wie der Diener entsetzt aufschrie:

„Verdammt, was ist das?", zu mehr kam er nicht.

Lea riss die Flasche hoch und schmetterte sie auf seinen Schädel. Der Schrei vermischte sich mit dem Klirren des Glases. Lea sprang hoch, bereit zum nächsten Schlag, aber da sank Pauls lebloser Körper schon neben dem Rollstuhl zu Boden. Ein paar Mal zuckte er noch, dann lag er völlig regungslos da.

Lea riss sich das Kleid vom Leib und warf die Perücke in die Ecke. Kurz überlegte sie, wie sie jetzt weiter vorgehen sollte. Es führte kein Weg daran vorbei, sie musste wieder in die Kellergewölbe gelangen. Dieser Weg führte allerdings an Henriette vorbei, die in der ersten Etage Wache hielt. Es war zum Verrücktwerden, egal was sie plante oder wie klug sie sich auch anstellte, ständig bauten sich unüberwindliche Hindernisse vor ihr auf.

Zuerst jedoch musste sie sich um den Diener kümmern. Sie schnappte sich den Gürtel eines Kleides und drehte den leblosen Körper auf die Brust. Sie wickelte den Gürtel um die Handgelenke und verknotete ihn ein paar Mal. Das sollte ihn erst einmal aufhalten.

Sie ging auf Zehenspitzen zur Tür und spähte die Treppen hinunter, um sich einen Überblick zu verschaffen. Wie vermutet, wachte Henriette noch immer und lief, mit schief sitzender Perücke, unruhig auf und ab. Ihr war deutlich anzumerken, dass die unbändige Wut noch in ihr tobte und sie weit davon entfernt war, sich wieder zu beruhigen.

Wie um Himmels willen soll ich nur an ihr vorbeikommen? Ich möchte es nur im Ernstfall auf einen Kampf ankommen lassen. Im Keller habe ich sie überrascht, aber wenn sie so in Rage ist, habe ich kaum eine Chance. Ich muss mir etwas einfallen lassen.

Moment, ich habe eine Idee. Direkt über mir befindet sich eine Wandlampe. Mit ein wenig Geschick kann ich den gläsernen Schirm abnehmen und ihn dann auf die andere Flurseite werfen. Durch das Geräusch wird Henriette mit Sicherheit aufmerksam und wird nachschauen, was passiert ist. Dann könnte ich ungesehen die Treppe nach unten laufen.

Lea verzog den Mund zu einem schmalen Strich. Damit das funktionierte, musste sich das Glück komplett auf ihre Seite schlagen, aber sie musste es auf einen Versuch ankommen lassen.

Kurz darauf hatte sie den gläsernen Schirm abgenommen und drehte ihn in der Hand nervös hin und her, während sie auf einen günstigen Moment wartete. Der war gekommen, als Henriette ein paar Schritte zur Seite ging und ihre Perücke richtete. Wie ein Geist schlich Lea die Stufen hinunter, gerade so weit, dass sie einen freien Blick auf den Flur bekam. Dann schleuderte sie den Schirm, so weit wie sie konnte, auf die andere Seite. In derselben Sekunde huschte sie, wie ein geölter Blitz, wieder hoch und beobachtete das Szenario.

Ein lautes Klirren ließ Henriette herumwirbeln.

„Paul, bist du es? Was ist passiert?"

Einen Moment lang blieb Henriette am Fuß der Treppe stehen und starrte in die Richtung, aus der das Geräusch gekommen war. Dann endlich, Leas Herz machte einen Freudensprung, setzte sie sich in Bewegung und rannte zur anderen Flurseite. Lea huschte wieder runter und presste sich an die Wand. Auf Zehenspitzen schlich sie diese entlang, bis sie die Ecke erreichte, an der die Treppe nach unten führte. Sie warf einen Blick den Flur entlang, die Luft war rein. Sie wollte gerade die Treppe hinunterlaufen, da hallte ein lauter Schrei durch den Flur.

„Du dreckiges, kleines Miststück", schrie Henriette und stürmte wie eine Furie auf sie zu.

Ihre Perücke fiel vom Kopf und ihr Gesicht war schrecklich verzerrt. Ihre Robe flatterte hin und her und ließ sie wie eine Fledermaus aussehen, die gerade zum Angriff heranflog. Doch am schlimmsten waren ihre Augen. Der Hass wütete in ihnen, wie ein wild loderndes Feuer und ließ sie in der

Dunkelheit leuchten. Wieder riss sie ihren Mund auf und spuckte weitere Flüche heraus.

Lea schrie entsetzt auf und sprang die Stufen nach unten. Sie hatte zwei, vielleicht drei Sekunden Vorsprung, viel zu wenig. Sie spürte ihre Verfolgerin im Nacken und erwartete, dass sich jeden Moment ihre Finger um ihre Kehle legten und zudrückten. Wenn sie endlich diese verdammten Treppen hinter sich hatte, könnte sie schneller laufen.

Lea verlagerte ihren Schwerpunkt weiter nach vorne und da passierte es. Sie übersah eine der letzten Stufen und verlor das Gleichgewicht. Wankend versuchte sie sich zu fangen, aber der Schwung war einfach zu stark. Kopfüber fiel sie nach vorne und landete schmerzhaft auf dem Bauch. Sie brauchte einen kurzen Moment, um sich wieder zu orientieren. Sie rappelte sich hoch und ignorierte den stechenden Schmerz, der durch ihren ganzen Körper fuhr. Sie war gerade im Begriff weiterzulaufen, da griff ihr Henriette in den Nacken. Ein heftiger Stoß gegen ihren Rücken raubte ihr die Luft und beförderte sie erneut zu Boden. Mühselig kämpfte sie sich auf die Beine. Sie sollte sich umdrehen, dem Angreifer zeigen, dass sie noch nicht aufgegeben hatte, aber die Angst hatte sie fest im Griff und ließ es nicht zu. Sie befahl ihr stattdessen zu fliehen, koste es, was es wolle.

Doch bevor sie dem Folge leisten konnte, griff ihr Henriette in die Haare und riss ihren Kopf herum. Lea versuchte sich zu befreien, aber Henriette war stärker. Dann spürte sie etwas Kaltes an ihrem Hals, es war die Schneide eines Messers. Schlagartig stellte sie ihre Befreiungsversuche ein. Sie streckte ihre Arme von sich, als Zeichen dafür, dass sie aufgab. Sie hätte heulen können. Ihre ganze Mühe und die wochenlange Planung, einfach alles war umsonst.

„So ist es brav. Noch eine Bewegung und Du bist tot."

Lea nickte vorsichtig.

Henriette zog sie, wie ein lästiges Bündel, durch die Eingangshalle und wollte sie gerade in den Keller zerren, als plötzlich jemand an der Tür klopfte.

„Hallo? Ist jemand da? Ich habe Schreie gehört. Ist alles in Ordnung?"

Lea erkannte die Stimme sofort. Es war Kommissar Ziegler, der Polizist, dem sie sich damals anvertraut hatte.

Auch Henriette erkannte die Stimme und fluchte leise. Sie wollte gerade etwas zu Lea sagen, als es abermals an der Tür klopfte.

„Machen Sie bitte sofort die Tür auf, damit ich weiß, dass alles in Ordnung ist. Sonst muss ich Verstärkung anfordern."

Lea bemerkte, wie nervös Henry wurde. Unmerklich war er wieder in die Rolle von Dr. Kellermann geschlüpft und raunte ihr mit seiner tiefen, männlichen Stimme zu:

„Du machst jetzt die Tür auf und redest mit diesem aufdringlichen Idioten. Du sagst ihm, dass alles okay ist und dass wir renovieren. Wenn ich nur das kleinste Anzeichen spüre, dass du mich hintergehst, schneide ich dir und auch ihm die Kehle auf. Das verspreche ich dir. Also mach, was ich dir sage, dann werdet ihr überleben. Hast du das verstanden?"

Als Lea nicht sofort reagierte, drückte er die Klinge noch fester gegen ihren Hals.

„Ja, habe ich", krächzte Lea heiser.

Henry zog sich mit einer Bewegung die Robe über den Kopf, drückte Lea den Schlüssel in die Hand und verpasste ihr einen Stoß nach vorne.

„Denk dran, ich töte euch liebend gerne", schärfte er ihr noch einmal ein und hielt ihr das Messer vor die Nase, um seinen Worten Nachdruck zu verleihen, "also überlege dir genau, ob du es verantworten möchtest, dass seine Kinder ohne Vater aufwachsen."

Es bestand nicht der geringste Zweifel, dass dies keine leere Drohung war und es ihm sogar Spaß bereiten würde, sie beide zu töten. Er hatte nichts zu verlieren, als ein elendes Dasein gefangen im Wahnsinn.

Sie ging zur Tür und als das Klopfen wieder erklang, hatte Lea den Schlüssel bereits in das Schloss gesteckt und drehte ihn um. Henry stand direkt hinter ihr und drückte, als Mahnung, noch einmal kurz die Klinge in ihren Rücken. Dann trat er einen Schritt zurück, fauchte leise

„Los jetzt!" und Lea öffnete die Tür.

Der Anblick der Außenwelt ließ sie mitten in der Bewegung innehalten. Sie hätte jetzt eigentlich nur losrennen müssen und der Alptraum wäre vorbei. Sie erblickte all die Dinge, die sie seit unendlich vielen Wochen nicht mehr gesehen hatte. Die Bäume, die Sträucher und vor allen diese frische Luft, alles schien sie zu begrüßen und ihren Freiheitsdrang anzustacheln. Einfach nur loslaufen, dann wäre doch alles vorbei. Lea wusste, dass dies ein Trugschluss war. Der Polizist, der sie gerade in diesem Moment fragend anblickte, würde dafür mit dem Leben bezahlen müssen. Und ob ihre Flucht überhaupt gelingen würde, stand auf einem ganz anderen Blatt. Sie war nicht die schnellste Läuferin und sie hätte darauf spekulieren müssen, dass sie einen Autofahrer zum Anhalten bewegen konnte oder ein Wanderer auf sie stieß. Aber so tief im Wald war selten jemand unterwegs. Nein, sie durfte es nicht riskieren. Sie musste der Versuchung widerstehen. Sie schaute dem Polizisten ins Gesicht und zwang sich ein Lächeln hervor. Ihr war klar, dass es einzig und allein auf ihre schauspielerischen Fähigkeiten ankam, ob dieser Mann weiter lebte oder nicht.

„Hallo Frau Wagner, was ist los? Ich habe Sie schreien gehört."

Er betrachtete sie eingehend und wandte sich dann Henry zu, der sich neben Lea gestellt hatte und dem Polizisten zur Begrüßung zunickte.

Lea lächelte angestrengt und winkte ab.

„Ach, ich bin so ein Tollpatsch. Wir renovieren gerade und ich habe mir mit dem Hammer auf den Finger gehauen."

Sie hob als Beweis den Daumen in die Höhe und verzog schmerzerfüllt das Gesicht.

Der Polizist schaute sie ungläubig an. Sein Blick wechselte zu Henry, der harmlos mit den Schultern zuckte.

„Sie ist wirklich etwas ungeschickt. Aber trotzdem bin ich dankbar, dass sie mir hilft. Alle anderen haben sich leider verdrückt."

Er lachte laut, aber der Polizist ließ sich davon nicht beirren und schaute ihn nach wie vor streng an.

"Und was ist mit ihrem Gesicht passiert?", dabei deutete er auf eine Stelle an Oberlippe und Auge.

"Sie bluten und haben zudem eine starke Schwellung."

Henry tastete die Stellen ab und tat so, als hätte er diese Verletzung überhaupt nicht bemerkt.

"Ich bin auch nicht viel besser und als ich die Decke repariert habe, hat sich ein Brett gelöst und ist mir aufs Gesicht geknallt. Aber halb so wild. Wir beide sind halt keine guten Handwerker."

„Hm, okay", begann Kommissar Ziegler und man merkte, dass er nicht ganz sicher war, was er von der Geschichte halten sollte.

„Ich habe Sie einige Male angerufen", sagte er an Lea gewandt, "aber immer ging Ihre Mailbox ran. Auch zu Hause habe ich Sie nie angetroffen und wenn ich hier in der Gegend Streife gefahren bin, war auch nichts von Ihnen zu sehen. Da dachte ich mir, dass ich einfach mal vorbeischaue. Und gerade als ich um das Anwesen lief, hörte ich Sie schreien."

„Sie Armer", Henry setzte ein mitfühlendes Gesicht auf, „ich kann mir gut vorstellen, dass sie dann sofort vom Schlimmsten ausgegangen sind, aber es ist wirklich alles in Ordnung. Lea war in den letzten Wochen immer hier und hat mir bei der Arbeit geholfen. Ihr Handy hat durch einen Sturz auf den Boden den Geist aufgegeben. Es tut uns leid, dass Sie sich Sorgen gemacht haben."

Der Polizist verzog die Mundwinkel zu einem gekünstelten Lächeln, während seine Augen den prüfenden Ausdruck behielten, mit dem er Henry anschaute.

„Und - was machen Sie hier? Ich habe gesehen, dass Sie alle Fenster verschlossen haben."

„Ach ja, die Fenster", entgegnete Henry und hob entschuldigend die Hände.

„Wir wollen die Fensterbänke neu verputzen und zum Schutz haben wir die Scheiben sicherheitshalber verschlossen. Sie glauben nicht, was neue, originalgetreue Scheiben so kosten. Da kann man sich einen Kleinwagen von kaufen."

Henry lachte wieder laut und legte den Arm um Lea.

„Dürfte ich mir anschauen, wie weit sie schon sind?", fragte der Polizist.

„Sie wissen ja, wie sehr mich so etwas interessiert."

Lea spürte, wie Henrys Hand ganz leicht zitterte. Dieser Besuch kam ihm mehr als ungelegen, auch wenn er seine Rolle bisher wirklich überzeugend spielte. Aber wie würde er nun reagieren? Wenn er dem Polizisten den Wunsch verwehrte, riskierte er, dass sein Misstrauen wuchs.

Ein großherziges Lächeln breitete sich über Henrys Gesicht aus und er schwang den Arm zu einer einladenden Geste.

„Aber natürlich, kommen Sie doch herein, wir freuen uns immer über Besuch. Leider müssen wir uns im Moment mit dem spärlichen Licht begnügen, ich musste die Stromversorgung wegen unserer Arbeiten abschalten."

Der Polizist kam herein und drehte sich einmal im Kreis.

„Es ist doch bestimmt viel Arbeit, dieses große Haus zu renovieren. Hilft Ihr Diener denn nicht mit, Herr Kellermann?"

„Ach, unser Paul, doch natürlich hilft er mit. Er gibt wirklich sein Bestes, aber wissen Sie," Henry kam etwas näher und seine Sätze wurden leiser, „er ist nicht gerade der perfekte Handwerker. Aber er macht seine Arbeit als Diener mehr als gut und darum will ich mich auch nicht beschweren. Im Moment weiß ich nicht einmal, wo er sich herumtreibt und woran er bastelt. Ich lass ihn einfach machen."

Mit einem Grinsen, das amüsierten Gleichmut zum Ausdruck bringen sollte, unterstrich Henry seine Aussage. Er schien sogar in seiner Rolle als geplagter, aber nachsichtiger Gutsherr zu überzeugen. Der Polizist schmunzelte und schaute sich weiter um.

„Meine Güte", begann er. „sie haben ja wirklich alle Fenster verschlossen. Man fühlt sich wie in einem Sarg."

„Aber in einem verdammt großen Sarg, nicht wahr?", verbesserte ihn Henry und zwinkerte ihm zu.

Der Polizist tat einige weitere Schritte ins Innere der Halle und gab vor, alles wissbegierig unter Augenschein zu nehmen. Aber immer wieder bedachte er Lea mit einem kurzen, forschenden Blick, als wartete er auf einen Hinweis, eine versteckte Botschaft, dass etwas nicht stimmte. Lea bemühte sich, seine Blicke zu ignorieren. Henry stand direkt neben ihr und würde jede noch so kleine verräterische Regung auf der Stelle bemerken.

Nachdem der Polizist seine Inspektion beendet hatte, kam er wieder zu den beiden zurück.

„Sie haben sich viel vorgenommen, Dr. Kellermann. Ich hoffe, sie kriegen das irgendwann fertig."

Er wandte sich an Lea.

"Und Frau Wagner, wie geht es Ihnen denn so? Ist alles in Ordnung? Sie sehen ein wenig blass und gestresst aus."

Lea wollte gerade antworten, da stieß Henry dazwischen.

„Die Jugend ist keine harte Arbeit mehr gewohnt, aber aus Lea machen wir noch eine richtige Handwerkerin."

Aufmunternd klopfte er ihr auf die Schulter und hauchte ihr einen Kuss auf die Wange.

„Aber natürlich, es ist alles in Ordnung", bestätigte Lea. „Und es tut mir wirklich leid, dass ich nicht ans Handy gegangen bin, aber ich habe es irgendwo liegen lassen und finde es nicht mehr."

Die Augenbrauen des Polizisten hoben sich fragend.

„Herr Kellermann sagte gerade doch, es wäre auf den Boden gefallen und dadurch kaputt gegangen?"

Lea warf einen Blick zu Henry, als wolle sie ihm sagen, dass er jetzt am Zug war.

Dieser wirkte weiterhin ruhig und gelassen, aber Lea kannte ihn und wusste, dass in seinem Inneren ein tückischer Vulkan brodelte, der jeden Augenblick explodieren und alles in Schutt und Asche legen konnte.

Lea schlug sich an die Stirn.

„Aber natürlich, das hatte ich ganz vergessen. Es ist kaputt gegangen und dann habe ich es irgendwo hingelegt, aber ich weiß nicht mehr wohin."

Lea beobachtete verstohlen, wie der Beamte auf ihre Geschichte reagierte. Kaufte er sie ihr ab?

Dieser schaute ihr derart durchdringend in die Augen, als wolle er bis ins Tiefste ihrer Seele blicken. Nach einigen Sekunden zog er die Mundwinkel zu einem leichten Lächeln und schlug aufmunternd in die Hände.

„Okay, dann will ich Sie auch nicht länger aufhalten. Ich wünsche Ihnen beiden noch gutes Gelingen und passen Sie auf ihre Finger und ihren Kopf auf."

Lea grinste angestrengt, obwohl ihr zum Heulen zumute war. Könnte sie ihm doch mit irgendeiner Geste einen Hinweis geben, dass sie gefangen gehalten wird und in Lebensgefahr schwebt.

Der Polizist drehte sich um und schritt zur Tür. Er drückte gerade die Klinke herunter, als plötzlich ein Schrei durch die Halle bebte.

„Diese verdammte Göre hat mich angegriffen! Wenn ich sie erwische, schneide ich sie auf und verfüttere sie an die Wölfe."

Alle drei zuckten erschrocken herum und sahen zur Treppe. Paul kam heruntergetorkelt. Aus der Platzwunde an seinem Kopf war viel Blut getreten. Haare und ein großer Teil des Gesichts waren damit benässt und auch seine Kleidung war von vielen Blutspritzern übersät. In seiner rechten Hand hielt er ein Messer, das mit seiner gebogenen Klinge an einen orientalischen Dolch erinnerte. Er erreichte das Ende der Treppe. Der Polizist, der in diesem Moment an das Holster seiner Waffe griff, war noch nicht in seinem Blickwinkel.

Mit einem Mal schien die Luft zu knistern und man spürte die steigende Anspannung. Völlig unerwartet ließ Henry einen Aufschrei der Überraschung los und wich erschrocken zurück. Der Polizist riss die Waffe hoch und richtete sie auf Paul.

„Passt auf, er hat ein Messer! Er ist verrückt geworden. Paul, was ist nur los mit dir?", brüllte Henry entsetzt.

Der Polizist entsicherte seine Waffe und befahl Paul stehen zu bleiben.

„Keinen Schritt weiter oder ich schieße", rief er so autoritär, als hätte er diesen Satz unzählige Male zuvor geprobt. Und es wirkte, Paul blieb wie angewurzelt stehen und begriff, in welcher Situation er sich befand.

Kommissar Ziegler griff zu seinem Handy und wählte hastig ein paar Nummern. Plötzlich wirkte sein Körper wie schockgefroren und er drehte den Kopf mit starrem Blick ganz langsam zu Henry, der hinter ihm stand. Der ergötzte sich an dem schockierten Blick seines Opfers und seine Augen glühten wie im Fieberwahn.

Blut strömte aus einer Wunde an der Brust, tropfte zu Boden und bildete eine dunkle Pfütze, die sich rasend schnell ausbreitete.

Es klapperte laut, als die Pistole und das Handy aus den erschlaffenden Händen des Polizisten zu Boden fielen. Er schaffte es noch nicht einmal mehr, die Hände zu heben, um sie auf die Wunde zu pressen. Wenige Momente später sackte der Mann auf die Knie. Flehend schaute er zu Lea, als läge es in ihrer Macht, ihn noch zu retten. Dann zuckte der Körper noch einmal und Lea sah, wie die silberne Spitze des Messers aus seiner Brust drang. Er öffnete den Mund zu einem verzweifelten, stummen Schrei. Seine Lippen bewegten sich unkontrolliert, aber kein einziger Laut kam aus seiner Kehle.

Henry holte aus und trat mit dem Fuß gegen den Rücken. Der Polizist kippte nach vorne und fiel in seine Blutlache. Ein paar Mal stöhnte er noch auf, dann schlossen sich seine Augen.

Lea war starr vor Entsetzen und presste sich die Hand an den Mund. Sie konnte es nicht begreifen, sie war Zeugin eines kaltblütigen Mordes geworden und nur ihretwegen war dieser Mann jetzt tot.

Als wäre er unendlich stolz auf seine Tat, hielt Henry sein Messer hoch und das Blut tropfte, wie dickflüssiger Sirup, von der Klinge. Dann trat er gegen den leblosen Körper und nickte Paul zu, der die Geste sofort verstand. Der Diener ging an Lea vorbei und schaute sie dabei so an, als würde er sie liebend gerne auch dort liegen sehen.

Er ging in die Küche und kam kurz darauf mit ein paar Laken zurück. Lea konnte nicht glauben, was sich vor ihren Augen abspielte. Mit einem selbstgefälligen Grinsen wickelte der Diener die Leiche mit geübten Griffen ein, so dass man den Eindruck hatte, es sei nicht sein erstes Mal. Danach wischte er den Boden auf und nach nur wenigen Minuten verriet nichts mehr, dass an dieser Stelle ein Mensch bestialisch ermordet worden war.

Paul öffnete die Tür und schaute sich um. Mittlerweile hatte der Abend Einzug gehalten und sein schützendes Gewand über diesen schrecklichen Ort gelegt. Er packte das Bündel und schleifte es schroff über die Türschwelle. Als es an einer Stelle hängen blieb, trat er gegen die Leiche und grinste breit. Er behandelte diesen Menschen wie einen alten, dreckigen Teppich ohne jeglichen Wert.

Lea stand noch immer am selben Fleck. Was sie gerade erlebt hatte, entbehrte jegliche Realität. Ihr Verstand weigerte sich, das Geschehene als Wirklichkeit zu verarbeiten. Das Grauen und der Schock hielten sie in einem festen, eisernen Griff. Vermutlich wäre es ihr in diesem Moment noch nicht einmal möglich gewesen wegzulaufen, selbst wenn die Tür sperrangelweit aufgestanden hätte.

Erst als Henry sie hart am Arm packte, schreckte sie auf.

„Bist du nun zufrieden? Nur wegen dir musste er sterben. Schade eigentlich, ich mochte diesen Polizisten. Seine Frau wird todtraurig sein und du bist schuld. Alles nur, weil du dich versprochen hast. Ich hoffe, du kannst mit dieser Schuld leben."

Lea wusste, dass er nicht ganz unrecht hatte. Das kleine Zeitfenster, als sie hatte erklären müssen, was mit ihrem Handy passiert war, war sein Verhängnis. Wenn sie sich nicht in Widersprüchen verheddert hätte, wäre er vielleicht in dem Moment, als Pauls Schrei zu hören war, schon weg gewesen.

Tränen liefen an ihren Wangen herunter. Verstohlen wischte sie sie weg, er sollte nicht sehen, dass er sie mit seinen Worten getroffen hatte.

Henry ging in die Ecke und zog wieder die Robe über.

„Nun sei brav und geh wieder zurück in die Zelle oder möchtest du vielleicht, dass noch jemand wegen dir stirbt?"

Lea bekam einen kräftigen Stoß, sodass sie Richtung Kellertür stolperte.

„Los, mach die Tür auf und geh die Treppe runter.", herrschte er sie an.

Lea gehorchte, aber jeder Schritt fachte ihren Widerwillen stärker an. Wenn sie erst wieder in der Zelle war, hätte sie keine Chance mehr. Noch einmal würde es ihr nicht gelingen, ihn zu überrumpeln.

Sie hatte den Fuß der Treppe erreicht und betrat den Kellergang. Schon von Weitem sah sie das Licht, das aus ihrer Zelle in den Gang schien. Lea wurde schlecht. Dieser Lichtstrahl war der Vorbote ihrer ganz persönlichen Hölle. Eine kalte Hölle, in der die einzige Aufgabe darin bestand, die nächsten Minuten und Stunden zu überstehen, ohne den Verstand zu verlieren.

Der kleine Raum schob sich mehr und mehr in ihr Blickfeld. Sie erkannte den umgefallenen Schrank, das Bett und die klapprige Nachtkonsole. Viele Wochen, unendliche Stunden hatte sie den Anblick dieser Dinge ertragen müssen und jeder Quadratzentimeter dieses Raumes weckte tiefste Abscheu in ihr. Henry gab ihr einen weiteren Stoß, sodass sie gegen die Bretterwand neben dem Eingang knallte. Nur noch ein paar Zentimeter und sie wäre wieder in ihrer Zelle, in ihrem Raum ... in ihrem Grab.

Ein heilloses Durcheinander tobte durch ihren Kopf. Alle Sinne warnten sie davor, noch einen Fluchtversuch zu starten - Henry würde sie vermutlich totschlagen. Aber wenn sie weiter so leben müsste, wäre der Tod doch eine Erlösung. Hatte sie einen Selbstmord nicht schon ernsthaft in Erwägung gezogen?

„Und nun rein in die gute Stube und komm nicht auf dumme Ideen", befahl Henry energisch, als hätte er Leas Gedanken gelesen.

Wieder spürte sie einen harten Schlag gegen ihren Rücken, der sie in den Raum beförderte. Sie stolperte nach vorne, konnte sich aber gerade noch am umgefallenen Schrank abfangen. Sie drehte sich um und schaute erschrocken zur Tür.

Wie im Zeitlupentempo schloss sich der einzige Weg in die Freiheit. War es nun zu spät oder sollte sie es noch einmal wagen? Ihr war bewusst, dass sie für den Versuch wahrscheinlich mit dem Leben zahlen musste, aber sie wollte lieber sterben, als hier wieder eingesperrt zu sein.

Sie stieß sich vom Schrank ab und sprintete los. Sie spannte alle Muskeln an und sprang nach vorne. Ihr Körper flog durch die Luft und kurz bevor das verrostet Scharnier ins Schloss fiel, prallte ihr ganzes Gewicht gegen die Tür. Die Wucht riss sie auf und schwang sie mit vollem Karacho gegen die Wand. Hinter der dicken Eisentür hörte Lea einen lauten Schrei, dann wurde es still. Ohne sich umzuschauen rannte sie tiefer in die Kellergewölbe. Sie hatte keine Ahnung in welche Richtung sie lief oder wo sich ein Ausgang befand, in ihr regierte nur ein einziger Wille, der Wille zu überleben. Wie ein gehetztes Tier schaute sie sich um. Sie sah nichts von ihrem Verfolger.

Sie rannte weiter die Gänge entlang. Die kleinen Lampen, die an den Wänden angebracht waren, erleuchteten die Tunnel nur spärlich. Jedes Mal, wenn sie an einer dieser Lampen vorbeilief, erschien an der Wand ein Schatten, der für eine kurze Zeit hinter ihr herjagte.

Sie verlor das Zeitempfinden und hatte keine Ahnung, ob sie stunden- oder nur minutenlang gerannt war, als sie plötzlich auf der rechten Seite eine stabile Eisentür erkannte. Das Türschloss war kaputt und deshalb mit einem Vorhängeschloss gesichert. Etwa auf Kopfhöhe befand sich eine Sichtluke wie an ihrer Zellentür. Lea rannte zur Tür und wollte mit den Fäusten dagegen trommeln, aber hielt plötzlich inne. Sie wusste nicht, wer oder was sich dahinter befand, sie sollte vorsichtig sein und nichts überstürzen.

Ein bedrückendes Gefühl machte sich in ihr breit. So leise, wie es nur ging, schob sie das flache Eisen der Sichtluke beiseite. Ein rostiges Quietschen ertönte.

Sie schaute durch den Spalt und erkannte einen Raum, der nur von einer kleinen Tischlampe schwach beleuchtet wurde. Sie ging mit dem Gesicht etwas näher heran und sah ein Bett und eine zusammengezimmerte Kiste, die wohl eine Art Schrank darstellen sollte. Nun wurde Leas anfängliche Vermutung Gewissheit, hier unten gab es noch weitere Zellen. Sie schob ihren Kopf von rechts nach links, um einen größeren Blickwinkel zu bekommen, sah aber niemanden. Die Zelle war leer.

Aber warum in Gottes Namen brannte dann dort eine Lampe und wieso war die Tür verschlossen? Sie nahm ihren ganzen Mut zusammen und flüsterte ganz leise:

„Hallo, ist hier jemand?"

Keine Antwort. Das leichte Säuseln der kleinen Grubenlampen auf dem Gang war das Einzige, was sie hörte. Sie wiederholte ihre Frage und lauschte angestrengt. Nichts. Lea hatte dennoch das sichere Gefühl, dass sich jemand in ihrer Nähe befand. Aber vermutlich lag es nur an ihren überstrapazierten Nerven.

Sie konnte durch die Luke nur den mittleren Teil der Zelle sehen, die Bereiche weiter links und rechts blieben ihren Blicken verborgen. Sie ging noch etwas näher und schielte um die Ecke, da geschah es. Ein Gesicht huschte vor die Öffnung und blickte sie erschrocken an. Lea schrie entsetzt auf. Sie stieß sich von der Tür weg und stolperte nach hinten. Völlig außer sich, presste sie die Hände auf ihren Mund. Noch immer stand jemand hinter der Tür und blickte sie durch die Sichtluke neugierig an. Lea blieb die Luft weg. Sie erkannte nur einen kleinen Teil des Gesichtes, aber die großen, blutunterlaufenen Augen erkannte sie sofort, es war … Gina.

Lea war nicht fähig etwas zu sagen, nicht fähig zu atmen, geschweige denn sich zu bewegen. Sie stand einfach nur da und versuchte den nächsten Schrei zu unterdrücken. Immer wieder schaute sie zur Tür, als glaubte sie an eine Illusion. Aber es gab keinen Zweifel, es war Gina, ihre Freundin.

Sie lebt noch, sie ist nicht tot, schrie ihr Verstand sie an, aber Lea blieb weiter regungslos. Erst als sie Ginas Stimme vernahm, erwachte sie.

„Lea? Bist du es? Oh mein Gott, du hast mich gefunden. Ich glaube es nicht, du bist hier um mich zu retten. Lass mich schnell raus."

Ginas Worte überschlugen sich vor Euphorie und Tränen der Freude liefen über ihr Gesicht.

Lea rannte nach vorne und streckte ihre Finger durch den schmalen Schlitz. Gina berührte sie zaghaft, als wolle sie sichergehen, dass dies kein Traum war. Lea schaute durch die Luke und schluckte. Gina sah schlimm aus. Ihre sonst so schönen und glänzenden Haare waren zerzaust und hingen in langen, schmutzigen Wellen an ihrem Kopf herunter. Ihr blasses, eingefallenes Gesicht war übersät von Striemen und blauen Flecken. Aber am schlimmsten waren ihre Augen. In denen früher das Neckische und die Lebensfreude tobte, herrschte jetzt nur kalte Leere. Eine Leere, die von unsagbaren Qualen und Leid erzählte.

„Oh mein Gott, Gina du lebst. Ich habe immer daran geglaubt. Hat dich dieses Schwein wirklich hier festgehalten?"

Gina nickte hastig mit dem Kopf.

„Er ist wirklich wahnsinnig und verdammt gefährlich. Seit einer Ewigkeit sitze ich hier schon fest, bitte hol mich schnell raus."

Lea inspizierte die Tür und sah sich das Vorhängeschloss genauer an. Es wirkte nicht sonderlich stabil, mit einem geeigneten Werkzeug könnte sie es bestimmt aufbrechen.

„Warte, ich suche etwas, womit ich das Schloss aufbrechen kann, ich bin gleich wieder da", rief sie ihrer Freundin zu und verschwand von der Luke.

„Beeil dich, bitte, beeil dich", hört sie Gina noch panisch rufen.

Sie stürmte zur nächsten Tür und zog sie auf. Ein weiterer Gang wurde durch drei behelfsmäßige Lampen beleuchtet. Dieses Labyrinth schien einfach nicht enden zu wollen. Lea rannte los und öffnete zwei weitere Türen. Dieser Bereich war einst wohl ein Vorratslager. Obwohl hier seit Ewigkeiten niemand mehr Kartoffeln und Karotten lagerte, stank es immer noch nach verschimmeltem Gemüse. Ein paar Bretter lagen herum, waren aber leider zu dünn, um das Schloss aufzubrechen. Aber hinter einem vermoderten Schrank, der bei dem Versuch ihn nach vorne zu ziehen in seine Einzelteile zerfiel, fand Lea eine recht solide Eisenstange. Sie rannte wieder zurück und als sie die Zelle erreichte, sah sie Ginas panisches Gesicht an der Sichtluke.

„Beeil dich, ich glaube, ich habe etwas gehört", flüsterte ihre Freundin ihr zu.

Lea zuckte zusammen, war man ihr schon wieder auf den Fersen? Bestimmt hatte Paul mitbekommen, dass etwas schiefgelaufen war und sich auf die Suche gemacht. Hektisch legte sie die Eisenstange an und hebelte, aber das Schloss war robuster als angenommen. Die ersten Versuche schlugen fehl.

Dass Gina sie immer wieder zur Eile mahnte und in ihrer Zelle hektisch auf und ab lief, erleichterte die Sache nicht. Wieder verklemmte sie die Stange und setzte ihr ganzes Gewicht ein und endlich ertönte ein fieses Knacken und das Schloss sprang auf.

Lea zog die Tür auf und wurde fast umgeworfen, als sich ihre Freundin schluchzend an ihre Brust warf. Lea legte die Arme um sie und drückte das bebende Mädchen fest an sich.

„Lea", schluchzte Gina immer wieder, als müsste sie sich noch immer vergewissern, dass ihre Freundin keine Illusion war.

„Du hast mich gerettet, du hast mein Leben gerettet!"

Lea sagte kein Wort und drückte ihre Freundin noch fester an sich.

Tosende Wellen aus Erinnerungen brachen über sie herein und riefen jedes noch so winzige Detail wieder in ihr Gedächtnis. Selbst die Angst gewährte den beiden diesen kurzen Augenblick der Freude und schlich, wie eine teilnahmslose Gestalt, weiter durch die Gänge. Sie hatten nicht mehr daran geglaubt, die andere in diesem Leben noch einmal zu sehen. Aber jetzt hielten sie sich in den Armen und es fühlte sich, wie der Anfang eines neuen Lebens an.

Doch dann stieß sich Gina von Lea weg und schaute sie mit entsetzten Augen an.

„Wir müssen schnell hier raus. Wenn Henry uns findet, wird er uns wieder einsperren und nie wieder rauslassen."

Lea kam nicht mehr dazu, darauf etwas zu erwidern. Gina griff nach ihrer Hand und zog sie einfach hinter sich her. Die beiden rannten durch die Gewölbe. Aber schon nach einer kurzen Weile spürte Lea, dass Gina bereits am Ende ihrer

Kräfte war. Die lange Zeit in der Zelle hatte ihre Spuren bei dem jungen Mädchen hinterlassen.

Lea übernahm von jetzt an die Führung und erkundete den Weg. Diese Kellergewölbe glichen einem riesigen Irrgarten mit unendlich vielen, verwinkelten und versteckten Gängen und Räumen. Jedes Mal, wenn sie dachten, sie hätten die richtige Richtung gefunden, wurde ihre Hoffnung von der nächsten Kreuzung in viele kleine Teile zerschlagen.

Lea fluchte leise.

Wenn wir weiter so langsam laufen, werden sie uns schon bald eingeholt haben. Aber es hat keinen Sinn, ich muss Gina eine Pause gönnen.

„Ruh du dich ein wenig aus, ich inspiziere schon mal die Strecke vor uns."

Gina winkte ihr entkräftet zu, um ihr zu zeigen, dass sie einverstanden war.

Lea durchquerte den Gang und öffnete eine alte Tür, die von Holzwürmern förmlich durchsiebt war. Sie rannte weiter. Es lag nun allein in ihrer Verantwortung, einen Ausgang zu finden. Sie stürmte um die Ecke und wollte gerade die nächste Tür ansteuern, als sie plötzlich auf dem Gang etwas erkannte. Anfangs dachte sie an eine Schattenreflexion, entstanden durch das immer spärlicher werdende Licht. Als der Schatten aber plötzlich aufschrie und die Arme nach oben riss, wurde Lea schlagartig klar, dass jemand dort auf sie gelauert hatte.

Sie schrie entsetzt auf und versuchte auszuweichen, aber sie hatte viel zu viel Schwung drauf. Sie torkelte nach vorne und rammte gegen die Person. Sie spürte die starke Erschütterung, die sie sogleich von den Beinen riss. Dann vernahm sie einen weiteren Schrei.

„Aua, bist du denn des Wahnsinns?"

Lea rollte sich zur Seite und riss die Arme schützend vor ihren Kopf. Sie wollte gerade zutreten, als sie stutzte. Sie konnte es nicht glauben, aber vor ihr saß eine alte Frau auf dem Boden, die sich die Hüfte rieb und ärgerlich dreinschaute. Dann hoben sich Leas Mundwinkel und ihr Gesicht bekam einen erstaunten Ausdruck. Sie kannte diese Frau, es war Frau Kellermann.

„Lara, was machst du denn hier unten? Und wie siehst du in Gottes Namen aus? Was ist mit dir passiert?"

Lea griff der alten Frau unter die Arme, während sie sich ächzend erhob. Frau Kellermann nahm sie in den Arm und drückte sie fest an sich. Nach einigen Momenten schob sich Lea ein wenig weg.

„Frau Kellermann, Sie glauben nicht, wie sehr ich mich freue Sie zu sehen."

Sie versuchte die Tränen zurückzudrängen.

„Ihr Sohn hat mir das angetan. Er hält mich seit vielen Wochen hier unten gefangen und meine Freundin ist noch länger hier."

Kaum hatte sie den Satz beendet, kam Gina um die Ecke gerannt und blieb wie angewurzelt stehen. Lea beruhigte sie und erklärte ihr, wer die Frau war. Frau Kellermann schaute ein wenig nachdenklich, als sie Gina erblickte. Für einen Augenblick schien es so, als würde sie dieses Mädchen kennen, aber dann schüttelte sie den Kopf und ging zu ihr. Sie nahm Ginas Gesicht in die Hände und betrachtete die vielen blauen Flecken.

„Das darf nicht wahr sein", flüsterte sie. Ihr Kopf sank traurig nach unten, als könne sie jeden einzelnen Schmerz nachempfinden.

„Wer tut so etwas anderen an?"

Man spürte, wie betroffen der Anblick der misshandelten Mädchen die alte Frau machte. Fassungslos ging sie zu Lea und nahm sie wieder in den Arm.

„Ich habe es nie wahrhaben wollen, aber es scheint Wirklichkeit geworden zu sein", sie machte eine kleine Pause und schaute die beiden mit leidenden Augen an.

„Ich muss es endlich einsehen, mein Sohn ist wahnsinnig geworden."

Lea und Gina sahen, wie Tränen an ihrem rundlichen Gesicht heruntertropften.

„Ich kann nicht glauben, was er getan hat. Dafür gibt es keine Entschuldigung. Er hält Menschen hier unten gefangen. Wir müssen das sofort der Polizei melden. Ich liebe meinen Sohn wirklich, aber er ist eine Gefahr für andere geworden. Es ist so bizarr, genau der Mensch, der vorgibt anderen helfen zu wollen, verhält sich wie ein Wahnsinniger, wie ein Verrückter."

Auch wenn Lea Mitleid mit der alten Frau hatte, ihnen rannte die Zeit davon. Jeden Moment könnten Henry und Paul hier erscheinen. Und wenn Henry erfahren würde, dass seine eigene Mutter die Absicht hegte ihn anzuzeigen … Lea glaubte nicht, dass er vor ihr Halt machen würde.

„Haben Sie eine Ahnung, wie wir hier herauskommen, Frau Kellermann? Hier unten gibt es kilometerlange Gänge."

Verstohlen wischte sich die alte Frau die Tränen weg. Sie blickte starr zu Boden, als könne sie es nicht ertragen, den Mädchen ins Gesicht zu schauen.

„Ich hatte dir ja erzählt, dass ich lange hier gewohnt habe, deswegen kenne ich mich recht gut aus. Was für ein Glück, dass ich ausgerechnet jetzt hier bin. Ich wurde misstrauisch, weil ich so lange nichts von Henry gehört habe. Als ich dann vor dem Anwesen stand, war alles verschlossen und selbst die Fenster waren verbarrikadiert. Ich kenne einen weiteren Eingang, durch den man in die Kellergewölbe und ins Anwesen gelangt."

Die alte Frau kramte in ihrer Tasche herum und hob einen alten, rostigen Schlüssel in die Höhe.

„Den hat er mir damals nicht abgenommen", ein verschmitztes Lächeln huschte über ihr faltiges Gesicht.

„Ich hätte nie geglaubt, dass ich ihn mal brauchen werde. Kommt ihr zwei, lasst uns endlich aus diesem dunklen und dreckigen Gemäuer verschwinden. Je eher wir die Polizei informieren, desto besser."

„Frau Kellermann", Lea schnaufte und versuchte ihre nächsten Worte ruhig und besonnen auszusprechen, „ihr Sohn ist nicht nur ein Entführer, er hat auch einen Polizisten ermordet."

Die alte Frau war gerade im Begriff loszulaufen, als sie mitten im Schritt erstarrte. Sie blickte weiter starr nach vorne und presste sich die Hände vor das Gesicht.

„Es tut mir wirklich leid", flüsterte Lea.

„Ich erzähle es Ihnen jetzt nur, weil wir alle wissen sollten, dass ihr Sohn nichts mehr zu verlieren hat und auch vor einem weiteren Mord nicht zurückschrecken wird. Ich sehe ihn jetzt noch da stehen, breit grinsend, mit dem blutverschmierten Messer in der Hand und wie er ..."

Lea schüttelte den Kopf, als versuchte sie diese Bilder aus ihrem Gedächtnis zu verbannen.

Die alte Frau wagte es nicht Lea anzuschauen. Die Tatsache zu ertragen, die Mutter von solch einem Menschen zu sein, schien sie maßlos zu überfordern. Es war ihr Sohn, ihr Fleisch und Blut und er war ein skrupelloser Mörder.

Frau Kellermann stand völlig apathisch da und Lea musste sie an die Hand nehmen, damit sie wieder ins Hier und Jetzt gelangte.

„Ja, du hast recht. Wir sollten vorsichtig sein", stammelte sie hervor. Jedes einzelne Wort schien sie unsägliche Überwindung zu kosten.

„Was", donnerte plötzlich eine laute Stimme, "haben sie dir erzählt, verflucht nochmal."

Der Hall vervielfältigte sich zu solch einer Lautstärke, als wolle er die Decke zum Einsturz bringen und alle unter sich begraben. Es war Henry, der in das schwache Licht einer Lampe trat.

Sein Gesicht war schrecklich verzerrt und er schäumte vor Wut. Gina und Lea schrien entsetzt auf und wichen bis zur Wand zurück. Bloß Frau Kellermann stand weiter regungslos da und schaute ihren Sohn mit aufgerissenen Augen an.

Lea hob den Arm mit der Eisenstange, er sollte sehen, dass sie nicht wehrlos waren.

„Was haben sie dir erzählt?", wiederholte Henry fauchend und sein Blick haftete weiter an seiner Mutter.

„Ich … ich kann nicht glauben, was du getan hast", antwortete Frau Kellermann und ihre tonlose Stimme zeugte von tiefer Entgeisterung. Sie wich nun ebenfalls zurück und stellte sich schützend vor die Mädchen.

„Du wirst ihnen nichts tun, du hast schon genug Unheil angerichtet. Du hast sie hier unten festgehalten und einen Menschen ermordet! Was für ein Monster habe ich nur auf die Welt gebracht?"

Henry riss entsetzt die Augen auf.

„Und das glaubst du ihnen tatsächlich?"

Seine Stimme nahm plötzlich einen sanfteren Ton an.

„Die beiden erzählen nur Lügen, ich habe niemanden umgebracht. Sie sind hier eingebrochen, um ihre Krankenakten zu fälschen. Los, frag sie, ob es stimmt."

Frau Kellermanns Blick wechselte zu ihnen und ihre Augenbrauen hoben sich.

„Stimmt es, was er sagt?"

Lea musste jetzt sehr vorsichtig sein. Wenn sie abstritt, eingebrochen zu sein, Henry es aber beweisen konnte, wäre das Vertrauen der Mutter verloren. Sie sollte bei der Wahrheit bleiben, denn mit Sicherheit hatte er noch einige Asse im Ärmel.

„Ja, ich war an seinem Computer", gab sie zu, „aber nicht um etwas zu verändern, sondern um nach Hinweisen zu suchen, was mit Gina passiert ist."

„Und du hast gehofft, die in meinem Computer zu finden? Das glaubt dir kein Mensch", fuhr Henry spöttisch dazwischen.

„Du wolltest eure Akten fälschen, weil in ihnen die Wahrheit steht. Ihr beide seid verrückt und leidet unter Wahnvorstellungen. Seit vielen Jahren praktiziere ich und habe mit meinen Forschungen und Behandlungen so vielen Menschen geholfen und nie hat mich jemand für verrückt gehalten und jetzt kommt ihr daher. Wer seid ihr schon? Ein paar Jugendliche, die nichts anderes im Sinn haben, als einen Sündenbock für ihre schlimme Vergangenheit zu finden. Ihr seid die Gefahr und nicht ich."

Henrys Hand schoss nach oben und immer wieder zeigte er auf die beiden Mädchen, als wolle er sie hier und jetzt an den Pranger stellen.

Lea und Gina waren fassungslos. Dieser Mistkerl spielte seine Rolle wirklich überzeugend.

„Dass du hier eingebrochen bist und an seinem Computer warst, gibt mir schon zu denken", sagte die alte Frau zu Lea, "so verhält sich ein unschuldiges Mädchen nicht."

Henry witterte seine Chance und ein spöttisches Leuchten schoss durch seine Augen. Während Frau Kellermann Lea anschaute, grinste er breit und fuhr mit seinen Verleumdungen fort.

„Erzähl meiner Mutter doch auch, dass du mir die Polizei auf den Hals gehetzt hast. Ich wette, diese Geschichte kennt sie auch noch nicht."

Frau Kellermann neigte den Kopf und dachte einen Moment nach.

„Lara, ich bin jetzt wirklich entsetzt", rief sie entrüstet. "Es ging bei deinem Besuch also nicht um eine Recherche für einen Artikel. Du wolltest mich nur über meinen Sohn ausquetschen."

„Ach, bei dir zu Hause war sie auch schon, das wird ja immer besser", kommentierte Henry, "und einen falschen Namen hat sie dir auch genannt, wie amüsant. Dieses junge, ach so unschuldige Mädchen heißt nicht Lara, ihr richtiger Name ist Lea. Sie lügt, sobald sie den Mund aufmacht."

Henry lachte schallend, bevor er an seine Mutter gewandt weitersprach.

„Also, wenn du jetzt noch weitere Beweise dafür brauchst, dass die beiden einen Komplott gegen mich geschmiedet haben, dann weiß ich auch nicht weiter. Du weißt wohl sicher auch nichts über die Drogenprobleme der beiden und ihre krankhafte Neigung Menschen zu verletzen? Das steht alles in den Akten. Ich kann sie gerne holen, wenn du möchtest. Und als wäre das alles nicht schon schlimm genug, haben sie auch noch meine wertvolle Uhr aus Gold und den goldenen Ring von Vater geklaut."

Henry spuckte angewidert auf den Boden.

„Und alles nur um euch Drogen zu kaufen. Hätte ich euch nicht auf frischer Tat ertappt, wären die Sachen schon längst auf dem Weg zu einem Hehler. Ich denke, dass mittlerweile klar sein sollte, wer hier lügt. Und ihr beide", Henry schaute sie angewidert an, „schreckt nicht vor einem Rufmord zurück, um einen unschuldigen Menschen, der nie etwas anderes wollte, als anderen zu helfen, ins Gefängnis zu bringen."

Lea war fassungslos. Dieser Mistkerl hatte ein unnachahmliches Talent, Lügengeschichten derart überzeugend als Wahrheit zu präsentieren, dass man sie einfach glauben musste. Sie sah zu ihrer Freundin, die die gleichen Gedanken zu haben schien.

Während Henry weiter beschwörend auf seine Mutter einredete, rutschte Gina etwas näher heran, zog Lea ein paar Schritte beiseite und flüsterte ihr leise ins Ohr.

„Schau dir die alte Frau an, sie glaubt ihm und seinen Geschichten. Du denkst doch nicht wirklich, dass sie ihren eigenen Sohn an die Polizei übergibt? Schau dir ihre Augen an, sie würde alles tun, um ihn davor zu bewahren. Lea, wir können ihr nicht vertrauen, bitte hör auf mich. Sie steckt mit ihm unter einer Decke oder meinst du wirklich, dass es ein Zufall ist, dass sie gerade jetzt hier unten unterwegs war? Nimmst du ihr wirklich die Geschichte ab, dass sie lange nichts von ihm gehört hat und durch einen anderen Eingang reingekommen ist? Und Henry wusste von all dem nichts? Das ist doch alles nur ein hinterhältiges Spiel. Ich schwöre dir, die beiden bringen uns wieder in die Zelle. Sie ist bestimmt genauso verrückt wie ihr Sohn. Ich flehe dich an, glaube ihr kein Wort."

Lea musste zugeben, dass ihr die Geschichte der alten Frau auch etwas zweifelhaft vorkam. Vorhin war sie so erleichtert gewesen unverhoffte Hilfe zu bekommen, dass es ihr nicht aufgefallen war. Aber Gina hatte recht, sie durften ihr nicht trauen.

Sie schaute Frau Kellermann von der Seite genauer an. Täuschte sie sich oder umspielte ein leichtes Lächeln ihren faltigen Mund? Lea ging einen Schritt auf sie zu. Plötzlich griff Frau Kellermann in ihre Jackentasche und kurz darauf blitzte der Lauf eines Revolvers in ihrer Hand auf. Lea sah geradewegs in die Mündung.

„Keinen Schritt weiter, Lea, oder soll ich dich doch lieber Lara nennen? Das gleiche gilt auch für die anderen."

Die alte Frau entsicherte die Waffe und richtete sie abwechselnd auf Lea, Gina und Henry. Das überzeugte alle, dass sie es wirklich ernst meinte.

„Bevor ich nicht weiß, wer lügt, traue ich keinem von euch." Lea zuckte erschrocken zurück. Mit solch einer Wendung des Geschehens hatte sie nicht gerechnet.

Man spürte förmlich, wie sich die Spannung mehr und mehr aufbaute und ein bloßer Funke würde darüber entscheiden, welchen Ausgang diese Geschichte nahm. Henry fing sich als erster wieder.

„Ich bin dein Sohn, Mutter."

Er hob flehend die Arme.

„Wenn du deinem eigenen Fleisch und Blut nicht glaubst, wem dann? Die beiden tragen die Saat des Teufels in sich. Sie sind es, die lügen. Ich kann auch Paul holen, der bestätigt meine Worte. Du kennst die beiden doch überhaupt nicht und mich kennst du schon mein Leben lang. Bist du solch eine schlechte Mutter, dass du Fremden mehr vertraust?"

Lea hatte das Gefühl, dass wenn sie jetzt nichts sagte, ihr Schicksal besiegelt war.

„Frau Kellermann, ich...", fing sie an, wurde aber jäh von ihr unterbrochen.

"Bleib wo du bist. Ich sage es nicht noch einmal. Ich habe keine Hemmungen, dir eine Kugel ich den Bauch zu jagen."

Plötzlich schrie Henry laut auf und verfluchte die Mädchen. Er wurde immer lauter und wieder beschimpfte er sie als Lügnerinnen und Verrückte. Nur sie seien daran schuld, dass seine eigene Mutter die Waffe auf ihn richtete. Er steigerte sich immer mehr hinein und fing an, gegen die Wände zu treten. Dann eskalierte die Situation völlig.

Frau Kellermann schrie ihren Sohn an, er solle sich beruhigen, währenddessen stieß Gina Lea an.

„Los, schlag zu! Das ist unsere letzte Chance. Sie steht auf seiner Seite und wenn wir jetzt nichts unternehmen, werden wir für immer in dieser Zelle hocken. Schlag zu! Bitte, schlag zu."

Immer wieder dröhnten diese zwei Worte durch Leas Verstand. Sie nickte ihrer Freundin zu, sie wollte nie wieder in diese verdammte Zelle zurück. Dafür war sie zu allem bereit. Ihre Finger spannten sich fester um den Eisenstab.

„Schlag zu, schlag endlich zu!", zischte Gina immer wieder.

Lea traf eine Entscheidung. Sie sprang vor und von diesem Moment an, war sie nicht sie selbst.

Sie holte mit der Stange aus, schlug zu und traf die alte Frau am Kopf. Lea spürte die Vibration, die durch den Eisenstab über ihren Arm bis in ihren Körper drang.

Frau Kellermann verdrehte die Augen und torkelte, als würde sie über das Deck eines wankenden Schiffes laufen.

„Los, schlag noch mal zu! Sie lebt noch", schrie Gina hysterisch.

Ein fremdes, aber auch berauschendes Gefühl stieg in Lea auf. Sie spürte eine immense Kraft in sich. Sie fühlte sich, wie ein neugeborener Racheengel und allein in ihren Händen lag die Macht über das Leben dieses bösen Menschen zu entscheiden. Sie war stark, unheimlich stark.

Erneut holte sie aus und der nächste Schlag traf die Frau seitlich am Bauch. Ihre Knie gaben nach und sie stützte sich mit den Händen am Boden ab. Lea holte noch einmal aus. Ein letzter, harter Schlag auf den Rücken brachte sie endlich zu Boden. Ihr Körper zuckte noch ein paar Mal, als würden die allerletzten Impulse durch ihre Muskeln fahren. Dann lag sie völlig regungslos da.

„Schlag sie tot!", hörte sie Gina triumphierend kreischen. Aber dann erwachte Lea aus dem Blutrausch. Erst jetzt realisierte sie, was sie getan hatte. Sie hatte die alte Frau getötet, sie hatte sie wirklich umgebracht.

Sie riss sich von dem Anblick los und wandte den Eisenstab drohend zu Henry. Er sollte sehen, dass ihm das gleiche Schicksal blühte, wenn er ihnen zu nahe kam. Wie würde er wohl auf den Tod seiner Mutter reagieren? Würde er angreifen oder vor Trauer zusammenbrechen und heulen? Lea und Gina rechneten in diesem Moment mit allem.

Aber Henry reagierte völlig anders als erwartet. Er kniete sich neben seine Mutter und fühlte ihren Puls. Er stand wieder auf und strahlte wie ein kleines Kind, dem man gerade ein ganz besonderes Geschenk gemacht hat.

„Wie herrlich ist das denn?"

Entzückt klatschte er in die Hände und drehte sich im Kreis.

„Ihr habt sie erledigt. Ihr habt sie wirklich erledigt."

Fassungslos vor Freude schaute er sie an.

„Ach Lea, ich hätte nie gedacht, dass du zu so etwas fähig bist. Du hast sie totgeschlagen."

Henry gestikulierte wild mit einem imaginären Eisenstab und spielte nach, wie Lea seine Mutter erschlagen hatte. Dann lachte er laut auf.

„Euch ist schon klar, dass meine Mutter die Einzige war, die euch noch hätte retten können? Unter ihrem Schutz hätte ich euch nie etwas getan. Hättest du ihr noch einen Moment mehr Zeit gegeben, hätte sie die Polizei gerufen. Aber nein, ihr habt es ja nicht abwarten können und sie erledigt. Danke, damit habt ihr mir eine Menge Stress erspart."

Nachdem er mit seinem Spott fertig war, wurde seine Stimme etwas ernster.

"Es war wirklich amüsant zu beobachten, wie du deine einzige Möglichkeit zu entkommen zunichte gemacht hast. Und, wie fühlt man sich so als Mörderin? Ist es nicht ein berauschendes Gefühl? Hast du auch diese erhabene Empfindung gespürt, als du die Macht hattest, über Leben und Tod zu entscheiden?"

Seine Augen leuchteten aufgeregt.

Lea starrte ihn an und dachte über seine Worte nach. War sie vielleicht ebenfalls verrückt? Ein normaler Mensch würde keinen anderen Menschen töten, schleuderte ihr Gewissen ihr entgegen. Leas Einwand, dass es Notwehr war, wurde von ihrem Gewissen nur belächelt.

Sie wandte ihren Blick ab und schaute Gina vorwurfsvoll an. Mit ihrem anstachelnden Geschrei hatte sie zur Eskalation beigetragen. Natürlich wollte Gina nur, dass sie überlebten, aber im Gegensatz zu ihr, musste sie sich nicht damit abfinden, einen Menschen getötet zu haben.

Gina ahnte, was in Lea vorging und schaute betroffen zu Boden, sie konnte ihrer Freundin nicht in die Augen sehen.

Währenddessen gab sich Henry weiter seiner Schadenfreude hin und ließ sein Lachen durch den Gang schallen.

„So, und nun wieder ab in eure Zellen und seid euch sicher, noch einmal werdet ihr keine Gelegenheit zur Flucht bekommen."

„Wir gehen nicht wieder in die Zelle", entgegnete ihm Gina trotzig.

„Ach, das kleine stumme Mädchen wittert plötzlich wieder Morgenluft? Du schreist doch jetzt nur so herum, weil Lea bei dir ist. In den ganzen Monaten warst du nicht so rebellisch. Ich habe dir doch schon immer gesagt, dass Lea kein guter Umgang für dich ist."

Höhnisch grinste er die beiden an.

Lea hob die Eisenstange noch ein wenig höher.

„Ich werde auch nicht zurück in die Zelle gehen, lieber sterbe ich", sagte sie so überzeugend, dass sie sich selbst wunderte.

„Das kannst du gerne haben, Lea".

Mit diesen Worten sprang Henry auf sie zu und wollte sie mit einem unerwarteten Angriff überrumpeln.

Lea zuckte blitzschnell zurück, holte aus und die Eisenstange pfiff durch die Luft. Henry sprang zur Seite und wollte erneut angreifen, da tauchte plötzlich Gina wie aus dem Nichts auf und trat mit voller Kraft zu. Der Treffer lenkte ihn für den Bruchteil einer Sekunde ab. Das war nicht viel, aber die Zeit reichte aus, dass Lea wieder zur Stelle war und erneut zuschlug. Die schwere Eisenstange hämmerte gegen sein Knie. Vor Schmerz schrie Henry laut auf und presste die Hände an die getroffene Stelle.

„Komm Gina, schnell weg hier!", schrie Lea ihrer Freundin zu und hielt ihr die Hand hin.

Sie rannten los und das letzte, was sie hörten, waren Henrys tobenden Schreie. Dann verschluckte sie die Dunkelheit.

Kapitel 23

Der brennende Schmerz fraß sich, wie scharfe Säure, durch jede Muskelfaser und raubte ihm die Sinne. Henry stöhnte und presste seine Hände auf das Bein. Obwohl nur einige Sekunden vergangen waren, spürte er, dass sich eine dicke Schwellung mehr und mehr ausbreitete.

„Lea! Gina!", schrie er hasserfüllt, in der Hoffnung, seine unbändige Wut ein wenig lindern zu können. Aber es half nicht. Wieder einmal hatten sie ihn ausgetrickst und wieder einmal war er darauf reingefallen.

Mühselig, als würde er Tonnen stemmen, versuchte er vergeblich aufzustehen. Sein verletztes Bein knickte ein und er fiel, wie ein kaputter Klappstuhl, in sich zusammen. Unnatürliche Hitze brach im Inneren seines Kniegelenks aus und verbreitete sich schmerzhaft über Sehnen und Bänder.

Henry war klar, dass er die Mädchen unter diesen Umständen unmöglich verfolgen konnte. Wenn er mit diesen Schmerzen überhaupt noch ein paar Schritte weiter käme, würde das an ein Wunder grenzen. Aber er wollte sich keineswegs darauf verlassen, dass Paul die beiden einfing. Er wusste, was zu tun war.

Ein kurzes Aufleuchten seiner Augen verdrängte den vor Wut und Schmerz verzerrten Blick. Er griff in seine Hosentasche und holte eine kleine Tablettendose hervor. Viele unterschiedliche Pillen in allen möglichen Farben, Größen und Formen rollten beim Öffnen hin und her. Ohne Zweifel waren sie seine besten Freunde. Für jede Situation stand ihm ein Bestimmter zur Verfügung.

Verzweifelt griff er nach einer rosafarbenen Pille, aber erneut jagten Schmerzwellen durch seinen Körper und ließen ihn derart zittern, dass er sie jedes Mal verfehlte. Endlich gelang es ihm sie zu packen und er schluckte sie gierig herunter. Henry überlegte kurz und nahm zwei weitere, es musste jetzt schnell gehen. Schon nach kurzer Zeit spürte er, wie der Schmerz nachließ und einige Minuten später war er völlig in den Hintergrund getreten. Er atmete befreit durch, wieder einmal hatte er sich auf seine kleinen Helfer verlassen können.

Trotzdem bereitete es ihm große Mühe, wieder auf die Beine zu kommen. Mit letzter Kraft gelang es ihm, sich an der Wand abzustützen. Eigentlich sollten diese Pillen nicht nur seinen Schmerz vertreiben, sondern auch seine Stimmung aufhellen, aber darin versagte das Medikament völlig.

Henry schäumte vor Wut, würde er die beiden in die Finger bekommen, würde er sie mit seinen bloßen Händen erwürgen.

Mach dich nicht verrückt, die kommen hier nicht raus. Sie sitzen in der Falle, wie zwei kleine Mäuse, denen man ein Stück Käse hingehalten hat. Egal, wo sie sich verstecken, ich werde sie finden. Also lass ich ihnen den Vorsprung, das macht es für mich interessanter und die zwei vergehen dabei vor Angst. Oh ja, das ist ein Spiel nach meinem Geschmack. Genau so liebe ich es.

Humpelnd lief er in die Richtung, in die Lea und Gina verschwunden waren und erneut hallten die Namen der Mädchen durch die kilometerlangen Gänge. Seine Beute würde ihm nicht entkommen.

Kapitel 24

Lea und Gina tauchten in die finstere Welt des unterirdischen Labyrinths ein. Die jahrhundertealten Steine schienen sie erdrücken zu wollen und das spärliche Licht erhellte lediglich die nächsten Meter vor ihnen. Stellenweise lag der Gang völlig im Dunkeln, da manche der alten Lampen ihren Dienst verweigerten. Trotz der Todesangst, die den beiden im Nacken saß, mussten sie langsam und bedächtig weiterlaufen, um nicht zu stürzen.

Jedes Mal, wenn sie eine Tür entdeckten, rissen sie diese auf und schauten nach, ob sich dahinter ein Ausgang befand. Doch sie wurden immer wieder enttäuscht und ihre Hoffnung schwand langsam dahin. Dieses Wirrwarr aus endlosen Gängen und Räumen schien nicht enden zu wollen. Die Erkenntnis, sich verlaufen zu haben, stellte die Nerven der beiden zusätzlich auf eine harte Probe. Manchmal waren sie sich nicht einmal mehr sicher, ob sie nicht denselben Gang erst vor ein paar Minuten entlanggelaufen waren.

Irgendwann sank Gina entkräftet zusammen, sie musste sich etwas ausruhen. Sie schlichen in den nächsten Raum und schlossen die Tür. Dieser Raum musste damals ein Werkzeugkeller gewesen sein. Eine uralte Werkbank stand in einer Ecke und nahm fast die Hälfte der Wand ein. Ein paar verschlissene Werkzeuge, die schon einige Jahre alt sein mussten, hingen an langen, verrosteten Nägeln. Einige leere Holzkisten stapelten sich in dem Raum und bildeten ein heilloses Durcheinander.

Obwohl in Lea eine unbeschreibliche Angst wütete, versuchte sie ruhig und gelassen zu reden.

„Setz dich hin und ruh dich ein wenig aus, danach suchen wir weiter. Irgendwann werden wir schon einen Ausweg aus dieser verdammten Hölle finden."

Sie zwang sich ein verkrampftes Lächeln hervor.

„Tut mir leid, dass ich dich aufhalte", entschuldigte sich Gina.

„Die vielen Monate ohne Bewegung und das schlechte Essen haben mich ganz schön schlapp gemacht."

Lea wollte gerade antworten, als sie plötzlich draußen auf dem Gang ein Geräusch vernahm. Noch war es weit entfernt, aber nur wenige Sekunden später folgte ein weiteres, wesentlich lauteres Geräusch. Jemand näherte sich. Lea presste einen Finger vor ihren Mund und Gina verstand die Geste.

„Ich glaube, da kommt jemand. Es ist zu spät, um hier raus zu kommen, wir müssen uns verstecken."

Lea schaute sich hektisch um.

„Geh du in die Kiste, ich mache dann den Deckel zu. Ich verstecke mich unter der Werkzeugbank. Für uns beide ist dort kein Platz."

Gina zögerte keine Sekunde und kletterte hinein. Als Lea den Deckel vorsichtig zumachte, trafen sich ihre Augen. Sekundenlang schauten sie sich an. Seltsamerweise schien Gina recht ruhig zu sein. Die Arme hatte bestimmt einen Schock, aber wer sollte ihr das verdenken?

Lea rannte zu der Werkzeugbank und ging in Deckung. Sie zog eine alte, von Motten durchlöcherte Decke über sich, hielt den Atem an und lauschte. Nichts, es war wieder völlig still. Vielleicht war er wieder verschwunden und suchte nun in einem anderen Bereich des Gewölbes.

Plötzlich hörte sie schleppende Schritte. Dann, Lea zuckte erschrocken zusammen, erklang ein lautes Rumpeln, als jemand gegen die Tür trat. Sie schwang auf und donnerte gegen die Wand.

Lea blinzelte durch ein Loch in der Decke und sah, wie sich jemand in die Mitte des Raums stellte, die Arme verschränkte und sich wutschnaubend umschaute. Es war Paul. Nun war das eingetreten, was sie hatte vermeiden wollen, zwei Verfolger waren ihnen auf den Fersen.

Sein Blick blieb an den unzähligen Kisten haften. Er grinste amüsiert, als wüsste er genau, dass sich dort jemand versteckte. Er ging etwas näher und trat mit voller Kraft gegen die erste Kiste. Der Absatz seines schweren Schuhs schlug gegen das Holz. Das Material war solch einer Kraft nicht gewachsen und das Holz splitterte auseinander. Die Seitenteile der Kiste klappten auf. Auch die nächsten zwei Kisten bekamen seinen Zorn zu spüren und fielen schon nach wenigen Tritten in sich zusammen. Nun befand er sich genau vor der Kiste, in der sich Gina versteckte und in diesem Moment Höllenqualen durchlitt.

Lea betete, dass irgendetwas diesen unheimlichen Kerl davon abhalten würde, hier weiter zu suchen. Aber auch dieses Mal hatte das Schicksal ganz andere Pläne.

„Na, wo versteckt ihr euch? Ich höre euch atmen. Gleich bin ich bei euch."

Wie ein teuflischer Windzug strich ihnen die Drohung um die Ohren.

„Ach, da versteckt ihr euch also. Was für ein lächerliches Versteck."

Lea hörte ein boshaftes Lachen, als Paul den Deckel der Kiste beiseiteschob. Sie wusste, nun musste sie reagieren. Sie nutzte Ginas gellenden Schrei, um unbemerkt unter der Werkzeugbank hervorzukriechen. Im Augenwinkel sah sie, wie Paul ihrer Freundin in die Haare griff und sie aus der Kiste zerrte. Als es ihm nicht schnell genug ging, versetzte er dem Mädchen einen harten Stoß und Gina knallte zu Boden.

Lea stürmte los. Paul befand sich nur wenige Schritte von ihr entfernt, mit ein wenig Glück würde er sie nicht einmal bemerken. Mitten im Lauf riss sie die Hand hoch, in der sie noch immer die Eisenstange hielt. Dann hatte sie ihn erreicht und schlug zu. Es war ihr vollkommen gleich, wo sie ihn traf, sie wollte diesen Mann einfach nur aufhalten.

War es Pech oder eine Vorahnung, aber genau in diesem Moment drehte sich Paul um, sah Lea mit dem erhobenen Eisenstab und sprang ein Stück beiseite. Die Waffe sauste durch die Luft und schlug hart auf den Boden. Funken stiegen auf, als das Metall auf Stein traf.

Paul sprang vor und schlug zu. Lea war zu überrascht, um in Deckung zu gehen. Wie ein Dampfhammer traf sie der Schlag an der Schläfe und ließ alles um sie herum hin und her wanken. Trotz der wahnsinnigen Schmerzen, die ihren Kopf fast zerrissen, erkannte sie, wie Paul sich mit einem angewiderten und abfälligen Blick näherte. Er rieb sich die Hände und war sich seines Sieges schon sicher.

Lea schloss für einen kurzen Moment die Augen, sie konnte diesen rasenden Schmerz nicht länger ertragen. Als sie ihre Lider wieder öffnete, sah sie einen schwarzen Schatten über sich. Kurz darauf spürte sie den Druck an ihrem Hals, als sich seine Finger, wie kräftige Tentakel, in ihr Fleisch gruben. Lea spannte ihre Muskeln an und versuchte so, dem Druck an ihrem Hals etwas entgegenzusetzen, aber der Treffer hatte sie zu hart erwischt. Sie spürte ein furchtbares Brennen in ihrer Lunge und alles in ihr gierte nach Sauerstoff. Schreckliche Krämpfe erfassten ihren gesamten Körper und drohten mit einer heranschleichenden Ohnmacht, sich ihrer Sinne zu bemächtigen.

Lea startete einen letzten Versuch, sich aus dem Griff herauszuwinden, aber seine Finger gaben keinen Millimeter nach. Es war der Griff eines tollwütigen Tieres, das sein wehrloses Opfer in den Klauen hatte. Der geifernde Ausdruck seiner Augen verriet, was für eine Freude ihm das Töten bereitete.

Alles um Lea herum verschwamm. Die Konturen verwischten und ein seltsames, leises Dröhnen hallte in ihrem Kopf. War dies jetzt das Ende?

Ein letztes Mal flammte der Wille zum Überleben in ihr auf. Sie tastete hektisch den Boden um sich herum ab, vielleicht fand sie etwas, was sie als Waffe gebrauchen konnte. Durch diesen Versuch bekam der Diener immer mehr Überhand, aber das musste sie in Kauf nehmen. Ihre Finger stießen gegen einen Gegenstand, den sie nicht identifizieren konnte. Vielleicht schaffte sie es damit, sich zu befreien. Sie wusste, sie hatte nur diesen einen Versuch.

Mit einer unvorstellbaren Anstrengung gelang es ihr den Gegenstand zu umklammern und an sich zu ziehen. Jetzt musste sie nur noch zustoßen, aber ihre Kraft war verbraucht. Sie bettelte ihren Körper an, weitere Reserven zur Verfügung zu stellen. Ihre Muskeln spannten sich und ihr Arm hob sich ein winziges Stück vom Boden. Es fühlte sich an, als wollten dicke Gummibänder sie daran hindern, die Bewegung schneller auszuführen. Sie kämpfte und gab alles, aber es war zu spät. Der Schlag gegen die Schläfe und der enorme Sauerstoffverlust hatten sie zu stark geschwächt.

Der Schleier der Ohnmacht fiel auf sie herab und legte sich beruhigend über sie. Nun war alles aus und vorbei, der

Kampf war verloren. Sie begrüßte den nahenden Tod. Endlich konnte sie diesen schrecklichen Alptraum und dieses unheimliche Labyrinth verlassen.

Ein letztes Mal öffnete sie einen spaltbreit die Augen. Sie sah einen Schatten an der Wand, aber sie beachtete ihn nicht einmal mehr. Warum auch? Vermutlich war es Henry, der sich daran ergötzte sie sterben zu sehen.

Ihr Blick wechselte zu Paul, der noch immer über ihr hockte und unbarmherzig zudrückte. Seine Lippen öffneten sich zu einem grausamen Grinsen, während er beobachtete, wie das Leben mehr und mehr aus ihren Augen wich.

„Stirb endlich! Los, stirb, stirb", feuerte er sich selbst an.

Dann sah Lea wieder diese Gestalt, die sich hinterrücks aus dem Schatten materialisierte. Aber es war nicht Henry, der dort stand und sich über ihr Ende amüsierte, nein, es war Gina. Sie stand da und wirkte wie eine erhabene Statue. Sie hielt den Griff einer riesigen, verrosteten Sense in beiden Händen und blickte verächtlich zu Paul herunter. Plötzlich erwachte die Statue zum Leben. Gina hob beide Arme weit über den Kopf und Lea war sich sicher, ein teuflisches Grinsen im hübschen Gesicht ihrer Freundin zu erkennen.

Paul ahnte nicht, was sich hinter seinem Rücken abspielte. Er lachte wie ein Irrer und genoss es, das Leben aus seinem wehrlosen Opfer herauszupressen.

Als er jedoch einen lauten Schrei hinter sich vernahm, hielt er inne. Es blieb ihm noch nicht einmal mehr Zeit den Kopf zu drehen. Die riesige Sense sauste hinab und Lea spürte den Ruck, als sich das rostige Blatt in Pauls Körper bohrte. Die Klinge trat ein, fraß sich durch das Fleisch, durchtrennte Rippen und drang auf der anderen Seite wieder heraus. Nur wenige Zentimeter vor ihrer eigenen Brust stoppte die Schneide.

Mit einem Mal löste sich der Druck um Leas Hals. Gierig und völlig unkontrolliert sog sie die Luft ein.

Mit weit aufgerissenen Augen starrte der Diener das Stück Metall an, dass aus seiner Brust ragte. Dann wurden seine Augen trüber und man konnte zusehen, wie die Lebensenergie mehr und mehr aus seinem Körper wich. Ganz langsam, als würde er von unsichtbaren Händen gestützt, kippte er zur Seite und mit einem letzten Seufzen ergab er sich dem Tod.

Für einen kurzen Moment schien die Zeit stehen zu bleiben. Lea tat sich schwer, den Blick von ihm abzuwenden. Es war der reinste Horror, ein weiterer Mensch war vor ihren Augen getötet worden.

„Nun sind wir beide zu Mörderinnen geworden, aber dafür werden wir leben", flüsterte Gina und schaute teilnahmslos die Leiche vor ihren Füßen an.

Die Kälte in ihren Worten erschreckte Lea. Gina schien die Tatsache, dass sie jetzt zwei Leben beendet hatten, nicht das Geringste auszumachen.

Lea kämpfte sich auf die Beine. Gina nahm sie in den Arm und stützte sie. Über die Schulter ihrer Freundin hinweg, sah Lea den Diener am Boden liegen. Was für ein schreckliches Bild er bot. Angewidert wandte sie den Blick ab.

„Wir müssen hier raus, bald wird auch Henry hier sein", mahnte Gina sie zur Eile und schob ihre Freundin Richtung Tür.

Kurz darauf betraten sie den Gang und rannten los. Das Gefühl, dass hinter jeder verschlossenen Tür, jedem neuen Gang und jeder Nische Henry auf sie lauern und sie überraschen konnte, war grausam.

Nach einiger Zeit fiel ihnen auf, dass die Wände des Ganges immer nasser wurden. An manchen Stellen tropfte das

Wasser sogar von der Decke und bildete auf dem Boden böse Rutschfallen. Von überall her war ein Platschen zu hören, das durch die dicken Steinwände noch verstärkt wurde. War es vielleicht ein Indiz dafür, dass sie sich immer mehr vom Herrenhaus entfernten?

Lea kam es so vor, als würde das Schicksal ein hinterlistiges Spiel mit ihnen treiben und immer wieder neue Gänge erschaffen. Doch sie gaben nicht auf. Hinter jeder Tür erhofften sie sich endlich einen Weg aus diesem Irrgarten.

Dann ... beide zuckten zeitgleich zusammen. Ein greller Schrei drang durch die Gewölbe und zerriss die Stille. Es war Henry. Seine Stimme hörte sich sonderbar verzerrt an, als würde er durch ein kaputtes Mikrofon schreien. Einige Sekunden blieb es still, aber dann fing er an, wie ein Irrer zu lachen. Sie wussten, er war ihnen auf den Fersen.

Natürlich konnte es sich um eine akustische Täuschung handeln, er könnte Hunderte Meter entfernt sein oder direkt neben ihnen stehen. Hier unten, tief in diesen Gewölben, in dieser bizarren und verrückten Welt, galten die Gesetze der Normalität nicht.

Lea ergriff die Hand ihrer Freundin, rannte los und zog sie hinter sich her. Noch einmal wollte sie sich nicht erwischen lassen. Sie übernahm wieder die Führung und lief einige Meter vor Gina, als es passierte. Ob die Panik oder die schlechten Lichtverhältnisse daran schuld waren, konnte sie nicht beurteilen. Es krachte und schepperte und dann brach der Boden unter ihren Füßen weg. Sie spürte erst einen harten Schlag gegen ihre Brust, dann gegen ihren Rücken.

Instinktiv griffen ihre Hände zu und versuchten irgendwo Halt zu finden, aber immer wieder rutschten sie an nassen, glitschigen Steinen ab. Sie schrie wie von Sinnen. Die schreckliche Angst, sich beim Aufprall alle Knochen zu brechen, lähmte ihren Verstand. Sie spannte ihre Muskeln an und bereitete sich auf den Aufprall vor. Aber anstatt auf dem harten Boden aufzuschlagen, tauchte sie blitzartig in etwas Eiskaltem ein. Sie hörte die entsetzten Schreie ihrer Freundin so gedämpft, als sei sie Kilometer entfernt. Überall um sie herum sprudelte und gurgelte es. Lea riss die Arme nach oben, stieß sich vom Boden ab und tauchte wieder auf. Sie spuckte und würgte das Wasser aus ihrem Mund, wischte sich die Augen frei und schaute sich um.

Über sich sah sie eine kreisrunde Öffnung, durch die ein schwacher Lichtstrahl zu ihr nach unten drang. Deutlich erkannte sie das Gesicht ihrer Freundin, die ununterbrochen nach ihr rief.

„Ich bin okay, mir ist nichts passiert", rief Lea zurück und kämpfte mit einem aufkommenden Hustenreiz.

„Oh Mann, ich dachte, du wärst tot", rief ihre Freundin ihr besorgt zu.

„Was sollen wir jetzt machen? Wo bist du?"

Lea schaute sich um. Sie befand sich in einem unterirdischen Kanal. Dieser war recht schmal, aber wesentlich höher als die Gewölbegänge zuvor. Die Steine um sie herum waren mit einem dunklen Geflecht überzogen, das wie ein hauchfeines Wurzelwerk aussah. An vielen Stellen waren die Flechten so eng miteinander verwoben, dass man nicht einmal mehr die Steine darunter erkennen konnte. Das Wasser war sehr dunkel und wenn Lea die Hand hineintauchte, konnte sie sie schon nach wenigen Zentimetern nicht mehr sehen.

Sie schaute nach oben zur Öffnung. Wenn sie die Arme weit hoch streckte, fehlten immer noch knapp eineinhalb Meter, um die Kante zu erreichen. Viel zu viel, als dass sie es durch einen Sprung schaffen könnte.

„Ich komme nicht wieder hoch", rief sie ihrer Freundin zu.

„Vielleicht findest du ja ein Seil, damit könnte ich ..."

Plötzlich stoppte Lea mitten im Satz, sie hatte etwas gehört. Sie hielt die Luft an und lauschte.

"Was ist los? Ich habe dich nicht ganz verstanden", schrie Gina ihr lauthals zu.

Lea fluchte und presste sich einen Finger auf die Lippen. Endlich verstand Gina die Geste und schaute gebannt zu ihr nach unten. Dann hörte Lea wieder etwas und nun war sie sich sicher, es kam aus dem Gang über ihr.

Plötzlich ging es Schlag auf Schlag. Ein Schatten wanderte über die Wasserfläche. Mächtig und drohend baute er sich hinter Ginas Rücken auf und verdunkelte das gesamte Loch.

„Pass auf, Hinter dir! Da ist jemand", schrie Lea ihrer Freundin zu.

Gina versuchte noch herumzuwirbeln, aber es war zu spät. Lea sah das entsetzte Gesicht ihrer Freundin, als diese einen Stoß bekam und kopfüber nach vorne ins Wasser fiel. Kurz danach tauchte ihre Freundin neben ihr auf und starrte sie fassungslos an. Sie schien noch gar nicht begriffen zu haben, was passiert war. Sie spuckte das Wasser aus und wischte sich die langen, nassen Haarsträhnen aus dem Gesicht. Beide sahen nach oben und erkannten eine Silhouette an der Öffnung, die neugierig zu ihnen nach unten blickte. Gina schrie entsetzt auf und versteckte sich hinter ihrer Freundin.

Lea musste genau hinschauen, um zu erkennen, wer dort stand. Mit Henry hatte diese Erscheinung nicht mehr viel gemeinsam. Sein Gesicht war geschwollen und ähnelte dem eines Boxers nach der letzten Runde. Auf seiner Stirn, seiner

Wange und selbst an seinem Hals waren überall Kratzspuren, die sich parallel über seine Haut zogen. Um seinen Mund herum klebte getrocknetes Blut, das aus seiner Nase geflossen war. Seine Augen hatte er weit ausgerissen, dabei leuchtete das Weiße darin unnatürlich hell. Seine Oberlippe hatte er, wie ein Raubtier, nach oben gezogen und ein hektisches Hecheln drang aus seinem Mund. Er hatte seine Perücke auf, die an einer Seite schief herunterhing. Ein teuflisches Lächeln verzog seinen Mund und dann sang er mit seiner bizarren, hellen Stimme.

„Zwei Häschen in der Grube, so klein und fein, benahmen sich so böse und kehrten nie mehr Heim."

Sein Gesang wurde von dem Echo des Gewölbes noch unzählige Male zurückgeworfen.

„Und nun werde ich zu euch kommen und dann ...", seine Hand zuckte nach vorne und entblößte ein langes Messer, das im hereinfallenden Licht blitzte, "... dann werdet ihr nie wieder die Gelegenheit bekommen, wegzulaufen. Aber bevor ich zu euch komme, habe ich noch ein Geschenk für euch."

Ein schmaler Lichtstrahl fiel durch die Öffnung und verschwand im Wasser. Lea versuchte die Taschenlampe zu packen, was in dieser dreckigen Brühe gar nicht so einfach war. Dann aber bekam sie das Metallgehäuse zu fassen und zog es heraus. Auch wenn der Lichtstrahl recht klein war, würde er ihnen hier unten wenigstens etwas Helligkeit spenden.

„Ach ja, bevor ich es vergesse", begann Henry wieder, „mit diesem Geschenk könnt ihr meine Arbeiten besser bestaunen. Viel Spaß euch beiden und jetzt komme ich euch holen."

Mit diesen letzten Worten schob er ein paar Bretter über die Öffnung und das hereinfallende Licht verschwand. Lea hob den Arm und leuchtete Gina an, die noch immer zitternd hinter ihr stand.

„Was meinte er damit, dass wir so besser seine Arbeiten bestaunen können?"

Gina schüttelte den Kopf.

„Ich habe keine Ahnung, was dieser Wahnsinnige meint. Er hat uns jetzt genau da, wo er uns haben wollte. Aber anstatt uns zu erledigen, spielt er wieder mit uns und ergötzt sich an unserer Angst."

„Du hast recht, irgendetwas plant er", flüsterte Lea und bemühte sich, ein wenig selbstsicherer zu klingen.

Sie leuchtete mit der Taschenlampe den Schacht ab, aber schon nach wenigen Metern erstickte die Dunkelheit den Lichtschein.

„Vielleicht haben wir Glück und dieser Kanal endet irgendwo draußen."

„Oder er führt kilometerlang weiter durch diese Gewölbe und endet im Nirgendwo", hauchte Gina ihr resigniert zu.

„Komm, wir müssen los, dieser Wahnsinnige ist schon auf dem Weg zu uns. Wenn wir nur einen Weg nach oben fänden, wäre uns schon geholfen."

Lea setzte schwerfällig ein Bein vor das andere und fluchte.

"In dieser trüben Brühe kommt man ja kaum voran."

Gina nickte nur und deutete dann in eine Richtung.

„Lass es uns da versuchen."

Da Lea keine bessere Idee hatte, willigte sie ein und Hand in Hand kämpften sie sich durch das Wasser. Das Licht der Taschenlampe wanderte über die dreckigen Steine. Spinnen, so groß wie Münzen, streckten ihre haarigen, langen Beinen aus und flüchteten erschrocken in eine der unzähligen Ritzen, als der Lichtkegel sie traf.

Die Mädchen suchten fieberhaft die Wände und die Decke ab, irgendwo musste es einen Weg hier raus geben. Plötzlich blieb Lea stehen und zuckte zurück.

„Was ist los? Hast du etwas gesehen?", fragte Gina aufgeregt und schaute sich hektisch um.

Lea senkte ganz langsam den Blick und deutete nach unten.

„Ich glaube, ich bin irgendwo gegen gelaufen."

„Pass bloß auf, vorhin bin ich auch beinahe gegen ein paar Steine gerannt, die unten auf dem Grund lagen. In dieser verflixten Brühe erkennt man überhaupt nichts."

Lea schüttelte hektisch den Kopf.

„Nein, es schwamm im Wasser. Warte, ich leuchte mal nach unten."

Der helle Strahl wanderte über die Wasseroberfläche und versuchte tiefer einzudringen. Lea schob ein Bein nach vorne und spürte erneut etwas.

„Verdammt, hier ist doch etwas."

Mit der Hand strich sie vorsichtig durch das Wasser, da bekam sie plötzlich etwas zu fassen.

„Ich habe es, aber es ist wohl nur ein alter Stoffsack, den jemand irgendwo reingeschmissen hat", beruhigte sie ihre Freundin.

Sie griff zu und versuchte das Bündel an sich heranzuziehen.

„Er ist aber nicht leer, irgendetwas Schweres ist dort drin. Obwohl es im Wasser schwimmt, bekomme ich es kaum von der Stelle."

„Schau mal nach", sagte Gina aufgeregt, „vielleicht ist etwas drin, was uns nützlich sein kann."

Lea gab Gina die Taschenlampe, packte mit beiden Händen zu und zog das Bündel ächzend an die Oberfläche.

Der Schein der Taschenlampe erfasste den Fund. Lea hatte das Gefühl, alles in ihr würde erstarren. Sie riss die Augen weit auf und ihr Herzschlag schien auszusetzen. Nein, es war kein alter Stoffsack, es war der aufgeweichte Stoff eines Hemdes. Plötzlich tauchte ein kalkweißer Arm und ein Kopf aus der dunklen Brühe auf. Die langen braunen Haare der Frauenleiche verteilten sich fächerartig auf der Wasseroberfläche und erinnerten an fein gewebte Spinnennetze. Die Haut war aufgequollen und nur mit sehr viel Fantasie konnte man das Gesicht eines Menschen erkennen.

Die geschlossenen Augen ließen den Leichnam unmenschlich und unnatürlich erscheinen. Trübe Brühe schwappte aus dem Mund und der Nase, als sich der Körper bewegte.

Lea war klar, dass ein Schrei sie verraten würde, aber in diesem Moment konnte sie sich einfach nicht beherrschen. Sie schrie lauthals los und wollte die Leiche loslassen, aber ihre Finger ignorierten diesen Befehl und griffen vor Schreck sogar noch fester zu.

Gina schien es ähnlich zu ergehen. Der Schein der Taschenlampe blieb wie gebannt auf den toten Körper gerichtet und wurde von dem dünnen Wasserfilm auf dem entstellten Antlitz reflektiert.

Lea versuchte verzweifelt ihre Hand zu öffnen. Sie wollte die Leiche wieder dem dunklen Wasser überlassen, aber der Schock ließ es immer noch nicht zu. Ekel überkam sie. Ihr Magen fühlte sich an, als würde er in einem Schraubstock stecken, den jemand ganz langsam zuzog.

Sie schaute zu Gina, die sich in diesem Moment nach vorne beugte und sich übergab. Lea war klar, dass ihnen die Zeit davonrannte. So schlimm diese Situation auch war, sie verspielten hier wertvolle Sekunden. Sekunden, die ihnen am

Ende fehlen könnten. Sie schrie ihren Verstand an und endlich lösten sich ihre Finger. Ganz allmählich drehte sich die Leiche im Wasser und sank dann tiefer und tiefer. Das letzte, was die beide Mädchen noch von ihr sahen, war die auffällige Tätowierung im Nacken der Frau, zwei ausgebreitete Flügel. Dann sank die Leiche hinab und verschwand in ihrem eiskalten Grab.

Lea drehte sich zu ihrer Freundin und legte ihr beruhigend eine Hand auf den Rücken.

„Geht es wieder?"

Gina blickte auf und nickte.

„Nun wissen wir, was Henry meinte. Er hat schon andere Menschen getötet und hier unten entsorgt. Vermutlich hätten auch wir hier unser Ende gefunden", hauchte Gina und man merkte, wie sehr sie mit den Tränen rang. Betroffen blickte sie zu der Stelle, an der die Tote vor einigen Sekunden hinabgesunken war.

„Wie ein ruheloser Geist treibt sie durch das Wasser und findet keinen Frieden. Ihr Körper ist hier für immer gefangen, aber wenigstens ist ihre Seele frei. Es ist so schrecklich, ich möchte nicht wissen, wie viele Menschen in diesem Geisterhaus noch den Tod gefunden haben."

Gina drehte sich um und kämpfte sich weiter den Gang entlang. Lea blieb noch einen Moment stehen und dachte nach. Vermutlich hatte Gina recht. Sie schüttelte sich. Der Gedanke, die letzte Ruhestätte in diesem stinkenden Gewässer zu finden, war grauenhaft.

Sie folgten weiter dem Lauf des Kanals, der sie immer weiter ins Ungewisse führte. Lea und Gina war bewusst, dass ihr Überleben einzig und allein von der kleinen Taschenlampe abhing. Wenn die Batterien versagten oder die Lampe kaputt ging, könnten sie an unzähligen Leitern vorbeilaufen, ohne sie zu bemerken. Das wäre ihr sicheres Ende.

Waren die Gewölbe ihr noch so verhasst, so verfluchte Lea hier unten jeden einzelnen Quadratmeter. Durch das kalte Brackwasser zu waten kostete immense Kraft und nicht zu wissen, was sich unter der Wasseroberfläche verbarg, raubte den beiden langsam aber sicher die letzten Nerven.

Zwischendurch blieben sie stehen und lauschten. Aber außer dem unaufhörlichen Tropfen des Wassers von der Decke, herrschte eine unheilvolle Stille. Man hatte unweigerlich das Gefühl, dass dieser Schacht seit Urzeiten ein Ort des Todes war.

Sie liefen noch ein paar Minuten, bis sich plötzlich im Schein der Taschenlampe etwas abbildete. Ihre Schritte wurden immer schneller und dann erkannten sie es deutlich, es waren die Sprossen einer alten Leiter. Obgleich das Holz schon sehr stark angeschimmelt war und manche Trittbretter fehlten, löste dieser Anblick unbändige Freude bei ihnen aus. Endlich kamen sie hier raus. Gina jauchzte vor Erleichterung und ehe sich Lea versah, war ihre Freundin schon los gespurtet und hatte eine Hand bereits auf die erste Sprosse gelegt.

„Gina, warte, wir wissen nicht, was uns oben erwartet", zischte sie ihrer Freundin hinterher, doch diese ignorierte einfach ihre Warnung. Der Wunsch, hier herauszukommen, ließ sie jede Gefahr vergessen.

Lea fluchte und wartete, bis Gina eine ovale, hölzerne Klappe erreicht hatte. Ihre Freundin presste ihre Hand dagegen und versuchte sie hochzudrücken, doch sie ließ sich nicht bewegen. Sie nahm ihre Schulter zur Hilfe und endlich hob sich die Platte langsam an. Als sich zaghafte Lichtstrahlen durch die schmalen Schlitze stahlen, kam es Lea, wie der schönste Sonnenaufgang vor.

Es schepperte laut, als die Klappe aufschwang und hart auf den Boden schlug. Lea wollte ihrer Freundin noch zurufen, dass sie warten solle, aber da sah sie schon Ginas Beine durch die Öffnung verschwinden. Einige Sekunden vergingen, dann erschien das Gesicht ihrer Freundin.

„Kannst kommen, die Luft ist rein," flüsterte sie ihr hektisch zu.

Lea umfasste das spröde Holz der Leiter und kletterte los. Sie hatte schon die ersten Sprossen überwunden, als sie plötzlich etwas hörte.

„Gina, ist alles okay? Sag doch was!"

Keine Antwort, es blieb still.

„Gina, was ist los? Hast du etwas gehört? Verflucht nochmal, rede mit mir."

Einige Augenblicke vergingen, dann drang ein heiteres Kichern zu ihr herunter. Lea fuhr zusammen und krallte sich fester an die Leiter.

Dieses bizarre Lachen hatte sie schon unzählige Male gehört und auch jetzt trieb es sie schier in den Wahnsinn. Er hatte sie gefunden.

Kapitel 25

„Ein Häschen hab ich schon. Wenn du nicht willst, dass ich es töte, solltest du schnell zu mir kommen, kleine Lea. Beeile dich, ich warte nicht mehr lang."

Ginas schmerzerfülltes Schluchzen verlieh seinen Worten starken Nachdruck.

Lea klammerte sich mit aller Kraft an die Sprossen. Ihre Beine zitterten so sehr, dass die Leiter bedrohlich wackelte.

Kurz kam es ihr in den Sinn, wieder runter zu klettern und zu fliehen. Vielleicht würde sie einen anderen Ausweg finden, dann könnte sie Hilfe holen und alles wäre zu Ende. Was für eine trügerische Lösung die Angst ihr vorgaukelte. Welche Chance hätte sie schon? Gina hatte die Taschenlampe, einen Ausgang würde sie im Dunkeln nie und nimmer finden. Dazu kam, dass sie nicht daran zweifelte, dass Henry seine Drohung wahr machen würde. Nein, sie durfte ihre Freundin jetzt nicht im Stich lassen.

Sie öffnete den Mund, bekam aber kein Wort über die Lippen. Alles in ihr schien sich dagegen zu wehren, sich freiwillig in die Fänge dieses Wahnsinnigen zu begeben.

Sie brauchte einen Moment, um ihre Angst niederzuringen.

„Ist in Ordnung, ich komme nach oben. Aber lass sie verdammt nochmal in Ruhe."

Nach der nächsten Sprosse zu greifen und nach oben zu klettern, bereitete ihr Höllenqualen.

Was für eine makabre Laune des Schicksals. Hatte der Anblick der Leiter sie zuvor noch so euphorisch gestimmt, schien es nun so, als würde sie jede einzelne Sprosse verhöhnen, weil sie dem Tod freiwillig in die Arme lief. Schon bald würde sie die Nächste sein, deren Leiche hier unten ruhelos umhertrieb.

Die Öffnung wurde immer größer und dann hatte Lea das Ende der Leiter erklommen. Sie streckte ihren Kopf durch die Öffnung und schaute sich ängstlich um. In einer Ecke des Raumes kauerte ihre Freundin und versuchte sich verzweifelt zu bewegen. Ihre Hände und Beine waren gefesselt und ein dicker Knebel steckte in ihrem Mund. Nichts und niemand sollte seine Pläne mehr durchkreuzen.

Dann trat er in Leas Sichtfeld. Selbstsicher, mit den Händen lässig in den Hosentaschen, lief er einige Schritte hin und her und blickte argwöhnisch zu ihr rüber.

Leas Augen wanderten zu dem verletzten Bein, das ihn in keinster Weise zu behindern schien. Diese absonderliche Macht, die ihn antrieb, verlieh ihm offenbar übermenschliche Kräfte. Seine Augen funkelten gierig, während er Lea abwartend betrachtete. Sie fasste all ihren Mut zusammen und kletterte über die Kante.

„Also bist du nun doch vernünftig geworden. Dein Glück, lange hätte ich nicht mehr gewartet," dabei hob er das Messer an den Mund und leckte mit der Zunge über die Schneide.

„Ich hoffe, meine Arbeit hat dir gefallen. Wie viele habt ihr denn gefunden?"

Sein Gesicht nahm einen fragenden Ausdruck an und in Gedanken schien er seine Mordopfer durchzuzählen. Als Lea keine Antwort gab, grinste er breit und zuckte mit den Schultern.

„Ich habe mittlerweile selbst vergessen, wie viele es sind. Aber es dürften schon so einige sein. Ich hoffe, du machst mir jetzt keine Probleme und gehst zurück in deine Zelle. Noch einmal wird dir eine Flucht nicht gelingen. Die Tür wird bis zu deiner Hinrichtung verschlossen bleiben. Das Gleiche gilt auch für deine missratene Freundin."

Er warf einen verächtlichen Blick auf Gina, die regungslos in der Ecke hockte und jämmerlich schluchzte.

Lea stand da und schaute ihn an. Einige Male hatte sie angesetzt, um etwas zu sagen, aber bevor auch nur ein Ton ihre Lippen verließ, waren die zurechtgelegten Worte und Sätze wie weggewischt.

Sie musste eine Entscheidung treffen. Sie könnte sich auf einen Kampf mit ihm einlassen, aber der wäre für sie wohl recht aussichtslos. Dieser Mann hatte übernatürliche Kräfte und kein Quäntchen Mitleid. Aber gab es eine Alternative? Zurück in die Zelle zu gehen und dort auf den sicheren Tod zu warten, war ganz sicher keine. Also warum überlegte sie überhaupt? Sie hatte keine andere Wahl. Sie musste irgendwie versuchen ihn zu überraschen, um einen Glückstreffer zu landen, der ihr zumindest etwas mehr Zeit verschaffte.

Henry schaute sie noch immer mit seinen kalten und leeren Augen fragend an.

Lea gab sich innerlich einen Ruck.

„Du hast gewonnen, ich gebe auf."

Henrys Augen strahlten. Er öffnete den Mund und Speichel tropfte an den Mundwinkeln herunter. Die Aussicht, Lea und Gina wieder unter seiner Kontrolle zu haben, schien ihn vor Freude verrückt zu machen.

„Ich gehe wieder in die Zelle und werde von nun an keinen Widerstand mehr leisten."

Sich ergebend streckte sie die Hände nach vorne.

„Los, leg mir schon die Fesseln an, darauf hast du doch schon die ganze Zeit gewartet."

Für einen kurzen Moment schien Henry abzuwägen, ob er ihr trauen konnte. Er ging vorsichtig lauernd auf sie zu, als würde er mit allem rechnen. Im Gehen griff er mit einer Hand nach hinten und holte einen breiten Kabelbinder hervor. Lea wusste, wenn er ihr diesen umlegte, brauchte er beide Hände und genau darin bestand ihre Chance, vermutlich ihre letzte.

Dann hatte er sie erreicht. Sein Blick grub sich tief in ihre Augen und durchwühlte ihren Verstand nach ihren Absichten. Er steckte sein Messer nach hinten in den Gürtel und fädelte den Kabelbinder ein.

Leas Pulsschlag erhöhte sich. Nun kam es auf das perfekte Timing an. Je länger sie wartete, umso besser wurde ihre Aussicht auf Erfolg. Würde sie allerdings nur den Bruchteil einer Sekunde zu spät handeln, wäre ihr Schicksal für immer besiegelt.

Während Henry den Kabelbinder vorbereitete, ließ er sie keine Sekunde aus den Augen. Er schob ihn über ihre Handgelenke. Jetzt musste er ihn nur noch festzurren. Für einen unmerklichen Augenblick wandte er den Blick nach unten. Auf genau diesen Moment hatte Lea gewartet. Sie spürte den wachsenden Druck um ihre Handgelenke. Nun musste sie reagieren, sonst wäre es zu spät. Sie riss eine Hand heraus, ballte sie zur Faust und schlug zu. Henry hatte wohl mit Gegenwehr gerechnet, aber nicht mit einem Schlag von solcher einer Geschwindigkeit. Lea sah noch sein verdutztes Gesicht, bevor ihre Faust ihn traf.

Wie ein Baum kippte er nach hinten und fiel auf den Boden.

Lea wollte vorspringen und sich das Messer schnappen, aber unglücklicherweise lag Henry darauf. Seine Augen waren starr zur Decke gerichtet und seine Pupillen drehten sich, wie zwei kleine Murmeln, im Kreis.

Lea versetzte ihm einen kräftigen Tritt in die Seite. Henry krümmte sich vor Schmerz und kurz darauf verlor er das Bewusstsein. Das sollte ihr ein wenig Zeit verschaffen.

Sie stürmte zu ihrer Freundin. Sie hebelte und zog an dem Kabelbinder um Ginas Handgelenke, aber diese verdammten Plastikschnüre waren stabil und gruben sich mit jedem Versuch immer tiefer in das Fleisch.

Sie brauchte unbedingt das Messer. Fluchend wirbelte sie herum und rannte zu Henry. Noch immer waren seine Augen fest geschlossen. Sie trat gegen seinen Arm, keine Reaktion. Mit einem mulmigen Gefühl kniete sie sich hin, schob ihn zur Seite und nahm das Messer. Sie wollte gerade zu Gina eilen, da passierte es. Mit einem Mal riss Henry die Augen auf und kreischte wie von Sinnen. Er bäumte sich auf, schlug und trat um sich. Dabei wälzte er sich auf dem Boden, als wäre er vom Leibhaftigen besessen. Sein Mund klappte auf und zu und wie aus einem kleinen Vulkan sprudelte weißer Speichel hervor. Seine Augen richteten sich gebannt zur Decke, als könne er selbst nicht begreifen, was gerade mit ihm passierte.

Lea erschrak zutiefst bei diesem grauenhaften Schauspiel und brauchte einen kurzen Moment, um sich von dem Schock zu erholen. So etwas hatte sie in ihrem ganzen Leben noch nicht gesehen. Sie riss sich von dem Anblick los und stürmte zu ihrer Freundin. Sie versuchte die Klinge zwischen dem Plastik und dem Handgelenk zu klemmen, aber die Schneide war viel zu breit und die Fesseln zu eng. Es blieb ihr nichts anderes übrig, als sie seitlich aufzuschneiden.

Sie schaute ihre zitternde Hand mit dem Messer an. In ihrer Panik war das ziemlich riskant. Ein falscher Schnitt und sie würde Gina verletzen.

Immer wieder glitt ihr Blick zu Henry, der sich noch immer auf dem Boden hin und her wand, als würden unsichtbare Hände an ihm reißen und zerren.

Sie setzte vorsichtig an und führte die Schneide an der Fessel entlang, als sie plötzlich stoppte. Ein eigenartiges Gefühl machte sich in ihr breit. Es war schwer zu beschreiben, es fühlte sich an, als würde tief in ihr etwas erwachen und sie warnen. Lea vertraute dieser Intuition, wirbelte herum und dass keine Sekunde zu früh. Henry rannte auf sie zu.

Lea sprang zur Seite und entging haarscharf dem mörderischen Tritt, der auf sie zuraste und ihr mit Sicherheit alle Knochen gebrochen hätte. Sie machte eine Rolle über den Boden und wollte gerade aufspringen, aber da war Henry schon wieder bei ihr und holte zu einem erneuten Tritt aus. Diesmal traf er sie und sein Schuh schlug mit voller Wucht gegen die Hand, in der sie noch immer die Waffe hielt. Lea schrie vor Schmerz auf. Sie bemühte sich mit aller Kraft, das Messer weiter festzuhalten, aber es half nichts. Die Waffe fiel zu Boden. Das metallische Geräusch, das sie beim Aufschlagen erzeugte, hörte sich in Leas Ohren wie der Anfangston eines letzten Trauerlieds an, das extra für sie angestimmt wurde.

Sie fluchte und wollte erneut nach dem Messer greifen, da spürte sie einen stechenden Schmerz im Nacken. Die Wucht schleuderte sie auf den Bauch und für einen Moment verlor sie jeglichen Orientierungssinn. Plötzlich sah sie vor sich das Messer liegen. Teilnahmslos lag es da, als würde es in diesem Kampf überhaupt keine Rolle spielen. Sie wollte danach greifen, aber es war zu spät. Wie aus dem Nichts erschien Henrys Hand und nahm die Klinge an sich.

Lea hätte vor Wut schreien können, die einzige Chance, hier lebend herauszukommen, hatte sie schon wieder verspielt.

Sie rollte sich zur Seite und sprang auf die Beine.

Plötzlich hatte sie das Gefühl, als ob der Boden aus einer wackeligen Masse bestehen würde und auch die Wände und die Decke bewegten sich gleichmäßig auf und ab. Sie hatte die Wirkung des Schlages unterschätzt, torkelte zur Seite und stützte sich an der Wand ab. Sie drehte sich um und schaute zu ihrem Gegner.

Henry war völlig außer sich. Wild schreiend und mit hocherhobenem Messer, stürmte er auf sie zu. In seinen Augen loderte der Wille, sie zu töten. Lea blieb keine Zeit mehr beiseite zu springen. Sie musste sich dem Kampf stellen.

Sie sprang vor und bekam mit beiden Händen seine Waffenhand zu fassen. Aber dieser enormen Wucht, mit der er den Hieb ausführte, war sie nicht gewachsen. Zwar konnte Henry den Schlag nicht ausführen, aber sie kippten zusammen um und schlugen auf den Boden. Er lag auf ihr und versuchte die Klinge nach unten zu drücken. Nur wenige Zentimeter trennten ihn von seinem Sieg.

Aber auch Lea kämpfte. Das Gefühl, den Tod so nah vor Augen zu haben, entfachte in ihr einen letzten Adrenalinschub. Sie gab alles, schrie und fluchte und stemmte sich gegen seine Hand mit dem Messer, dennoch kam die Klinge ihrem Hals immer näher. Die Tatsache, wie leicht er sie bezwingen konnte und wie schwer sie hingegen um ihr Leben kämpfen musste, machte sie wahnsinnig.

Dann spürte sie einen Druck am Hals, die Spitze des Messers berührte ihre Haut. Es war nur eine hauchfeine Berührung, nicht mehr, aber sofort strömte warmes Blut aus der Wunde und lief an ihrem Hals herunter. Lea keuchte und stemmte sich mit aller Kraft dagegen, trotzdem drang die Spitze noch tiefer ein und suchte sich einen Weg, um sie tödlich zu verletzen.

Als Henry sich ein kleines Stück drehte, bekamen ihre Beine ein wenig mehr Bewegungsfreiraum. Mit allerletzter Kraft rammte sie ihr Knie blind nach oben. Es war ein letzter, verzweifelter Akt und sie glaubte nicht, dass er noch irgendetwas bewirken würde. Umso überraschter war sie, als die Klinge an ihrer Kehle plötzlich verschwand und Henry dumpf aufstöhnte. Er rutschte seitlich von ihr herunter und presste die Hand gegen seinen Unterleib.

Lea konnte nicht begreifen, dass sie ihm einen solch harten Treffer versetzt hatte. Sie rollte sich zur anderen Seite, sprang auf die Beine und wollte gerade nachsetzen, doch da stand Henry schon wieder vor ihr und stach erneut zu. Lea tauchte unter dem Messer hinweg und die Schneide kratzte über die Wand. Funken stiegen auf und im nächsten Moment erlosch das Licht.

Sie wusste sofort, was passiert war. Henry hatte sie verfehlt und stattdessen das Kabel der Lampe erwischt. Absolute Dunkelheit umgab sie.

Lea fluchte, jetzt war es unmöglich seine Angriffe früh genug zu erkennen. Sie huschte zur Seite und presste sich an die Wand. Dass diese Aktion ihr Leben rettete, begriff sie erst, als es neben ihr laut krachte. Die Waffe, die sie hätte treffen sollen, donnerte gegen eine Kiste, die genau neben ihr stand.

Nun begann ein teuflisches Katz- und Mausspiel. Ihr blieb nichts anderes übrig, als weiter blind durch die Dunkelheit zu schleichen und darauf zu hoffen, dass auch der nächste Angriff sie verfehlte. Lea versuchte seine Schritte zu ermitteln, um ihn dann in einem möglichst großen Bogen zu umlaufen.

Ab und zu stürmte Henry wild schreiend in irgendeine Richtung, um sie zu einer überstürzten Reaktion zu verleiten. Lea behielt die Nerven und schaffte es jedes Mal auszuweichen. Einige Male war er so dicht bei ihr, dass er nur noch seine Hand hätte ausstrecken müssen, um sie zu berühren.

Aber diesmal hielt sich das Schicksal zurück und gewährte beiden gleich hohe Chancen, als Gewinner aus diesem Kampf hervorzutreten.

Lea schlich weiter und kam zu der Stelle, an der das zerschnittene Kabel von der Wand hing. Ganz leise hörte sie ein elektrisches Knistern, das Kabel stand noch immer unter Strom.

Wenn es ihr gelänge, es lautlos von der Wand zu lösen, könnte sie es vielleicht als Waffe einsetzen.

Sie wartete, bis sie annahm, dass er sich auf der anderen Seite des Raumes befand. Dann umfasste sie vorsichtig das Kabel und zog. Die Klemmen brachen leicht aus dem brüchigen Gestein, was jedoch in dieser angespannten Stille verräterische Geräusche verursachte.

Jedes Mal, wenn die kleinen Steinbrocken zu Boden fielen, verstummten Henrys Schritte. Dann hatte es Lea geschafft. Ein knapp 1 Meter langes Stück des Stromkabels war frei. Es war nicht sehr viel, sie konnte damit nicht nach vorne stürmen und angreifen, nein, sie musste warten, bis sich Henry wieder in unmittelbarer Nähe befand. Sie hörte seine leisen Schritte, die sich etwas entfernten.

„Gleich habe ich dich. Ich finde dich."

Er kicherte auf seine irre Art.

„Versteck dich nur. Du kannst mir nicht entkommen."

Es vergingen endlos lange Sekunden, als hätte die Vorsehung einen ganz besonders perfiden Plan für einen der beiden in petto.

Plötzlich hörte Lea ein Rascheln, als würde jemand Stoff durchwühlen. Sie hielt die Luft an und versuchte die Richtung zu bestimmen. Wenn sie sich nicht völlig täuschte, kam es aus dem Bereich, in dem Gina lag. Dann hörte sie es wieder. Nun wusste sie was Henry suchte, die Taschenlampe. Auf einmal wurde es still. Lea hielt abermals die Luft an. Ein Klicken ertönte. Es war nur ein leises, kaum hörbares Geräusch, aber es würde ihren ganzen Plan zunichte machen. Ein Lichtkegel durchschnitt die Dunkelheit und kam auf der gegenüberliegenden Wand zum Stehen.

Der Schweiß schoss ihr aus allen Poren. Sie musste in Windeseile einen neuen Plan fassen, denn schon gleich würde das Licht in ihre Richtung wandern. Sie kniete sich hin, sodass sie das Kabel hinter ihrem Rücken verbarg. Ihr Herz drohte jeden Moment aus der Brust zu springen, trotzdem versuchte sie klar zu denken.

Mit aufgerissenen Augen beobachtete sie den Lichtkegel, der langsam weiterwanderte und sie fast erreicht hatte. Sie hoffte, dass Henry nun stoppte und die andere Seite absuchte, aber ihr Flehen wurde nicht erhört. Der Strahl glitt weiter und riss sie aus der Dunkelheit. Lea blinzelte und befahl ihren Augen, sich so schnell wie möglich auf den hellen Lichtschein einzustellen. Dann sah sie ihn. Wie ein finsterer Schatten, stand er hinter dem Lichtkegel.

„Jetzt habe ich dich endlich. Nun ist es aus mit dir. Schon gleich werde ich dich an die Ratten im Kanal verfüttern."

Die letzten Worte schrie er förmlich heraus. Dann geschah alles Schlag auf Schlag. Wie ein Berserker, der in seiner Tobsucht nicht aufzuhalten war, stürmte er blitzartig auf sie zu.

Lea umfasste das Kabel hinter ihrem Rücken noch fester. Sie musste jetzt höllisch aufpassen, in seiner Rage war er unberechenbar. Das Licht der Taschenlampe zuckte bei jedem Schritt auf und ab und irritierte Lea zusätzlich.

Sie spannte jeden Muskel an und bereitete sich auf den Angriff vor. Nun entschieden einzig und allein ihre Reflexe darüber, ob sie lebend aus diesen Gewölben kamen oder ihre Knochen hier unten vermoderten.

Dann hatte Henry sie erreicht. Er holte zu einem mächtigen Schlag aus, der sie zerfetzen sollte. Da Lea das Kabel nicht loslassen wollte, huschte sie nur ein kleines Stück zur Seite und betete, dass er sie verfehlte. Eine höhere Macht legte die Schicksalskarten neu auf den Tisch und gewährte der Schwächeren diesen letzten Wunsch. Das Messer sauste herab, verfehlte sie um Haaresbreite und schlug wuchtig gegen den Boden.

Henry hatte seine gesamte Kraft in diesen einen Hieb gesteckt und geriet ins Trudeln. Er stolperte nach vorne und brauchte einen kurzen Moment, um sich wieder zu fangen. Da stand Lea neben ihm, ihr Gesichtsausdruck war eiskalt und alle Emotionen wichen aus ihr. Gnade war ihr jetzt kein Begriff. In den Wochen, in denen sie hier unten festgehalten worden war, hatte sie eins gelernt, nur der Stärkere überlebt.

Er würde für alles bezahlen. Sein Ende und ihr Weiterleben lagen jetzt in ihren Händen. Sie genoss diesen kurzen, berauschenden Augenblick. Endlich wäre sie wieder frei und der Alptraum zu Ende.

Henry drehte seinen Kopf und wollte gerade erneut zuschlagen, da zuckte Leas Hand nach vorne. Sie sah hauchfeine Blitze, die sich einen Weg suchten und ihr Opfer attackierten. Die Funken leuchteten immer stärker auf und dann bekamen die Drähte direkten Kontakt. Es zischte, während sich der Strom in seinen Körper fraß.

Henry fing an zu zittern. Der Schweiß strömte an seiner Stirn herunter und seine Augen starrten sie entsetzt an. Furchtbare Krämpfe erfassten ihn und Qualm stieg aus seinem Körper. Obwohl es Lea schockierte, wie unscheinbar und doch so verheerend die Kraft der Elektrizität war, drückte sie das Kabel immer fester an seinen Körper. Sie wünschte sich in diesem Moment nichts sehnlicher als den Tod dieses Menschen.

Der Alptraum schien aber noch immer kein Ende zu finden. Henry schrie. Sein Körper bäumte sich auf und leistete noch immer Widerstand, aber gegen die vernichtende Gewalt des Stroms, hatte er nicht den Hauch einer Chance.

Sein letzter Todesschrei hallte durch die Gewölbe, dann knickten seine Beine zusammen und er fiel zu Boden.

Lea nahm die Taschenlampe, die während des Kampfes heruntergefallen war und richtete sie auf sein Gesicht. Es war schrecklich entstellt. Die Augen, in denen zuvor noch der unbändige Hass loderte, waren so verdreht, dass man nur noch das Weiße sehen konnte. Sein Körper dampfte und Qualm stieg aus seiner Kleidung empor. Erst jetzt bemerkte Lea den stechenden Gestank von verbranntem Fleisch. Sie presste sich den Ärmel an den Mund, um sich nicht zu übergeben. Während sie den reglosen Körper betrachtete, wurde ihr klar, dass sie es geschafft hatte - Henry war tot.

Es fühlte sich an, als ob die tonnenschwere Last der letzten Monate, mit einem Mal von ihr abfiel und sie fühlte sich so frei wie noch nie. Endlich konnte sie wieder nach Hause, das alles hinter sich lassen und wieder ein ganz normales Leben führen, ohne sich und jeden Tag fürchten zu müssen.

Sie schnappte sich das Messer und ging zu Gina. Als der Lichtstrahl der Taschenlampe ihre Freundin traf, zuckte diese verängstigt zurück und drückte sich fester in die Ecke. Sie weinte leise und ihr ganzer Körper bebte vor Aufregung.

Behutsam schnitt Lea die Fesseln durch und legte die Arme um ihre Freundin. Gina stand völlig neben sich und schien überhaupt nicht mitbekommen zu haben, was passiert war. Immer wieder stammelte sie wirre Sätze, die von Heulkrämpfen unterbrochen wurden. Nach einer kleinen Ewigkeit beruhigte sie sich etwas. Lea hob ihren Kopf und blickte ihrer Freundin tief in die Augen. Ganz vorsichtig und bedächtig begann sie zu sprechen.

„Henry ist tot. Er wird uns nie wieder etwas antun."

Sie fasste Gina an die Schulter und strahlte sie an.

„Hast du verstanden? Wir sind frei, wir kommen endlich hier raus."

Gina reagierte nicht. Sie schaute durch Lea hindurch, als wäre ihr Geist weggetreten. Dann endlich kam sie wieder zu Bewusstsein. Sie verzog das Gesicht und warf sich schluchzend in Leas Arme.

„Alles ist gut, wir haben es geschafft", beruhigte sie ihre Freundin und strich ihr liebevoll über das Haar.

Nach einiger Zeit löste sich Gina aus der Umarmung, nahm die Taschenlampe und ging langsam und schweigend auf Henrys Leiche zu. Lea konnte sie nur zu gut verstehen, auch sie wollte sich vergewissern, dass diese mörderische Tortur endlich vorüber war.

Einige Minuten stand Gina vor der Leiche und schaute sie an. Dann drehte sie sich zu ihrer Freundin und hielt ihr die Hand hin.

„Komm, lass uns endlich hier raus. Ich kann diesen Gestank, diese Dunkelheit und dieses Gemäuer keine Sekunde länger ertragen."

Lea ergriff ihre Hand und gemeinsam verließen sie den Ort, an dem der Alptraum ihres Lebens begonnen und nun endlich ein Ende gefunden hatte.

Kapitel 26

Es war seltsam, auf einmal schienen diese Kellergewölbe überhaupt nicht mehr so bedrohlich wie zuvor. Ohne diese ständige Angst verfolgt zu werden, entpuppte sich der Rückweg, als ein ganz normaler Spaziergang durch irgendwelche harmlosen Stollen.

Sie brauchten eine gute Stunde, um endlich den bekannten Abschnitt der Gewölbe zu finden. Kurz darauf erreichten sie die Treppe, die sie ins Herrenhaus brachte.

Lea überkam das Gefühl, eine ganz andere Welt zu betreten. Zwar war hier noch immer alles verbarrikadiert, aber nur ein paar Holzbretter trennten sie jetzt noch von der Freiheit. Endlich wieder frische Luft atmen, Bäume und Felder sehen und einfach nur leben, das war ihr größter Wunsch. Sie mussten jetzt nur noch ein paar Werkzeuge suchen, um die Bretter zu entfernen und dann wären sie endlich frei. Frei? Welch große Bedeutung dieses Wort auf einmal für sie hatte.

Sie teilten sich auf. Lea suchte im Arbeitszimmer und in der Küche, während Gina im Salon und im Bad nachschaute. Nach wenigen Minuten kam Lea mit einem kleinen Koffer zurück, in dem sich ein Hammer, Nägel und weitere Werkzeuge befanden. Sie schob das mulmige Gefühl, dass Henry wahrscheinlich mit diesem Werkzeug alles verbarrikadiert hatte, zur Seite und präsentierte ihrer Freundin den Fund.

„Ruh du dich etwas aus, ich versuche die Bretter zu entfernen. War bestimmt alles ein bisschen zu viel für dich."

Gina fasste sich an den Kopf und zwängte sich ein Lächeln hervor.

„Dieses Schwein. Ich weiß überhaupt nicht mehr, was passiert ist."

„Sei froh", gab Lea zurück.

„Irgendwann werde ich dir alles erzählen. Wenn wir gleich hier raus sind, gibt es erst einmal eine heiße Dusche und etwas Ordentliches zu essen."

Nach langer Zeit konnten die beiden mal wieder lachen. Wie gut es tat, dieses schon fast vergessene Glücksgefühl wieder zu spüren.

Dann machte Lea sich an die Arbeit. Immer wieder schlug der Hammer mit voller Wucht gegen die Bretter und das Holz knirschte und ächzte.

Zwischendurch schaute sie immer wieder zu ihrer Freundin. Gina saß da und schien wieder tief in Gedanken versunken. Als sie Leas Blick spürte, hob sie den Kopf und schaute sie an.

„Wir hätten Henry und Paul vielleicht in den Kanal werfen und die Klappe wieder verschließen sollen. Die beiden haben nichts anderes verdient. Frau Kellermann können wir im Wald vergraben, dort findet sie niemand. Die Arme war leider zur falschen Zeit am falschen Ort."

Gina senkte den Kopf für einen Moment, als würde sie der alten Frau gedenken. Dann fuhr sie fort.

„Das würde uns lästige Fragen vom Hals halten. Es ist nur eine Frage der Zeit, bis jemand mitbekommt, dass Henry nicht mehr da ist."

Lea schaute sie entsetzt an. Einerseits erschreckte sie Ginas Abgebrühtheit, andererseits musste sie zugeben, dass sie recht hatte. Auch sie hatte keine Lust zur Polizei zu gehen und diesen schrecklichen Alptraum immer und immer wieder neu zu durchleben. Henry war tot und kein Gericht der Welt könnte ihn jetzt noch zur Rechenschaft ziehen. Er hatte für seine Verbrechen bezahlt und seine gerechte Strafe bekommen.

„Vielleicht hast du recht", murmelte sie.

„Ich entferne noch die Bretter vom Fenster und dann gehen wir nach unten und werfen die beiden in den Kanal. Dort im kalten Wasser sind diese Ungeheuer am besten aufgehoben."

„Stimmt, das machen wir so", willigte Gina ein.

„Sie haben uns genug angetan. Ich bin nur heilfroh, dass Dr. Kellermann Henriette nicht in die Finger bekommen hat. Sie hätte bestimmt das gleiche Schicksal erwartet."

Gina verzog das Gesicht, als würde sie all das Grauen von Neuem erleiden.

Lea verharrte mitten in der Bewegung, drehte den Kopf und schaute Gina fassungslos an. Diese blickte verträumt ins Leere und wickelte eine lange Haarsträhne um ihren Finger.

„Gina, wie kommst du jetzt auf Henriette?"

Ihre Freundin hob den Kopf und ein verzücktes Lächeln breitete sich auf ihrem hübschen Gesicht aus.

„Henriette ist meine Freundin und ich habe immer mit ihr gespielt. Sie ist ganz lieb und nicht so ein Monster wie Henry."

Lea hatte das Gefühl, als hätte man ihr den Boden unter den Füßen weggerissen. Was in Gottes Namen meinte ihre Freundin damit?

„Gina", begann sie so vorsichtig, als könnte sie mit ihren Worten ein mächtiges Unheil hervorrufen, „Henry war doch Henriette. Er war zutiefst geistesgestört und hatte zwei Persönlichkeiten – Dr. Kellermann, der Psychologe und Henriette, das kleine Mädchen."

Gina riss die Augen auf und schaute sie entgeistert an. Dann trommelte sie mit den Fäusten auf ihre Beine und schrie.

„Das stimmt überhaupt nicht! Henriette ist nicht tot, sie lebt noch. Schau, Lea, da steht sie doch!"

Die Panik schoss, wie ein Blitz, in Leas Körper. Sie wirbelte herum und hob den Arm mit dem Hammer in die Höhe. Hatte dieser Verrückte doch überlebt und schlich hier herum? Sie suchte den Raum ab, aber die Eingangshalle war leer.

„Siehst du sie nicht, Lea? Sie steht doch neben mir und winkt mir zu. Sie will wieder mit mir spielen."

Einen kurzen Moment verstummte Gina. Sie drehte ihren Kopf zur Seite, als würde ihr jemand etwas zuflüstern. Dann schaute sie wieder nach vorne und giftete Lea an.

„Henriette mag dich nicht. Sie kann dich nicht leiden, weil du lügst. Henriette ist nicht tot, sie hat mit mir geredet und sie war immer für mich da, als Henry mich gefangen gehalten hat."

„Verdammt, Gina, was ist los mit dir?", schrie Lea ihre Freundin an.

„Henriette gibt es nicht und es gab sie auch noch nie. Komm bitte zur Vernunft, du machst mir Angst."

Gina legte den Kopf schief und flüsterte mit jemandem, den nur sie sehen konnte. Dann zuckte ihr Kopf wieder hoch.

„Henriette sagt, dass ich nicht mit dir befreundet sein soll, weil du auch böse bist. Und wenn du nicht sofort damit aufhörst ...", Gina lauschte wieder, als hätte ihre imaginäre Freundin noch etwas sehr Wichtiges zu sagen, „... bringe ich dich um."

Gina lächelte sie so herzlich an, als würde es ihr ganz besondere Freude bereiten, diese Botschaft zu übermitteln.

Lea blieb stumm und starrte sie bestürzt an. Anfangs hatte sie noch gehofft, dass sich ihre Freundin einen makabren

Scherz erlaubte, aber inzwischen begriff sie, dass dies kein Spiel war. Gina war verrückt geworden.

Was sollte sie jetzt tun? Sie konnte nicht einschätzen, wozu ihre Freundin in der Lage war. Würde sie keine Skrupel haben und sie umbringen? Hatte sie vergessen, wie sehr sie sich mochten? Lea wagte noch einen letzten Versuch.

„Gina, was ist los? Wir sind doch beste Freundinnen und vertrauen uns. Wir würden uns gegenseitig nie etwas zuleide tun."

Gina legte einen gelangweilten Gesichtsausdruck auf.

„Henriette hat mich schon vorgewarnt, dass du genau das sagen würdest und wieder einmal hatte sie recht. Du warst und wirst niemals meine Freundin sein. Henriette ist die einzige Freundin, die ich habe."

Gina lächelte verzückt.

Lea fühlte heiße und kalte Schauer über ihren Körper wandern. Nun war es sicher, sie konnte nicht weiter darauf hoffen, dass Gina wieder zur Besinnung kam. Sie war vollkommen ratlos, wie sie mit dieser Situation umgehen sollte, aber eins war klar, sie musste so schnell wie möglich diesen Ort verlassen.

„Ist schon okay, dann lasse ich euch beide wieder in Ruhe", beschwichtigte sie Gina. Momentan hielt sie es für ratsamer, sie nicht noch mehr gegen sich aufzubringen.

Sie löste weiter die Bretter und schaute sich dabei immer wieder zu Gina um, sie wollte keinesfalls überrascht werden.

Aber die schien mit ganz anderen Dingen beschäftigt zu sein. Sie führte ein ausführliches Gespräch mit Henriette und lachte zwischendurch laut auf.

Lea konnte es nicht fassen. Die heile Welt, die sie geglaubt hatte wiedergefunden zu haben, fiel wieder in sich zusammen. Diesem Wahnsinn war sie doch gerade erst entkommen.

Plötzlich hörte sie Gina rufen:

„Lea, Lea, Henriette fragt, was du da machst. Sie mag es nicht, wenn du die Bretter kaputt schlägst. Im Dunkeln ist es doch viel schöner."

„Aber wir müssen doch hier raus, Gina, das hatten wir doch besprochen."

So schwer es Lea auch fiel, sie musste dieses Spiel mitmachen, um Gina ruhig zu halten.

„Dann kann auch Henriette endlich raus. Sie spielt doch bestimmt auch viel lieber draußen auf den Feldern als im Haus."

Gina legte den Kopf schief und schaute sie empört an.

„Henriette möchte, dass wir alle hierbleiben. Sie möchte nicht raus, dies ist ihr Zuhause und wir sollen auch bleiben. Wir könnten dann für immer miteinander spielen."

„Gina, bitte hör auf", schluchze Lea.

Sie konnte diesen psychischen Stress nicht mehr ertragen. Zu lange hatte sie den Wahnsinn Tag für Tag ertragen müssen. Sie schluchzte und hämmerte weiter gegen das Holz. Sie musste endlich hier raus.

Ginas Kopf zuckte plötzlich nach oben und ihre Augen funkelten. Wie ein kleines, verzogenes Kind, das seinen Willen nicht bekommt, stampfte sie energisch mit dem Fuß auf den Boden und zischte böse.

„Henriette sagt, dass du sofort damit aufhören sollst, alles kaputt zu machen. Sie will mit dir ein ganz besonderes Spiel spielen und das heißt ...", Gina runzelte die Stirn, als hätte sie Henriettes Worte nicht ganz verstanden. Dann nickte sie wieder und strahlte über das ganze Gesicht. „Das Spiel heißt: Versteck dich fix, sonst töte ich dich."

Mit den letzten Worten sprang Gina auf und hielt auf einmal das Messer in der Hand. Sie leckte sich über die Lippen und starrte Lea an.

„Nun ist es leider zu spät. Du hast das Spiel verloren. Stirb!"

Wie von Sinnen stürmte sie mit einem irren Schrei auf ihre Freundin zu.

Lea war entsetzt, reagierte aber beeindruckend schnell und sprang zur Seite. Instinktiv holte sie mit dem Hammer aus und schlug zu. Sie hatte Glück im Unglück und das schwere Metall donnerte gegen Ginas Arm. Sie schrie hysterisch und ließ das Messer fallen. Lea warf den Hammer zu Boden und rannte los. In ihrer grenzenlosen Panik überlegte sie nicht lang und jagte die Treppe hoch. Sie nahm zwei, drei Stufen auf einmal, sie wollte ihren Vorsprung weiter ausbauen, um dann … sie verharrte … um was zu tun? Was sollte sie hier oben? Von hier aus gab es kein Entkommen, sie saß wieder in der Falle.

Noch immer hallten Ginas schmerzerfüllten Schreie durch das Herrenhaus und vermischten sich mit einem lauten Poltern, als würde sie Gegenstände durch die Halle schmeißen.

Obwohl Gina jeden Moment die Verfolgung aufnehmen würde, dachte Lea kurz darüber nach, wo sie sich am besten verstecken könnte. Die Zimmer von Paul und Henry wären bestimmt ihr erstes Ziel. Vielleicht im Kinderzimmer? Dort würde Gina sie wahrscheinlich zuletzt vermuten. Das würde ihr ein bisschen Zeit verschaffen, um einen neuen Plan zu schmieden.

Sie stürmte über den Flur und öffnete hastig die Tür. Das wenige Licht, das sich durch die Ritzen der Bretter stahl, erhellte den Raum nur aufs Nötigste.

Sie machte die Tür hinter sich nicht ganz zu, um den Gang im Blick behalten zu können. Dann hörte sie ein Geräusch auf der Treppe. Ihre Verfolgerin warf ihren Schatten voraus.

Das Messer drohend nach vorne gerichtet, schlich Gina die Treppen hoch. Dabei drehte sie die Waffe so hin und her, als wäre sie schon immer eine kaltblütige Mörderin gewesen. Sie erreichte die obere Etage. Ihr Blick glitt den Flur entlang. Sie schien sich nicht schlüssig darüber zu sein, wo sie zuerst suchen sollte. Die Messerspitze wanderte abwechselnd von rechts nach links, als würde Gina die Entscheidung einem Abzählreim überlassen. Dann kam die Klinge auf der rechten Seite zum Stillstand. Sie steuerte Pauls Zimmer an.

Lea wartete noch, bis sie in dem Raum verschwunden war. Sie wollte gerade durch den Flur Richtung Treppe schleichen, da erschien Gina schon wieder in der Tür und schaute sich hektisch um.

„Verdammt", flüsterte Lea. Ginas Wachsamkeit durchkreuzte ihren Plan.

Dann begab sich Gina zu dem zerstörten Raum, den sie aber kurz darauf auch wieder verließ. Auch dem Bad schenkte sie wenig Beachtung und setzte die Suche auf der anderen Seite des Flures fort, wo sich nur noch Henrys Raum und das Kinderzimmer befanden. Lea schloss die Tür lautlos und versteckte sich unter dem Bett. Sie betete, dass Gina auch diesen Raum nur oberflächlich durchsuchte und danach zum Dachboden ging. Ihr war klar, dass sie hoch pokerte, aber es war die einzige Möglichkeit.

Dann hörte sie Schritte, die einige Meter vor der Tür verstummten. Wahrscheinlich überlegte Gina, welchen der beiden Räume sie zuerst durchsuchen sollte. Lea atmete erleichtert auf, als sich die Schritte wieder entfernten. Kurz darauf wurde Henrys Zimmertür knarrend aufgezogen.

Sie kauerte sich unter dem Bett zusammen, dabei stieß sie gegen einen kleinen Karton, der versteckt in einer Ecke lag. Obwohl die Aufregung an ihren Nerven zerrte, wurde Lea neugierig und schob den Deckel beiseite. Lediglich einige Fotos, ein Block, Stifte und eine kleine Sammlung von Feuerzeugen in verschiedenen Formen und Farben kamen zum Vorschein. Sie wollte die Schachtel wieder schließen, da blieb ihr Blick an einem der Bilder haften.

Es zeigte ein kleines Mädchen mit lustig aussehenden Zöpfen. Lea kannte das Gesicht nur zu gut, es war ... Gina. Wie um Himmels willen war Henry an ihr Kinderbild gekommen?

Es kostete sie große Überwindung, das Bild unter den anderen hervorzuziehen. Unsichtbare Fesseln legten sich um ihren Hals und schnürten ihr erbarmungslos die Kehle zu. Da war noch jemand auf dem Bild zu sehen. Ein hochgewachsener Mann stand neben Gina und hatte seine Hand auf ihre Schulter gelegt. Lea röchelte, sie hatte Angst zu ersticken. Dieser Mann war Henry.

Sie drehte das Bild um.

"Für meinen besten Papa. In Liebe, Gina",
stand dort mit kindlicher Schrift.

Lea starrte die Worte an, als hoffte sie, dass ihre gereizten Nerven ihr etwas vorgaukelten. Henry hatte also eine Tochter. Er hatte sie hier gefangen gehalten und vor der Außenwelt verborgen. Lea schüttelte den Kopf. Welcher kranke Mensch tat so etwas?

Das heißt dann aber auch, dass Gina mich die ganze Zeit an der Nase herumgeführt und so getan hat, als wäre Henry nur ihr Psychiater. Dass sie im Heim gelebt hat, die Geschichten aus ihrer

Kindheit, das alles war nur gelogen und hatte einzig und allein darauf gezielt, mein Vertrauen zu gewinnen. Warum tat sie so etwas?

Vielleicht hat sie die Schizophrenie ihres Vaters geerbt und lebte mit ihm in ihrer gemeinsamen irren Welt.

Das Geräusch einer zufallenden Tür unterbrach ihre Gedanken und Schritte näherten sich dem Kinderzimmer. Jetzt war es soweit. Mit aufgerissenen Augen starrte Lea aus ihrem Versteck zur Türklinke, die unerträglich langsam nach unten gedrückt wurde. Mit einem knarrenden Geräusch schwang die Tür auf. Dann hörte sie Ginas Stimme.

„Hat sich meine kleine Freundin vielleicht hier versteckt? Ich habe schon alle anderen Räume durchsucht. Wo steckst du? Ich denke ...", Gina verstummte mitten im Satz und lauschte wieder ihrer unsichtbaren Freundin. Dann fuhr sie fort.

„Ich denke, Henriette hat recht, du solltest endlich herauskommen, sie mag dieses Spiel nicht mehr."

Lea versuchte, jeden Muskel in ihrem Körper anzuspannen, damit ihr heftiges Zittern sie nicht verriet. Durch Ginas Schatten sah sie, dass diese mitten im Raum stand und einen Arm nach vorne gestreckt hielt. In ihrer Hand war die Silhouette der Waffe zu sehen.

„Na gut", sagte Gina ein wenig genervt, „dann werde ich jetzt kommen und dich holen. Falls du dich im Kleiderschrank versteckst, habe ich dich gleich."

Sie kicherte und kurz darauf schepperte die Schranktür laut gegen die Wand. Wäsche flog im hohen Bogen aus den Regalen.

Als sie nicht fündig wurde, lief sie, wie eine Furie, durch den Raum. Mit ausgestrecktem Arm fegte sie das Spielzeug von den Regalen und stampfte mit den Füßen so lange darauf herum, bis es knirschend zerbrach.

Lea presste sich die Hände auf den Mund, jeder noch so leise Atemzug würde sie verraten. Nur wenige Zentimeter vor sich sah sie Gina toben. Plötzlich drehte diese sich um, packte das Bett und wuchtete es in die Höhe.

„Hab ich dich!", jauchzte sie, sprang vor und stach zu.

Lea schrie entsetzt auf. In dieser ungünstigen Position blieb ihr nur eine Möglichkeit, sie drehte sich blitzschnell zur Seite, winkelte die Beine an und trat zu.

Dass sie überhaupt traf, war einzig und allein der Tatsache zu verdanken, dass ihre Gegnerin im Moment des Angriffs blind vor Raserei war. Gina rannte mit voller Wucht in ihren Tritt und wurde heftig zurückgeschleudert. Sie ruderte wild mit den Armen und versuchte sich zu fangen, doch der Treffer hatte sie zu sehr aus dem Gleichgewicht gebracht. Im Fall knallte sie mit dem Rücken gegen die Wand und riss eine Lampe aus der Halterung.

Aber von so etwas ließ sich diese finstere Macht, die sie aus den hasserfüllten Augen ihrer Freundin anfunkelte, nicht aufhalten. Sie sprang leichtfüßig wieder hoch und beobachtete mit spöttischem Gesicht, wie sich Lea mühselig auf die Beine kämpfte.

„Da wir dich jetzt gefunden haben, ist das Spiel zu Ende und wir bekommen endlich unsere Belohnung. Du hättest dich mehr anstrengen können, dein Versteck war viel zu leicht."

Lea war klar, dass Gina jeden Moment wieder angreifen würde. Sie brauchte etwas, um sie auf Abstand zu halten. Nicht weit von ihr stand das hölzerne Schaukelpferd. Mit seinem massiven Holz bot es eine gute Waffe. Lea sprang zur Seite, zog es an sich und wuchtete es in die Höhe.

Gina schaute sie verärgert an.

„Das würde ich nicht tun", fauchte sie, „das ist Henriettes Lieblingsspielzeug. Wenn du es kaputt machst, wird sie sehr, sehr böse. Wenn sie dann mit dir fertig ist, wirst du um deinen Tod betteln."

Lea hatte keine Ahnung, was plötzlich mit ihr geschah. War es die Gewissheit ihre Freundin verloren zu haben oder der unendliche Zorn, den sie monatelang in sich hineingefressen hatte?

„Ach, ihr Lieblingsspielzeug?", fragte sie spöttisch.

„Na, dann mag sie es bestimmt auch nicht, was ich jetzt mache."

Sie stellte das Schaukelpferd neben sich ab, schnappte sich Ginas Kinderfoto und eins der Feuerzeuge. Mit einem bösartigen Grinsen betätigte sie das Reibrad und führte die Flamme ganz langsam an das Foto.

„Na, wie gefällt euch das? Das Bild ist so wunderschön, zu schade, dass es gleich nur noch Asche sein wird."

Gina schaute sie völlig entsetzt an. Mit solch einer Offensive hatte sie wohl nicht gerechnet. Beschwichtigend hob sie die Arme.

„Nein, bitte nicht das Bild, es ist das schönste, was ich habe. Henriette und ich haben es uns so oft angeschaut. Bitte leg es wieder zurück."

Lea beobachtete mit einem kalten Gesichtsausdruck, wie dem Mädchen die Tränen herunterliefen.

„Ach, sieh mal an, jetzt könnt ihr beiden ganz anders sein."

Sie lachte spöttisch.

„Nur leider wird es euch nichts nutzen, denn ich werde eure wunderschöne Erinnerung jetzt verbrennen!"

Die letzten Worte schrie sie laut heraus, sie wollte die Situation absichtlich verschärfen. Sie hielt das Foto in die Flamme, die sofort danach griff. Die Farben und Konturen des Bildes zogen sich durch die Hitze zusammen und das Material wölbte sich. Nun musste sie auf der Hut sein und im richtigen Moment reagieren. Sie ließ den Blick zu Gina gleiten, die gelähmt vor Schreck das brennende Foto anstarrte, während sie die Hand mit dem Messer immer weiter sinken ließ. Abfällig warf Lea das Bild auf den Boden.

„Da hast du dein dreckiges Bild. Los, beeil dich, sonst ist es gleich ganz verbrannt."

Gina ließ das Messer fallen, sprang vor und warf sich auf die Knie. Mit der flachen Hand schlug sie mehrere Male auf das Bild, um die Flammen zu löschen.

Das war genau der Augenblick auf den Lea gewartet hatte. Sie hob das massive Holzpferd in die Höhe, sammelte noch einmal all ihre Kraft und schleuderte es auf Gina. Den kläglichen Rest des Fotos betrachtend merkte ihre Freundin nicht, was hinter ihrem Rücken geschah.

Dann schlug das Holzpferd mit solch einer Wucht gegen ihren Hinterkopf, dass ihr nicht einmal mehr ein Schrei möglich war. Lautlos sank sie zu Boden. Lea hob das hölzerne Pferd an und wollte erneut zuschlagen, da hielt sie plötzlich inne. Ein seltsames Gefühl schlich in ihren Verstand und ermahnte sie. Nein, sie war keine kaltblütige Killerin. Dass Gina verrückt war, gab ihr noch lange nicht das Recht, sie zu töten.

Einen kurzen Moment dachte sie nach. Natürlich wollte sie diesen Alptraum beenden, aber ging das nicht auch anders? Sie könnte sie fesseln, das Fenster freimachen und Hilfe holen.

Dann könnten sich andere um Gina kümmern. Vielleicht gab es noch Hoffnung für sie.

Sie legte das hölzerne Pferd beiseite und durchsuchte den Schrank. Sie fand einen breiten Ledergürtel den sie nutzen konnte, kniete sich zu dem reglosen Körper herunter und prüfte den Puls. Er war stark und gleichmäßig, Gina war nur ohnmächtig. Lea drehte sie um und fesselte ihre Arme auf dem Rücken. Vorsichtshalber fixierte sie auch ihre Beine, sicher war sicher.

Nachdem sie die Fesseln überprüft und sich vergewissert hatte, dass Gina noch immer tief in der Bewusstlosigkeit versunken war, nahm sie das Messer und ging wieder nach unten. Sie legte die Waffe auf den Tisch und fand den Hammer, den sie beim Wegrennen verloren hatte. Kurz darauf krachte der schwere Hammerkopf wieder gegen das Holz und das Echo donnerte durch das Herrenhaus.

Es dauerte eine knappe Viertelstunde, dann hatte Lea es endlich geschafft. Mit lautem Knirschen lösten sich die Nägel, als sie zwei Bretter aufhebelte. Die entstandene Lücke war groß genug, um sich durchzuschlängeln. Draußen war es stockduster, nur das gespenstische Licht des Vollmondes wurde durch den schmalen Spalt hineingeworfen.

Sie wollte sich gerade hindurchzwängen, als sie plötzlich zurückwich und verharrte. Es war merkwürdig, der Weg in die Freiheit lag vor ihr, aber irgendetwas hielt sie davon ab, einfach zu verschwinden. Es kam ihr so vor, als würde sie an der Schwelle zu einer Welt stehen, an die sie sich nicht mehr erinnern konnte. Sie schüttelte den Kopf, was für ein wirrer Gedanke.

Sie hatte ein Bein schon durch die Öffnung geschoben, als sie plötzlich stoppte. Vielleicht sollte sie vorher noch einmal nach Gina schauen und ihre Pupillen kontrollieren. Es war möglich, dass ihre Freundin ein Schädeltrauma erlitten hatte und später ihren Verletzungen erlag. Das wollte sie nicht riskieren.

Sie sprang von der Fensterbank und nahm die Treppe in die erste Etage. Dort öffnete sie die Tür zum Kinderzimmer, schaute hinein und wich erschrocken zurück. Der Gürtel lag auf dem Boden und Gina war verschwunden. Wie zum Hohn war die Fessel zu einem schön geschwungenen Knoten verschnürt und mittig im Raum platziert worden. Wie in Teufels Namen war sie so schnell daraus gekommen? Sie war doch ohnmächtig.

Lea wirbelte herum, aber das Zimmer war leer. Es war zum Heulen, sie war so kurz davor zu entkommen, aber nun lauerte irgendwo wieder diese Irre auf sie. Sie verfluchte ihr Gewissen, das sie daran gehindert hatte, einfach zu verschwinden.

„Nein, noch einmal lasse ich mich nicht an der Nase herumführen", flüsterte sie sich so leise zu, als wäre Gina noch immer in diesem Zimmer.

„Ich hau jetzt endgültig ab."

Sie rannte in den Flur und sah sich vorsichtig um. Ihre überspannten Nerven ließen sie in jeder dunklen Ecke Henrys Tochter erkennen, die mit gezücktem Messer auf sie lauerte. Lea ballte die Fäuste, sie durfte sich jetzt nicht verrückt machen. Sie musste so schnell wie möglich nach unten gelangen und endlich verschwinden.

Sie schaute vorsichtig um die Ecke, die Treppe war frei. Sie rannte runter und stoppte auf der letzten Stufe. Dann erkannte sie in einer dunklen Ecke, direkt neben einem breiten Holzstuhl, eine Bewegung. War es eine Sinnestäuschung, die sie in die Irre führen wollte? Lea sog die Luft scharf ein, sie hatte sich nicht getäuscht.

Gina trat aus dem Schatten hervor und hatte mit dem Mädchen, das Lea einst kannte, keinerlei Ähnlichkeit mehr. Sie sah wie die Ausgeburt des abgrundtief Bösen aus, die der Hölle entstiegen war, um Angst und Schrecken unter den Menschen zu verbreiten. Verachtung und unendlicher Hass tobten in ihren Augen.

Lea schaute zu dem Tisch, auf den sie das Messer gelegt hatte, aber er war leer. Gina bemerkte den Blick. Langsam, ganz langsam hob sie den Arm und präsentierte stolz ihren Fund. Mit einem irren Grinsen deutete sie mit der Klinge in Leas Richtung.

„Henriette und ich haben dich gewarnt, du wolltest nicht hören und nun musst du die Konsequenzen tragen. Henriette möchte, dass du hier bleibst, allerdings sollst du zusammen mit Henry und den anderen im Wasserschacht wohnen. Ihr seid alle böse und dort könnt ihr über eure Taten nachdenken."

Gina kicherte amüsiert.

„Und nun los, geh runter in die Gewölbe, dein nasses Zuhause wartet schon auf dich."

Lea glaubte, sie sei in einem bösen Traum gefangen. Es konnte doch nicht sein, dass diese Geisteskranke schon wieder vor ihr stand und sie bedrohte. Was für ein makabres Spiel hatte man mit ihr vor? Sie sollte in diesem Schacht leben? Allein der Gedanke, da herunter zu klettern, wo die Toten seit Ewigkeiten im Wasser trieben, brachte sie schier um den Verstand. Nein, ihre einzige Chance bestand darin, Gina hier und jetzt zu überwältigen. So einfach sich das auch anhörte, die

Realität sah leider ganz anders aus. Noch einmal würde sich Gina nicht so leicht überrumpeln lassen.

Sie blickte zu Boden, was sollte sie nun machen?

„Es ist in Ordnung, ihr habt gewonnen. Sag Henriette, ich gebe auf und füge mich ihrem Wunsch."

Gina zog verächtlich die Augenbrauen hoch und spuckte auf den Boden.

„Sie steht direkt neben mir und hört jedes Wort. Hast du keine Augen im Kopf oder willst du sie etwa verhöhnen?"

Lea nickte entschuldigend und ging die letzte Stufe nach unten. Unauffällig ließ sie ihren Blick durch die Halle gleiten. Der Weg zu den Kellergewölben führte an einer Kommode vorbei, auf der eine Tischlampe stand. Mit einer geschickten Ablenkung könnte es vielleicht gelingen, sie zu packen und als Waffe zu nutzen. Es war sicher nicht der genialste Plan, aber besser, als sich auf einen offenen Kampf einzulassen.

Gina deutete mit der Klinge Richtung Kellergewölbe.

„Und nun los, wir haben nicht ewig Zeit."

Lea hob beschwichtigend die Hände, sie musste diese Verrückte in Sicherheit wiegen. Nach ein paar Schritten spürte sie die Messerspitze an ihrem Rücken und Ginas Atem drang an ihr Ohr.

„Ich weiß ehrlich gesagt nicht, ob es eine gute Idee ist in dem Schacht zu leben", hauchte Gina ihr so leise zu, als dürfte es kein anderer mitbekommen.

„Dort gibt es Ratten und andere Tiere und Henriette wird sich für dich die schlimmsten Überraschungen ausdenken. Ich bin mir sicher, du wärst dann lieber tot."

Dem folgte ein heiteres Kichern. Lea ließ sich dadurch nicht aus der Ruhe bringen, sie musste sich jetzt konzentrieren. Für ihren Plan war es unablässig, dass sie genau das richtige

Timing wählte. Den Bruchteil einer Sekunde zu früh oder zu spät und die Klinge würde in ihrem Rücken stecken.

Ihre Augen fixierten den Tisch, auf dem die Lampe stand. Im Kopf zählte sie die Schritte. Vier, drei, zwei, eins. Sie täuschte einen Schwächeanfall vor und torkelte nach vorne. Mit einer Hand stützte sie sich am Tisch ab und die andere Hand presste sie sich gegen die Stirn. Sofort spürte sie, wie sich der Druck der Klinge an ihrem Rücken verstärkte.

„Was ist los? Warum bleibst du stehen?", hörte sie Gina mürrisch fragen.

„Nur eine Sekunde, gib mir nur eine Sekunde. Mein verdammter Kopf ..."

Lea beugte sich nach vorne und der Druck an ihrem Rücken verschwand für einen kurzen Moment. Sie verbarg die Sicht auf ihre Hand, sammelte Kraft und umfasste die Lampe. Dann wirbelte sie herum und schlug zu.

Sie hatte Angst, dass Gina noch die Gelegenheit bekam auszuweichen und zuzustechen, aber der Angriff war zu schnell und zu überraschend. Die stabile, gläserne Fassung donnerte gegen Ginas Kopf und die Kraft des Schlages trieb sie nach hinten. Lea setzte noch einmal nach und schlug wieder zu. Das Messer fiel zu Boden.

Sie wollte gerade zum Fenster rennen, da passierte es. Sie stolperte und verlor das Gleichgewicht. Sie stürzte und fiel auf Gina. Sie wollte sich wieder aufrichten, doch da spürte sie das Kabel der Lampe um ihren Hals. Es war unerklärlich, wie Gina es geschafft hatte, sich so schnell von dem Schlag zu erholen. Sie versuchte vergeblich die Finger zwischen ihrem Hals und das Kabel zu bekommen, aber die dünne Plastikschnur fraß sich immer tiefer in ihr Fleisch.

Plötzlich erkannte sie Ginas Gesicht ganz nah vor sich. Sie hatte eine Platzwunde auf der Stirn und sah aus, als hätte man ihr rote Farbe über den Kopf geschüttet. Instinktiv schlug Lea zu und ihre offene Hand klatschte gegen Ginas Wange. Aber sie zeigte keine Reaktion, als hätte sie den Schlag überhaupt nicht gespürt.

Mit unmenschlicher Kraft zog Gina das Kabel um Leas Hals weiter zu. Geifernd beobachtete sie, wie Lea verzweifelt nach Luft rang. Dieser Anblick stachelte sie an. Lea sollte sterben, hier und jetzt. Immer wieder schrie Gina nach Henriette, damit sie sich dieses Schauspiel mit ansah.

„Sieh genau hin, Henriette! Schau zu, wie ich dieses Miststück umbringe. Endlich ist es soweit. Stirb! Los, stirb doch endlich."

Leas Kraft schwand. Während ihre Gegnerin immer mehr die Überhand gewann, sank ihre Hoffnung dahin. Plötzlich hörte sie ein Scheppern. Sie linste zur Seite und sah neben sich die zerbrochene Lampe liegen, die bei jedem Ruck an dem Kabel hin und her rollte. Ohne nachzudenken umfasste Lea sie. Vielleicht würde sie es schaffen, einen letzten Angriff auszuführen.

Gina bekam davon nichts mit. Der Blutrausch machte sie unachtsam.

Lea hingegen kämpfte um ihr Leben. Sie spannte alle Muskeln an und schlug zu. Die Lampe traf Ginas Kopf mit voller Wucht. Ein seltsames Gurgeln drang aus ihrem Mund, während endlich der Druck um Leas Hals verschwand und das Kabel herunterrutschte. Lea keuchte und kämpfte sich auf die Knie.

Gina lag am Boden und presste beide Hände gegen den Kopf. Blut quoll zwischen ihren Fingern hervor und lief an ihren Armen herunter.

„Henriette, hilf mir. Henriette, komm her und bring sie um."

Immer wieder schrie Gina diesen Satz und schaute sich verzweifelt um.

Lea hob ihren Arm, holte aus und ein erneuter Schlag brachte das Mädchen endlich zum Schweigen. Dann krabbelte sie zum Tisch und zog sich daran hoch. Nach einer kleinen Weile, in der sie sich wie auf einer Achterbahn fühlte, stolperte sie los. Sie nahm den Hammer und ein paar Nägel aus dem Koffer und rannte zur Tür, die zu den Gewölben herunterführte. Sie trieb die Nägel mit solch einer Wucht hinein, dass das Holz ächzte und knirschte. Sie rüttelte mit aller Kraft daran, aber die Nägel hielten. Hier kam niemand mehr rein oder raus.

Sie schaute zu Gina, die noch immer blutüberströmt am Boden lag und sich hin und her wälzte. Ein nie enden wollendes Inferno herrschte in ihr und der Drang zu töten trieb sie immer wieder an, aber ihr Körper war am Ende.

Lea hoffte, dass ihr irgendjemand helfen und sie aus ihrer wahnsinnigen Welt befreien konnte. Bis dahin war sie hier gut aufgehoben.

Sie ging zum Fenster und warf die zwei Bretter, die sie zuvor entfernt hatte, nach draußen. Sie wollte sie von außen wieder festnageln, so säße Gina in der Falle. Sie zog sich am Fensterrahmen hoch und wollte gerade hinausklettern, als sie einen schrillen Schrei vernahm.

„Stirb, du verdammtes Miststück!"

Lea wirbelte herum, aber da war es schon zu spät. Das Messer sauste mit einer wahnsinnigen Geschwindigkeit auf sie zu. Sie spürte einen stechenden Schmerz in ihrem Bein, der ihr durch die Hüfte bis in den Oberkörper fuhr. Der gesamte Bereich wurde plötzlich so heiß, als würde sie in Lava stehen. Sie versuchte das Bein anzuziehen, da spürte sie abermals einen Schmerz, der sie fast zerriss. Wie Stahlhaken gruben sich Ginas Finger in den Stoff ihrer Hose, um sie wieder ins Innere zu ziehen.

Lea hielt sich mit aller Kraft am Fenster fest. Gina hing, wie ein tollwütiger Hund, an ihr und wuchtete immer wieder ihren Körper zurück. Dabei lachte und weinte sie gleichzeitig.

Die Haut an Leas Hand riss auf und Blut lief an dem Fensterrahmen herunter. Wenn sie jetzt nichts tat, würde sie wieder ins Innere gezogen.

Sie setzte alles auf eine Karte und wartete den Moment ab, in dem Gina das Gewicht wieder nach vorne drückte, um erneut Schwung zu holen. Lea löste eine Hand und schlug seitlich zu. Ihr Handballen schlug gegen ihr Ohr. Der Griff an ihrem Bein löste sich und Gina torkelte zurück. Sie wankte, mit ausgestreckten Armen, durch die Halle und suchte an einem kleinen, gusseisernen Ofen Halt. Immer wieder rief sie nach Henriette und ihre wirren Augen blickten suchend umher, aber ihre Freundin war verschwunden.

Lea schob sich weiter durch die Öffnung. Bei jeder noch so kleinen Bewegung hatte sie das Gefühl, ihr Bein würde zerreißen. Auf dem Fenstersims verlor sie die Balance und fiel nach draußen. Am liebsten wäre sie einfach liegen geblieben und nie wieder aufgestanden, aber sie hatte keine Zeit. Jeden Moment könnte sich Gina wieder erholen und ihr folgen.

Dieses Mädchen war von einem Dämon besessen und würde wohl niemals aufgeben.

Aus dem Inneren des Hauses hörte sie Gina schreien und toben.

"Ich werde dich suchen und erst Ruhe geben, wenn ich dich gefunden habe. Kein Mensch wird dir je glauben und am Ende wirst du ins Irrenhaus kommen und nie wieder das Tageslicht sehen. Und wenn du doch eines Tages rauskommen solltest, sei dir sicher, ich werde es erfahren und dich besuchen und dann ...", sie machte eine kleine Pause und kicherte amüsiert, „... wird es mir ein Vergnügen sein, dich zu töten. Aber mit dir wird es nicht enden, ich werde noch viel mehr Menschen töten. In der Kanalisation habe ich genug Platz."

Lea kämpfte sich auf die Beine. Sie legte das erste Brett an und nagelte es an das Fenster. Dabei sah sie noch mal ins Innere des Hauses. Gina klammerte sich fest an den Ofen und ihre freie Hand wischte durch die Luft, als würde sie nach irgendetwas schlagen. Noch mehr böse Verwünschungen und Drohungen hallten durch die Eingangshalle. Lea war klar, dass diese Wahnsinnige nur durch den Tod aufgehalten werden konnte.

Als sie gerade das letzte Brett anlegen wollte, hörte sie Gina plötzlich mit sanfter und ruhiger Stimme reden.

„Dem Himmel sei Dank, die Polizei ist endlich da. Vielen Dank, dass Sie mich befreit haben. Oh mein Gott, diese Wahnsinnige hat meinen Vater mit Stromschlägen getötet. Ich kann es nicht fassen, es war so grausam. Ich sehe seine toten Augen noch immer vor mir und rieche das verbrannte Fleisch. Ich kriege diese Bilder einfach nicht aus dem Kopf. Er war mein Vater und ich habe ihn geliebt. Ich habe doch sonst niemanden außer ihn. Sie hat auch seine Mutter kaltblütig umgebracht. Und selbst unser Diener ist ihrem kranken Verlangen zu töten, zum Opfer gefallen. Sie hat ihm …“, Gina verstummte kurz, als würde sie mit überwältigenden Gefühlen kämpfen, „sie hat ihm eine Sense in den Rücken gerammt, als er mir helfen wollte. Und schauen Sie mal, was sie mir angetan hat, ich blute überall. Sie wollte mir sogar den Kopf zerschmettern. Sie ist eingebrochen und wie eine Irre über uns alle hergefallen und das nur, weil mein Vater sie als unheilbar geistesgestört diagnostizierte. Deshalb wollte sie sich rächen und hat alle umgebracht. Wenn Sie mir nicht glauben, schauen Sie in seinen Computer, da steht alles drin. Vielen Dank, dass Sie mir geholfen haben, sonst wäre ich jetzt auch tot.“

Ihre Ausführungen beendete sie mit einem herzzerreißenden Weinen. Doch im Bruchteil einer Sekunde legte sie die Rolle des geschundenen und anklagenden Opfers wieder ab. Der schmerzvolle Ausdruck in ihrem Gesicht war wie weggewischt, als sie den Kopf drehte und Lea anlächelte.

„Na, wie war ich? Ich denke, meine Vorstellung ist wirklich sehr überzeugend."

Lea konnte es nicht glauben, selbst jetzt hörte diese Geisteskranke nicht mit ihren verfluchten Psychospielchen auf. Leider kam zu ihren überzeugenden schauspielerischen Fähigkeiten erschwerend hinzu, dass sie Henry damals bei der Polizei des Mordes an Gina beschuldigt hatte. Das war protokolliert worden und würde ihr im Ernstfall das Genick brechen. Wenn man dann noch die ganzen Leichen fände, auch die von Kommissar Ziegler, würde man sicher ihr alles anlasten. Sie würde als mehrfache Mörderin verurteilt und für immer weggesperrt werden, während die wahre Geisteskranke frei herumlaufen und Unschuldige ermorden würde.

Nein, sie durfte es nicht darauf ankommen lassen, sie musste diese Wahnsinnige unschädlich machen, sonst würden weitere Menschen sterben.

Sie fasste in ihre Hosentasche und fühlte das kalte Metall des Feuerzeugs, das sie oben im Kinderzimmer eingesteckt hatte. Einen kurzen Moment dachte sie nach. Sollte sie es wirklich tun? Dann presste sie die Lippen zusammen, beugte sich durch die Öffnung ins Innere und betätigte das Reibrad. Sie hielt die Flamme an den wallenden Stoff der Gardine. Sofort griff die Flamme danach und wurde zu einem lodernden Feuer, das sich so schnell ausbreitete, als wäre der Stoff aus reinem Zunderschwamm.

Lea legte das Brett am Fenster an. Sie fühlte sich wie eine Totengräberin, die den Deckel eines Sarges schloss. Henrys Tochter musste sterben, damit andere leben konnten.

Sie trieb den letzten Nagel ins Holz, es war geschafft.

Durch einen fingerbreiten Schlitz warf sie einen allerletzten Blick ins Innere. Das Feuer hatte sich rasend schnell ausgebreitet und auch vor der Verkleidung an den Wänden nicht Halt gemacht. Die Flammen zuckten in allen erdenklichen Orangetönen in die Höhe und entfachten ein wahres Lichtspektakel. Von überall her knisterte und knackte es laut.

Dann blickte Lea zu Gina. Wie eine Furie hämmerte und trat sie gegen den Ofen, als wäre er schuld an der Situation. Das Ofenrohr riss aus der Wand und polterte auf den Boden. Sie schnappte sich das herausgebrochene Stück, holte weit aus und ließ es immer wieder, wie ein Fallbeil, nach unten sausen. Jeden Treffer begleitete sie mit einem euphorischen Aufschrei.

Gina schien überhaupt nicht wahrzunehmen, was um sie herum passierte. Zwischendurch hob sie die Hände in die Höhe und ihre Arme zitterten vor Anstrengung. Dann weinte sie wieder und entschuldigte sich schluchzend bei Henriette für ihr Versagen. Sie fiel auf die Knie und bettelte um Vergebung. Dieses schreckliche Szenario dauerte so lange, bis die Hälfte des Zimmers lichterloh in Flammen stand. Der Rauch zog durch die Eingangshalle und tauchte alles in einen dichten Nebel. Erst jetzt begriff Gina was los war.

Fassungslos schaute sie sich um. Dann blieb ihr Blick an dem Fenster hängen, hinter dem Lea stand. Sie rannte nach vorne und hämmerte gegen das Holz. Lea wich zurück.

Die Flammen breiteten sich über die Teppiche und den hölzernen Boden aus, sodass sie Gina die Flucht in ein anderes Zimmer versperrten. Aber ihr war es egal, zu flüchten schien für sie keine Option.

Immer wieder warf sie sich mit voller Kraft gegen das Holz und kratzte und zog an den Brettern. Sie fluchte und versuchte vergeblich mit den Fingern durch den schmalen Schlitz zu greifen, um Lea zu packen. Hinter ihr tosten die Flammen, schraubten sich infernalisch in die Höhe und drängten unaufhaltsam nach vorne. Es war ein grauenvoller Anblick.

Obwohl Lea ein paar Schritte zurückgewichen war, spürte sie die sengende Hitze, die durch die Ritzen nach draußen drang. Sie sah, wie Ginas Haare Flammen fingen und ein bestialischer Geruch machte sich breit. Ihre Freundin schrie und zerrte weiter an den Brettern. Der Drang Lea zu töten, war durch nichts aufzuhalten.

„Henriette, hilf mir. Henriette, wo bist du? Ich sehe dich nicht mehr."

Verzweifelt drehte Gina ihren Kopf in alle Richtungen und bemerkte in ihrem Wahn nicht einmal, wie sich die unbarmherzige Hitze weiter ausbreitete. Teile ihrer Kleidung fingen

Feuer und mit ihren hektischen Bewegungen glich Gina einer lebendig gewordenen, menschlichen Fackel.

Es war unglaublich, wie lange das Mädchen dieser enormen Hitze standhielt. Aber dann wurden Ginas Schläge immer kraftloser und mit einem letzten irren Blick rutschte sie ganz langsam an den Brettern herunter und verschwand aus Leas Sichtfeld.

Wenige Sekunden später loderten die Flammen triumphierend höher und höher, sie hatten endlich ihr langersehntes Opfer bekommen. Ein letzter markerschütternder Schrei drang durch das Herrenhaus. Dann wurde es still, so entsetzlich still.

Kleine Flammen züngelten durch die unzähligen Ritze nach draußen und suchten an der Fassade weitere Nahrung. Lea wich noch weiter zurück, die Hitze wurde unerträglich.

Sie stolperte durch das Gartentor und wollte gerade die Straße überqueren, als sie plötzlich einen heiseren Schrei vernahm. Lea wirbelte herum und sah eine Gestalt, die sich schwerfällig aus dem Wald kämpfte und nach einigen Schritten erschöpft zusammenbrach. Trotz der verdreckten und zerrissenen Kleidung erkannte Lea sofort wer es war. Ihr Herz sprang vor Freude in die Luft, es war Frau Kellermann. Sie war nicht tot, sie lebte.

Auch wenn es im Affekt und keine Absicht war, Lea hätte es sich niemals verziehen, einen unschuldigen Menschen umgebracht zu haben.

Frau Kellermann kroch auf sie zu und streckte ihr hilfesuchend die Hand entgegen. Lea rannte zu ihr und zog sie auf die Beine. Sie legte sich den Arm der alten Frau über die Schulter und stützte sie. Zusammen kämpften sie sich über die Straße und sackten auf der anderen Seite kraftlos zusammen.

„Es tut mir so wahnsinnig leid, was ich getan habe", hauchte Lea der alten Frau zu.

„In der Panik habe ich einfach überreagiert, ich wünschte, ich könnte es ungeschehen machen."

Die alte Frau legte ihre Hand auf Leas Arm und drehte schwerfällig den Kopf.

„Mach dir keine Vorwürfe. Ich bin auch nicht unschuldig an der Situation. Wenn ich dir sofort geglaubt hätte, wäre es erst gar nicht soweit gekommen."

Die alte Frau zwängte sich ein Lächeln hervor und rieb sich über die klaffende Wunde an ihrem Kopf, die von einer dicken Kruste überzogen war.

„Das Einzige was zählt ist, dass wir noch leben und dieser Alptraum endlich vorbei ist. Ich bin in der Grotte aufgewacht, aber da waren alle verschwunden. Nachdem ich mich etwas umgeschaut habe, bin ich den gleichen Weg zurückgegangen und habe das Gewölbe verlassen. Aber nun erzähl schon, was dir widerfahren ist. Du glaubst nicht, wie glücklich ich bin, dich wohlbehalten zu sehen."

Mit allerletzter Kraft berichtete Lea der alten Frau, was passiert war. Sie erzählte, dass Gina Henrys Tochter war, was die alte Frau sichtlich berührte.

„Meine Enkeltochter?"

Sie senkte den Blick, schaute betrübt zu Boden und wischte sich einige Male verstohlen über die Augen.

„Er hat sie die ganzen Jahre vor mir versteckt? Ich kann es nicht glauben. Warum hat er das nur getan? So viele Jahre sind vergangen und ich habe noch nicht einmal etwas geahnt. Es ist so furchtbar."

Sie brauchte einen Moment um sich zu fangen, dann bat sie Lea weiter zu berichten.

Den Tod von Henry und Gina brachte Lea ihr so vorsichtig wie möglich bei, die alte Frau musste schon genug ertragen.

Natürlich liebte Frau Kellermann ihren Sohn, aber er hatte kaltblütig mehrere Menschen getötet. Selbst wenn er noch leben würde, könnte es niemand verantworten, solch einen Menschen frei herumlaufen zu lassen.

„Wahrscheinlich ist es besser, dass er tot ist", flüsterte die alte Frau und schaute ins Leere.

„Er war einfach viel zu intelligent, er hätte vermutlich immer wieder einen Weg gefunden, aus einer Anstalt zu flüchten."

Lea legte ihre Hand auf Frau Kellermanns Arm und neigte den Kopf. Kein Satz, nicht mal ein paar wenige Worte fielen ihr ein, um das Leid der alten Frau ein wenig zu mindern.

Stumm saßen sie auf dem Asphalt und schauten zum Herrenhaus. Mittlerweile stand das gesamte Gebäude in Flammen. Wie ein wütendes Monster, das sich durch nichts aufhalten ließ, fegte das Feuer über das Haus hinweg und überragte sogar die zwei kleinen Türme auf dem Dach. Das Holz der verbarrikadierten Fenster war längst abgebrannt und die Flammen schossen, wie gelbe Peitschenhiebe, nach draußen und drohten mit ihrer zerstörerischen Kraft.

Selbst aus dieser Entfernung spürten die beiden die enorme Hitze auf ihrer Haut. Die alte Frau legte den Arm um Lea und gemeinsam schauten sie zu, wie dieser Ort des Schreckens mehr und mehr zu Asche zerfiel.

Dann schlossen sich Leas Augen und sie fiel in eine tiefe Ohnmacht, die sie von all dem Erlebten erlöste.

Kapitel 27

Lea schreckte hoch. Sie schrie wie von Sinnen und ballte ihre Fäuste.

„Nein, nicht wieder in die Zelle. Nicht in die Zelle."

Warme Hände drückten sie beruhigend, aber dennoch bestimmt auf die Matratze zurück. Dann flüsterte ihr jemand zu:

„Es ist alles gut, Sie sind in Sicherheit. Sie Arme haben wohl eine Menge mitgemacht. Aber keine Sorge, sie sind im Sankt-Joseph-Krankenhaus. Wir haben uns um Ihre Verletzungen gekümmert."

Lea drehte den Kopf und sah das Gesicht einer jungen Krankenschwester. Die fremde Frau strahlte sie an, als würden sie sich seit Ewigkeiten kennen.

Lea wand den Blick ab und starrte an die Decke. Die Erinnerungen drängten sich mehr und mehr in ihr Gedächtnis zurück. Sie vernahm ein Zischen und ein Gluckern, als die Krankenschwester eine Wasserflasche öffnete, ein Glas füllte und es ihr hinhielt. Lea trank ein paar Schlucke und verzog das Gesicht. Sie hatte das Gefühl, als würde etwas scharfes ihren Hals von innen zerfressen.

„Ein Kommissar wartet draußen. Fühlen Sie sich gut genug, um ihm ein paar Fragen zu beantworten oder soll ich ihn wegschicken?"

Sie lächelte schelmisch und kniff verschwörerisch ein Auge zu.

„Er ist sowieso ein unsympathischer Kerl, ich werde ihm sagen, dass ..."

Lea ergriff die Hand der Krankenschwester.

„Nein, ist schon okay, er soll reinkommen. Ich werde versuchen, seine Fragen zu beantworten."

Die Krankenschwester musterte sie ausgiebig und nickte dann. Sie ging zur Tür und winkte den Polizisten herein. Ein Mann betrat das Zimmer und stellte sich als Kommissar Kranz vor. Schnaufend schob er einen Stuhl vor Leas Bett und setzte sich. Der unscheinbare Gürtel um seinen Bauch quälte sich sichtlich damit ab, die enorme Masse zu halten. Er war recht klein und trotz seiner beachtlichen Leibesfülle vermittelte er den Eindruck, dass man ihm besser nicht in die Quere kam. Sein Kopf war fast rund und sein Hals war nicht zu sehen. Er zwängte sich ein Lächeln hervor, das gekünstelt und emotionslos wirkte.

Er hatte mit der Befragung noch nicht begonnen, aber seine Augen schienen schon in den Tiefen ihrer Seele nach ihren Erinnerungen und Gedanken zu suchen. Dann begann er zu sprechen. Lea hob eine Augenbraue, die Wärme seiner Stimme überraschte sie.

Er war redlich bemüht, die Sätze so behutsam wie möglich zu formulieren, trotzdem spürte man, wie sehr es ihm unter den Nägeln brannte zu erfahren, was passiert war.

Lea erzählte ihm die ganze Geschichte. Zwischendurch musste sie innehalten, da die Gefühle sie übermannten. Der Kommissar blickte dann sichtlich betroffen zu Boden und kritzelte etwas auf seinen Block. Als Lea fertig war, legte er ihn beiseite und schaute sie nachdenklich an.

„Das ist wirklich eine schockierende Geschichte. Ihre Aussagen decken sich mit denen von Frau Kellermann. Es tut mir wirklich leid, dass Sie das alles erleben mussten, aber eine Sache ergibt einfach keinen Sinn."

Lea hob den Kopf und schaute den Polizisten fragend an.

„Das Herrenhaus ist bis auf die Grundmauern abgebrannt und nur die unterirdischen Gewölbe blieben verschont. Wir haben die Leiche des Dieners und die von Dr. Kellermann gefunden und sie konnten einwandfrei identifiziert werden. Wir haben das gesamte Anwesen auf den Kopf gestellt, aber die Leiche von Gina ...", er machte eine Pause, als würde er überlegen, ob er Lea die nächsten Worte zumuten konnte. Er verzog die Mundwinkel und sprach weiter.

„Nun ja, die Leiche von Gina haben wir nicht gefunden."

Lea schaute ihn an und wurde kreidebleich. Seine letzten Worte hallten durch ihren Verstand. Ihre Lippen fingen an zu zittern und unter größter Anstrengung fragte sie:

„Sie haben sie nicht gefunden? Sie ist in der Eingangshalle verbrannt. Ich habe sie gesehen, sie hat geschrien und dann haben die Flammen nach ihr gegriffen und ..."

Lea schluchzte laut und presste sich die Hände vor das Gesicht.

„Nein, wir haben absolut nichts gefunden. Wir haben alles genaustens abgesucht und glauben Sie mir, wir nehmen unsere Arbeit sehr genau. Wenn alles so geschehen ist, wie Sie es erzählt haben ...", seine Stimme wurde so leise, als würde Gina irgendwo in diesem Zimmer lauern, „... dann ist sie dem Feuer entkommen."

Lea nahm die Worte des Polizisten wie durch dichte Watte wahr.

Jedes einzelne Wort fraß sich, wie ein messerscharfer Schnitt, in ihr Herz.

Das konnte doch nicht sein.

Es ist noch nicht vorbei?

Gina lebt?

Hinter der Fassade dieses heuchlerischen Friedens, schien sich das Schicksal seine Wunden zu lecken und nur darauf zu warteten, um im richtigen Moment zuzuschlagen.

Lea drehte den Kopf zum Fenster und schaute in den dunklen Himmel. Der Mond erwachte mit einem silbernen Lächeln und blickte spöttisch auf sie hinab. Sie schaute in einen Himmel, in dem selbst die Engel ihre Macht verloren hatten.

Wie eine brüchige Mauer fiel ihre Hoffnung, Stein für Stein, in sich zusammen und aus weiter Ferne wehte Ginas Stimme zu ihr herüber.

„Ich werde dich finden ..."